LA ESPADA DE LA
ALIANZA

blok
B DE BLOK

LA ESPADA DE LA ALIANZA

Al acecho del Gran Dragón

B

Barcelona · México · Bogotá · Buenos Aires · Caracas
Madrid · Miami · Montevideo · Santiago de Chile

La Espada de la Alianza II: Al acecho del Gran Dragón

Primera edición, noviembre de 2016.

D. R. © 2016, Francisco Rodríguez Arana
D. R. © 2016, Ediciones B México S. A. de C. V.
Bradley 52, Anzures, CDMX-11590, México

ISBN 978-607-480-064-5

Impreso en México | *Printed in Mexico*

Todos los derechos reservados. Bajo las sanciones establecidas en las leyes, queda rigurosamente prohibida, sin autorización escrita de los titulares del *copyright*, la reproducción total o parcial de esta obra por cualquier medio o procedimiento, comprendidos la reprografía y el tratamiento informático, así como la distribución de ejemplares mediante alquiler o préstamo público.

*Al corazón escrito con dos F, mis padres,
que me hicieron llegar a este mundo, que me brindaron
ropa para cubrir mi cuerpo desnudo, me ofrecieron
comida para alimentarme, me sanaron en la enfermedad
y velaron mi sueño. Me apoyaron en mis sueños y ahora
los viven conmigo.
Gracias por darme todo en esta vida: su amor.*

CONTENIDO

Nota para el lector   11

INTRODUCCIÓN
De las Crónicas del Metagráfata   13

SEGUNDO LIBRO
El Concilio de Fuego   15

    I   La desolación   17
    II   El viaje   25
    III   El Reino Verde   37
    IV   El relato   43
    V   Una petición   49
    VI   El grántor   55
    VII   El Esponto Azul   67
    VIII   La princesa Dandrea   81
    IX   La Nueva Alianza   87
    X   La partida   107

TERCER LIBRO
En las entrañas de la Foresta Negra   117

    I   El enigma del mapa   119
    II   Las entrañas del volcán   133
    III   La furia del Pico del Águila   149
    IV   Tiempos de guerra   157
    V   El ataque de los gramas   167

VI	La sevila	177
VII	Adulusía y el vermórum	187
VIII	El veredicto del príncipe Gladreo	195
IX	La fragua de la Foresta Negra	203
X	La Esmeralda	213

Cuarto Libro
A la deriva del Reino del Sol 229

I	El náufrago	231
II	Un baño de sangre	249
III	Masacre en el mar	265
IV	Revelaciones	285
V	Un viejo fierro	299
VI	El entrenamiento del príncipe	321
VII	Preparativos para la guerra	339
VIII	Argretes al ataque	355
IX	El Paso de la Muerte	371
X	El Pirata	381
XI	La promesa del Rey	395
XII	Malas noticias en el Reino Negro	413

Agradecimientos 417

NOTA PARA EL LECTOR

Con gran tristeza hemos encontrado que varias páginas de las Crónicas del Metagráfata se han perdido. Sin embargo, rescatamos algunos textos que hemos podido traducir y conectan la leyenda del Rey con la leyenda de la Espada de la Alianza.

Esta última juega un papel importantísimo con aquella primera profecía que el 29 de enero del año 415 se escribió en el cielo con letras de fuego, con lo cual podemos deducir que todas las profecías no son más que una sola, y que habían sido separadas debido a que los hombres fueron contando la historia de diferente manera, aunque siempre con el mismo final.

INTRODUCCIÓN

DE LAS CRÓNICAS DEL METAGRÁFATA

[A diferencia de] otros pueblos, Elpida-Eirene era tranquilo y las personas parecían ajenas a cualquier controversia política, social o económica, además, las armas no eran bien vistas.

Elpida-Eirene, más que un conjunto de casas unidas por un mismo nombre, parecía una comunidad en donde todos pertenecían a la misma familia. Quizá la serenidad de ese pueblo se debía a que eran autosuficientes: la tierra era fértil, los árboles generosos y los ríos cristalinos y llenos de vida. Para muchos, era una utopía viviente.

Pero en este mundo, no existe nada bueno si no hay alguien que lo proteja o preserve. Desde la llegada de la princesa Adariel, había ojos que escudriñaban la noche sin pestañear. Incluso el pueblo, sin que lo buscara, se vio inmerso en un aislamiento casi total.

Esto favoreció no sólo al recién nacido, sino a todos los habitantes de Ézneton, pues la princesa y su hijo permanecieron ocultos a la incesante búsqueda que el gran dragón Kyrténebre había arrojado sobre toda la tierra. Tras la última batalla en Glaucia, sus tropas habían quedado fuertemente mermadas, así que los pocos siervos que le quedaron fueron enviados tras los pasos de la princesa Adariel.

Los más perspicaces gramas desfilaron frente al trono dorado y brillante de Kyrténebre, quien usó sus oscuras artimañas para que éstos tomaran un nuevo aspecto, con rasgos afilados y profundos, los dedos de las manos dejaron sus formas gruesas y deformes, y se volvieron más puntiagudas; su corpulencia desapareció a tal grado que parecían esqueletos cubiertos de piel. Muchos quedaron completamente calvos. Así nacieron los *moservos*, los «sirvientes de la muerte». En tanto que los vermórum continuaban pudriendo el corazón de los habitantes de Ézneton, los moservos tenían por misión cazar a la princesa Adariel.

Su nuevo aspecto les facilitó mezclarse entre los habitantes de los pueblos, aunque no siempre eran bien vistos por la gente. En compensación, había muchos que los buscaban para realizar actos ajenos a la ley a cambio de algunas monedas de oro. Se llegó a correr la voz de que eran capaces de escudriñar el destino y de lanzar maldiciones contra las personas. Cuentan que incluso en una ocasión sacrificaron niños y bebés humanos.

Sin embargo, no todos lograron adaptarse, fueron muchos los que también se escondieron en la oscuridad y la soledad de las montañas, haciendo de las cuevas sus hogares, y se quedaron ahí a esperar que las noticias llegaran a sus oídos.

Muchos de los moservos lograron ver en el horizonte el pueblo de Elpida-Eirene, pero hubo quienes no les permitieron cruzar sus fronteras. Al principio, este hecho no alertó ni a los vermórum ni al mismo Kyrténebre, era lógico que algunos pueblos, como los reinos del norte de Ézneton, no dejarían a estos seres cruzar sus fronteras. Al paso del tiempo, el Gran Dragón se dio cuenta de que había una estrecha vigilancia en cierta zona del mapa. Los vermórum repararon en que los moservos que se acercaban a la zona simplemente desaparecían, lo cual no sucedía en reinos como la Foresta Negra, donde a pesar de tener defensas muy fuertes, algunos moservos lograron cruzar y esconderse en ese territorio.

SEGUNDO LIBRO

EL CONCILIO DE FUEGO

I

LA DESOLACIÓN

El pueblo de Elpida-Eirene iba creciendo conforme él se acercaba. Los árboles parecían hacerse a un lado para abrirle paso. El rostro lo tenía tenso y tanto él como el caballo sudaban.

Aquel sonido que había escuchado no era común y mucho menos la luz que se atisbaba. Miró al cielo y observó cómo una paloma blanca era atacada por varios cuervos. Por más que la paloma luchó e intentó escapar, le fue imposible defenderse de los afilados picos de los cuervos que perforaron su piel con facilidad. La paloma lanzó un último gorjeo de dolor, no pudo más y se desplomó frente a sus ojos. Una gota caliente cayó en la mejilla del jinete. Tuvo que mover con rapidez su corcel para que los cascos no aplastaran al ave. Esto sólo podía ser un presagio, azuzó al caballo y éste respondió con presteza y apresuró el paso.

En cuanto cruzó las que antes habían sido las puertas de Elpida-Eirene, su corazón se destrozó. Sobre el camino había dos cuerpos de niños aplastados por los duros cascos de caballos bélicos. El silencio era abrumador. Miró a su izquierda sin dejar de cabalgar, había una mujer degollada con un bebé aún pegado a su pecho desnudo, pero el pequeño estaba mutilado. El hilo de sangre no se detuvo ahí, sino que se alargó a todo habitante del antes tranquilo y próspero poblado, y ahora por doquier se esparcía un sórdido olor a asesinato que perforaba la nariz. Emergieron los recuerdos del terrible momento en que encontró la

Ciudad Blanca devastada: robo, sangre, caídos... Sólo que ahora él sí tenía que haber estado ahí para defender al niño y a la madre.

Lo más extraño de todo era que la destrucción de Elpida-Eirene era muy distinta comparada con cualquier otra ciudad que lograba recordar. Ni siquiera la memoria de aquel fatídico día que entró a la gran Ciudad Blanca, su querida Glaucia, había sido similar. Aquí, era difícil respirar porque hasta el mismo aire estaba viciado. Por todos lados las casas estaban destruidas, como si hubieran explotado. Ni siquiera era fácil cabalgar por el camino, pues parecía que había sido atacado por meteoros. Hasta los mismos cuerpos inermes de los habitantes tenían un aspecto extraño, como si en el último suspiro se hubieran petrificado dejando un espectáculo aterrador.

El general Aómal cabalgó con más ahínco y se adentró en la pesadilla. Su tarea era una: cuidar al Rey de reyes y a la princesa Adariel. Del corazón le nacieron sentimientos atormentados que lo enfurecían a cada paso. No había pasado una década desde la destrucción de Glaucia y, ahora, ya estaba viendo otra aún peor.

Un brillo misterioso llamó su atención. Se acercó y vislumbró una gran espada negra aún insertada en un tronco cerca del camino. Como el general Aómal venía del campo, no cargaba más que con un azadón. Así que la tomó por la empuñadura y con esfuerzo la zafó. Al blandirla en el aire la vista se le nubló un poco. Por lo mismo, examinó bien la hoja y al hacerlo un sudor frío recorrió todo su cuerpo. Aquella vaina no estaba hecha por manos terrenales. No. Había algo perverso en su filo, en su forma y en su color. Además expedía un terrible olor fétido. A pesar de eso, como no tenía ningún arma, se quedó con la espada.

En cuanto llegó a lo que había sido la calle Arný, Aómal oteó el tramo que aún le quedaba para llegar hasta donde solía estar la casa en donde vivía junto con la princesa Adariel y su pequeño hijo. El general se quedó pasmado, donde solía estar la casa había un enorme boquete en la tierra, como un árbol arrancado de raíz por un gigante. La tierra se había vuelto negra como la muerte y del suelo aún se escapaban varias fumarolas, como si abajo estuviera enterrado un volcán a punto de hacer erupción.

A lo lejos pudo observar la figura de un hombre que emergía de las profundidades. En sus ojos vio el reflejo de edades más viejas que la misma tierra Ézneton. Los músculos aún los tenía crispados y a pesar de tener todo el porte de un guerrero, no llevaba armadura. Un simple atuendo rasgado por varios cortes cubría su cuerpo y aunque tenía algunos trozos de piel colgando, ni una sola gota de sangre caía de él.

El general Aómal apretó con fuerza la empuñadura de la espada de brillo extraño. La alzó para lanzarse contra ese ser que no inspiraba confianza.

—¡Alto! —más que una invitación, fue una orden lo que escuchó Aómal justo a su costado. El general no obedeció, pero sí el animal, que se detuvo al instante.

El general Aómal miró por el rabillo del ojo a quien le había hablado. Era un guerrero, por su rostro no parecía que había vivido más de un cuarto de siglo y, sin embargo, su voz era profunda, como si escondiera la experiencia de años que el hombre no era capaz de recordar. En su mano izquierda cargaba una espada larga, ligera y esbelta. El guardamano de su hoja asemejaba una flama, la cual también tenía tatuada sobre el hombro derecho que tenía descubierto.

—Suelta esa espada infame —volvió a ordenarle—. Lo que ha sido creado con espíritu impuro no puede usarse con otro propósito que con el que se concibió. El poder de revertirlo sólo pertenece al destino.

El general Aómal sintió que la mano completa le ardía y arrojó la hoja lejos de sí. La espada cayó a unos metros de distancia.

—¿Quién eres tú? —preguntó.

—Dejemos las palabras para después del combate, te recomiendo que te escondas detrás de esa roca —le dijo mientras le mostraba una de tamaño más grande de lo normal.

—Yo también sé luchar —objetó el general.

—No eres rival para un vermórum.

El general Aómal se sorprendió cuando escuchó la última palabra. Con una mirada rápida observó al individuo que se acercaba con paso decidido hacia ellos. El general supo que no le quedaba sino esconderse, las confrontaciones entre un vermórum y un ignisórum son destructoras, a muerte.

Dirigió el caballo detrás de la única roca que aún seguía parada, pues las casas parecían que eran de juguete en la batalla entre esos dos seres poderosos.

—Toma tu espada, Zàrkanök —le concedió el ignisórum.

—Me alegra que tu trato con los humanos te haya hecho *más humano* —sonrió de forma sórdida el vermórum.

Con paso lento y pesado se acercó a la espada que el general Aómal había encontrado y traído consigo. La levantó y la espada relumbró con una luz tenue, casi hermosa, pero de pronto comenzó a expeler un olor a carne putrefacta. El hedor era tan fuerte que el general Aómal sintió que casi volvía el estómago. Lo que estaba a punto de ver no se había narrado en ningún libro de historia, pues ningún hombre había sobrevivido a un choque así.

El general miró al ignisórum, que lucía tranquilo frente a su enemigo, a diferencia de los humanos que, cuando intentaban matar a un vermórum, debían encontrar la única forma de hacerlo. Si alguien hubiera querido eliminar a Zàrkanök, tendría que haber hecho una espada de un hueso en putrefacción, bañarlo a la luz de la luna siete veces y después guardar el arma para ser usada de forma exclusiva contra Zàrkanök. Sin embargo, la actual batalla no era entre un mortal y un vermórum, sino una de igual a igual. La vida de ambos pendía del mismo hilo, y éste era frágil.

El ignisórum caminó con paso reposado sobre la tierra. Cada instante parecía avanzar con lentitud. El general Aómal pudo distinguir hasta el polvo que caía de sus talones al avanzar hacia el adversario. Zàrkanök, en cambio, no hacía ningún movimiento, sólo sus cabellos cobrizos ondeaban al aire, dejando ver su rostro claro, incluso algo hermoso con unos ojos verdes.

—Adelante, Mélhydos —fue Zàrkanök el que invitó al ignisórum a atacar.

Y en verdad, Zàrkanök prefería esperar ahora, ya que la furia y la rabia inicial lo habían llevado a tomar la peor parte; en cambio, Mélhydos parecía como si recién fuese a combatir. No había ningún rasguño sobre su tez bronceada.

Mélhydos respondió plantándose frente a él, levantando en guardia su sable largo y delgado, afiladísimo. Ninguno de los dos portaba escudo.

El tiempo avanzó de forma muy rápida. Los dos atacaban y defendían con tal velocidad que si no fuera por el ojo entrenado del general Aómal hubiera parecido que simplemente estaban ahí parados, uno frente al otro, quietos. A pesar de ello, descubrió que a cada golpe de las espadas se producía una onda destructiva, la primera terminó de demoler una casa, la segunda partió un árbol en dos y así el pueblo de Elpida-Eirene siguió cayéndose a pedazos. Había algo de hipnótico en el choque de esas dos espadas. Aunque el brillo de la espada de Zàrkanök era tenue, la hoja de Mélhydos fulguraba con el resplandor del mismo sol.

Hubo un alarido fuerte, el general Aómal observó que Mélhydos dio un paso atrás. Estuvo a punto de salir en su ayuda, pero una mirada pronta del ignisórum lo detuvo. El alarido no había sido de él sino del vermórum que acaba de recibir otro corte profundo en un brazo. Zàrkanök contraatacó rápido al ver que el ignisórum se descuidaba para advertir al general que no saliera de su escondite.

La punta de la espada putrefacta penetró el costado del ignisórum, quien lanzó al cielo un grito de dolor y de rabia. Con un movimiento fugaz y preciso decapitó al vermórum Zàrkanök, que por un instante se quedó inerte en el aire hasta que la gravedad lo atrajo al suelo.

Enseguida el general salió de su escondrijo para asistir a Mélhydos, pero un olor nauseabundo invadió el ambiente. Se tapó la nariz como mejor pudo y se aproximó con paso lento y pesado a la escena. Por su parte, el ignisórum rasgó un trozo de su atuendo, limpió la sangre de su espada y volvió a envainarla cuidadosamente. Después, se paró bien con sus dos piernas, tomó la espada negra y se la extirpó. Al instante se cubrió con la otra mano la herida abierta y dejó que el arma cayera junto a su dueño. Aómal le ayudó a mantenerse en pie.

—Debo curarte.

—No, aún no he terminado con Zàrkanök. Su maldad aún invade este mundo y debe ser extirpada.

El ignisórum Mélhydos se soltó la herida y levantó ambas manos a la altura del pecho. Cerró los ojos. El hedor desapareció al instante. Luego, se agachó y volvió a tomar la espada negra y comenzó a doblarla, y de su frente corrían verdaderos ríos de sudor que al caer al suelo se mezclaban con el hilo de sangre que salía de su herida en el costado. Parecía no dolerle, aunque estaba haciendo un esfuerzo increíble, hasta que por fin un sonido alto y punzante desgarró el aire y la espada de Zàrkanök tronó en pedazos.

—Hay lugares perversos y objetos malignos en Ézneton, pero la maldad contenida no es la misma. Existen unos cuantos que tienen mucha en un espacio reducido. Esta espada es un claro ejemplo —explicó Mélhydos—. Trae una de las bolsas que cuelgan de tu montura.

El general Aómal hizo caso al instante. En cuanto regresó, abrió la talega y el ignisórum guardó todas las partes de la espada.

—Después habrá que fundirla para hacerla desaparecer del mapa —continuó.

—¿Hay qué hacer algo con el cuerpo de Zàrkanök? —preguntó el general.

—Que los zopilotes hagan su labor.

El ignisórum apretó otra vez su herida y se arrodilló.

—Tengo que curarte —dijo el general Aómal.

—Tú no puedes hacerlo. Debes llevarme con otro ignisórum, está lejos de tu alcance sanar esta herida. Para curarla es necesario emplear plantas poderosas que no suelen encontrarse en cualquier lugar.

—Pero no puedo ir lejos —objetó Aómal—, debo asegurarme de que el niño y la princesa estén bien.

—Ellos están a salvo.

El general respiró aliviado como nunca antes en su vida, y ayudó al guerrero a montarse en su caballo.

—Por cierto, mi nombre es Mélhydos —le dijo el ignisórum y le extendió la mano.

—El mío es…

—Aómal —se adelantó a responder el ignisórum—. Hemos estado cuidando del niño y de la princesa desde que Luzeum nos dijo que habían llegado a Elpida-Eirene. No te imaginas la cantidad de moservos y otros espías de Kyrténebre que hemos matado. No creas que la paz en la que habitaban era un don de este pueblo… Corrijo, en parte sí, al inicio, pero tiempo después fue por nuestro cuidado.

El general Aómal miró a su rededor. El paisaje de lo que quedaba de Elpida-Eirene era aterrador. No quedó ninguna casa en pie, inclusive los árboles habían quedado partidos en dos. El silencio y la desolación dominaban el lugar. Se hubieran podido escuchar los gemidos sordos de las madres que habían visto a sus propios hijos aniquilados, pero ellas tampoco tenían voz ni vida.

—¿Crees que esta masacre se hubiera podido evitar? —preguntó el general Aómal lleno de tristeza, con los ojos irritados, ahogados en lágrimas y sufrimiento—. Conocía a la perfección cada calle, cada rincón de este hermoso pueblo. Puedo seguir oyendo la voz del cafetero en la madrugada, o las pisadas de los granjeros al salir a sus campos. Puedo oír los ladridos de los perros que estaban en aquella esquina, o a los pericos que tenía la señora de las verduras en esa casa —y señaló una pila de escombros, pues ya no quedaba nada de lo que antes había sido.

—Quizá se pudo haber evitado, quizá no —dijo el ignisórum mirando a los ojos al general—. Nunca lo sabremos, sólo conocemos lo que ha pasado.

Estas palabras no reconfortaron mucho a Aómal.

—Desearía haber previsto el ataque a Elpida-Eirene —agregó Mélhydos—. Créeme, tampoco estoy feliz con el resultado. Cayeron de sorpresa, nunca imaginamos que Kyrténebre mandaría a uno de sus secuaces. Asterí y Öranios huyeron de prisa, llevando al niño y a la princesa con ellos; lo que tenían qué hacer era ponerlos a salvo. Yo, en cambio, me quedé para evitar que los siguieran y salí al encuentro de varios moservos. Me sorprendió que fuesen más poderosos que los demás. Sin embargo, Zàrkanök aprovechó para escabullirse y cuando me di cuenta, ya era demasiado tarde. Por poco toma por sorpresa a Asterí y a Öranios. Tuve que actuar en ese preciso instante. El resultado ya lo conoces.

—¿Quiénes son ellos y a dónde se llevaron a Adariel y al niño?

—Son dos ignisórum y se los llevaron hacia la Foresta Negra, el Reino Verde, a donde iremos ahora.

II

EL VIAJE

El camino hacia la Foresta Negra era corto, quizá les tomaría de dos a tres días. Pero Mélhydos no se veía muy bien. La herida era profunda y podría perder bastante sangre. El ignisórum no quiso que le pusiera ninguna hierba para mitigar el dolor o que sirviera como coagulante para que cicatrizara pronto y empezara a sanar. Sólo había aceptado un trapo limpio que el general Aómal encontró en su talega.

El sol declinaba y pronto haría frío. Su avance era lento, pues sólo contaban con un caballo. Pronto encontraron una granja por el camino y, ya que la noche se acercaba, decidieron pedir posada.

El nudillo del general Aómal provocó un sonido fuerte y firme sobre la puerta, ya que no había aldaba. Tampoco se advertía luz por los resquicios de la misma. Sin embargo, el olor a un rico estofado de pollo invadió sus sentidos y el estómago gritó que necesitaba llenarse.

—Quien viva aquí no tardará en llegar —observó Mélhydos—, ayúdame a bajar del caballo. Prefiero esperar sentado sobre la arena.

La casita parecía ser de una sola habitación, toda construida con roca. Lo más seguro era que la recámara y la cocina estuvieran unidas. Alrededor sólo había tierra, posiblemente en otros tiempos tuvo plantas.

El general Aómal dejó que Mélhydos se sentara y decidió darle una vuelta a la casa. Cuando llegó a lo que en otros tiempos se le hubiera llamado patio trasero, porque ahora la maleza crecía por todos lados, le llamó la atención una pequeña ventana. Se acercó y miró dentro. Se podía advertir la chimenea y, sobre la misma, una olla. Más allá, una mecedora, en la que parecía que alguien estaba sentado.

El general regresó con el ignisórum y le susurró:

—Parece que sí hay alguien.

El ignisórum lo observó y le dijo:

—Toca más fuerte.

El general golpeó con fuerza. No hubo respuesta. Así que volvió a tocar dos o tres veces. Al cabo de un rato, sacó una daga y la estrelló con fuerza en la puerta, mientras gritaba de forma repetida:

—Buenas noches.

Fue entonces que del otro lado se oyó una voz muy aguda y rasposa.

—Buenas noches, ¿quién es?

—Soy Aómal, vengo junto con un amigo y sólo vamos de paso —respondió sin mencionar que era general, ya que esta zona era muy tranquila y cualquier presencia o título militar hubiera sobresaltado a la gente—. La noche se avecina y no tenemos dónde guarecernos hasta el amanecer.

—Voy —respondió otra vez.

El sonar de un cerrojo dio paso a un chisporroteo de luz. El rostro de una anciana, que tenía aún rasgos de que en su tiempo había sido una hermosa mujer, se asomó. Caminaba algo encorvada y su aún exuberante cabellera era toda blanquecina. Cuando miró a los forasteros los invitó a entrar.

—Pasen, señores, ya es noche y afuera hace frío.

El general Aómal ayudó a que Mélhydos se incorporara y entraron detrás de la anciana, dejando al caballo bien amarrado a un árbol y a la oscuridad, que iba creciendo y abrazando todo espacio y rincón.

La casa era cálida y la mecedora donde estaba sentada la anciana aún seguía moviéndose. El piso era de madera, al igual que la puerta, se sentía muy macizo, como si lo acabaran de poner. Al ver que el acompañante del general Aómal estaba herido, la anciana le mostró su cama.

—Acuéstate, joven. ¿Cómo te has hecho esa lesión? Se ve profunda y parece un poco infectada.

—No es nada —se apresuró a responder Mélhydos.

—Eso, hijo mío, no se ve como nada. ¿En qué líos están metidos? Soy vieja, pero no tonta. Esa herida no es un raspón hecho con una herramienta del campo. No, jovencito, a ti alguien te perforó con una hoja afilada.

—Así es, señora —confesó Mélhydos.

Por primera vez, el general había visto algo de fragilidad en él. Pensaba que los ignisórum eran seres inmortales que iban creciendo y de pronto, se congelaba el tiempo, para que quedaran con ese físico el resto de sus vidas. Conocía más al anciano Luzeum, y siempre lo recordaba igual, con las mismas arrugas, las mismas canas, el mismo caminar fuerte y con la vitalidad de cualquier joven de treinta años. En cambio, Mélhydos parecía haberse quedado en el ocaso de sus veinte. Con todo, sus ojos cafés tenían la misma profundidad y antigüedad que los de Luzeum.

El general Aómal notó que la tez bronceada del ignisórum se había hecho más pálida y el contorno de sus ojos era rojizo.

—Fue una batalla muy difícil —comentó el general Aómal.

—No sé si fue difícil o no, pero lo que sí puedo ver es que fue brutal —dijo la anciana mientras examinaba la herida.

—No la toques —le advirtió el ignisórum.

—¿Qué tiene de malo? —preguntó exaltada la anciana.

—Que fue hecha con la espada de Zàrkanök, un ser por cuyas venas corría la putrefacción. Su hoja estaba hecha con la misma vileza y maldad de su ser. Así que no tengo mucho tiempo antes de que...

—¿Te conviertas en uno igual que el que te hirió? —se apresuró a concluir la anciana, asustada.

—No, eso es imposible. El culpar a cualquier evento, acción o persona que te haya cambiado es mentira. El ser que eres viene de tu interior, de tus propias decisiones. Así que no, no me convertiría en uno de ellos por haberme herido con su espada. Lo que puede pasarme es que la infección invada todo el cuerpo y muera.

—Entonces hay que evitarlo, jovencito —indicó la anciana.

—No, señora, los métodos con los que cuentan ustedes no son suficientes para curarme. Lo mejor que pueden hacer es limpiarme la herida lo mejor que se pueda. Tampoco es posible acelerar el proceso de cicatrización, lo único que harían es dejarme la infección dentro y crecería mucho más rápido por todo mi cuerpo... Debo descansar y continuar mañana.

Mélhydos se acostó por completo sobre la cama, que era algo dura, pero no dejaba de ser cómoda. La anciana quitó el estofado de la lumbre y colocó una olla con agua. Esperó a que hirviera y enseguida limpió la herida, que empezaba a oler mal.

—Es muy pronto como para que huela así —comentó el general Aómal.

—Es por la espada.

De hecho, si un humano hubiera sido herido con la hoja de Zàrkanök, por mínima que hubiera sido la lesión, no tendría más de una o dos horas de vida antes de morir infectado o por la fiebre. Mélhydos aún mantenía la temperatura normal de su cuerpo, pero en unas horas resentiría el calor abrazador dentro de su propia piel.

En cuanto la anciana terminó de limpiarlo, se acercó a la mesa en donde tenía colocados algunos platos y utensilios. Tomó tres platos hondos y los llenó con estofado.

—Comamos, esto les dará fuerzas para que mañana prosigan su viaje.

El general Aómal se dio cuenta de que era lo que la anciana había preparado para unos tres o cuatro días. Se sintió preocupado, no traía consigo una sola moneda. El ignisórum también reparó en ello cuando vio su plato rebosante de pollo y verduras. Le hizo una seña al general Aómal para que se acercara.

—No te preocupes por la anciana —susurró—, en cuanto lleguemos a nuestro destino me encargaré de que no le falte nada. Me parece que tiene provisiones para unos dos días.

—Soy vieja, y aparte de no ser tonta tampoco estoy sorda. No se preocupen por mí. Tengo un hijo que es atento conmigo. Cada dos o tres días viene a visitarme y me trae provisiones de Elpida-Eirene.

Mélhydos y Aómal se miraron a los ojos.

—Señora —confesó apenado el general—, no me gusta dar malas noticias, pero la batalla que tuvo mi amigo fue en Elpida-Eirene.

—¿Qué quieres decir? —preguntó sorprendida la anciana.

—Temo que su hijo no pueda venir a verla, el pueblo fue destruido y quedó asolado.

—Eso es imposible —negó la anciana mientras retrocedía.

Las arrugas se le hacían más grandes y las canas más blancas. Sobre sus ojos empezó a posarse la tristeza, y aunque ella no quería dejarla ahí, la lucha fue corta. El ignisórum confirmó lo dicho por el general.

—Mi intención era defender a aquel que predijo la profecía de antaño, nunca quise hacer ningún mal a los habitantes de tan hermoso pueblo. Ahí fue en donde me hirieron. El ataque no provino de nosotros, sino del gran dragón Kyrténebre, quien envió a sus siervos y entre ellos venía uno de sus más íntimos seguidores.

La anciana se sentó sobre la cama y empezó a llorar en silencio, como quien sabe que la muerte es parte de la vida y, aunque le duele saber que alguien a quien ama le ha llegado su destino, sabe que de todas formas pasaría.

El ignisórum estiró su mano y tocó a la señora por el brazo. Ella levantó los ojos ahogados en lágrimas y musitó:

—Gracias por avisarme. Sé que podrían haberse ido sin decirme una sola palabra para ahorrarse este momento vergonzoso. Pero el que me lo hayan dicho es símbolo de gallardía. Descansen ahora, es necesario que partan antes del amanecer para que lleguen cuanto antes a donde tienen que ir —la anciana se puso de pie, y agregó dirigiéndose a Mélhydos—: Que sean curadas tus heridas.

La anciana tomó un manto grueso y se colocó frente al fuego. Ahí se quedó viendo cómo la hoguera se consumía hasta quedar reducida a cenizas. Afuera la luna se arrastró por todo el firmamento y se escondió detrás de unas colinas. La anciana permanecía sentada ahí, con la mirada perdida y la tristeza secándole la poca vida que le restaba.

El general Aómal se despertó y observó que la mujer continuaba en la misma posición de anoche. Se acercó a Mélhydos, quien empezaba a sudar un poco. Le tocó el hombro y abrió los ojos.

—Es hora —le dijo el general Aómal.

Luego, le ayudó a que se levantara, la anciana no se movió. El ignisórum se acercó a ella y puso ambas manos sobre sus hombros mientras murmuró algo para sí. Y luego le dijo a la anciana:

—Mujer, yo sé que piensas que tu hora ha llegado porque no te queda nada más en este mundo. No soy nadie para decirte cuándo llegará tu destino, ni tú eres quien debe desearlo. Permítete disfrutar de los instantes que aún te quedan y deja que la hora final te sorprenda, porque lo hará de forma grata para ti.

Ante estas palabras, ella levantó la vista y le acarició sus dedos sucios y rasposos con sus manos tiernas y arrugadas.

—No te preocupes, muchacho, así será —y al final se permitió esbozar una sonrisa algo pícara—, recuerda que soy vieja, pero no tonta.

Mélhydos asintió con tristeza, sabía que no podría gratificar a la anciana por su ayuda, el destino ansiaba unirla ya con su hijo y el resto de su familia.

Salieron de la choza. El general Aómal ayudó a que el ignisórum montara el caballo. El aspecto de Mélhydos estaba muy deteriorado, a pesar de tener una piel bien bronceada ahora lucía muy descolorido. El dolor se le veía no sólo en los ojos sino en cada movimiento que realizaba. Seguía sangrando y empezaba a podrirse todo el contorno de la lesión. De hecho, comenzaba a oler mal otra vez.

—Debemos apresurarnos —señaló el general Aómal.

—No te preocupes, general, todo estará bien, en un par de días estaremos en los lindes del Reino Verde. Ahí los habitantes tienen un método bastante eficaz para comunicarse desde cualquier parte hasta el corazón mismo del reino.

Empezaron su camino hacia la Foresta Negra. El general sabía que con él a pie tardarían más de una semana, quizá dos. Le urgía que el ignisórum avanzara solo, pero tampoco podía dejarlo a su suerte.

—Tendrás que bajar del caballo —le indicó el general a Mélhydos—. También nosotros tenemos un buen método para la comunicación.

Ayudó a que Mélhydos se sentara y tomó el caballo.

—Estaré aquí antes del mediodía. Sé que es mucho tiempo, pero sólo así avanzaremos pronto y habrá oportunidad de que te curen.

El general Aómal dirigió el caballo de regreso a Elpida-Eirene. Un poco más al sur del pueblo había una granja que se dedicaba a la venta de víveres, pero sobre todo, tenía un par de palomas mensajeras. Además, el dueño poseía un par de excelentes caballos. Pero antes tenía que regresar a hurgar en lo que había sido su propia casa por más de diez años. Necesitaba encontrar algo de oro y un objeto que para él había sido muy valioso en otros tiempos. No le venderían sus caballos tan fácilmente, pero Aómal conocía al dueño y estaría dispuesto a todo con tal de obtener lo que el general había atesorado por años.

En cuanto llegó a las ruinas de Elpida-Eirene tuvo que resistir el asco que le daba el olor a muerte. Los cuerpos comenzaban a descomponerse y la pestilencia era grande, aunque más grande eran las aves carroñeras y las moscas que pululaban por doquier. La falta de práctica y la larga paz le habían tullido su sentido de alerta y de pensamiento rápido, ¿cómo es que no se le había ocurrido antes el plan? Movió la cabeza para ahuyentar esas ideas. Poco después encontró un azadón y se lo echó al hombro.

Cerca de la que fuera su casa, observó el lugar dónde había muerto Zàrkanök, el cuerpo había sido devorado por completo y la tierra se veía negra. El general caminó directo a donde antes había estado la caballeriza y buscó un punto específico sobre la tierra. Cuando finalmente lo ubicó, empezó a cavar. Pronto el filo del azadón se topó contra una superficie dura. Volvió a golpear la tierra, alrededor del hoyo, para expandirlo y sacar lo que se encontraba enterrado.

En cuanto sintió que había hecho el agujero suficientemente grande, metió las manos y empezó a sacar un baúl. Lo abrió y apareció su preciada armadura; quiso probársela, pero sabía que no tenía tiempo. A un lado, su espada enfundada, y en una de las esquinas, una pequeña bolsa con monedas de oro. Se ciñó el arma a la cintura y colocó la armadura en el lomo del caballo, acto seguido lo montó y partió hacia el sur.

El sol había aclarado todo el paisaje. El general iba más rápido de lo que esperaba, aunque faltaba lo más difícil: convencer al granjero de que le vendiera sus dos caballos.

En cuanto llegó a la granja, se dispuso a mandar una paloma mensajera a la Foresta Negra. Sabía que el rey Gueosor mantenía su reino vigilado de forma continua, más por las recientes inmigraciones de los moservos. Además, por todos era sabido que desde hacía casi una década unas mujeres se habían agrupado, alejándose de lo que se conocía como civilización. Los habitantes de la Foresta Negra las llamaban *sevilas*. A pesar de que hubo tantos intrusos, ninguno había logrado llegar vivo o libre a las Moradas del Rey.

—Forastero, haber mandado la paloma hacia aquel reino te costará dos monedas de oro —dijo el dueño de la granja—. Dudo que regrese.

—Aquí están —respondió el general Aómal con tranquilidad, dejándole no dos, sino tres monedas de oro, sabía que estaba invirtiendo en algo más.

El general hizo el ademán de salir, pero se detuvo.

—¿De casualidad tienes caballos en venta? —preguntó como quien no está muy interesado.

—No. No suelo tener caballos en venta.

—Y... ¿qué me dices de ese par de azabaches que vi al entrar al lugar?

—Esos son mis caballos, y por lo mismo, no están a la venta.

—Qué pena, yo que traía aquí unas veinte monedas de oro.

—No son suficientes. Quizás en algún otro lugar puedes conseguirlos con sólo diez u once monedas.

—Pues no estaba ofreciendo ni diez ni once, sino veinte.

—Pero veo que quieres los dos y el detalles es que no están a la venta.

Los largos años de experiencia que el general llevaba con honor sobre sus hombros y todo el tiempo que dedicó a la diplomacia tenían que dar resultado y conseguir lo que quería. Así que se alejó y al salir dejó caer la bolsa de monedas. A pesar del ruido que hicieron al golpear el piso, el general no se regresó. El granjero pensó que se las había dejado ahí porque el general se iba a llevar los caballos, así que salió corriendo detrás con la bolsa en lo alto y gritando:

—¡Olvidas tu dinero, no te llevarás mis caballos! —exclamó el granjero, pero al salir observó la brillante armadura que colgaba del caballo—. Alto ahí, amigo, déjame ver esa hermosa armadura. ¿A qué reino pertenece?

—Al reino de Alba, la ciudad del Unicornio. Tengo muchos años con ella, y es de tal calidad, que sigue sin oxidarse, mira.

—¿Puedo tocarla? —le pidió el granjero con gran emoción en sus ojos.

—¿Por qué no? —dijo el general Aómal, con desinterés.

El granjero se acercó y la tocó con cierta agitación en sus manos. Poseer una armadura por estas regiones era algo rarísimo. En cuanto el general vio que la empezaba a acariciar con la mirada un poco perdida, supo que ya se veía portándola.

—Basta, debo irme —dijo el general. Y al montar en su caballo, le pidió su bolsa de monedas.

El granjero se las entregó y se le quedó mirando a los ojos.

—¿En cuántas monedas de oro me vendes esa armadura?

—Lo siento, amigo, la armadura no está a la venta.

Fue entonces que uno de los hermosos azabaches relinchó.

—Está bien —entendió el granjero—, tú tienes algo que no está a la venta y yo tengo algo que tampoco lo está... ¿Hacemos un trato?

El general volvió al camino montado en un hermoso azabache, lleno de vida, musculoso y listo para hacer una larga travesía a un menor tiempo. Y bien amarrado, detrás de él venía el otro caballo, igual de sorprendente. Además de traer víveres y medicamentos que podían apaciguar un poco la temperatura de Mélhydos, consiguió una hierba llamada *zoefita*, conocida también como la «planta de la vida», que sólo nace en las ásperas y gélidas cumbres de las Grandes Montañas. Sabía que los ignisórum utilizaban mucho esa planta como base de casi todos sus remedios.

Atrás quedó el granjero feliz, con una hermosa armadura y el caballo del general, que si bien era un buen caballo, no era rival para sus azabaches. En tanto el general cumplió su palabra, antes del mediodía se encontró con el ignisórum, muy debilitado. Sin mayor pérdida de tiempo, preparó una potente infusión que ayudaría a que la fiebre comenzase a bajar. Sumergió la zoefita en agua limpia y fresca durante unos minutos. Después la sacó y la aplastó lo más que pudo con los dedos. El líquido adquirió una tonalidad rosada. Vertió un poco de aquel brebaje en un vaso y se lo dio a beber a Mélhydos, pero no reaccionó. Luego, sacó un paño limpio, lo cortó y restalló con éste la herida para limpiarla. El ignisórum despertó de súbito al sentir el dolor. Intentó decirle algo al general, pero en cuanto le llegó el olor tan característico de la flor de la zoefita, esbozó una sonrisa. La curación tuvo efectos casi milagrosos, el olor a podrido desapareció y la herida adquirió un aspecto rosado, como si estuviera recién hecha. Además, le paró el sangrado al instante.

—Gracias, no sé cómo conseguiste la zoefita, pero esto me ayudará a que la herida deje de pudrirse y que cierre un poco, con esta purificación que me hiciste puedo resistir semanas. Sin embargo, aún necesito de un ignisórum para curarme por completo.

—Cortesía del granjero. La verdad, no sabía que tuviese esta planta en su posesión; sin embargo, me ofreció un trueque por algo mío. Como no demostré mucho interés, agregó esta planta junto con los dos caballos azabaches. Al final, el trueque resultó de forma conveniente para ambos.

—¿Qué le ofreciste a cambio?

—Mi... Bah, nada de importancia —respondió el general, mientras ayudaba a que Mélhydos montara su nuevo caballo.

El ignisórum advirtió, con una mirada rápida, que a un costado del caballo colgaba una espada con una incrustación de un unicornio. Comprendió que lo que había entregado a cambio de la zoefita y los caballos tenía que ver con sus raíces. De hecho, el general Aómal había violado una norma imperdonable en cualquier ejército. Pero hay momentos donde se requiere pasar por encima de las normas, imperdonables o no.

III

EL REINO VERDE

—Mélhydos —habló el general Aómal—, desde hace tiempo me he estado preguntando por qué no trajeron al niño aquí desde un principio. Sé que las tierras de la Foresta Negra son fuertes y que los árboles de muchos siglos cuidan a sus habitantes. Además, se pudo haber evitado una masacre.

—General Aómal, lo que se pudo haber evitado o no, no nos corresponde a nosotros decidirlo. Somos hijos del presente, no pudimos prever la destrucción de ningún reino, ni siquiera de la grandiosa Glaucia.

El general Aómal aplastó en su mejilla un enorme zancudo. El calor y el sudor empezaban a arañarlos y el camino hacía tiempo que había desaparecido.

—Además, el Sapiente Luzeum tuvo que convencer al soberano de la Foresta Negra para que por fin lo dejara entrar —continúo el ignisórum, sin mirar al general. De no haber sido por la zoefita que le había administrado, tendría larvas en la herida, pero ahora lo único que le importaba era evitar que los insectos se acercaran a su vientre—. Aunque la profecía hable de aquél «sobre el que caerán las hojas olivas y el cetro imperial» y será él quien «quitará la espada de oprobio que amenaza a los hombres y los sentará ya no en tronos perecederos, sino en eternos primaverales». ¿Cómo sabremos que es *él* realmente? Recuerda que el rey de estas tierras tiene que cuidar ante todo su propio reino. Te confieso que todos tenemos nuestras dudas sobre si él es el niño esperado por todos o no. Tú mismo lo has visto. Es un niño como cualquier otro. A simple vista no tiene nada especial. ¿Por qué arriesgarías tu reino por alguien así?

—Sé que es un niño como cualquier otro —se apresuró Aómal a defenderlo—, pero recuerda que la profecía dice que alguien de la estirpe de Glaucia será quien nos libre del yugo del enemigo. La profecía habla de un mortal, de un ser que desde el mismo momento en que nace sólo tiene asegurada una cosa: la muerte. Es difícil creer en ese niño que me llena el alma con su sonrisa —al general se le iluminaron esos grandes ojos que habían visto tanta muerte y maldad en el mundo—, pero si no nos aferramos a algo, ¿entonces qué hacemos?

—En ocasiones no entiendo ciertas decisiones del sapiente Luzeum, pero no cabe duda de que su contacto con los hombres lo ha hecho confiar más en cada uno de ustedes. Yo mismo le propuse que fuéramos nosotros quienes cuidáramos al niño desde que nació, los ignisórum tenemos la fuerza suficiente para encarar al mismo Kyrténebre. Si quería que la longevidad de este reino cuidara del gran rey, hubiese sido tan fácil doblegar la voluntad del soberano del lugar.

—Si lo hubieran hecho —intervino el general Aómal—, ¿qué diferencia habría entre ustedes y el Gran Dragón?

Mélhydos se mostró reflexivo.

—Cierto —dijo—, ¿qué diferencia habría?

Sin saberlo, habían rebasado varios círculos de vigilancia de los moradores, quienes mantenían una estrecha guardia en los límites del reino de la Foresta Negra, en especial a partir de las recientes incursiones de los moservos. Pese al gran esfuerzo que ponían, no siempre lograban evitar que se escabulleran en la selva algunas personas o grupos. En total, eran siete anillos de seguridad los que rodeaban el reino, hasta cerrarse en el último que circundaba las Moradas del Rey. Con todo, ningún intruso había logrado cruzar este límite. Entre ellos se comunicaban imitando a los animales de la zona y de esta manera habían dado aviso de los viajeros que se dirigían al corazón del Reino Verde.

Alrededor del mediodía llegaron a la ribera del río Urno en su parte más selvática. Los dos caballos se encabritaron y en más de una ocasión intentaron tirar a sus jinetes, pero ambos eran muy buenos montando y se sostuvieron con fuerza. A las orillas del torrente, los cocodrilos se asoleaban. Sus cabezas eran tan grandes como sus cuerpos alargados. En cuanto percibieron a los caballos, sus ojos rasgados rutilaron. Algunos se sumergieron en las aguas, otros comenzaron a acercarse. En más de una ocasión un cocodrilo saltó fuera del agua con la intención de morder las patas de los caballos.

Regresaron a la espesura del bosque para evitar algún desastre. Tuvieron que subir una pequeña montaña cuya cima se transformaba en una cascada que desembocaba en el Urno. Al atardecer regresaron a orillas del río, que ahora mostraba una cara serena, sin cocodrilos al acecho. Al fondo se podía ver un puente ancho y bien hecho. Ésa era ya la entrada a las Moradas, pues sobre la cascada estaba el último de los siete anillos de vigilancia.

El general Aómal y Mélhydos se dieron cuenta de que podían vadear con facilidad el río Urno, pero al ver el puente a lo lejos, prefirieron usarlo. Pensaban que el puente estaba por alguna razón. Y no se equivocaban. Esta parte del Urno era ocupada por dos peligrosos cazadores: anacondas y pirañas.

—Ahora entiendo por qué es tan difícil llegar a las Moradas del soberano de la Foresta Negra —dijo el general Aómal—. No necesita murallas de piedras, la misma jungla es su mejor protección.

—Acabamos de cruzar el séptimo anillo de protección que tienen, general Aómal —observó el ignisórum.

—¿Cómo sabes que ya cruzamos el séptimo anillo de protección? —preguntó el general Aómal, extrañado.

—Llegando a este puente, estamos cerca de las Moradas del Rey. Ni siquiera las sevilas, a pesar de imitar a la perfección a los moradores, han logrado acercarse hasta aquí.

—Entonces, ¿sabes cómo funciona su método de vigilancia?
—En teoría, sí —explicó Mélhydos—. En cuanto nos ven a tiro de flecha, comienzan a pasarse la voz; si somos bienvenidos, nos dejan seguir, si no, nos detienen o en ese mismo momento nos cazan.

Al fondo, el relincho de un caballo llamó su atención, era el anciano Luzeum, venía acompañado de otro guerrero que parecía aún más antiguo que el sabio. Era Öranios, a quien. Mélhydos reconoció al instante, y una gran sonrisa de alivio se dibujó en su rostro.

—Pensé que no los vería sino hasta llegar a las Moradas del Rey —dijo el ignisórum.

—Agradécele al general Aómal que nos avisó de tu condición. Lamentamos no haber salido a su encuentro desde antes, pero la paloma mensajera fue atacada, quizá por un águila. Apenas hace una hora, gracias a Viátor encontramos el mensaje y salimos a buscarlos. No hay tiempo que perder, ¿cómo te sientes?

—Creo soportar todavía un rato a caballo —dijo mientras se descubría la herida.

Öranios la examinó:

—Está limpia y… no tienes temperatura.

—El general Aómal encontró un poco de zoefita.

—Entiendo —observó el más anciano, sacando una planta de zoefita que traía; la mordió y luego la untó sobre la herida—. Dejemos que la zoefita vuelva a surtir efecto, mientras tanto, cabalguemos hacia las Moradas. Prefiero hacerte la curación en un lugar que esté libre de mosquitos.

Descendieron por una colina, subieron otra, volvieron a bajar. Los árboles seguían tan tupidos como siempre. De pronto, el general se dio cuenta de que desde hacía tiempo los moscos, moscas y zancudos ya no los molestaban. Estaba por mencionarlo, cuando el anciano Luzeum movió un velo de ramas.

El panorama que se abrió ante ellos era como el hallazgo de un oasis en medio del desierto. Aunque las Moradas del Rey estaban construidas con piedras, éstas no se veían porque las cubrían una gran variedad de plantas trepadoras y otras flores. Todas mantenían una gran belleza y armonía entre los colores y las formas que adquirían. Las plantas más sobresalientes eran las gardenias en todos sus colores, al igual que las rosas vestidas con los pétalos más coloridos que jamás se habían visto en otro lugar de Ézneton.

A lo lejos divisaron la figura bien delineada de una mujer, de espaldas. Cuando ella escuchó el tronar de las ramas bajo los cascos de los caballos, miró hacia atrás con una sonrisa. En su rostro lucían dos esmeraldas que miraron fijamente a los recién llegados. Era Grepina, reina de los moradores y esposa del rey Gueosor.

—Bienvenidos a las Moradas del Rey.

—Gracias, su majestad —respondieron el ignisórum Mélhydos y el general Aómal.

—Pasen y disfruten de esta hermosa tierra, donde a pesar del tiempo y las dificultades, aún tenemos fe en las antiguas leyendas.

Luzeum y el ignisórum más anciano guiaron a los recién llegados hasta una casa cubierta de gardenias moradas. Una vez adentro, procedieron a curar a Mélhydos. El general Aómal permaneció afuera, el ignisórum estaba en las mejores manos. Además, había una persona que el general quería ver desde hacía ya más de diez años. Sabía que la princesa Adariel y su pequeño se encontraban bien. Así que prefirió ir a buscar al que no había visto en tanto tiempo.

Comenzó a caminar entre las casas, la jardinería era sorprendente y la gente tenía los ojos más verdes nunca vistos. Pero el general buscaba en realidad a un hombre en particular. Sería fácil encontrarlo, todos los habitantes tenían o los cabellos dorados como el rey Gueosor, o carmesí como los de la reina Grepina.

Al cabo de media hora buscando una voz jovial lo saludó a su espalda. El general se volvió y ambos se abrazaron. Habían pasado más de diez años desde aquella noche fatídica en el reino de Rúvano, cuando Luzeum y la princesa Adariel enviaron al joven a una misión secreta, la cual meses más tarde conoció el general, en Elpida-Eirene.

—¡Adis, mi caballero fiel! Temí que nunca te volvería a ver.

—Lo sé, general, también yo temí que nuestros pasos no se volvieran a reunir.

—Conozco la misión tan difícil que cargaste sobre tus hombros, y supe por el anciano Luzeum que lo lograste.

Adis miró al piso y volvió sus ojos hacia los del general Aómal.

—General, no crea que cumplí a la perfección la misión que se me encomendó. Estuve a punto de fallar.

—Cuéntame, al parecer el tiempo por fin nos ha otorgado unos momentos de paz y tranquilidad.

Adis guio al general Aómal por diversos corredores, todos coloridos y con olores suaves, hasta que llegaron a un jardín en donde se levantaba una casita sencilla, adornada con rosales muy bien entretejidos que daban la figura de un unicornio blanco galopando en medio de un mar de rosas multicolor. Había sido la casa de Adis desde su llegada a las Moradas, hacía ocho largos años.

IV

EL RELATO

Al entrar, Adis le ofreció zarzamoras, uvas, plátanos, melones y sandías para que escogiera.

—En cuanto salí de Rúvano —continuó Adis—, me dirigí hacia aquí, siguiendo las órdenes del sapiente Sénex Luzeum. En mi escape todo iba bien hasta que una bandada de cuervos me percibió a eso de la madrugada. Parece que eran espías, porque al mediodía noté que alguien me seguía a caballo. La verdad aún estaba cerca del reino de Rúvano, ya que había mandado mi caballo de regreso a Alba. Aunque para mí hubiera sido más rápido y cómodo venir cabalgando, pero me habían encargado que nadie me siguiera. Así que preferí venir a pie, me resulta más fácil no dejar rastro.

Adis tomó un melón y lo partió en dos, con una cuchara le sacó las semillas y comenzó a comerse el fruto fresco, suave y jugoso. El general había preferido las uvas.

—Desde entonces los sucesos fueron de mal en peor —prosiguió Adis—, porque tiempo después me enteré de que un grupo de vermórum se dirigía hacia el reino del Desierto. Y dio la casualidad de que nos topamos en el camino. Al principio mandaron sólo a uno tras de mí, un verdadero zorro, se lo aseguro; por más desviaciones que tomara, por más trucos y trampas que aplicara, siempre lograba escapar y seguir mi rastro, hasta que me cansé de huir y decidí enfrentarlo.

Adis agachó la cabeza un instante y dejó de comer. Luego la levantó poco a poco, con la mirada perdida en aquel recuerdo.

—Hay momentos en la vida en los que piensas que tu fin ha llegado. Nunca había sentido tanto miedo y terror como aquel día. En cuanto él me vio, una sonrisa maléfica se le pintó en el rostro; un rostro feroz y perverso como nunca antes lo había mirado sobre los hombros de un ser humano. Quise sacar mi espada, pero mi cuerpo se negó a obedecerme y las rodillas me flaquearon hasta que caí al suelo, lleno de pavor. Todo el cuerpo me sudaba a pesar de que casi no sentía calor. Levantó la mano con lentitud y mientras lo hacía, un velo oscuro me cubrió los ojos. Todo alrededor mío parecía oscuro y borroso, menos él. Se apeó de su caballo y caminó con lentitud hacia mí, llevando su mano derecha hacia la empuñadura de su espada. Podía escuchar cómo crujía la arena bajo cada uno de sus pasos que eran lentos, pero seguros como quien está por caer sobre su presa y sabe que ésta no tiene escapatoria.

»Justo en ese momento un rayo de luz blanca desveló toda la oscuridad y quedé inconsciente. Como le mencioné, general Aómal, yo no sabía que un grupo de vermórum deambulaba camino al Desierto y dio la casualidad de que un ignisórum sintió la presencia de todos ellos y acudió a investigar de qué se trataba. El sapiente Sénex Luzeum me contó que gracias a este ignisórum sigo con vida.

—¿Viste cómo era, sabes su nombre?

—No, el Sénex Luzeum no quiso darme detalles. No sé si porque murió enfrentándose a todos los vermórum que iban al reino del Desierto o porque el ignisórum prefirió que su buena acción quedara en silencio. Sólo sé que desperté ya entrada la noche. Estaba recostado a un lado del camino sobre la hierba fresca y blanda. El cielo era claro y brillante. Lo primero que hice fue esculcarme el bolso sobre mi pecho. El Diamante herido seguía en su lugar. Me levanté con cuidado esperando a que alguna voz me hablara. Ninguna lo hizo. Miré en torno, tampoco había nadie. Avancé con sigilo junto al camino, pero esta vez me aseguré de no dejar rastro ni olor tras de mí. En cuanto encontré un río, tomé una hierba salvaje y la unté en todo mi cuerpo. También pisé excremento. Quería evitar que mi olor a humano fuera detectado. Caminé en varias direcciones, no quería que pareciera que mi meta era el reino de la Foresta Negra. Exageré en todas las precauciones que tomé, incluso rodeé el reino de Frejrisa y pasé muy cerca del Volcán Humeante, pero era necesario evitar a toda costa la experiencia que tuve con aquel infame ser viviente.

»Me tomó varios meses llegar a la frontera de la Foresta Negra. Cuando creí que por fin lo había logrado y que mis males terminarían, sucedió algo. No sé si fue simple coincidencia o si algún espíritu maligno actuó en contra mía. El sapiente Sénex Luzeum me había dicho que en cuanto llegara a los límites del reino, gritara tres veces su nombre y después que yo era un amigo, ya que me había advertido de que si entraba al reino sin permiso y me descubrían, podría morir por una flecha certera. Abrí la boca para hacerme notar y me tragué una abeja que me picó en la garganta, y se me inflamó tanto que no podía pronunciar una sola palabra, así que preferí alejarme. En mi huida pasé por lo que creo era un cementerio natural, con todo tipo de cadáveres y un olor putrefacto. Había un río que parecía estar estancado, ofreciendo un ambiente nauseabundo y vacío. Incluso me encontré con un tigre dando sus últimos suspiros. Fue en ese momento en que pisé una serpiente y me inyectó todo su veneno. Así que enfermé y desorientado logré llegar a una aldea. En cuanto me recuperé un poco me encaminé hasta las alejadas playas del antiguo reino del Esponto Azul. Ahí me recuperé por completo. Para esto, ya había pasado más de un año desde que la princesa Adariel me había encomendado la tarea de llevar el Diamante herido hasta la Foresta Negra. Llegué a este reino por las fronteras del norte. En cuanto supe que estaba dentro del Reino Verde, di la contraseña y los moradores aparecieron casi enseguida. La travesía hasta las Moradas del Rey me tomó sólo una semana.

—La princesa Adariel eligió al mejor hombre para cumplir con esta hazaña —dijo el general Aómal asombrado de todo lo que tuvo que experimentar su antiguo pupilo.

—No sé si fui el mejor, pero desde que la princesa llegó le entregué el Diamante herido. Me hubiera gustado habérselo dado antes; sin embargo, en una carta que me envió el sapiente Sénex Luzeum me indicó que lo guardara hasta que ella o su hijo vinieran aquí a reclamarlo —Adis se relajó un poco—. La verdad, ella no me lo pidió, pero yo se lo entregué. Creo que fue una responsabilidad muy grande haber cuidado del Diamante herido tanto tiempo.

—Y la responsabilidad va a continuar —dijo el anciano Luzeum mientras entraba a la casa de Adis—, para los dos. Es hora de formar al futuro rey de una forma muy diferente a como lo hemos hecho durante estos diez años. Ustedes dos serán los encargados de ayudarme.

—Sapiente Sénex Luzeum —dijo Adis parándose—, ¿no sería mejor que, habiendo cuatro ignisórum aquí, ustedes lo hicieran?

—No todos los ignisórum creen que la profecía habla de un rey que tendría que nacer de una mujer y que sería como cualquier otro mortal. Así que han decidido marcharse.

—¿Qué hay de Mélhydos? —preguntó el general Aómal.

—Él es un solitario. Le gusta deambular por la tierra. En cuanto mejore se irá —el anciano Luzeum tomó la otra mitad del melón que Adis había dejado y comenzó a comérselo—. No se preocupen, es mejor que el niño aprenda de ustedes que de un ignisórum.

—¿Por qué? —inquirió el general Aómal, reconociendo que eran inferiores a los ignisórum.

—Ustedes son mortales igual que él y será a los hombres a los que tendrá que reunir. Créanme, el hombre es mucho más fuerte de lo que parece. Sé que cuando nace es el ser más débil y desprotegido que existe. Pero tiene un corazón tan grande que puede realizar acciones incluso más altas que las de un ignisórum. Eso es lo que no entiende el gran dragón Kyrténebre, ni sus secuaces... Por cierto, la princesa Adariel me ha pedido que su título no sea nombrado, y que el de su hijo tampoco, así que ella seguirá siendo Adariel, «estrella de la mañana», y su hijo, Azariel, «promesa de la mañana». Y en relación con el niño, aunque hasta ahora se le ha instruido sobre la historia de su pasado con respecto a sus ascendientes, no se le dirá ni enseñará que él es el Rey de reyes, el esperado por todos. Sé que podrá intuirlo por ser el único de la estirpe de Glaucia, pero debemos esperar a que sea él quien tome la decisión. Debe ser así porque la misión que tiene que cumplir no puede ser impuesta sino que debe ser tomada con total libertad.

—¿Cómo podrá tomar la decisión de elegir la misión que tiene que hacer sin saberlo? —preguntó Adis.

—No te preocupes, cuando llegue el día, haré lo conveniente para que él sepa lo que deba saber sin que se sienta presionado. Ahora espero, y de buena fe, que él solo decida dar el paso al frente.

—Anciano Luzeum —habló el general Aómal—, lo conozco desde que nació. Sé que Azariel tomará esa decisión aun a pesar de sus propios intereses, aun a costa de su propia vida.

—Que así sea —rogó el ignisórum Luzeum, quien conocía por la princesa Adariel lo que los grandes reyes le habían dicho aquella noche en Mankeiropgs. Sin embargo, por petición de la misma Adariel, el anciano no podía compartir esa información con nadie.

V

UNA PETICIÓN

Habían pasado diez años desde aquella reunión del sapiente Sénex Luzeum con el general Aómal y con Adis. Ahora el príncipe Azariel se encontraba en la plenitud de su edad. Los años parecían haberle hecho un bien, ya que ahora tenía una constitución física bien formada y tenía lo que muchos jóvenes necesitan: experiencia y conocimiento. Para el caballero de Alba, Adis, habían pasado veintidós primaveras desde que había llegado a la Foresta Negra. Se acercó. Tomó entre sus manos una soga. La ató alrededor de la mano de un joven que dormía sobre la paja. Con el mismo sigilo que entró, salió. Miró de reojo el establo y dio la señal a un anciano que parecía no envejecer. Al instante, un caballo relinchó y se escuchó un grito.

El corcel galopó unos cuantos metros pero pronto se detuvo. A la puerta de la caballeriza, el joven apareció hincado, con los músculos tensos y el rostro apretado, sosteniendo con sus manos la soga que lo ataba al animal.

—Has mejorado, Azariel —lo felicitó Luzeum.

—Después de tantas veces —le contestó mientras deshacía el nudo que lo mantenía asido al caballo—, creo que... —no pudo, rompió las ataduras— tuve que mejorar.

—Lo bueno es que esta vez no saliste arrastrado como tantas otras —dijo Adis.

Azariel se acercó a los dos. Al caminar, su paso era fuerte y ligero. Sus cabellos negros se movían con el viento.

—¿Qué vamos a hacer hoy?

—Creo que Adis te quiere mostrar a un viejo amigo —contestó el ignisórum con una sonrisa esperanzadora.

—¿No pudiera ser otro día? —suspiró el joven—, realmente estoy muy cansado.

—Tiene que ser hoy. Necesito un colmillo de un cocodrilo, recuerda que están cerca del puente.

Aunque a Azariel le pareció extraña esta petición, a Adis no. Según una antigua tradición, el ungimiento de un rey tenía un proceso muy particular y era mantenido casi en secreto por los reyes, a quienes le conferían su conocimiento sobre el tema al sucesor. Sólo algunas personas muy versadas también conocían el proceso y a Adis se lo había enseñado el sapiente Sénex Luzeum, ya que desde hacía un año habían estado preparando uno sin que Azariel se enterara.

Parte de la tradición consistía en colocar el aceite en un frasco de barro, para recordar al rey que a pesar de su título seguía siendo un simple mortal. La tapa del frasco se hacía con un colmillo de reptil, para significar que no por ser rey dejaría de sufrir las mismas adversidades que cualquier otro hombre. Y sólo el color dorado del aceite era un símbolo de su envestidura real.

En general, casi siempre se preparaba un poco de aceite nuevo y era mezclado con el viejo, para ungir al antiguo rey con el nuevo y darle perpetuidad al reinado. Sin embargo, cuando se trataba de un nuevo rey con un nuevo reino, tanto el aceite como el frasco eran recién hechos y el colmillo recién cortado. En esta ocasión, se usaría el aceite viejo sin mezclarlo con el nuevo, ya que Adariel había sido nombrada de facto reina de Glaucia y de Alba por sus antepasados en Mankeirogps, aunque formalmente seguía siendo princesa. El aceite viejo simbolizaría Glaucia, pero no sería mezclado con uno nuevo, pues no había reino. Además, se utilizaría uno nuevo sin mezclar, ya que también sería ungido como rey de Alba.

—Dense prisa, necesito que estén de regreso antes de la cena —los apuró Luzeum.

—Pero podría descansar una hora más —objetó Azariel—. Ayer llegué muy tarde del patrullaje, por algo me volví a quedar dormido en el establo. Sabía que si lo hacía, Adis me ataría a un caballo pero, créeme, mi cuerpo no pudo más y me desplomé, quedé inconsciente.

—Sé que estás muy cansado —le dijo Luzeum deteniéndolo por los hombros y mirándolo a los ojos—, pero es necesario que tú mismo le demuestres a tu cuerpo que tu voluntad puede más que tu fragilidad.

Azariel bajó la cabeza y luego levantó la mirada.

—Anciano Luzeum, ¿no crees que sería más fácil que me dijeras para qué me estoy preparando? —le dijo—. Me encantaría saber cuál es la meta a la que debo llegar.

—Azariel —le dijo mirándolo con una profunda mirada—, en nuestras vidas queremos que nos indiquen el camino que debemos seguir. Te entiendo y me encantaría poderte decir con certeza tu destino final y el de cada uno de los que estamos aquí, ¿sabes? Mas no nos fue dado a conocer, sino que se nos ofreció una gracia mayor: construir nuestro propio final y hacerlo nosotros mismos. Algunos hablan de esto como si fuera una condena, otros, en cambio, se atreven a negarla. Sea como cada quien la quiera entender, esa libertad que tenemos para ser nosotros mismos, los hacedores de nuestro camino, es una dádiva. He ahí nuestro mayor don. Te aseguro que ni Kyrténebre, con todo su poder, conoce más allá de su propio presente.

Hizo una pausa y continuó:

—Si lo que quieres saber es si estarás preparado cuando el momento llegue, te diré que sí.

Después, el sapiente Sénex Luzeum se alejó del joven Azariel con paso firme, como si el tiempo no hubiera hecho mella en él. Luego dio la media vuelta y les gritó:

—Dense prisa, para que al menos sí lleguen para la cena de bienvenida.

—¿Bienvenida? —se preguntó Adis.

—¿Quién viene? —Azariel interrogó al anciano.

—El rey Gueosor ha invitado a la última descendencia real de lo que fue el reino del Esponto Azul.

Azariel y Adis miraron estupefactos al ignisórum.

—¿Acaso no desapareció el reino del Esponto Azul mucho antes de que los reinos se unieran bajo la Gran Espada Giralda? —preguntó Azariel—. Al menos que no haya entendido las clases de Historia.

—¿La última descendencia? —Adis volvió a interrogar para asegurarse.

—Ya ven, les digo que el destino siempre nos sorprende. Hace poco un amigo los encontró a orillas de la bahía Arguela. La familia había escondido el secreto por tantos años, que hasta yo creí que la estirpe real había desaparecido. Cuando fui a hablar con ellos, me pidieron protección. Y el rey Gueosor se las ofreció junto con un trato de realeza. Pero ya nos contarán todo hoy por la noche, así que dense prisa.

Adis le indicó a Azariel que irían a pie. El joven tomó aire y aceptó. Y emprendieron su camino hacia el río Urno.

Azariel había llegado a la edad de los veinte. Por el duro entrenamiento que Luzeum le imponía, parecía más grande. El sol había bronceado su piel blanca y la selva le había dado rasgos montaraces. Aunque el anciano Luzeum no sólo lo había fortalecido externamente, sino que desde temprana edad lo ejercitó en el uso de la inteligencia y la sabiduría. De hecho, en sus primeros años estuvo más tiempo dentro de la biblioteca que bajo el techo de estrellas, ni siquiera se le permitió usar una espada. Lo único que llegó a utilizar fue un cuchillo en sus clases de medicina y botánica. El sapiente ignisórum sabía que no sólo era necesario evitar ser lacerado en una batalla, sino que también, debía saber cómo curar las heridas. Por lo mismo, le enseñó sobre todas las plantas que había en Ézneton, pero también, a utilizar una aguja para suturar.

El anciano Luzeum se aseguró de impartirle clases de historia, por lo que Azariel leyó los libros más importantes que había al respecto. En ocasiones, le pidió que también aprendiera algunos textos de memoria, logrando así que obtuviera una memoria formidable.

En varias ocasiones, el ignisórum le repitió la importancia de la historia, ya que guardaba la memoria de grandes hombres, los cuales era bueno imitar; pero también contenía el recuerdo de los malos y perversos para evitar sus usos y costumbres.

La literatura y el arte tampoco faltaron en sus estudios, ya que al hombre no sólo hay que formarlo en la mente y en el cuerpo, sino también en el espíritu. Ambas materias transforman el corazón. Le hacían ver las cosas que los rodeaban como maravillas que deben ser amadas y respetadas.

Como heredero de un reino nuevo, debía aprender economía, las bases del comercio y la producción. Por lo mismo, el aprendizaje de la diplomacia y las relaciones monárquicas no quedó excluido. Y dado que iba a tratar con hombres, debía conocer su psicología, su manera de relacionarse.

Sería llamado rey, debía ser un hombre inteligente y sabio; por lo mismo tuvo que aprender las mismas raíces de la sabiduría, filosofía, con su lógica, su estudio del hombre y del ser, el conocimiento de las causas primeras y últimas.

En fin, el sapiente Sénex Luzeum trató de darle una formación no sólo parecida a la de cualquier otro rey sino que aún superior.

Cuando el joven alcanzó la edad de la juventud, tomó la espada y el arco. Aprendió la lucha cuerpo a cuerpo. También manejó el cuchillo, el sable. Onduló el látigo y arrojó la jabalina. Se instruyó en el arte de todas las armas, nunca faltaba ni sobraba el tiempo para las prácticas. Los días no eran distintos a las noches. Había que practicar. A Luzeum no le importaba si el día era tan caliente como el desierto o tan frío como los glaciares; si la noche era brillante o era tan densa como la estela de Kyrténebre, el Gran Dragón.

Durante todo ese tiempo, los únicos enemigos que Azariel conoció fueron las cobras venenosas y las tarántulas mortíferas; los leopardos salvajes y los tigres de las montañas; las anacondas de los ríos y las pitones en el corazón de la selva. Sus grandes peligros habían estado rodeados de abismos profundos, de plantas venenosas y de la jungla asfixiante.

Los moservos aún no habían logrado llegar hasta las Moradas, ni ningún otro enemigo del reino de la Foresta Negra. Sin embargo, no todo era como en el Reino Verde, había otros lugares y otros reinos que ya habían empezado a ser tomados poco a poco por los servidores del gran dragón Kyrténebre o iban siguiendo su plan sin ellos querer. Rúvano, por ejemplo, se había aislado de todo y de todos. En el Desierto no había tribu que no se viera agobiada por las batallas; a veces siendo ellos los atacados, otras, los atacantes, aunque ahí todos temían al terrible Od Intri-Gan. El Mar Teotzlán, por su parte, se había sumergido en una continua guerra contra uno de los vermórum más sanguinarios: el Pirata o Boca de Muerte. El reino de las Grandes Montañas se había elevado a una indiferencia total de cara a los demás pueblos y reinos en donde se dice que llevaba largo tiempo trabajando un vermórum llamado Urzald. Y por último, Alba, la del Unicornio, había quedado aislada y solitaria frente al Gran Dragón, su única defensa era que Kyrténebre consideraba ese reino demasiado pequeño y frágil como para ser una amenaza. Sólo el reino de Frejrisia mantenía sus relaciones con el de la Foresta Negra.

Todo esto preocupaba al sapiente Sénex Luzeum. Veía que las circunstancias exigían que el joven príncipe se lanzara a cumplir su misión. La hora del cumplimiento de los mitos estaba por llegar. Con todo, aún faltaba algo: poner a prueba su decisión. Esto cerraría el círculo de la profecía y al mismo tiempo daría el punto final a su preparación. Luzeum quería que eligiera libremente seguir el camino trazado para el príncipe, aunque ni él ni ninguno de los ignisórum, conocía a ciencia cierta lo que el destino les depararía.

VI

EL GRÁNTOR

Mientras tanto, Azariel y Adis se adentraron en la jungla. Ambos iban platicando del evento que acontecería esa noche, aunque Azariel desconocía el más importante y del cual él era la piedra angular.

Aunque poco se escribió en los libros sobre el reino del Esponto Azul, existían dos leyendas que aún se recordaban. La primera, que existió un hombre que era capaz de vivir bajo el agua, y la segunda, que en ese reino vivió la mujer más hermosa que había pisado Ézneton, por quien tres hermanos habían combatido por obtener su corazón. Se dice que el más grande de los tres sobrevivió al combate, pero que el menor había envenenado su filo. Así que cuando el mayor se arrodilló frente a la hermosa mujer y le ofreció las espadas de sus hermanos, sin querer se cortó con el filo envenenado. Algunos dicen que sí logró casarse, pero que en su noche nupcial murió en brazos de tan hermosa mujer. Las historias son muy variadas en relación con lo que pasó después de este supuesto suceso, pero la más extendida cuenta que al no encontrar un hombre que la amara por completo y la aceptara con su belleza y sus errores, ella misma se encerró en un cuarto lleno de serpientes venenosas y ahí encontró su último destino. Quienes la encontraron, tuvieron miedo de que la misma locura contagiara a las mujeres hermosas del lugar y se llevaron su cuerpo lejos, para enterrarlo en las mismas murallas Kéreas, haciendo de Mankeirogps su última morada.

Fuera de estos acontecimientos, poco se sabía de este reino en las batallas donde Croupén participó tan ferozmente junto con otros señoríos que desaparecieron. Y aunque pocos fuera del Esponto Azul conocían en los hechos cómo desapareció el reino, los espontanos conocían hasta la fecha exacta en la que su patria dejó de existir.

—¿Crees que después de tanto tiempo tengan algún interés en los demás reinos? —preguntó Azariel mientras se abría paso por la selva—. Tal vez al haber permanecido ocultos por generaciones se han vuelto insensibles ante la amenaza que recae sobre Ézneton.

—No lo sé, Azariel —respondió Adis—, aunque no dudo que, como todos los demás, deseen la caída de Kyrténebre con todas sus fuerzas. La llegada del Gran Dragón desestabilizó a todos los reinos y trajo sangre, muerte y destrucción consigo. De seguro, él mismo tuvo que ver de forma directa en la desaparición del Esponto Azul —en ese momento, Adis se quedó inmóvil y preguntó—: ¿Escuchaste? Ponte en guardia.

Un bramido extraño llegó hasta sus oídos y ambos se volvieron inquietos hacia todos lados.

—¿Qué animal será ése? Parece estar cerca y con hambre. No creí que ningún animal se acercara por estos rumbos.

—No sé de qué se trata, pero no te muevas —ordenó Adis—. Conocemos bien el territorio de los animales salvajes, los leopardos habitan esta zona, pero no se acercan a las Moradas, temen a las anacondas y a las pirañas. Los leones se encuentran al este, al otro lado del río Ordín. Los tigres sólo habitan las altitudes del Pico del Águila.

—Y los gatos monteses de la cordillera de las Aldierna, aunque de vez en cuando te encuentras con tigres de bengala por ahí.

—Exacto —confirmó Adis—. Lo raro es que ese sonido me resulta familiar, y aunque no logro recordar qué es, lo asocio con algo negativo.

El bramido que acababan de oír era distinto a cualquier otro ruido o rugido que ellos habían escuchado últimamente. Cuando Azariel sacó sigilosamente su espada, Adis ya empuñaba la suya, y se colocaron espalda contra espalda. No habían llevado consigo el arco, pues ningún animal feroz se atreve a cruzar el río Urno. Todos temen a las anacondas y pirañas del norte y a los cocodrilos del sur.

El bramido comenzó a escucharse más y más cerca. A ellos les pareció que venía del suroeste. Se acercaron a un árbol.

—Será mejor que subamos, Azariel. Sea lo que sea, lo veremos primero; aquí abajo nos podría caer por sorpresa desde cualquier punto.

Escalaron el árbol con habilidad de monos. En ese momento, un terrible grántor apareció por el suelo. Sus dimensiones superaban por mucho las de un enorme cocodrilo.

—Ten cuidado —advirtió Adis en voz baja—, no está sangrando de los dientes.

El príncipe no entendió qué significaba aquello, aunque había estudiado a los grántores, no había profundizado en el conocimiento de éstos. Quiso preguntar, pero no tuvo tiempo, la alimaña comenzó a ondear su enorme cola y a estrellarla contra el árbol. Al ver que su presa no quería bajar, el grántor se aferró al tronco. Primero colocó sus dos garras frontales sobre la corteza. Sacudió con fuerza las raíces. Los dos hombres se asieron bien a las ramas. Como no cayeron, el monstruo inició el ascenso.

Adis recordó la causa de la muerte de sus padres. Una espada era el arma menos segura en la lucha contra un grántor. Lo mejor eran las jabalinas de largo espectro.

—Salta hacia allá —Adis apuntó a un montículo—. ¡Súbelo!

—Y tú, ¿qué harás?

—¿Yo? —sonrió él—. Darle su merecido.

—Déjame ayudarte.

—¡No! Estos animales me deben la sangre de mis seres más queridos. ¡No me ayudes, lo haré solo! —gritó mientras saltaba a tierra.

Poco después, le siguió el príncipe. Y muy a tiempo, porque el grántor alcanzó a desgarrarle la camisa. Adis corrió hacia un árbol tierno, saltó y cortó una de sus ramas. Se agachó para arrancar del suelo las raíces de una planta trepadora, pero quitó su mano al instante. Una cobra se arrastraba cerca.

El grántor venía detrás de él. Adis, con un movimiento rápido, traspasó la cobra con la punta de su hoja.

En ese instante, la alimaña aprovechó y se le echó encima, pero el caballero alcanzó a rodar por el suelo, dejando que las fauces del grántor se cerraran en el aire. La bestia volteó la cabeza hacia su presa. Adis aprovechó y le clavó su puñal en el ojo derecho. Un chorro de sangre verde le salpicó la mano, justo en el momento en que se alejaba. El animal se enfureció más, pero la herida le dio tiempo al caballero para regresar cerca de la cobra muerta. Descuajó la planta trepadora. Tomó su espada y la ató a la rama con la enredadera, de tal manera que quedó una jabalina.

Después de varios intentos del grántor por quitarse el puñal del ojo, lo dejó ahí y se dio media vuelta para encarar a su enemigo. Adis lo esperaba como un acantilado que aguarda el choque del océano embravecido. El grántor se movió como una serpiente, tanto en su sigilo como en sus ondulaciones. Adis levantó la jabalina que acababa de hacer. Buscó el punto de equilibrio, sin apartar sus ojos del adversario. La bestia se desplegó en un salto y al descender la espada-jabalina penetró por completo por su boca abierta. El grántor cayó inmóvil ante los pies de Adis.

—Excelente batalla —lo felicitó Azariel cuando saltó de su montículo—. Nunca antes había visto a un grántor. Según entendí en mis estudios es rarísimo encontrarse con ellos. Son como presagio de mal agüero.

—Son criaturas de Kyrténebre, mira lo que son capaces de hacer.

Y le mostró cómo la sangre que había alcanzado su mano le quemaba la piel. Si no se aplicaba pronto un antídoto, esa sangre le traspasaría hasta los mismos huesos.

—Actúa como un ácido, quizá peor. ¿Duele?

—Un poco, pero no tanto como el recuerdo de la muerte de mis padres. En fin, vamos, es hora de que utilices lo que has aprendido y me hagas un antídoto. Será mejor que te espere sentado, para evitar que la sangre circule demasiado.

Al instante, Azariel se dirigió en busca de un hongo negro, delgado y del tamaño de un pulgar. Por lo general, éstos crecen a orillas de troncos caídos en estado de putrefacción. Encontrarlos en aquella jungla era fácil. Pronto regresó junto a Adis, tomó el *fungis fuocoris* y lo machacó entre dos piedras. Puso un poco de agua. Volvió a machacarlo. El hongo adquirió forma de papilla grisácea.

—Son terribles —le dijo mientras le untaba la mano con el antídoto.

—En verdad que lo son. A mí me tocó ver uno hace tiempo, pero era tan pequeño que no lo recuerdo —y en breves palabras le contó por primera vez cómo habían muerto sus padres.

—Ahora entiendo por qué lo querías matar tú solo —le dijo mientras volvía a curarle la mano—. ¿Y eso de que no estaba sangrando de las fauces? Recuerdo haber leído algo al respecto, pero no le di importancia, pensé que era un detalle insignificante.

—Los detalles nunca son insignificantes. El hecho de que sus encías no sangren indica que tienen hambre. La saliva reemplaza a la sangre y se vuelven mucho más peligrosos. Y cuando no tienen hambre, la sangre mana por su hocico, lleno de podredumbre al igual que sus garras: basta una mordida o un rasguño para que infecten y maten a su presa… Si es que se le puede llamar presa cuando, con regularidad, matan por matar. Como dijiste, son presagios de mal agüero. Me incomoda saber que estaba aquí. Debemos decírselo pronto al sapiente Sénex Luzeum, seguro que él podrá indagar más a fondo.

—Los libros decían que los grántores no suelen ir más allá del Valle de la Sirma.

—Sí, por alguna razón que desconocemos éste llegó muy lejos de su hábitat. Algo debe estar sucediendo en Ézneton… Sigamos nuestro camino, aunque más atentos.

—¿Y tu espada? ¿No la vas a recoger?

—No lo creo, me salpicaría otra vez con su sangre y, créeme, no se siente nada bien que te queme la piel.

En efecto, la espada había quedado hundida casi por completo en el interior del grántor. Era muy sabio dejarla ahí.

Más o menos a mediodía llegaron al Urno. Cerca de unas secuoyas dieron voces imitando rugidos de leopardos, que fueron respondidos con rugidos similares. Habían cruzado el primer anillo de vigilancia.

Las aguas del río Urno reflejaban los rayos solares. Y el clima invitaba a sumergirse dentro de sus corrientes. Sólo alguien extraño al lugar habría aceptado la invitación. Aquellas aguas frescas y apacibles escondían la fatalidad bajo sus cristalinos y constantes reflejos solares. El Urno era como un espejo de la muerte para quien osara mirarse.

Azariel se había metido sólo dos veces en esa parte del río. Una porque Luzeum estaba ahí y él se lo había ordenado. La otra, porque cayó al tratar de cruzarlo caminado sobre un árbol con los ojos vendados. También Luzeum había estado en esa ocasión. La experiencia le pedía a gritos que no lo repitiera. Lo bueno fue que no tenían que detenerse ahí. Aunque Azariel no sabía si era preferible luchar contra una anaconda que contra un cocodrilo.

Continuaron río abajo, dejando a las pirañas y a las anacondas en paz. Llegaron hasta la cascada Grismal, el límite natural que dividía a los feroces carnívoros de los reptiles más grandes de Ézneton. Desde esa altura eran capaces de divisar las fronteras de la Foresta Negra y alcanzaban a ver las Grandes Montañas en el horizonte.

Comenzaron el descenso para llegar hasta los dominios del cocodrilo. En una ocasión, Azariel se resbaló un poco, pero alcanzó a detenerse de una raíz salida y así evitó caer justo del lado más profundo del río. Aunque probablemente era la parte más segura, porque los cocodrilos no se acercaban ahí debido a que la presión con la que caía la cascada era muy fuerte.

—La verdad, Adis, todavía no tengo pensado un plan para obtener ese colmillo.

—Yo he estado pensando en varios y tengo uno que podría facilitarnos el trabajo. O mejor dicho, facilitarte el trabajo, recuerda que sólo vengo de apoyo y tú eres quien debe obtenerlo.

Azariel levantó una ceja sorprendido. Esperaba que en esta ocasión Adis le ayudara.

—Está bien, al menos estarás aquí para evitar que termine en el fondo del río con varios cocodrilos despedazándome.

—Ya es algo —rio Adis.

No caminaron mucho antes de encontrar a varios reptiles tomando el sol a la vera del río. Esos peligrosos animales tenían un apetito insaciable, podían haberse comido una gacela completa cada uno, y si otra presa se les ponía al alcance de sus mandíbulas, era otro bocado que se llevaban al estómago.

Adis le explicó su plan a Azariel. Luego, el joven fue a buscar una liana y se subieron a unos árboles cuyas ramas se extendían sobre el río. Abajo, los cocodrilos parecían no prestar atención a los nuevos intrusos. Pero en cuanto Azariel empezó a deslizar la liana como una soga, uno de ellos se lanzó con el hocico abierto para atraparla. La liana quedó trozada por la mitad, aunque todavía quedó suficiente soga para realizar su plan.

El joven volvió a quedarse quieto, por más de media hora, en espera de que los cocodrilos se apaciguaran un rato. Después, buscó a uno que estuviera bien dormido hasta que lo encontró. Entonces volvió a bajar la liana doblada por la mitad. Quería atraparlo por el hocico; sabía que sus mandíbulas se cerraban enérgicamente, mas no se abrían de igual forma. Bajó la liana con mayor tranquilidad hasta que tocó tierra. Después, empezó a deslizarla con lentitud por el hocico del reptil hasta que la puso lo suficientemente cerca de los ojos, apretó con fuerza la liana e hizo un nudo en el árbol. El cocodrilo comenzó a moverse con fuerza de un lado a otro. Pero ya era tarde, Azariel lo tenía bien atado. Dejó que el animal luchara un rato hasta que se cansara. Enseguida aprovechó una rama para hacer una pequeña polea y levantó al cocodrilo lo más alto que pudo. Luego, se descolgó por la misma liana, pero no se atrevió a colocarse sobre el lomo del enorme animal, sólo que se quedó bien enganchado justo arriba de su hocico. No le temía al cocodrilo que de alguna manera montaba, sino a los que estaban alrededor.

Sacó su cuchillo y se lo insertó en la encía izquierda. En cuanto el reptil sintió el filo en su hocico empezó a dar latigazos con la cola y trató de zafarse. A Azariel se le manchó la mano de sangre, pero logró sacar el colmillo completo sin necesidad de matar al reptil. Volvió a subir al árbol y soltó al animal, que se alejó con rapidez y se sumergió en el río.

Regresaron pronto a las Moradas del Rey. A pesar de estar cansados, el camino les resultó más corto. Estaba por oscurecer y tenían prisa en llegar a la cena de bienvenida. Además, el recuerdo del grántor les hizo agilizar sus pasos. En especial, después de que pasaron el anillo de vigilancia. Cuando llegaron al lugar del encuentro con el grántor, vieron que las plantas a su alrededor estaban marchitas, y sin duda la tierra quedaría estéril para siempre.

Los grántores eran una de las razones por las que el Valle de la Sirma poseía un espíritu mortífero.

—Me pregunto si algún día podré recuperar mi espada. Sería un buen recuerdo.

—Fue toda una hazaña lo que hiciste. ¿Sabes? Ahora que lo pienso, ¿crees que el anciano crea lo que nos sucedió?

—Siempre te ha creído. Es un hombre que confía en los suyos. Además, nunca le has mentido.

—Lo sé, amigo, lo sé —dijo Azariel—. Pero, ¿quién nos va a creer que hemos visto un grántor? Y, además, tan cerca de las Moradas. Sabes bien que ningún animal feroz ha logrado llegar hasta estos lugares.

—Nos creerá, ya lo verás.

Azariel aprovechó ese instante y detuvo a Adis por el hombro.

—Te confesaré algo que pesa en mi corazón, pues eres mi amigo. Sé que pertenezco a un linaje en el que, fuera de mi madre y de mí, no existe nadie más. Sé que Alba es un reino nuevo y próspero, al cual parece ser que yo pertenezco. Y digo «parece» porque no tengo ningún título que lo acredite. Al menos tú eres conocido como el caballero de Alba, la del Unicornio. Sin embargo, el anciano me exige más que a cualquiera. Me atrevería a compararme con un metal en manos de Gydar, padre de tu prometida y el gran forjador del Reino Verde, que primero lo mete al fogón y una vez que el metal está al rojo vivo, lo saca y comienza a darle golpes y más golpes, y así hasta que por fin le da la forma que quiere. Siento que el anciano Luzeum me está formando para algo que sobrepasa los límites humanos, pero nunca me ha dicho para qué ni por qué. Tengo miedo de que, llegado el momento, me acobarde y me marche, o que muera en el primer enfrentamiento contra lo que sea que tenga que enfrentar. ¿Acaso soy aquel que tiene que sacar de las cenizas un reino y juntar a todos los hombres y lanzarlos contra el gran dragón Kyrténebre?

Adis escuchó con atención al muchacho y, tras meditarlo un instante, dijo:

—Todos somos débiles y tenemos miedos, Azariel. El sapiente Sénex Luzeum nos diría que es humano ser débil y temer, pero también es humano el superarse y vencer los temores, de lo contrario no habría valientes o cobardes, ni triunfadores o perdedores… Te diré un secreto, también yo tuve miedo cuando me enfrenté al grántor. Me veía demasiado frágil. Pero confiaba en que, a pesar de que te pedí que te mantuvieras lejos, sabía que me ayudarías en caso de necesitarlo. ¿Me entiendes? No estás solo.

»En cuanto a tu formación, según entiendo, el anciano Luzeum te quiere preparar para que seas capaz de enfrentar cualquier eventualidad. Imagínate que sea cierto que tengas que resurgir a más de un reino de las cenizas, o que tengas que reunir a todos los hombres bajo un sólo brazo. Quizá seas tú ese rey admirable de la leyenda al final de la estrofa:

*Si los corazones
bajo el rey admirable*

*se someten a él, todos
batallarán como uno,
y para siempre del yugo
del mal se librarán.*

»Si estás llamado a luchar contra el mismo Kyrténebre, ¿cómo lo podrías hacer si el anciano Luzeum no te guiara por el camino correcto? No es fácil llevar la esperanza de muchos sobre tus hombros. Pero debes confiar en ti mismo y verás que el tiempo irá dejando claro cuál es el camino que debes seguir.

—Entiendo, Adis, pero date cuenta de lo que significaría si llego a fallar.

—Es imposible fallar cuando aún no se ha comenzado. A cada hombre se le ha dado una misión, a unos simple y sencilla; a otros, tan grande que parecería que pueden morir aplastados por ella. A lo mejor a nosotros nos ha tocado la segunda. Hay que estar preparados para no morir aplastados por lo que el destino nos exige. Como es obvio, siempre serás libre en tu decisión.

Azariel inclinó la cabeza. Adis se le acercó y le puso la mano sobre el hombro, amistosamente. No hablaron más sino hasta que llegaron cerca de las Moradas del Rey.

—¡Anímate, Azariel, ya casi llegamos! —exclamó Adis.

—No estoy triste, sólo reflexiono sobre lo que dijiste —y respiró hondo.

El anciano Luzeum saludó a la última y única generación del Esponto Azul. Los presentó ante el rey Gueosor. Hubo una serie de protocolos entre ambos reyes. El rey del Esponto Azul se presentó como uno más de sus siervos, arrodillándose ante el rey Gueosor, pero el soberano de la Foresta Negra se comportó con cortesía e hizo que se levantara.

Como el clima dentro de las Moradas del Rey era tan favorable, todas las comidas se ofrecían al aire libre. Si llovía, se daban bajo una palapa. Para la cena de bienvenida, la reina Grepina escogió un claroscuro en medio de un grupo de gigantes. Al banquete asistieron también los dos príncipes de la Foresta Negra: Graseo y Gladreo, además de Adariel y algunas familias principales.

Sólo faltó el general Aómal, quien se encontraba postrado en cama debido a la picadura de un mosquito cerca del cementerio natural, a donde Adis había llegado la primera vez que pisó las tierras de la Foresta Negra. Aunque ya le habían aplicado los mejores remedios, debido a la avanzada edad del general Aómal, sólo el descanso y las fuertes ganas de vivir podrían terminar de combatir el virus que tenía.

—¡Por fin llegan, muchachos! —gritó una voz muy conocida—. Los esperaba hacía horas.

—¡Luzeum! —contestó Azariel.

—¡Sapiente Sénex Luzeum! —lo saludó Adis.

—¿Qué les sucedió en el camino? —preguntó con voz paternal—. ¿Por qué tardaron tanto?

—Ánimo —susurró Adis—, di la verdad, como siempre.

—Quizá no me vayas a creer —comenzó hablando Azariel, ante estas palabras el ignisórum puso ceño grave.

—¿Qué pasó? —insistió al notar en él cierto titubeo.

—Camino al río Urno, un… —dudó un poco más, pero tomó fuerzas y dijo—: un grántor…

—¿Un grántor dices? —le interrumpió.

—Sí, Adis perdió su espada cuando lo mató. Mira su mano, tiene marcas de unas gotas de sangre que le quemaron.

—¡Basta! —dijo moviendo la cabeza.

—Sé que no tiene lógica, pero…

—Azariel, te creo —dijo cortándole las palabras—. Ahora entiendo el miedo que recorrió mi cuerpo antes del mediodía, ¿no fue en ese momento? —los dos asintieron y el anciano continuó—: Ese grántor llegó aquí, no tanto para matar, sino para ver si hay alguna forma de penetrar el reino. Espero que sólo haya sido uno. Si hay más, el enemigo se dará cuenta de que el río es nuestro punto débil.

—¿Quieres decir que el grántor es un espía de Kyrténebre?

—Sí, Adis, él está buscando cómo penetrar y matar... —guardó silencio, y se puso reflexivo. Después, tomó la mano de Adis—. ¿Cómo te cayó la sangre?

—Cuando le enterré mi daga parece que le atravesó el ojo y la sangre salió como un chorro a presión. Algunas gotas me alcanzaron.

—Veo que Azariel ha hecho un buen trabajo con el *fungis fuocoris*.

En ese momento, el caballero de Alba sintió cómo el ignisórum le acariciaba la mano herida, que aún le dolía un poco. Las manos del anciano le infundieron un frescor curativo, no comprendió cómo, pero cuando le soltó la mano ya no le ardía. Incluso las manchas negras del hongo habían desaparecido. El anciano sonrió como un padre lo haría con un hijo que ha caído en dificultades y no sabe cómo salir de ellas.

—Azariel, tu mamá te espera en la cena. Adis, tú debes asistir también. Además, tu prometida está ahí y te aguarda. Yo voy a dar una vuelta y regreso —dijo, mientras los repasaba con la mirada—. Por favor, dense un buen baño antes de ir, y pónganse un poco de crema, ¡los mosquitos se han dado un banquete con ustedes! Ah, la cena es en el corro de gigantes, en el lado noreste de las Moradas. Apresúrense, de lo contrario no van a alcanzar ni el postre —y sin más, se alejó.

—¡El colmillo del cocodrilo! —le recordó Azariel.

—Déjalo afuera de mi habitación, por favor.

—¿Te veremos en la cena?

—No lo creo. Hay mucho que hacer esta noche —respondió sin volverse, y el anciano vestido de luz se perdió en medio de la oscuridad de la noche.

VII

EL ESPONTO AZUL

Llegaron al mismo tiempo al umbral del corro de gigantes. Una melodía llegó hasta sus oídos. Las luces danzaban dentro del círculo. Los comensales reían y festejaban la venida del rey Durmis, soberano del extinto Esponto Azul.

Cuando entraron se hizo un silencio. Los dos llevaban los rostros rasgados por el roce de las ramas, mostrando ser hombres montaraces, aunque sus ropas les daban un tono real, como si de seres sobrenaturales se tratase. El joven Azariel notó que un hombre maduro ocupaba el puesto frente al rey Gueosor. Sin duda era el rey del Esponto Azul. A su derecha, había una mujer quien, por su porte, dedujo que se trataba de la esposa del huésped. A la derecha del monarca de la Foresta Negra se encontraban su esposa, Grepina, y sus hijos, los príncipes Graseo y Gladreo. Adariel, a la izquierda de Gueosor, quedaba frente a la reina del Esponto Azul. Finalmente, al lado de Adariel había un puesto vacío, y el de enfrente lo ocupaba la hija del reino desaparecido.

—Rey Durmis, te presento a Azariel, el hijo de Adariel —dijo el rey Gueosor.

—Mucho gusto en conocerte, joven —replicó el huésped, alargándole la mano.

—No hay duda de que eres hijo de Adariel —dijo la mujer sentada a su lado—, tienes la misma forma de mirar, aunque tus ojos tienen un tinte distinto.

—La reina Dáquea, mi esposa —la presentó el rey Durmis.

Azariel correspondió a cada saludo conforme el ignisórum Luzeum le había enseñado. Normalmente en el reino de la Foresta Negra no existía tanta formalidad, pues el gobernante de las Moradas no tenía ningún castillo ni fortaleza que lo separase del resto de su gente. La única diferencia era su casa, construida un poco más grande que la del resto de los moradores. Aunque sus súbditos solían saludarlo con una inclinación de cabeza, era accesible a todos. De hecho, solía caminar todas las tardes entre sus habitantes y no contaba con guardias que lo custodiaran, pues era amado por todos. Pero en esta ocasión quisieron mantener el protocolo, en atención a la dignidad real de los soberanos del Esponto Azul, quienes hasta en ese momento vivían como cualquier otro aldeano. Durmis había aprendido el oficio de panadero y abrió su propio negocio incluso antes del nacimiento de la princesa Dandrea, aunque no por esto había abandonado el estudio y los conocimientos reales.

—Rey Durmis —dijo el rey Gueosor—, este gran hombre que ves aquí se llama Adis. Y aunque el caballero pertenece al reino de Alba, puedo decir con honor que no hay mejor hombre en la región que él.

Adis inclinó la cabeza ante el rey y con palabras sencillas agradeció el buen gesto y la alta estimación que se le tenía.

Después de los saludos protocolarios, ambos se sentaron. El lugar reservado para Adis estaba junto a Gasiel, hija de Gydar, hermano de Gueosor, quien era su prometida, una mujer de ojos profundamente verdes y cabello rubio y ondulado como pocos en la Foresta Negra.

A Azariel no le pasó inadvertido que lo habían situado frente a la princesa Dandrea. Ella le sonrió al acercarse. Una de las moradoras le preguntó a la doncella qué postre quería. La dama se volvió y una gema argéntea rutiló sobre sus trenzados cabellos, oscuros, lisos y bellos.

—Permítanme presentarles a mi estrella marina —habló el rey Durmis—. Su nombre es Dandrea, que significa «aurora boreal».

Mi esposa decidió el nombre. En Boca de Arguel muchas veces nos despertamos con «la sonrisa de la mañana», la aurora boreal. Era muy frecuente por allá. Dandrea es nuestra sonrisa, no sólo de la mañana, sino de todos los días. Fue la única hija que pudimos engendrar después de mucho intentarlo. Hubo un tiempo en el que temimos que el linaje se perdería para siempre y justo cuando más desconsolados estábamos, nació ella.

Miró de nuevo a todos y sonrió. Azariel pensó que en verdad no sólo su sonrisa, sino todo su rostro componía una promesa matutina. Fue entonces que entendió a qué se referían las historias cuando hablaban de la belleza de las habitantes del Esponto Azul.

—¿Algo para cenar? —le preguntó a Azariel una moradora.

El joven tenía tanta hambre y hacía tanto tiempo que no disfrutaba de una cena como la de esta noche, que le fue imposible decidir. Todo le parecía delicioso, así que le dejó la iniciativa a la moradora:

—Lo que sea, pero que sea sustancioso —dijo con apetito—. El día fue largo y no he comido nada desde el amanecer.

—Escuché que tuviste una misión peligrosa en el bosque —comentó Dandrea interesada.

Azariel miró esos ojos oscuros y profundos frente a él. La princesa provenía de un lugar remoto, donde se decía que el sol y la arena producían hermosos efectos sobre la piel humana. Tal vez, pensó, era la mujer más hermosa que jamás había pisado la tierra. Su cuerpo estaba torneado por el trabajo, por amasar la harina y el cargar las bandejas de pan, quizás hasta cortar y preparar la leña para los hornos le habían dado a la joven una esbelta y bien marcada figura. Además era muy inteligente, según decían, pues el negocio de su padre era próspero gracias a la buena administración de Dandrea. Un halo de sencillez parecía cubrirla, y si bien nunca había tenido la oportunidad de vestir con la pomposidad con la que sus antecesores lo hicieron, al elegir el vestido para la velada optó por uno largo y cándido, sin adornos especiales, lo cual armonizaba con su carácter. Y aunque su voz era melodiosa con una postura apacible, sus ojos irradiaban vigor en vez de fragilidad, inteligencia en vez de vanidad. Su nombre no simbolizaba alegría solamente, estaba lleno de significado en su propia personalidad, ya que parecía haber nacido con la fuerza de los primeros rayos solares que con suavidad, pero con decisión, empujan y libran a la tierra de la oscuridad.

Dandrea insistió:

—¿O acaso es un secreto de Estado?

Azariel salió de su abstracción y respondió sin pensar:

—No, claro que no, salí con Adis a una misión que me encomendó el anciano Luzeum, ¿lo conoces?

—Claro que lo conozco —respondió ella con una sonrisa—. Él nos invitó aquí. Creo que hasta se encargó de la cena, porque él mismo asignó los lugares antes de que se marchara.

—¿Cómo? ¿Se encargó de esos detalles? —preguntó Azariel, aunque no le sorprendió, Luzeum era muy minucioso.

—Sí, al inicio el rey Gueosor me indicó que me sentara junto a mi padre, de aquel lado, y cuando estaba por sentarme, el sapiente Sénex Luzeum se acercó y me ofreció esta silla.

El joven Azariel oteó la zona que la princesa le había indicado. Sus ojos se toparon con los dos hijos del rey, Graseo y Gladreo, quienes lo saludaron con la mano. Azariel devolvió el saludo y una leve sonrisa se le escapó.

—Entonces, ¿se puede saber de qué misión se trataba? —insistió de nuevo.

—Tenía que ir a echarle un vistazo al río Urno y traerle un colmillo de cocodrilo —respondió como si le hubiera dicho que sólo fue al río a darse un chapuzón para refrescarse.

Pero ella había escuchado del río.

—¡El Urno! —exclamó exaltada—. Me han contado que sus aguas están infestadas de pirañas, serpientes acuáticas y cocodrilos. Es muy peligroso. Desde que llegué aquí, me comentaron que cuando uno quiere salir de las Moradas tiene que hacerlo en grupo de cuatro o cinco mínimo, ya que el peligro en la selva es constante.

Me explicaron que el clima de la Foresta Negra es apto para que en sus entrañas crezcan los animales más peligrosos y salvajes de toda Ézneton. Me sorprende que tú y Adis anden solos por la jungla.

—No es tan peligroso como parece, además, no está lejos del primer anillo de seguridad del reino. De hecho, la parte donde habitan las pirañas y las anacondas está casi pegada al límite de las Moradas… Y si vas en compañía de Adis, es como si te acompañara toda una tropa.

Los dos jóvenes siguieron inmersos en su conversación y se hacían más y más preguntas tratando de conocerse. Entretanto, el rey Gueosor no cesaba de hablar de las grandes hazañas de Graseo y Gladreo. La comida de aquella tertulia había sido fruto de la caza de los dos hijos. Ambos eran hábiles en el uso del arco, por no decir unos ases. Grepina, la reina, asentía al panegírico.

Cuando casi todos saciaron sus ganas de comer, pues Azariel aún seguía en el primero de cuatro platillos, el soberano de la Foresta Negra aplaudió. La conversación cesó. Se puso de pie. Cogió una copa de vino tinto y bebió. Luego, con voz fuerte para que todos los presentes lo escucharan bien, habló:

—Es costumbre en mi pueblo que, después de que los deseos de comer y beber han quedado satisfechos, una joven nos cante las maravillas de la Foresta Negra. Algunas veces nos entona una melodía salvaje como las fieras que merodean aquí. Otras, la canción resulta rítmica como el correr de las aguas del Urno o del Ordín. A veces, la tonada es tan suave que parece no querer elevarse por encima de las flores y serpentea por los suelos. O la voz llega hasta las mismas estrellas. Todo esto es normal en nuestras cenas. Por lo mismo, me gustaría poder escuchar una historia diferente. Me encantaría oír cómo habla el océano en Arguela, o qué han visto los arrecifes de Boca de Arguel. No sé si las olas han traído venturas o desventuras. Rey Durmis, te pido a nombre de todos, que nos hagas el honor de escucharte y con tus palabras nos pintes los más recónditos lugares en los que el horizonte se une al mar. Es doloroso contar las hazañas del pasado; sin embargo, rey Durmis, no es una quimera de dolor la que se ensancharía en tu corazón, si al relatarnos tu historia, tus palabras son de aviso y guarnición. Aviso para los reinos que viven; guarnición para nuestra lucha contra el enemigo.

El rey Durmis se levantó. Tomó una copa de vino y bebió.

—Es señal de amistad, rey Gueosor, la que me haces al honorarme de esta manera. Cantar las grandezas del Esponto Azul me tomaría muchos años. La tertulia está pronta para llegar al filo de la noche. Quizá tendrán que escucharme hasta el despertar del día, y si ése es tu deseo, así será. Mas antes de iniciar, quiero agradecer tu hospitalidad y me gustaría poder restituírtela de algún modo, aunque sea a través de tus hijos. Por ahora, doy inicio a los cimientos de un gran reino, hoy en ruinas.

Cuando mencionó a los vástagos del soberano, éstos miraron al instante a la princesa. En los ojos de Durmis brillaba la esperanza de unir la estirpe de ambos reinos y dar continuidad a la casa real del Esponto Azul; en cambio, Dandrea miró con desconfianza a los dos jóvenes gallardos, aunque encontró tranquilidad con Gasiel, quien estaba sentada a su lado derecho y le susurró algo al oído.

—Mucho antes de la unión de las Piedras, mucho antes de que Kyrténebre, el Gran Dragón, cubriera los cielos, existió un reino. Fue fundado sobre los arrecifes de la bahía Arguela, una de las regiones más conocidas por la construcción de sus barcos. Todos eran marineros. Muchos, pescadores. El poder creció. El dominio de las aguas les otorgó riquezas. Los fuertes les dieron seguridad. Pero al igual que los demás reinos, no era la fuerza ni el dominio ni las riquezas lo que los motivaba a crecer, a agruparse, a formarse como reinos. Ellos buscaban el poder de comprender y de entender. Poder de comprensión, dado que hay mucho más que aprender de lo que nos rodea. Cabe admitir que también hay que comprender más allá de lo que nuestros ojos vislumbran, pues el horizonte está siempre a lo lejos y nunca al alcance de la mano. Poder de entendimiento respecto al otro porque se reconocían, no como diversas razas, extrañas unas de otras, sino como una enorme familia. El otro no completaba a uno, sino que era el verdadero otro-yo.

»La historia desciende como una escalera perfecta hasta mí, no sé si seré capaz de cantar las glorias de un pueblo perdido, de un pueblo que no existe más —aquí, el rey Durmis tomó un poco de aire y continuó—. Mi pueblo vivió muy tranquilo durante varias décadas. Hubo un momento, el cual todos conocen muy bien, en el que los corazones de los hombres se volvieron negros y duros. ¿Cómo logró el Gran Dragón sacarles sus corazones y darles unos de piedra? No lo sé, pienso que podemos ver los resultados y dejar que ellos mismos nos muestren la llegada de las sombras. ¡Cómo podremos olvidar las innumerables batallas que los espontanos tuvimos que afrontar, no sólo para salvaguardar al Esponto Azul, sino para ayudar al amigo necesitado! Creo que en nuestras mentes, a pesar de haber pasado tantos años, aún nos maravillan las proezas de antaño. ¡Cuántas veces el Esponto Azul y tantos otros reinos acudieron al llamado amigo! Incluso antes de que la voz de ayuda se escuchara. Sin embargo, sabemos muy bien el año, el mes y el día en que mi pueblo daba señales de perecer, porque en verdad jamás morirá. El 13 de agosto de 1516 cayó el último estandarte del Esponto Azul. Pero muy cerca de Boca de Arguel existía una cueva, a la cual se podía acceder sólo cuando descendía la marea, de lo contrario, la entrada a la misma era dificilísima, casi imposible.

»Aquel mismo día, las aguas dieron paso a la entrada de la cueva. El príncipe Daruo y su esposa Aeoí lograron esconderse en sus entrañas —el rey Durmis recorrió con la vista a los oyentes y fijando su mirada en Adariel continuó—: Todos sabemos la gran alianza que existía entre el Esponto Azul y Glaucia, pues Daruo era el heredero del Esponto Azul, y Aeoí era la hija del rey Ádeor de Glaucia. Fue así como la sangre real se preservó a pesar de su aparente desaparición.

»¿Cómo sucedió la caída del Esponto Azul? —reflexionó en voz alta—. ¿Cómo es que sus aguas ya no cargan los barcos de los espontanos? ¿Por qué las corrientes tan frescas del océano ya no acarician los semblantes, ahora tristes, de los que aún habitan por ahí? La respuesta es muy sencilla, todos la conocen: Couprén la invadió. Pero hay que recordar que el reino de Couprén no lo hizo sólo. ¡No! Ríomönzón y el Reino Negro ayudaron. El Esponto Azul cayó, ¡pero fue necesaria la alianza de tres poderosos reinos para lograrlo!

Las estrellas brillaban en lo alto del firmamento. El aire serpenteaba con pereza entre los comensales. Todos mantenían la vista fija en el rey. Los oídos no percibían otro sonido fuera de su voz. Incluso el joven Azariel y Adis habían dejado de comer para prestar toda su atención. El vestigio viviente del Esponto Azul continuó hablando después de un trago de agua.

—Lo que ha llegado hasta mis oídos de lo que sucedió aquel 13 de agosto del 1516, es el testimonio del rey Daruo. Se cuenta que logró esconderse junto con su esposa en una hora límite... Límite porque toda la tierra se había cubierto de una oscuridad tal, que a pesar de ser mediodía, el sol no se vislumbraba en lo alto del cielo; vaya, era un velo más negro que la misma muerte. Dicen que cuando atacaron, nadie podía ver más allá de sus pupilas, como si en cuestión de segundos hubiesen quedado ciegos. Ni siquiera las casas que ardían se veían. Todo perdió no sólo su belleza, sino hasta su color. Nadie en absoluto sabe qué sucedió con exactitud. Los miles que perecieron, murieron sin darse cuenta, no vieron venir al enemigo. Algunos lograron percibir con los oídos que se acercaba su hora, pero nada más...

El rey Durmis tuvo que guardar silencio, no tanto por el acontecimiento que acaba de relatar sino porque justo en ese momento, un hombre anciano y vestido de luz se incorporó al corro de los gigantes. Su rostro, aunque tranquilo, mostraba cierta preocupación.

—¿Qué sucede, anciano Luzeum? —preguntó el rey Gueosor.

—Creí que nos sobraba tiempo, y ahora veo que no —le respondió el ignisórum—. No quiero alarmarte, pero creo que el enemigo ha encontrado el punto débil de este reino.

—¿Cómo es eso posible? —dijo el rey Gueosor levantándose de su asiento y cerrando el puño de su mano izquierda.

—El día de hoy, Adis ha eliminado a un grántor a unos metros del límite de las Moradas —le respondió el anciano.

Al escuchar el nombre de esa alimaña, los presentes pusieron rostros temerosos. Azariel notó que la dama Dandrea miró a su padre con preocupación. El hijo de Adariel levantó su mano hasta la de ella, tocándola por primera vez, sintió su piel suave y notó que los bellos del antebrazo se le habían erizado. Y con sus ojos le infundió confianza y seguridad.

—¿Qué hay de los cocodrilos? —intervino Graseo, el príncipe heredero de la Foresta Negra.

—¿O de las anacondas y las pirañas que lo infestan en sus vertientes más cercanas? —esta vez fue Gladreo, su hermano.

—Príncipes, ustedes nunca han visto un grántor. No saben cuán peligrosos son. No saben cuánto se les teme. Incluso los enormes cocodrilos del sur del Urno se aterrorizan ante ellos. Las pirañas saldrían del mismo río si pudieran y las anacondas abandonarían su hábitat frente a tal alimaña. Los grántores son engendros malignos, créanme. Poseen en su misma naturaleza la marca del dragón. No dudo que éste fuera enviado por los mismos servidores de Kyrténebre. He salido a revisar la zona y al parecer fue sólo uno —Luzeum se dirigió a Adis con la mano—. Ha sido este caballero quien ha evitado que el grántor regresara a quien lo envió —luego, le dirigió la palabra—: Te lo agradecemos, Adis. No pude salvar tu espada. Cuando llegué, la sangre... mejor dicho, el ácido que corre por sus entrañas ya la había corroído por completo. Luego se dirigió a todos: debemos actuar lo más pronto posible.

—Sé que no soy nadie aquí para hablar —dijo la reina Dáquea—, pero si no hacemos lo que Luzeum nos dice, pronto caeremos en desesperación o la locura nos destruirá —evocando lo que ahora era su reino desaparecido.

—¿Locura, desesperación? —repitió Luzeum—. No, reina Dáquea, no. Sólo desesperan aquellos que ven el fin del futuro que aún no ha llegado y no dudan que será así. Es verdad, existe una necesidad imperante de actuar y es parte de la sabiduría el reconocerla. Pero no podemos atarnos a falsas esperanzas. No podemos imaginar que estos reinos sobrevivirán a las alas de las sombras. Eso sería abrazar vanas y falsas esperanzas. Es como alguien que cree que ha escapado de las fauces de un lobo escalando un árbol, sería una insensatez creerse a salvo en las ramas del árbol, cuando en el suelo aguarda pacientemente el lobo a que descienda. No, llegará la hora en el que el hombre se tenga que enfrentar al lobo, a menos que reciba ayuda de otro lado. Nosotros estamos dentro de la selva, el mal no nos puede tocar; pero el hilo de los anillos de seguridad puede romperse... Debemos evitar que eso suceda, estaremos preparados para evitarlo —y enfatizó, viendo a Azariel de forma directa— *mucho antes.*

—¿Qué haremos para evitarlo? —se adelantó a decir el rey Durmis.

—En tres días tendremos una reunión en el Salón de Fuego, al cual están convocados tú, rey Durmis, el rey Gueosor, junto con los príncipes Gladreo y Graseo. Quisiera invitar también a tu primo Gydar, pero sé que ahora se encuentra en la cordillera de las Aldiernas trabajando en la fragua de armas, así que prefiero que siga con su labor. Me encantaría que el general Aómal asistiera, pero es más importante dejarlo descansar para que sane por completo. Adis y Azariel, los quiero ver ahí también —ambos inclinaron la cabeza—. Los quiero a todos presentes antes del despuntar del sol. Ninguno traiga luz consigo. Caminaremos hasta el Salón de Fuego, bajo el velo de las sombras. Allí les explicaré lo que se les requerirá. Que las venas dejen correr la sangre nueva, porque el momento ha llegado —y diciendo esto, se alejó de ahí sin más.

Y con estas palabras se dio por concluida la velada y cada uno de los invitados se alejó pensativo a su casa.

La penúltima en levantarse fue Dandrea, quien había advertido a sus padres que esperaría a Azariel. Durante largo tiempo observó cómo éste terminaba sus últimos bocados. Estaba muy pensativo, las palabras de Luzeum lo habían llenado de interés, por su mente volvían, en continuos golpes de imagen, los ojos del anciano cuando dijo que el momento había llegado. Su mirada le había parecido una espada filosa que le penetró hasta el alma. Cuando escuchó que Dandrea se levantaba, él la miró de nuevo. Ella sintió que se ruborizaba y, sin saber qué hacer, le devolvió una sonrisa.

—Dama Dandrea —le dijo—, imagino que aún no conoces bien el lugar y quizá te puedo mostrar los grandes jardines, los árboles magníficos y las bellas flores que crecen por aquí. Además, tendré un par de días antes de la reunión, creo que es suficiente tiempo para asegurarme de que no te perderás por los senderos de las Moradas del Rey.

—Azariel —habló mirándolo a los ojos sin pestañear—, ¿podrías comenzar como guía hoy mismo? No recuerdo cómo regresar a mi habitación y todos se han marchado.

—Por supuesto —se levantó de golpe.

—¿No vas a terminar de comer? Puedo esperar… De hecho, ya lo estoy haciendo.

—Despreocúpate —se apuró a decirle después de echar un vistazo a su plato—. Ya mañana tendré oportunidad de reponerme por completo. Vamos.

Avanzaron juntos hasta el borde de los gigantes, ahí las luces ya no bailaban y el tramo que seguía era medio oscuro. Dandrea tuvo que cogerse de la mano de Azariel para no perderse.

De camino hasta las Moradas, hubo momentos de silencio, momentos de charla. No habían llegado aún, cuando él se volvió y viéndola de frente le dijo:

—Creo que hoy he encontrado lo que buscaba desde hace tiempo.

—¿Qué buscabas? —le preguntó ella con una sonrisa.

—Desde que llegué aquí, me han contado que no pertenezco a la raza de los moradores, sino a la de un reino del pasado, como el tuyo. A veces he llegado a preguntarme quién soy en verdad…

Con todo, hoy algo ha cambiado en mi vida. Me gustaría explicártelo, pero no sé cómo. Está muy dentro de mí y lo vivo, pero no sé cómo expresarlo.

—Es normal, supongo. Lo único que se me hace raro es que no sepas quién eres. Explícate, por favor.

—Soy el último de los glaucos, junto con mi madre. Aun así, parece que tengo mucho por hacer, pero lo desconozco.

—¿Crees que la reunión te aclarará todo?

—El anciano me ha dicho con antelación que ni siquiera él sabe qué me depara el futuro.

—Siento mucho que no tengas presente tu inicio para que así puedas llegar a tu fin. Sin embargo, me dices que ya has encontrado tu destino o, más bien, el fin de tu búsqueda.

—¿Quieres que sea claro?

—Quiero —respondió ella mirándolo con ternura y benevolencia.

—Entre las flores más bellas que crecen aquí, no encuentro ninguna que se te compare. Aunque por lo poco que he podido percibir, el rey Gueosor parece que quiere ofrecerte ser partícipe de su reino. En cambio, yo no sé bien qué pueda ofrecerte. Mi futuro es muy incierto. No tengo otra cosa que obsequiarte, sólo la impresión que hasta ahora tienes de mí. Soy tal cual me has conocido en esta cena.

Dandrea examinó al joven, observó sus atavíos de montaraz, el rostro lacerado por la intemperie, sus brazos encrespados. Sus ojos se posaron en los del joven, de un negro intenso como el cielo de noche, y suavemente se soltó de su mano. Desvió la mirada hacia la luna, que brillaba esplendorosa, y dándole la espalda, avanzó unos cuantos pasos.

—Azariel, ¿piensas que he recorrido todo este camino simplemente para verme llena de joyas y esmeraldas? ¿Piensas que haber dejado la orilla del mar con sus olas espumeantes, el sol sobre la frente y el sonido de las gaviotas, no significa nada para mí? ¿Crees que he venido de mis puertos queridos a encerrarme en esta jungla, en esta prisión verde? —se dio media vuelta y volvió a mirarlo, pero de su rostro caían lágrimas que brillaban como pequeñas estrellas—. Si piensas eso de mí, estás equivocado. No son las perlas lo que me atraen, mucho menos el vestido que cubre el cuerpo. Las perlas se te pueden perder y los vestidos terminarán desgarrados por el uso. No quiero tener cosas, sino poseer lo más importante: el amor.

Ella se le acercó y lo abrazó, mientras sus párpados vertían más lágrimas.

—Entonces... —razonó Azariel—, ¿prefieres el amor antes que reinar sobre la Foresta Negra?

—No quiero ser reina, si no reino contigo... No quiero vida sino la vivo contigo.

Azariel y Dandrea se fundieron en un fuerte y apasionado abrazo. Sus labios se encontraron en la oscuridad de la noche y la luz de la luna los cobijó.

VIII

LA PRINCESA DANDREA

—Pasa —se adelantó el ignisórum Luzeum.

—Buenas noches, anciano —dijo Azariel al entrar.

—¿Qué haces aún despierto? Imaginé que estarías descansando después de este largo día, ¿o es que aún te quedan fuerzas para ir de cacería? —dijo, guiñándole un ojo; Azariel agachó la cabeza, ruborizado—. No te sorprendas, no los escuché, aunque reconozco que los vi caminando juntos.

Azariel se quedó observando al anciano; una ligera sonrisa se le vio en la comisura de los labios:

—Pues sí, aún me quedan fuerzas para eso.

—Desde luego —replicó el anciano—, el amor todo lo puede, incluso, sabe sacar fuerzas de la flaqueza. Pero, dime, ¿de qué querías platicar?

—Ahora que, digamos —el joven notó un objeto que parecía de barro sobre la mesa del anciano—, he echado raíces en tierras de espontanos, me ha entrado miedo por lo que pasará en el futuro, sin mencionar tus palabras oscuras, que ésas sí me dejaron más perplejo que nada. Algo me dice que tendré que dejarlo todo. Abandonar incluso la hermosa flor que encontré el día de hoy. Tengo miedo. Lo peor de todo es que no sé con exactitud a qué le temo.

El anciano lo tomó del hombro:

—Cada opción implica, explícita o implícitamente, una privación —le explicó más en tono paternal que de maestro—. Elegir es renunciar a algo más. Pero tengo que explicarte que tú no estás viendo bien los acontecimientos. Piensas que comprometerte con Dandrea implica que tendrás que negarte a cualquier otra misión o llamado, ¿verdad? No es así, no en tu caso. Tú puedes, por ejemplo, seguir siendo un cazador de estas junglas y al mismo tiempo puedes ser un gran conocedor de las hierbas de curación. Ambas ocupaciones no son contradictorias en sí. Cuando te comprometes con una mujer, tienes el deber y la obligación de serle fiel, pero esta fidelidad no se contradice con la que le debes a los demás. Ahí tienes a Gueosor, el hecho de que se haya casado con la reina Grepina no le impide actuar como rey, pero sí el hacerse de otra mujer, porque su mujer es Grepina. ¿Lo entiendes?

—¿Quieres decir que pase lo que pase en el concilio no irá en contra de lo que amo y quiero?

—Al contrario —rio Luzeum con ternura paternal—. Te unirá más a lo que amas y quieres, aunque pueda que seguir tu camino te lleve lejos de ella. Aunque aquí ya me estoy adelantando, ya que no soy yo el que decidirá sino que serás tú.

—¿Y cuál será, según tú, lo que se deba elegir?

—No te preocupes tanto de lo que yo quiera que suceda, más bien preocúpate de seguir los dictámenes de tu corazón. Es allí en donde se toman y eligen las decisiones más importantes de la vida. Los demás somos simples instrumentos para que se conozca mejor lo que se debe hacer en cada momento. Cada quien decide seguirlo o no.

—¿Y si elijo mal?

—Es casi imposible.

—¡Imposible!

—Siéntate, déjame explicártelo. Los dictámenes del corazón yacen en lo más interno del hombre. Constituyen un elemento fundamental de lo que es. Muy a menudo, eso que nos pide el corazón va muy contrario a lo que sentimos o queremos. Sé que parece casi una contradicción, pero no lo es. Esos impulsos de nuestro interior son como guías que nos conducen a la felicidad, pero podemos seguirlas o no. Es ahí en donde entra nuestra libertad. Más bien, diría que la verdadera libertad, la que es capaz de elegir lo mejor para uno mismo sin importar lo demás. Puede que al inicio realizar con determinación lo que queremos pueda colmarnos de dolor, sufrimiento y hasta falta de entendimiento de los demás hacia nosotros; a la larga resultará una fuente de donde sólo brotará de manera continua la verdadera felicidad. No obstante, puede ser peligroso o incluso mortal seguir la primera decisión que tomamos.

—Entiendo —dijo Azariel.

—Tú tienes un corazón y una voluntad tal, que escogerás la muerte si la muerte fuese necesaria, aunque tu misión quizá resulte peor que la misma muerte. Por otro lado, me alegro por ti, has iniciado hace tiempo el camino de la sabiduría y la madurez. Conocer los principios de nuestro actuar y aceptarlos es mucho mejor que mil colmillos de cocodrilos. Por cierto, gracias por el que me trajiste hoy, mejor dicho, el día de ayer, porque ya ha pasado la medianoche y pronto va a salir el sol.

—Espero pasar hoy una noche tranquila, sin que me tengan que atar a un caballo —bromeó el joven.

—Ya no será necesario —rio el anciano—. Te aseguro que te dejaré libre estos días antes de que nos veamos en el Salón de Fuego. Asegúrate de que nuestros nuevos huéspedes se sientan en casa. Sé que les costó mucho venir. No es lo mismo vivir en tierras cuyos límites son delineados por el manto marino que se extiende en lontananza, a estos que te encierran a unos cuantos pasos y no te dejan ver más allá de la hilera de árboles que tienes enfrente.

—Dandrea me dijo que se sentía como atrapada.

—No por mucho tiempo... Además, los bosques también encierran cierta belleza, distinta a la de la playa, pero belleza.

—Haré lo mejor que pueda. Me voy a descansar.

—Antes de que salgas, permíteme darte un breve consejo.

—¿Sí? —le dijo justo en el lindel de la puerta.

—Asegúrate de dormir bien estos días.

—Lo haré.

—Espera, una cosa más —esta vez, fue el anciano el que estaba bajo el lindel de la puerta.

—¿Si?

—Sé tú mismo.

—Está bien —respondió medio confuso—. No sé por qué lo dices, pero está bien, seré yo mismo.

—Con el tiempo entenderás el porqué de este consejo... Adiós.

Azariel, agotado e impaciente, corrió a su habitación. Cuando llegó, vio la cama. La tentó. Le pareció muy suave después de tanto tiempo sin dormir en una, pues sus días de entrenamiento casi siempre terminaban en el establo y ahí caía rendido. Prefirió acostarse en el suelo; aunque descansaría por un par de días de sus entrenamientos, no quería perder el temple que había conseguido.

—¡Un día sin que Adis venga a molestarme como de costumbre! —exclamó al despertar, muy tarde, cuando el sol ya había alcanzado su cenit. Y aún con el cuerpo adormilado, se levantó de un salto para ir a darse un baño.

De regreso, escuchó que ese día la comida sería servida al amparo de los árboles *quercubesces* y se puso en marcha en esa dirección.

Cuando llegó, notó que sólo estaban sentadas a la mesa las familias reales de la Foresta Negra y del Esponto Azul. Sin embargo, apenas Dandrea percibió su presencia, se levantó a recibirlo. Azariel, sin pensarlo, la tomó entre sus brazos y la besó a la luz del sol. A ninguno les preocupaba ocultar lo que tarde o temprano sería evidente a los ojos de los soberanos Gueosor y Durmis, o para los príncipes Graseo y Gladreo. El padre de la dama tuvo el impulso de impedir que los jóvenes se retiraran al jardín, mas el rey Gueosor, con un simple gesto de la mano, puso fin a la escena. La reina Dáquea, en cambio, se alegró al ver a su «aurora boreal» radiante de felicidad.

Azariel condujo a la doncella a un bello claro alfombrado con cientos de flores. Los rayos del sol cortaban con suavidad la atmósfera, cayendo sobre sus fases como una caricia. Un viento fresco, pero terso, se elevó y les agitó los cabellos entrelazándolos en el aire, un azabache salvaje con un oscuro nocturno.

—¿Aún te sientes atrapada en esta jaula verde?

Ella inclinó la cabeza:

—Sí, pero quizá tú puedas aliviar mis penas no hablando de ello.

—Lo siento, nunca he estado fuera de estas tierras. Nunca he visto qué se esconde más allá de la línea de árboles. Me gustaría saber cómo es el mar.

—Hermoso, muy hermoso. Imagínate que de pronto estuviéramos en las copas de los árboles, ¿qué veríamos?

—Una extensión verde que se abre más allá, y por más que miras no puedes salir de ella, como si la vista se te perdiera en la lejanía y aún seguiría siendo verde lo que tocan tus ojos. Lo he visto desde el Pico del Águila, es sorprendente.

—El océano también se extiende hasta donde alcanza tu vista, pero su color es azul, no como el del cielo, más oscuro. La superficie siempre se mueve de un lado hacia el otro; unas veces con delicadeza, otras con fuerza, pero siempre de manera maravillosa. Sus límites no son bien delineados, las aguas pueden bañar hasta un punto y subir hasta tocar más arriba, en un ir y venir cadencioso. En ocasiones parece que el agua escala la tierra con finura, como si intentara no dañarla; otras, se golpea y se estrella y explota contra ella. Una de las cosas que más me gustan son sus olas en la playa. Me parecen pequeñas manos que se alzan y van creciendo más hasta que te acarician al caer sobre ti. Me gusta llamarlos abrazos marinos. Pero no creas que es todo, ¡no! Te dije que su superficie es muy distinta, siempre cambiante. En ocasiones está tranquila, y a ratos embravecida, incontrolable. Mientras que el fondo permanece siempre sereno, en una paz continua. Yo diría que esconde un tesoro por pocos visto. Me gustaría algún día llevarte ahí. Te encantaría, creo.

—Sin duda —contestó, mientras trataba de ver todo aquello en su mente.

—¿Qué sucede? Con esa cara que has puesto, me da la sensación de que no me entendiste.

—Creo que el mar es mucho más bello de lo que puedo imaginar. Nunca lo he visto y me cuesta formarme una imagen precisa de él. Algún día lo veremos juntos, te lo prometo. Y cuando llegue ese momento recordaré cuanto me has dicho y comprenderé a la perfección. Lo recordaré hasta que llegue el momento, ¿de acuerdo?

—De acuerdo —dijo ella—, y yo te llevaré de la mano, apuntándote con el dedo cada maravilla marina... Ahora que estoy recordando mi pasado, puedo ver que a final de cuentas lo que me rodea no es tan malo como creía... Creo.

—¿Te ha comenzado a gustar la selva?

—Las flores son bellas, también el canto de los pájaros. El correr del viento entre los árboles levanta un murmullo, una melodía. Lo admito, es agradable el lugar.

—¿Lo dices en serio o sólo para complacerme? —y le guiñó el ojo.

—Te lo digo con la seriedad más grande con la que jamás haya dicho algo igual. Aunque creo que el lugar se vuelve más hermoso cuando estoy contigo —y reclinó su cabeza sobre el pecho de Azariel.

—Dandrea —dijo él acariciándole la frente y besándole la cabeza—, te agradezco tu sinceridad. Quizás algún día te comprenda, si tú dices que te sientes encerrada aquí, a lo mejor yo me sentiré como perdido en medio de tanta planicie azulada.

Siempre que tenían oportunidad, se reunían en el mismo lugar para hablar del azul del cielo, del mar, de las flores, de sus corazones.

El rey Durmis, sin embargo, no perdía la esperanza de que alguno de los príncipes de la Foresta Negra desposara a Dandrea, ya que desde que fue invitado a las Moradas del rey entrevió la posibilidad de asegurar el futuro de su hija en un reino bien asentado y fuerte.

IX

LA NUEVA ALIANZA

La noche seguía su camino y se alejaba del este. El murmullo de los árboles y el clamor de los pájaros surcaban ya la Foresta Negra. Pronto comenzaron a moverse algunas siluetas al amparo de la oscuridad, como si todas fueran atraídas a algún punto, en el que desaparecían en cuanto lo alcanzaban; otras apenas comenzaban el camino.

Azariel era una de las siluetas y cuando entró al Salón de Fuego reconoció a una figura sentada en una de las sillas del corro. Más que un hombre, le pareció ver una estatua por su rigidez.

Recorrió el lugar con los ojos y vio al centro del salón la eterna flama, llameante e incandescente, casi moviéndose. El fuego se elevaba entre cuatro plumajes, «aves fénix» las llamaban.

Una vez reunidos todos los convocados, se acercaron a las sillas del corro. El silencio se arrastró hasta las paredes. Esperaban que se iniciara el concilio. El hombre que parecía como un modelo cincelado en piedra, abrió los ojos, los cuales refulgieron con la luz del fuego. Apretó su cayado y se levantó. Todos estaban mirándolo. Con su vara pareció que tomó luz del mismo fuego y lo fue colocando en los candiles que rodeaban la estancia. El lugar se iluminó.

—Los he reunido —comenzó a hablar el hombre vestido de luz— para decidir la suerte que tomaremos. El enemigo está al acecho. Nosotros no podemos seguir escondiéndonos. El hombre, como tal, no está determinado, sino que le corresponde a él determinarse; si seguimos inermes, no será el destino quien traiga las garras del enemigo sobre nosotros, sino nuestra propia negligencia y falta de voluntad para actuar. Ha llegado el tiempo de discernir nuestro futuro, pues de lo que decidamos hoy dependerá nuestro destino. No creo que ninguno quiera ser tan necio como para afirmar que el tiempo hará lo que nosotros no queramos hacer. Más bien, debemos decir que el tiempo llama a nuestras puertas para que nosotros decidamos qué medidas tomaremos para enfrentarnos a lo que ya es inminente. Antes de iniciar nuestro recorrido hacia el fin, quiero preguntarles ¿tienen alguna duda que haga temblar sus corazones? —se detuvo y miró a cada uno a los ojos. Cuando llegó con el príncipe Gladreo, descubrió en él cierto titubeo—. ¿Qué oscurece tú corazón, Gladreo?

—Anciano Luzeum —habló casi con miedo—, ¿cómo puedes decir que depende de nosotros forjar nuestro futuro? A mi parecer, sería como si tuviéramos un poder que no nos corresponde o que nos sobrepasa.

—Gladreo, tú no eres el primero en maravillarse y sentir estupor al enfrentarse con esta verdad tan grande. Lo acepto, pues sí es algo para llenarse de miedo. Tantos hombres se han cegado ante tanto poder que se le ha dado al hombre, pero es así. El hombre es libre por naturaleza, pero la libertad va de la mano con la responsabilidad: son inseparables. Es por ello que digo, y lo repito: debemos forjar nuestro futuro, porque esta responsabilidad ha caído sobre nosotros y nos corresponde actuar. No lo veas como un lastre, sino como un don que se te ha dado para ser eso que debes ser. De otra manera no alcanzarías la plenitud de tu existencia. A cada uno de nosotros se nos ha dado una misión que cumplir y se nos han dado las cualidades para lograrlo. No tienes nada que temer.

El anciano volvió a escrutar los ojos de los presentes. Los ojos no mienten, y en muchos se advertía que el miedo se apoderaba de ellos, pues el resultado de la reunión podría cambiar tanto su futuro como el de Ézneton. El ignisórum se acercó a Adis y le dio un pequeño paño. El caballero de Alba lo tomó con sus dos manos y lo guardó en su pecho. El sapiente Sénex Luzeum prosiguió:

—En los últimos años, he recibido cientos de cartas y mensajes de mis amigos. En ellas me informan de los problemas que suceden en sus lugares de origen: guerra, muerte, traición, sangre... El miedo ha extendido sus alas por doquier. Las sombras han cubierto y cegado los ojos de muchos. No sólo han caído grandes torres que supervisaban reinos enteros, sino que también han caído los sencillos de los campos. Pero como ustedes bien saben, esto no ha sucedido de la noche a la mañana... ¡No! —enfatizó—, ha sido un periodo lento y destructor.

—¿Quién ha sido para atravesarle el pecho de un tiro? —intervino Graseo, pero en su tono había más que deseos de ayudar, vanidad.

—¡Sí, vayamos con las puntas en alto para eliminarlo! —habló Gladreo, apoyando a su hermano, pero en sus palabras también brilló la soberbia aunque mezclada con incertidumbre.

—Por mi parte, brindo la poca ayuda que pueda obtener de los que aún se llaman espontanos —fue el rey Durmis quien habló, pensando que se trataba de la seguridad de algunos pueblos dentro de la Foresta Negra.

—Temo desconcertarlos, pero esta tarea es mucho más difícil de lo que ustedes creen. No es un enemigo cualquiera el causante de todo esto.

—¿Quién es? —exclamó el rey Durmis.

—Kyrténebre, el Gran Dragón, el soberano del Reino Negro —respondió Luzeum.

De pronto, pareció que sus palabras eran como chorros de lava que caían sobre los oídos de los circundantes. Se sintieron aplastados contra el respaldo de sus asientos, en especial Durmis. El anciano Luzeum, por su parte, parecía que envejecía más y sus ojos se hundían en algún recuerdo del que sólo él parecía tener memoria.

Azariel estaba perplejo, pensaba que el Gran Dragón había perdido su poder hacía tiempo, tras la destrucción de Glaucia. Así que se levantó de su asiento y preguntó:

—¿No perdió todo lo que tenía en la gran batalla de mi pueblo?

—No, Azariel —dijo el rey Durmis, y luego, se dirigió al anciano—, el abominable Dragón ya pagó su merecido, incluso creo que murió mucho antes, durante las Edades de la Alianza. Anciano Luzeum, te ruego que no trates de infundirnos más miedo del que ya has despertado. De seguro se trata de alguno de sus sirvientes que logró sobrevivir, de aquellos que piensan que enviaron al grántor aquí. No dudo que también el destructor de mi reino murió, y cuando mencionamos que Kyrténebre hizo esto o aquello es sólo una manera de hablar. No es que se refiera al mismo Kyrténebre en persona.

—Sé muy bien el dolor que te causa ver la herida de tu pasado —le contestó Luzeum sin inmutarse ante la incredulidad del rey del Esponto Azul—. Pero sabes bien que una herida jamás se cura si uno no pone el cuidado debido. No podemos cegarnos a lo que está frente a nuestros ojos, no seamos ingenuos.

—Rey Durmis —intervino el rey Gueosor—, el anciano tiene razón. Quizá se te han escapado muchos acontecimientos. Existen muchos hilos que aún tienen que ser unidos. Me atrevería a decir que aún hay verdades ocultas a tus ojos debido a lo alejado que vivías. Creo en lo que Luzeum dice, y no sólo porque él lo dice, sino porque yo mismo soy consciente de lo que se ha escrito en las cartas.

—Habla claro, rey Gueosor —rogó el rey Durmis—. Te lo suplico, no me escondas ninguna verdad. ¿Cómo sabes que las cartas dicen la verdad?

—Durante estos veinte años él ha recorrido tantas veces la tierra como nunca antes lo había hecho. Y digo que soy consciente de ello, porque él ha querido vivir aquí en ese largo periodo y lo he visto marcharse y regresar. Quizás aún no conoces con perfección al anciano, pero confía en él.

—¿Qué hay de las verdades que me fueron veladas?

—Llegaremos a ellas —respondió el ignisórum—, a su debido tiempo, rey Durmis. Ahora, sólo permítanme, como ha dicho el rey Gueosor, hilvanar algunos hechos.

En la sala, el fuego seguía crepitando, mientras la voz de Luzeum comenzaba a relatar los acontecimientos del pasado.

—Quiero llevarlos con la imaginación a que vean el pasado. Paso a paso los traeré hasta nuestra situación presente. De aquí, pasaré la voz a quien corresponda dar continuidad a la historia que estamos escribiendo con nuestras vidas.

El anciano tomó asiento. A Azariel le pareció que envejecía en sus recuerdos cuando abrió la boca para hablar. Nunca se le había ocurrido preguntarle cuántos años tenía, pero en aquel momento vio que había en él más primaveras que las que sus palabras relataban.

—Todos tenemos muy presentes los versos de Horemes Virlilio. Sus historias no eran simples cuentos como algunos creen, sino verdaderos sucesos de lo que aconteció en la historia de los hombres. Por lo mismo, creo que entre sus palabras, la mayoría omite aquéllas en donde él describe cómo todos imaginaron que habían derribado por completo al Gran Dragón. Más adelante, cuenta que se equivocaron porque él sólo había perdido una batalla mas no la guerra. Después, menciona que el Dragón, muy perspicaz, cambió de táctica haciendo creer a todos que el mal había sido arrancado de cuajo de la tierra. ¿Qué sucedió? Los reyes bajaron la guardia y un traidor la traspasó. Su intención era, por medio de su espía, conseguir el Diamante, la piedra angular de la Espada de la Alianza. Casi lo logra. Las Piedras fueron separadas, el Diamante casi destruido y la Espada se perdió. El traidor no escapó y fue rescatado lo que intentó robar. Como el Dragón no obtuvo lo que quería, se escondió envuelto en su misma sombra, pero el daño estaba hecho. Además, descubrió que mientras todos creían que él no existía, él podía incrementar más sus fechorías. Así escogió el resguardo de la noche para perpetrar sus perversidades. Cuando por fin se creyó fuerte, salió de entre las sombras y atacó. La ciudad que más dolor le había causado y la que guardaba una fuerte amenaza para él fue destruida. Ahora sólo las cenizas cubren la tierra y los edificios siguen parados exigiendo justicia. Han quedado como voces que claman a nuestras conciencias.

El rey espontano frunció el entrecejo. ¿De qué ciudad hablaba el anciano? Y, ¿cómo sabía todos los secretos de Kyrténebre, dado que éste lo había hecho todo a hurtadillas?

—De aquí —el ignisórum intuyó los pensamientos del rey Durmis—, el único que no sabe lo que sucedió hace poco, es el rey del Esponto Azul. Así que le explico con brevedad: hace una veintena de años, para ser precisos, veintidós, cayó una de las ciudades más hermosas: Glaucia, la ciudad Blanca, ardió.

—Y, ¿eso qué tiene qué ver con Kyrténebre? Sigo creyendo que el viejo Dragón murió hace décadas —comentó el rey del Esponto Azul, al mismo tiempo que se paraba.

—Lo mismo dijimos nosotros, querido rey. Toma asiento, por favor. Como ya he dicho, hay hilos que atar en el manto de los hechos y éste es uno —el anciano siguió hablando con tranquilidad—. Recuerdo que cuando escuché que Glaucia había caído fue como una lanza que me penetró el corazón. Me encontraba investigando un caso en Rúvano. Al principio, creí que se había tratado de un ataque de los gramas, aunque noté que la manera en que lucharon no fue muy propia de ellos. Pero debemos agradecerle a los glaucos. Su sangre derramada ha impedido que la nuestra se vierta. Al menos hasta ahora. Ellos lograron detener a Kyrténebre, el Gran Dragón. Él se creyó muy resbaladizo como para escapar al continuo ojo vigilante de Glaucia. Quizás en ese momento pensó que cayó sobre ella desprevenida; en verdad, no lo estaba. El rey Alancés preveía desde hacía tiempo un ataque. Nunca imaginó que el Dragón lo intentaría con todas sus fuerzas, pero él ya había preparado a su pueblo. Los glaucos mantenían la vigilancia y la disciplina. En cuanto la alarma sonó en la ciudadela, cada uno corrió a su puesto. Es verdad, casi ninguno sobrevivió, pero mermaron las fuerzas del enemigo a tal grado que Kyrténebre tuvo que volver a retirarse a su escondite para recuperarse y crear otro gran ejército y planear el siguiente ataque.

»Algunos años después, tuve que visitar Alba, la del Unicornio. A mi regreso, transité por lo que quedaba de Glaucia. Aunque ya habían pasado varios otoños, pude percibir cuán grande había sido el ejército grama y cuánto bien nos habían hecho los glaucos. Ellos impidieron el avance enemigo. En cierta manera, no sólo salvaron a Alba de un seguro ataque, sino a los demás reinos. Pero el tiempo se ha terminado, el Gran Dragón se ha fortalecido de nuevo y pronto atacará. Ahora ya no tiene miedo, pues piensa que destruyó casi por completo a la estirpe de Glaucia, porque uno de sus sirvientes le llevó la noticia de que la princesa de Glaucia sobrevivió. Me hubiera gustado haberlo detenido, pero hoy el destino nos demuestra que es más sabio y que sus planes son mejores que los nuestros, ya que gracias a esa información que le llevó su secuaz de que la princesa aún seguía con vida, hizo que el Gran Dragón se mantuviera encerrado esperando formar un nuevo ejército. Mientras no tenga la certeza de que ha vencido al destino y a la profecía, eliminando a la estirpe de Glaucia, no estará tranquilo —y el anciano miró de frente a Azariel—. Y aquí aprovecho para responderte, estimado rey Durmis, fue en esa visita en la que sentí la presencia viva de Kyrténebre. Desde la caída del Gran Dragón, yo también me quería convencer que había perecido, pero no pude. Su desaparición fue la que me dejó en dudas. Había sido tan repentina que parecía un sueño y, por lo mismo, ese sueño antes tan deseado se convirtió en una verdadera pesadilla. Fue así como me di cuenta de que Glaucia cayó no por la culpa de los gramas, sino que fue el mismo espíritu de Kyrténebre el que alentó el ataque y destruyó la ciudad. No hay otra explicación para que una fortaleza tan grande como lo era Glaucia haya caído en una sola noche.

Caminó un poco y continuó:

—Ahora bien, todos sabemos que Alba será su siguiente objetivo, una empresa fácil comparada con la aniquilación de Glaucia; después tratará de destruir el reino de Frejrisia. A lo mejor se lanza contra el Mar Teotzlán. La Foresta Negra no podrá sobrevivir cuando se vea rodeada en todas direcciones. ¿Qué decir de las Grandes Montañas? Será un lugar duro de vencer más que nada porque es muy difícil mantener a todo un ejército en esa zona tan fría; pero si ha esperado tantos años, tendrá la paciencia de conquistar ese reino. En cuanto al reino de Rúvano, debo admitir con tristeza que será parte de las huestes del Gran Dragón. Kyrténebre, muy suspicaz, ha seguido con sus tácticas ocultas y ha logrado meter sus garras muy dentro de este reino. Desde que salí de la ciudad, no he vuelto a escuchar nada de lo que ahí sucede. Incluso, nunca más he podido penetrar sus murallas.

—¿Qué hay de los hombres del Desierto? —preguntó el soberano del Esponto Azul, más convencido del testimonio del anciano vestido de luz.

—¡Oh!, querido rey, ellos se autodestruyen. El enemigo los ha puesto a luchar unos contra otros.

—¿Como sucedió en Escagáscar?

—Aún peor.

—¡Peor! ¿Por qué?

—En Escagáscar era casi toda la mitad del reino que luchaba contra la otra. Ahí, se dividieron entre los del Sur y los del Norte. Al enemigo lo tenían marcado, por así decir. Mientras que en el Desierto, todos luchan contra todos. El que te salvó la vida en la mañana, te mata por la noche —suspiró Luzeum—. Es triste. Hay que estar ahí para saber cómo sufren. Basta con mirar los millares de hombres que aumentan día a día la soledad del desierto. ¿Qué podemos encontrar ahí? La muerte. No es que le tema, no, tan sólo me duele ver tanto sufrimiento. El enemigo sabe muy bien cómo intrigar. Tantas veces tiene como objetivo matar al inocente. Y ¿por qué? Porque si no lo hace no puede inducir miedo, y miedo y terror son su poder. Quiere dominar la tierra entera. El mal se sostiene y alimenta del mal. Por ello no confío en las fuerzas de Kyrténebre. Mejor dicho, creo en la fuerza de la unión, la unión es más fuerte. Se sostiene a sí misma y no necesita imponerse.

Pero hace falta quien la lleve a todos para que decidan por fin liberarse de las cadenas que se les quiere imponer. Por lo mismo, no podemos permanecer inermes. No podemos quedarnos aquí lamentándonos. Debemos actuar. Debemos salir y crear una nueva alianza. Volver a unir a los hombres contra el Gran Dragón.

Cuando terminó de hablar. Vio que el corazón de todos estaba muy acongojado.

—Luzeum —le habló el rey Durmis—, la situación parece desesperada. No hay nada que podamos hacer. Todo ha desaparecido. El valor de los hombres que lucharon hace mucho tiempo ha quedado en el olvido. ¿Quién se podrá levantar y unir a todos los reinos una vez más? ¿Quién podrá reavivar lo muerto? ¿Quién encenderá la mecha que se apaga? ¿Quién hará fértiles los campos estériles? Por si fuera poco, queda la podredumbre que esconden las raíces de cada reino. ¡Ojalá tuviéramos una vez más la clase de hombres que brillaron en el pasado!

—Rey Durmis —interrumpió Adis con los puños crispados—, baja la voz, por mis venas también corre la sangre de Glaucia, madre de mi querida Alba.

Aquélla era la primera vez en que Azariel veía a Adis en ese estado.

—¿Pero qué tiene que ver una ciudad muerta con este peligro que nos acecha?

—Creo que el anciano Luzeum ya nos ha explicado el hecho —dijo el caballero de Alba—. Los glaucos merecen justicia de nuestra parte. Ellos murieron para que nosotros viviéramos. Su sangre fue derramada para que la nuestra corriera en nuestras venas. Pararon al enemigo por más de veinte años. ¿Acaso no son hombres comparables a los de antaño? En lo que a mí corresponde, haré honor a mis hermanos los glaucos. Soy un albo y lo cumpliré. Lo prometo.

Luzeum no mencionó nada hasta que el rey del Esponto Azul se calmó. Cuando iba abrir la boca, Azariel se adelantó:

—Me gustaría saber qué es lo que se debe hacer ante la situación.

El joven heredero había comenzado a sentir un fuego que le quemaba el corazón. No era la primera vez. Desde que conoció a la dama Dandrea, doncella del Esponto Azul, presintió que algo lo invitaba a partir, a dejar sus selvas verdes. Ahora que escuchó todo el dolor que agobiaba a tantas personas, quería hacer algo al respecto. Quería ayudar y al mismo tiempo en su interior se acumulaba un miedo aplastante, ya que no sabía cómo ayudar a cada hombre que camina sobre la faz de la tierra y tampoco quería dejar atrás a la joven que le hacía latir el corazón como nunca antes lo había hecho.

Luzeum, por su parte, le indicó con simplicidad que se sentara y volvió a hablar:

—La pregunta ha sido puesta. La respuesta será dada. Pero antes, debo mencionar un último hilo que olvidamos por completo. Ni siquiera las leyendas ni los libros guardan memoria de ello. Hubo un hombre llamado Giraldo, nacido en la Foresta Negra, aunque después pasó a vivir al reino de Frejrisia, el reino del Volcán Humeante. Ahí se forjaban las espadas más esbeltas que existían, junto con las de este reino. Cuando las Piedras Preciosas de todos los reinos se iban a juntar, no sabían cuál sería el símbolo que las uniría. Entonces se le ocurrió al reino de la Foresta Negra que se forjase una espada e incrustar en ella la Piedra de cada reino. El trabajo se le encomendó a Giraldo. Cuando le entregaron las Piedras, él vio conveniente que la Espada de la Alianza tuviera también sus custodios y fraguó ocho espadas en total. Una contendría las Piedras, y las otras siete serían las custodias de la Espada.

Durante el relato, todos reflejaban una verdadera sorpresa. Estaban atónitos. Nunca habían escuchado la historia de las espadas, aunque algunas leyendas sí las mencionaban. Luzeum, sin embargo, siguió relatando con sencillez.

—Las espadas recibieron el nombre de giraldas. Pero era menester que cada una tuviera un solo dueño. Así que se nombraron siete custodios y cada uno llamó a su espada con un nombre propio y único. La maravilla de estas espadas es que mientras se mantuviesen las siete Piedras incrustadas en la Espada, sus filos refulgirían con fuego. No había hierro que lograra detener el golpe de una giralda, pues no solo caía con la fuerza del reino que representaba, sino con la fuerza de toda la alianza.

»Las giraldas tenían una debilidad: si la Piedra del reino que representaban, era removida, la espada perdía su fuerza y sería más débil que una rama seca. Bastaba un golpe para destrozarla en mil pedazos. Giraldo era un hombre listo y sabio. Conocía bien el corazón humano. Colocó la suerte de una sobre todas. Si una Piedra era removida, todas las demás caerían de la Espada y todas perderían su fuerza.

Hizo una pausa y continuó:

—La razón por la que nunca más se escuchó de ellas, es porque en la noche siguiente a la separación, algunas fueron escondidas. Los custodios se sintieron avergonzados por haber fallado. Y espero que no se les haya ocurrido destrozarlas. Aquello hubiera sido una locura. Además, existen dos problemas: el primero es que no dejaron ninguna indicación de cómo encontrarlas; el segundo, es que hubo dos o quizá tres que sí fueron destruidas —el anciano se dirigió a Adis—: ¿Recuerdas los nombres de las dos torres principales de Glaucia?

—Erga y Terga.

—Esas dos torres se erigieron donde las giraldas Erga y Terga cayeron aquella noche en la que el enemigo trató de salvar al traidor, no tanto porque le interesaba el traidor, sino lo que portaba en su bolsillo. Rergo, del reino de Rúvano, y Diterго, del reino de las Grandes Montañas, salieron con sus giraldas a detener al impío, pero en cuanto sus espadas tocaron uno de los escudos gramas, éstas se quebraron y los custodios perecieron.

—¿Qué hay de la tercera giralda? —preguntó Gladreo, interesado.

—Sé que quedó en Glaucia y se reforzó con acero para protegerla. El nombre de la giralda era Angjs, aunque después se

cambió por Anx. Ésta pertenecía a un hombre del sur de Frejrisia, Angjjgs, cuyo paradero se desconoce desde que cayó la Ciudad Blanca.
—Y su espada, ¿dónde está?
—Lo ignoro —admitió el anciano—. Ahora que ya conocen los puntos más relevantes, pasemos a nuestro plan.
Los demás parecían no saber qué hacer y se miraron entre sí. Incluso, a los príncipes Graseo y Gladreo no se les veía alzar el rostro con soberbia.
El anciano Luzeum sabía qué hacer, sólo esperaba que alguien, fuera de Adis, lo notara. Por fin el rey Durmis habló:
—Luzeum, antes que nada, quiero ofrecer disculpas si fui un necio al inicio de esta asamblea, pero ahora entiendo en qué arrecife hemos encallado. En lo que respecta a qué podemos hacer, en mi humilde opinión, pienso que debemos conseguir las Piedras Preciosas y comenzar a buscar las espadas para reunir otra vez a todos los reinos y darle la fortaleza a la Espada y a las demás giraldas que aún existen para poder combatir el mal.
—¿Sabes lo que eso significa? —preguntó el rey de la Foresta Negra.
—No, no lo sé, rey Gueosor.
—Que yo no creo que pueda poner mi Esmeralda al servicio de una nueva alianza.
—¿Por qué no?
—Porque no sé con exactitud dónde la puedo encontrar. Me imagino dónde es el mejor lugar de todo mi reino para esconder algo tan importante. Pero desconozco si está ahí o no.
—Además —intervino Luzeum—, él no es el único que no sabe dónde se encuentra su Piedra Preciosa.
—¿Acaso se han perdido todas? —inquirió el rey del Esponto Azul.
—No —dijo el anciano.
—Rey Durmis —fue el rey Gueosor el que le habló—, en mi caso poseo un mapa que puede que nos conduzca hasta ella;

aunque como me explicó el anciano Luzeum, hay otros reinos que desconocen el paradero de su Piedra, o que piensan que no es más que una historia de antaño o un cuento inventado para contar a los niños durante las noches lluviosas.

—Entonces —pensó el rey Durmis—, vamos por la tuya y luego nos ocupamos de las demás.

—Sí —se levantó Graseo—, yo puedo ir por ella. Padre, dame el mapa y ya, yo me encargo del resto.

—Hijo mío, no es tan fácil como crees. Nuestros antepasados se aseguraron de poner nuestra Piedra a resguardo, no sólo del enemigo, sino de nosotros mismos. Puede que haya trampas. El mapa conduce directo al corazón del Pico del Águila. No sé si hasta la misma lava ya haya devorado la Esmeralda. Además, es peligroso que vayas tú solo.

—Me da risa la muerte —respondió el hijo en tono burlesco.

Al parecer, este gesto no fue muy del agrado de ninguno de los presentes. Mucho menos de su padre.

—Nunca te has enfrentado a ella, por eso te da risa. Cuando en serio lo hagas, verás que valorarás tu vida más que todos los tesoros del mundo.

Graseo quiso responder, pero Luzeum se adelantó:

—Para conseguir las Piedras Preciosas no sólo es necesario quererlo, hay que *querer* hacerlo. El trabajo será agotador. Los instantes de muerte serán casi inminentes. Habrá que ir a cada reino y conseguir que unan sus Piedras para hacer una nueva alianza, lo cual no es tarea fácil. En las Grandes Montañas tendrán que soportar el frío de las altitudes y del corazón de sus habitantes; ahí el viento es tan filoso como el de una cuchilla; las heladas son verdaderos hálitos mortíferos. Y esto para conseguir el Diamante. Si quieres conseguir el Diamante del Desierto, los peligros se encierran en el calor que flagela y hostiga, y bajo las arenas, en las alucinaciones que produce. Si se logra vituperar lo que el ambiente ofrece, se debe tener en cuenta a los hombres del Desierto. Tantos años que el rey Zehofar ha luchado para conseguir la paz y todo sigue igual o peor. Sin embargo, todo esto es fácil en comparación con el problema más grande que tenemos. ¿Ustedes recuerdan que el Diamante, representante de Glaucia y ahora de Alba, contenía el *lavaqüe?* —los demás afirmaron con la cabeza—. Pues sucede que nadie sabe qué es eso. Por lo tanto, el Diamante sigue herido y si no logramos traerlo a la vida como antes, puede que no sirva de nada encontrar la Espada de la Alianza y las demás Piedras Preciosas —hizo una pausa y observó a los circundantes—. El rey Alancés fue el último que luchó por encontrarlo, sin éxito. Tenemos una labor muy grande por hacer. El momento ha llegado. Por un lado, podemos ir en busca de todas las Piedras Preciosas e invitar a los reinos a una nueva alianza, lo cual resulta casi quimérico, pero no imposible. Por el otro, podemos dejar que el enemigo ataque y destruya reino por reino. Y nosotros nos sentamos a ver cómo caen bajo sus garras en tanto llega nuestro turno. Ustedes eligen.

—Una pregunta —pidió la palabra el rey Durmis—, ¿y si el Gran Dragón obtuvo el Diamante en la caída de Glaucia? Queda entendido que está muerto y que aún no sabemos qué es el lavaqüe. Pero si está en su poder, ¿cómo podríamos quitárselo? Esa Piedra Preciosa era la piedra angular. ¿No tendría el enemigo poder sobre el resto de los reinos?

—Te aseguro que no se apoderó del Diamante herido.

—Pero el Diamante tenía el poder para gobernar a los demás reinos —insistió el rey Durmis—. Todos sabemos que Glaucia dirigía la cabeza de la antigua coalición.

—Las Piedras no fueron hechas con el poder de gobernar a otros, más bien fueron hechas como ofrecimiento espontáneo de unos hacia los otros. Cuando digo que si queremos ir a conseguir las Piedras, no me refiero tanto a pedir a los reyes que se pongan bajo nuestro mando. No es eso lo que buscamos. La fuerza que lograremos juntos no será a base de Piedras, como piensan algunos de ustedes, incluso el poderoso Kyrténebre cree que así es, sino más bien ganándose los corazones con la bondad y la sencillez.

Que sean los mismos reyes quienes se ofrezcan a colaborar en esta faena y no que se vean forzados a unirse.

—Además —opinó el rey Durmis—, si el rey Alancés pereció con los suyos, no quedará nadie de su nivel que se levante por Glaucia. Esto lo digo como rey, y enfrente de uno grande como Gueosor. Habrá un hueco que será difícil cubrir.

—Si no queda nadie, ¿a quién enviaremos en este viaje? —preguntó Luzeum a todos los presentes.

Ninguno se movió. El tiempo pasó y el fuego siguió brillando.

El joven Azariel se levantó de su silla. Entendió lo que debía hacer. El anciano le había dicho días atrás sobre tomar decisiones. En sus oídos pudo escuchar otra vez que era libre de elegir lo que él quisiera. Con todo, el único camino factible era el más oscuro de todos, el que ponían en riesgo su vida y quizá su felicidad junto a Dandrea. Evocó esas palabras de que la verdadera felicidad está construida a base de dolor y sufrimiento.

—¿Anciano Luzeum? —lo llamó con voz entrecortada.

—¿Tienes algo que decir, Azariel?

—Mi abuelo fue el rey de Glaucia —la voz entrecortada fue adquiriendo fuerza y decisión mientras hablaba—, aunque yo no llevo el título de príncipe a pesar de ser el hijo de Adariel, hija del gran Alancés. Quiero ayudar, como sea. El único problema es que no sé cómo hacerlo. Por ello, te pido ayuda. Pido ayuda a todos y a cada uno de los presentes. Quiero ir a cualquier parte que tenga que ir. Estoy dispuesto a ofrecer mi vida para salvar la de nuestros pueblos. Acepto llevar y sufrir las penalidades que surjan con el andar —y se detuvo para respirar con profundidad—. ¿Díganme sí ustedes me aceptan?

El anciano le sonrió, al igual que Adis. El rey Gueosor los observó y comprendió que había llegado la hora.

—Tú mismo lo has elegido, tú mismo lo llevarás adelante —confirmó el ignisórum.

—Azariel, cuenta conmigo —Adis le puso la mano en el hombro—, siempre estaré a tu lado para ayudarte.

—Gracias, Adis, ¿pero Gasiel?

—Tendremos que esperar para celebrar mis nupcias el mismo día que tú lo hagas y no antes —sonrió.

—¿Y cómo sabré que he logrado lo que debo hacer?

—Irás en busca de todas las Piedras Preciosas —explicó Luzeum—. Una vez que las consigas, será la señal de que el corazón del rey y de su pueblo están dispuestos a ayudarte en la nueva alianza. Y con esto preveo que la gran batalla se llevará a cabo en los confines de Alba, en caso de lograrlo.

—Según comprendo, el Diamante está sin lavaqüe —respondió—, y éste le corresponde ahora a la ciudad del Unicornio y es a mi madre a quien nombraron reina. ¿Tendría que acompañarme? A ella le pertenece esta piedra y, puesto que es la reina, sería la cabeza de la Nueva Alianza.

—No —dijo el anciano.

—Entonces, ¿bajo qué voz reuniré a todos los pueblos? ¿Quién será el representante de Alba? ¿Qué contestaré cuando los demás reyes me rechacen? Yo no soy digno de llamarlos a una convocatoria como la alianza que buscamos. ¿Y en dónde encontraré el Diamante?

—El Diamante está más cerca de nosotros de lo que tú mismo imaginas —contestó Luzeum—. El traidor que separó las Piedras, pudo hacerlo porque, en el corazón, los reyes de entonces ya se habían separado. Así que nuestra última preocupación debe ser la de reavivar el Diamante herido. Dejemos que el tiempo nos diga cómo hacerlo cuando sea necesario. No es preciso adelantarnos cuando estamos apenas empezando el camino.

»Además, vuelvo a hacer hincapié en que las Piedras son el elemento exterior de la voluntad de todo el reino. Por lo tanto, confío en que cuando todos se unan nuevamente, las giraldas volverán a brillar, incluso la Espada de la Alianza, sin las piedras en ella. Quizás exista algún otro modo de reavivar el Diamante y no lo sabemos. Por lo que corresponde a la ciudad del Unicornio, no te preocupes.

El anciano caminó hacia su propio asiento, tomó dos frascos de barro que yacían a su lado y comenzó a destaparlos poco a poco.

La tapa de uno era el colmillo del cocodrilo que Azariel le había llevado. Cuando la última parte del colmillo salió del frasco, la estancia quedó envuelta en una fragancia muy olorosa. El fuego comenzó a flamear más alto y con más vigor. Las luces del corro parecieron extinguirse de pronto. El anciano volteó a mirar al joven y en tono solemne dijo:

—Azariel, promesa de la mañana, ven y cumple tu destino. Ven y sé esa promesa que nos hace el amanecer.

El ignisórum se le acercó y volvió a llamarlo por su nombre:

—Azariel, hijo del príncipe Alear y de Adariel, soberana de Glaucia y de Alba, hija del rey Alancés de Glaucia. La Nueva Alianza tendrá una nueva sede, Alba, la del Unicornio, y una nueva cabeza, un nuevo rey.

El último de los glaucos quedó pálido y sin habla. Sintió que el corazón le saltaría del pecho de tanto latir. El anciano continuó:

—Aunque a tu madre siempre la hemos llamado Adariel, su dignidad real fue confirmada por los grandes reyes en Mankeirogps. Sin embargo, nunca fue coronada, como por derecho le tocaba. Ella lo quiso así. Su intención fue que tú fueras el primer rey coronado y ungido. Y aunque también se te ungirá y coronará como rey de Glaucia, ejercerás tu reinado y poder sobre Alba, la ciudad del Unicornio. La razón es muy simple: aunque el reino haya sido eliminado, la estirpe real continúa y debe hacerlo porque así lo han decidido tus antecesores en Mankeirogps. Por lo mismo, se te ungirá con dos ungüentos: uno viejo en nombre de Glaucia, y otro nuevo y sin mezclar en nombre de Alba... Ven, ha llegado el momento.

Azariel sintió que las rodillas le fallaban. Sus pasos eran lentos. Le pareció como si el tiempo se detuviese. El fuego eterno dejó de oscilar. Excepto Gueosor y Adis, los demás estaban atónitos.

Ya frente al anciano, Azariel se arrodilló. Adis, como representante de Alba, se colocó junto a su futuro rey. Luzeum quebró el frasco que contenía el ungüento viejo sobre la cabeza del joven y volvió a llamarlo por su nombre, perpetuando el de cada uno de sus ancestros hasta llegar al rey Alancés.

—Quien, de su esposa Arasela, dio a luz a la princesa Adariel, quien junto con Alear engendró a Azariel, a quien hoy invisto como rey de Glaucia.

Después, quebró el frasco nuevo sobre la cabeza del joven.

—Azariel, inicio del reino de Alba, la del Unicornio, primogénito de este nuevo reino, te unjo como su rey y tu coronación como tal será en la ciudad del Unicornio —luego tomó su bastón y tocó su hombro.

Cuando el joven se levantó, el anciano lo abrazó con fuerza, al igual que Adis. Azariel sintió que todo volvía a moverse con normalidad, las antorchas iluminaban el aposento y el fuego volvía a darle calor. Pero él ya no veía el futuro con los mismos ojos y cuanto había aprendido en su vida, con tantas penalidades, adquirió sentido. Y aunque no se sentía digno de ser el rey llamado a unir a todos los señoríos para luchar bajo su mando contra el gran dragón Kyrténebre, al menos se esforzaría por estar a la altura que la situación exigía.

Para finalizar, el anciano le indicó a Adis que pasara cerca del círculo de fuego. Éste se acercó a la llama eterna, y a una señal de Luzeum, metió su mano al bolsillo y sacó un paño hilvanado con escenas del pasado. Lo abrió y mostró una piedra cristalina a la vez que opaca.

—¡El Diamante! —exclamaron los presentes.

—El Diamante —confirmó Luzeum.

Adis lo depositó en las manos del anciano, quien a su vez se lo entregó al rey ungido. Era el Diamante herido de una ciudad que moría.

—Es tuyo. Te pertenece. Fue lo único que tu madre logró traer consigo aquel día. Hoy se te ha colocado en las manos una ciudad nueva y un futuro por salvar. Ojalá que pronto el Diamante pueda volver a brillar.

Azariel no respondió, no sabía qué decir. En su corazón se sentía muy alegre, pero al mismo tiempo el peso de la misión comenzó a hacer mella. En sus ojos brillaba el temor.

—No tienes nada qué temer —dijo Luzeum, retornando a su asiento—... Todos tomen sus lugares. Hay un último punto por tratar.

Un viento pareció que entraba en la estancia cerrada y apagó todas las luces. Sólo el fuego eterno siguió brillando en el centro.

—Cuando los llamé, les pedí que vinieran sin ninguna luz, caminando en las tinieblas. ¿Qué fue lo primero que vieron al entrar?

—El fuego —contestaron al unísono.

—Y todos se reunieron con rapidez alrededor de él, ¿verdad? Pues bien, con estas indicaciones que les di, quería que expresaran nuestra situación y cómo debemos encarar el problema —se detuvo un instante y prosiguió—. La oscuridad que hemos atravesado para llegar aquí significa la confianza que debemos de poner frente a las tinieblas que invaden la tierra. El fuego es el calor y la luz que nos reúne a todos; sin embargo, antes de llegar a él debemos tener la esperanza de alcanzarlo. Por lo mismo, nuestros menesteres son tres en estos momentos de oscuridad: confianza, esperanza y unidad. Hay, por lo demás, otras necesidades muy urgentes: primero, ojos para vigilar y actuar con prudencia. La segunda debe ser la fortaleza para luchar sin desesperar. Tercera, llevar siempre puesta la coraza para evitar que el enemigo nos encuentre desprevenidos. Por último, no olvidemos llevar una balanza en nuestros juicios para proceder como corresponde. ¿Han entendido?

Los demás inclinaron la cabeza, respondiendo de manera afirmativa. Sólo hubo uno que no lo hizo, quien en lugar de responder, preguntó:

—¿Por dónde comenzaré?

—Por casa, por este reino que te ha acogido por tantos años —le respondió Luzeum al ungido.

Después de esto, volvieron a sentarse y hablaron de muchos acuerdos. En ellos se mencionó la necesidad de mantener en secreto el acontecimiento que acaban de vivir. A Azariel no se le llamaría rey sino hasta su coronación. Aunque él era libre de mostrar su dignidad a quien él creyera conveniente para cumplir su misión. Otro punto que trataron es que Azariel iría a todos los reinos acompañado por Adis, procurando no llamar la atención. En cuanto a la búsqueda de la Esmeralda, los dos príncipes se ofrecieron a acompañar a Azariel y a Adis, pues era menester que los hijos del soberano hicieran su parte como prueba de lealtad al rey de Glaucia y Alba.

El príncipe Gladreo levantó la voz y pidió ser admitido en la comitiva dirigida por Azariel y Adis, quería ser partícipe de la nueva alianza, aunque el llamado a regir el trono fuera su hermano Graseo. El rey de la Foresta Negra se sintió orgulloso de que uno de su sangre estuviera dispuesto a sacrificarse por el futuro de Ézneton.

Acto seguido, los presentes firmaron con una gota de sangre sobre la flama eterna los acuerdos a los que habían llegado en la reunión, la cual llamaron Concilio de Fuego, jurando no revelar una palabra de lo que allí se había pactado, excepto a los monarcas que se unieran a la Nueva Alianza.

X

LA PARTIDA

—¡Azariel! —gritó con los brazos extendidos.

—¡Dandrea! —correspondió, pero enseguida lo que aconteció en el Concilio de Fuego cruzó por su mente. ¿Cómo decirle que tenía que marcharse? ¿Cómo explicarle que su promesa seguía en pie y que no quería abandonarla para siempre?

—¡Por fin te veo! Duraron más de un día. Si me puedes hablar de lo sucedido, dímelo.

—Pero ¿no te gustaría escuchar mejor, antes…? —no pudo terminar.

—Te tengo una sorpresa gratísima. Te la debo decir ahora mismo —le dijo mientras le ponía el dedo índice sobre los labios—. La noche anterior a la reunión en el Salón de Fuego, mi padre se me acercó. Era ya muy de noche. Me tomó por el brazo y me invitó a caminar con él. Imagino que te habrás dado cuenta del recelo con que te miraba, ¿no?

—Algo así —sonrió él con disimulo.

—Pues ya no te tienes que preocupar de ello.

—¿No? —volvió a reír.

—Ya no. Mi padre me dijo que no quería poner sus intereses sobre mi felicidad. Él pensaba que sería feliz siendo reina y reviviendo en cierta forma un reino muerto. Además, se imaginaba que Gladreo era el más conveniente para mí. Ese día admitió haberse equivocado y que tú me querías tanto como él a mí. Más aún, está convencido de que no es necesario llevar el título de reina para vivir bien. Siento que por fin mi padre aceptó que jamás recuperará lo que se perdió en el pasado.

—¿Por qué no? —preguntó interesado.

—Soy la única hija y última descendiente de lo que fue el reino del Esponto Azul. Ya no habrá otra posibilidad. Él nunca se había dado por vencido, pero hace dos días lo hizo.

—¿Por qué esperaba una resurrección de su reino?

—En cuanto escuchó de labios de Luzeum que el rey Gueosor lo invitaba, ardieron en él sus deseos más íntimos. No tanto de verse como rey, sino de verme como reina. Esto sucedió, en especial, cuando escuchó que en la Foresta Negra caminaban dos jóvenes príncipes. Mi padre volvió a soñar con la historia de Dáreo y Aeoí. Te lo digo en serio, creo que hasta casi alucinaba, sin exagerar. Recuer...

—Perdona que te interrumpa, Dandrea, pero ¿de dónde eran originarios esos reyes del Esponto Azul?

—Dáreo heredó la corona de su padre, originario del Esponto Azul. Aeoí descendía de la realeza de los glaucos.

—Muy interesante, ¿no crees?

—Sí, ambos reinos han desaparecido —dijo mirando al suelo con tristeza.

Cuando él la vio así, quiso decirle en ese momento que no todo estaba acabado. Es más, quería gritar y que todos los árboles escucharan que hasta los deseos triviales del rey sin reino serían cumplidos por el destino. Sin embargo, se contuvo. El concilio había sido muy claro: mantener el secreto entre ellos; no querían que el enemigo se enterara de que se estaban preparando para la guerra. Tampoco quería dejarla sin explicaciones de por medio. De cierta manera, Dandrea era parte de la nueva alianza.

—Si mal no recuerdo, gracias a la reina Aeoí se conservó la sucesión de reyes, aunque el reinado como tal ya no existía, ¿cierto?

—Cierto. Ella fue la madre de Dàgoí, quien perpetuó la estirpe.

—¿Te gustaría, lo digo sólo suponiendo, que esa historia se repitiera?

—No.
—¿Por qué no?
—No te quiero dejar. Te amo.
—Lo sé, pero imagínate que la historia se repite al revés.
—¿A qué te refieres?
—Que en lugar de que la mujer sea glauca, sea espontana…
—Y que el hombre pertenezca al reino glauco. Es imposible, yo no quiero casarme con ningún príncipe de Glaucia, sino contigo.

Azariel se mordió los labios, aunque al oírla hablar con esa seguridad de su amor por él, se le llenó el corazón de alegría.

—Dandrea, el Concilio ha tomado algunos acuerdos, y cada uno de éstos han cambiado mi modo de pensar y de actuar. El Azariel que entró no es el mismo que salió.

A Dandrea se le entristeció la mirada, cuando le explicó que su padre ya no lo veía con malos ojos, notó que él mantuvo cierta indiferencia. Quizá le habían prohibido casarse con ella para que uno de los príncipes de la Foresta Negra la tomara por esposa.

—Dentro del Salón de Fuego —continuó Azariel—, de pronto me sentí como parado en lo más alto de una atalaya, desde donde podía divisar todo el horizonte, y lo vi negro, lúgubre, amenazador. Alguien tenía que actuar para cambiar el panorama. Dentro de los que formábamos el Concilio de Fuego, yo era el menos apto; sin embargo, me ofrecí voluntariamente y, para mi sorpresa, fui aceptado.

—¿Aceptado? ¿Para qué?
—Para llevar a cabo una misión.

La respuesta de Azariel llenó a la princesa de tranquilidad, su pesadilla de que la obligaran a casarse con alguien que no fuera su prometido era sólo humo, nada. Volvió a mostrarle un rostro amoroso, aunque ligeramente melancólico.

—Si debes marcharte, Azariel, hazlo.
—¿En serio?
—Te diré un secreto. Cuando llegaste al banquete, la primera noche en que nos vimos, tu rostro lacerado me mostró que eras un hombre de viajes. Tus ojos brillaban como las estrellas. Apenas te

vi, me enamoré. Supe que ese titilar en tu mirada sería difícil de alcanzar, tu aspecto montaraz te llevaría lejos de mí. Y sin embargo, aquí estoy, contigo. Sabré esperar.

Azariel sintió un gran alivio. ¡Dandrea no se oponía a su misión! Al contrario, lo animaba a seguirla y lo respaldaba con su cariño y su amor.

—Desde ahora la tierra entera será mi destino; mi hogar serán los campos, las montañas heladas, los desiertos y las junglas. Mi techo, el cielo. Pero al final, el corazón me dice que estaremos otra vez juntos.

Dandrea le puso nuevamente el dedo índice sobre los labios y todo quedó en suspenso por unos segundos eternos, en que se miraron fijamente a los ojos sin decir palabra, hasta que se fundieron en un prolongado beso.

Al fondo, una figura caminaba con placidez entre las flores. Sus cabellos rutilaban como el sol. Azariel corrió hacia ella y en cuanto ésta lo vio, abrió sus brazos para recibirlo.

—¡Hijo mío, te ves radiante! Cuéntame, ¿qué te han dicho?

—Tantos años en esta jungla, y a pesar de conocer que era nieto de un gran rey e hijo tuyo, sentía que no sabía bien quién era yo. Ahora lo sé y tengo una misión. Ya no me siento como si fuera de viaje sin saber a dónde ir, madre.

—Serás grande en lo que emprendas, querido —dijo Adariel, animada mientras le acariciaba el rostro, viendo en él ya no al niño, sino al hombre—. ¿Irás en busca del lavaqüe para revivir el Diamante?

—Mi misión en estos momentos es reunir a todos los reinos para luchar contra el enemigo. Formar una nueva alianza, como la que hubo en el pasado. Las dificultades brotarán cien veces más que las flores que pisamos, pero estoy decidido.

—Y yo estoy orgullosa de ti. Tu padre Alear también lo estaría. Ay, hijo, veo en tus ojos el mismo fuego que emanaba de los suyos, la misma consistencia entre sus palabras y sus acciones... Azariel, creo que debes saber tu historia, toda, y te la contaré sin omitir ningún detalle.

Y comenzando con el ataque de los gramas a medianoche, hasta su llegada al Reino Verde, le fue relatando su travesía. En sus recuerdos figuró el escape del batallón grama gracias al rey Zehofar, y con ello su primer encuentro con el Diamante, la Piedra Preciosa del Reino del Desierto.

—¿Te dijo algo respecto al Ámbar? —interrumpió Azariel intrigado cuando mencionó que le había mostrado la Piedra Preciosa.

—Que él tenía el gran deber de unir a su pueblo, pues aquello era peor que una guerra civil. Todos luchaban contra todos. Padres e hijos se mataban; un vecino asolaba al otro; la muerte deambulaba bajo los látigos mortíferos del sol.

El joven príncipe movió la cabeza, pensativo. Adariel continuó evocando su paso por Mankeirogps, la Tierra de los Muertos. Luego, su encuentro con el general Aómal y la comitiva hacia Rúvano.

—¿Adis estaba entre ellos o lo encontraste después?

—Estaba entre ellos. Más o menos tenía tu edad en ese momento. Así como lo ves de atento y despierto, así lo vi por primera vez.

Relató su paso por la hostelería de Reimor y Rema con su pequeño Rimpi, quien estaría rozando los treinta años, y detalló cada uno de los pasos de Rema cuando la condujo a los departamentos subterráneos y le habló sobre la pintura de la espada.

Adariel se explayó en los acontecimientos sucedidos en Rúvano. Puso especial énfasis en su encuentro con el sapiente Sénex Luzeum y los demás ancianos, entre ellos Gryzna, el peor de todos. Le comentó que tuvo que escapar de forma urgente y que varios albos se quedaron al banquete con el rey Reminísteto, de quienes no había tenido noticias desde aquella noche. También le contó del sacrificio de Armeo, cuando casi los descubrieron huyendo al norte. Agregó la previa salida de Adis con el Diamante herido.

Y también le contó aquel extraño encuentro con Horemes Virlilio, quien le sugirió muy a su modo dirigirse hacia Elpida-Eirene.
—Nuestro pasado, mamá, podría resumirse en una palabra: dolor.
—En dos: amor y dolor, no se pueden separar —explicó con una sonrisa—. Si quitas uno, el otro pierde sentido.
—Pero... —trató de interrumpirla.
—Ya aprenderás con el paso del tiempo. Yo decía lo mismo que tú, pero con otras palabras. ¡Imagínate a todos los que han dado su vida para que yo siga con la mía! Cómo es posible que un reino entero pereciera para que yo sobreviviera. Y esto trajo consigo la destrucción de Glaucia, de sus habitantes, de los caballeros de Alba que enfrentaron la furia del rey para darme tiempo a escapar. ¿Cómo podría separar el amor que me tuvieron del dolor que soportaron? Si al dolor le quito el amor, su sacrificio perdería sentido. Si al amor le quito su sacrificio, el derramamiento de su sangre se convertiría en una quimera, haciendo ese dolor indiferente. No, hijo mío, no es así como debemos proceder. A la realidad siempre hay que encararla como es. No podemos ser ingenuos y actuar como si lo que existiera a nuestro alrededor fuera una ilusión o un sueño.

Adariel estaba por contarle de la destrucción de Elpida-Eirene, pero no pudo evitar desviarse del tema. Lo miró de frente, colocó sus manos de madre sobre sus brazos de hombre.

—Azariel, hijo, las penurias que sufrí casi siempre fueron interiores, un dolor a veces mayor al que puede sentir el cuerpo. Tú padecerás no sólo en carne propia, sino en tu interior. Recuerda que eres la esperanza de muchos pueblos, ¡y han sido tantos los que han caído, y caerán, para que tú sigas en pie! Cuando todo lo que veas a tu alrededor sean ruinas, tinieblas y desolación; cuando las redes del sufrimiento te envuelvan, ten presente que hay algo más que te acompaña y sostiene: la esperanza, que es más poderosa que cualquier otra fuerza. Nunca olvides las leyendas ni olvides que posiblemente han hablado desde siempre sobre ti.

—Estoy seguro de que no soy aquél de quien profetizaron.
—No importa si lo eres —aceptó la princesa Adariel—, sólo haz lo que te corresponde y deja que la profecía se cumpla cuando tenga que cumplirse. Créeme, el tiempo te enseñará más de lo que puedes imaginar.
—¡El tiempo, el tiempo…! Al parecer es un buen maestro, porque lo mismo me dijo el anciano Luzeum en el Concilio de Fuego.
—¿Sabes cuándo partes? —dijo la madre después de un breve silencio.
—Posiblemente mañana emprenderemos el viaje.
—El anciano Luzeum irá contigo, ¿verdad?
—No, iré con Adis y Gladreo cuando salga de la Foresta Negra, pero aquí dentro, entiendo que me apoyará también Graseo.

Al anochecer, el soberano de la Foresta Negra organizó una cena en la que participaron todos los habitantes de las Moradas del Rey, en honor a quienes partirían hacia el Pico del Águila en busca de la Esmeralda. Sin embargo, un acontecimiento inesperado opacó la reunión, las sevilas habían vuelto a manifestarse. En cuanto las copas chocaron el brindis del adiós, un mensajero se acercó directamente al rey Gueosor y le susurró algo al oído.
—¿Qué sucede? —intervino Luzeum al notar el dolor en las facciones del rey.
—El cáncer maligno que invade mis tierras ha vuelto a atacar.
—¿Cuántos hombres?
—Tres en total y… —aquí bajó el tono aún más— y nosotros no pudimos herir a ninguna de ellas.
—Rey Gueosor —le recordó el anciano—, deberás ocuparte de las sevilas sin los príncipes, ellos tienen que partir como acordamos.
El ignisórum se dio la media vuelta y observó la explanada entera. La cena se había organizado a la mitad de un valle, a unos cincuenta metros del conjunto de casas. Ése era el punto central de

separación entre las junglas del oeste y las selvas del este. Luzeum levantó la mano y brindó por el equipo que encabezaba Azariel. Por su parte, las doncellas Dandrea y Gasiel se esforzaron por mantener la alegría, aunque por dentro les costaba. Adariel también trató de mostrarse sonriente, pero en su interior le dolía ver que su hijo se marchaba.

La cena transcurrió con demasiada prisa para Azariel, quien no quería ir a dormir, pero tuvo que hacerlo porque al día siguiente partiría temprano. El viaje sería duro y largo.

Con la llegada de la luz, también llegó el momento de partir. Luzeum habló con el joven en privado.

—Azariel, tengo que darte un pequeño consejo que te ayudará en todo lo que tienes que hacer.

—Escucho, anciano Luzeum.

—¿Estás nervioso?

—Estoy temblando desde las puntas de mis botas hasta la punta del capuchón.

—Cuánto me gustaría acompañarte, pero me resulta imposible. Además, es mucho mejor que vayas a los reinos sin mí, así serás tú quien hable, aunque tengas miedo de dirigirte a toda una nación. Podrás enfrentarte tú solo y salir triunfador.

—Dime, Luzeum, ¿es malo sentir miedo?

—No, no lo es. Cada hombre tiene sus miedos, pero hay que superarlos. Como te he dicho, a cada quien se le han dado unas cualidades para que cumpla su destino. Nunca se te pedirá más de lo que tú puedes dar. ¿Entiendes?

—Lo suficiente, creo.

—Lo más importante, mejor dicho, lo único importante por entender es que en toda la tierra de Ézneton sólo existe un enemigo: Kyrténebre.

—Lo sé, pero también hay otros, como las sevilas.

El anciano suspiró:

—Ése era el punto al que quería llegar. Mira, tú tienes que reunir a todos los hombres, no buscar su separación. No trates de ser duro como el escudo que protege en la lucha cuando llegue el momento de juzgar. Hay otros caminos.
—¿Cuáles?
—Ser quien eres. No intentes ser otro diferente a ti. No trates de ser un rey como alguno que veas, o como el rey Gueosor. No, más bien, mira sus virtudes y aprende de ellas para ponerlas en práctica, pero sin dejar de ser Azariel. Tienes un gran corazón. A muy pocos en esta tierra se les ha dado uno semejante al tuyo, utilízalo para servir a los demás… Así era tu abuelo, el rey Alancés, quien gobernaba sirviendo. Tenía muy claro que el rey estaba para buscar el bien común de su gente y no el suyo propio. En lo personal, creo que él cumplió a la perfección sus palabras.
—Lo intentaré —dijo moviendo la cabeza de forma afirmativa.
—No, no lo intentarás: si quieres, lo harás —y diciendo esto, le dio unas palmaditas en la espalda.
—Y en caso de que llegue el momento de juzgar a las sevilas o algún otro que aparente ser enemigo, ¿qué debo hacer?
—Escucha con el corazón y la mente. Analiza bien lo que te dicen y juzga de tal forma que no haya injusticia, pero tampoco que falte la misericordia…
La conversación se vio interrumpida porque a unos metros de ellos, los moradores se habían colocado en valla para despedir al Grupo de los Cuatro. Todos aplaudían y se escuchaban vítores. Al frente iba Adis, con su hoja filosa y un saco a la espalda. Enseguida se incorporó Azariel, su vaina caía al igual que la del caballero de Alba, a la izquierda, además de una soga con una alforja. Después venían Gladreo y Graseo, príncipes de la Foresta Negra, portando con gallardía sus aljabas junto con sus arcos, además, llevaban un pequeño fardel.
Al final de la valla los esperaban Luzeum, los reyes y algunos más. Cuando pasaron frente a ellos, el anciano sólo los saludó con un movimiento de mano. Lo mismo hicieron los reyes del Esponto

Azul, la reina Grepina y Adariel. La dama Dandrea ondeó su terso brazo, deseándoles un feliz retorno y Gasiel la imitó.

Por fin, el rey Gueosor se acercó, llevando consigo un papiro. Lo traía bien apretado entre sus manos, eran sus últimas esperanzas para recuperar la Esmeralda. Sin mucho protocolo, se lo entregó a Azariel.

—Aquí —le dijo— está el inicio de su recorrido. Dudo que esta pista los lleve a la Esmeralda, sino a otra pista, y a otra. Síganla hasta que por fin llegues a la meta. Espero que no tengas problemas en encontrar la Piedra Verde. Ten suerte.

—Adiós, rey Gueosor, espero que pronto nos podamos volver a ver.

—Debo confesarte algo, muchacho —le dijo con rostro muy serio—. Nunca he abierto ese papiro. Sólo sé que es ése y que ha pasado de generación en generación. Lo que dije en el Concilio fue lo que yo imaginé, pues el Pico del Águila me parece ser el mejor guardián para mi piedra.

Y se alejó de él para despedirse de sus hijos. Les pidió que se mantuvieran fuertes en el peligro y siempre dispuestos a ayudar. Ambos respondieron que él estaría orgulloso de saber que ellos le traerían la misma joya de la Foresta Negra.

Al fondo, se oyó la voz de un hombre muy querido por Azariel y Adis, el general Aómal. A pesar de sentirse aún mal, no quería que se fueran sin desearles lo mejor. Azariel lo abrazó con todas sus fuerzas y, por primera vez en su vida, vio lágrimas en el rostro de Aómal. A Adis también le sorprendió y se acercó para abrazar al general.

—Recuerden los dos, hijos míos, la unión es un arma muy poderosa. Si ustedes se cuidan siempre las espaldas, no habrá ejército en la tierra que logre acabar con ustedes.

TERCER LIBRO

EN LAS ENTRAÑAS DE LA FORESTA NEGRA

I

EL ENIGMA DEL MAPA

La comitiva se adentró en la jungla, se reunieron alrededor de su líder.
—¿Hacia dónde iremos, Azariel? —preguntó Graseo.
—Veamos el mapa —lo desplegó y quedó perplejo—... ¡No hay ningún mapa!
—¡¿Qué?! —gritó Gladreo.
—Déjame ver eso —dijo Graseo—. Es verdad, no hay nada en absoluto.
Adis pidió el papiro. Lo examinó. Se trataba de un papel amarillo, sin trazo alguno, sin contornos o dibujos.
—¡Qué extraño! —murmuró—. El rey te lo dio, debe ser éste.
—Quizá con el paso de los años se ha borrado toda imagen —opinó Gladreo.
—Tenemos que regresar y decirle a mi padre que nos dio otro papel —comentó Graseo en tono molesto.
—No, yo no creo que debamos darnos la vuelta así de fácil —replicó Adis, quien no dejaba de mirar el papiro. Una idea le daba vueltas en la cabeza.
—Adis, explícanos qué piensas, porque admito que eres un gran explorador, pero ahí no hay ningún mapa —volvió a hablar Graseo.
Adis se dirigió al último de los glaucos:
—Tendremos que hacerle la prueba del fuego.

—Haz lo que pienses necesario —respondió Azariel, muy contrariado, el rey Gueosor le había asegurado que ésas eran las indicaciones para llegar a la Esmeralda.

Adis extrajo de su saco dos pequeñas piedras y comenzó a estrellarlas entre sí. Una vez, dos, tres veces hasta que una chispa brotó. Luego, tomó una rama seca. Volvió a golpear las piedras entre sí y a soplar hasta que el fuego se reprodujo y comenzó a quemar aquel trozo de tronco. Pidió un fruto cítrico. Gladreo sacó de su fardel un limón y se lo entregó. Adis lo partió por la mitad y lo exprimió sobre el papiro, untándole también los gajos.

Al igual que los demás, Azariel pensaba que nada sucedería, aunque deseaba todo lo contrario. Su corazón latía con intensidad y revoloteaban en su mente una inquietud como un reproche: ¿por qué no se le había ocurrido someter el mapa al escrutinio del anciano Luzeum? Él hubiera resuelto el problema enseguida. Pero no. Allí estaban, solos y sin saber a ciencia cierta qué hacer.

El caballero albo, por su parte, tomó la rama en llamas y la acercó al pergamino, del cual aún goteaba el jugo de limón. El humo negro alcanzó el papiro una y otra vez. De pronto, cuando las esperanzas parecían perdidas, Adis exclamó:

—¡Por fin!

La curiosidad los mataba. ¿Qué escondía el papel? No había ningún mapa, sino una pista. Unas letras flotaban sobre el papiro, como si el humo que traspasó aquel pliego se hubiese congelado en el aire, dejando entrever unas crípticas líneas:

Mis alas se extienden,
entre el verdor penden.
Muy pocos lo intuyen
y menos comprenden.
Desde lejos me miras,
desde cerca no admiras.
Quizá mis largas cimas
las sientas como iras.

De m… vientre des…
… como lenguas a…
escondo… fuegos,
… después… juegos.

Las últimas cuatro frases no eran claras. Quizás el jugo de limón aún no se había secado, manteniendo cubiertas aquellas palabras. Adis arrojó al suelo la rama, el fuego estuvo a punto de quemarle los dedos. Se miraron unos a otros después de leer y releer las líneas. Ninguno quería dar su opinión. Mientras tanto, el caballero de Alba se preparó para repetir el experimento. Quería obtener las últimas líneas. Graseo se lo impidió, diciendo:

—Es suficiente. Comprendo lo que eso significa.
—¿Sí? —preguntó Azariel.
—Muy sencillo —comenzó a explicar—, el texto dice:

Mis alas se extienden,
entre el verdor penden.
Muy pocos lo intuyen
y menos comprenden.

»Esto se refiere a esa montaña que ves allá —continúo, apuntando a lo lejos—. La llamamos Pico del Águila. Si observas la extensión de sus laderas, se asemejan mucho a un águila que remonta el vuelo hacia las alturas.

—¿Y lo siguiente? —preguntó Gladreo interesado.
—Date prisa —urgió Adis—, las letras desaparecen.
—Lo siguiente dice que:

Desde lejos me miras,
desde cerca no admiras.
Quizá mis largas cimas
las sientas como iras.

»Esto es —afirmó— que el Pico se logra ver desde lejos, pero cuando estás cerca, no. Lo único que se distingue es un promontorio. Para llegar ahí se requieren varias horas.

Las líneas escritas hacía muchos, muchos ayeres, se fueron desvaneciendo.

—Lo último debe referirse a su interior, recordemos que el Pico del Águila es un volcán activo. Los últimos versos debieron haber dicho algo así como «en mi vientre escondo muchas estancias de fuego». Y seguramente no deberían después tomarse como juegos —terminó de explicar Graseo.

Adis miró a los hermanos y luego volteó a ver a Azariel.

—¡Vamos! —dijo Azariel—. Tratemos de llegar ahí lo más pronto posible.

—¡Ya comenzaron! —exclamó Gladreo, después de darse una fuerte palmada en la mejilla.

—Claro que debemos comenzar enseguida —advirtió Adis—, tenemos que hacerlo. No podemos quedarnos todo el día a discutir.

—¡No me refiero a eso!

El albo fue el siguiente en darse el golpe sobre la mejilla. Los exploradores habían cruzado el límite de los mosquitos. Ahora, estaban en su territorio. Y todos, como llamados al toque de diana, se habían acercado a darse un banquete con su sangre.

—Entiendo —reconoció el albo.

Sacaron sus espadas para abrirse paso a través de la selva. Su objetivo se alzaba allá a lo lejos. La montaña en efecto parecía un águila inmensa que desplegaba sus alas hacia las alturas. A sus pies, el valle se extendía con sus laderas tupidas de árboles. Era primavera y en lo alto la bóveda celestial se tornaba nítida, mientras las nubes navegaban con plena tranquilidad.

Los mosquitos fastidiaron toda la mañana. Los exploradores estaban empapados en sudor, cansados y hambrientos. Llegada la tarde arrojaron sus hojas filosas contra la maleza. Estaban agotados, ninguno podía hablar. Se sentaron junto a un árbol avieso y sacaron la comida.

Gladreo se miró las manos llenas de sangre. Nunca había trabajado tanto en su vida. Sin embargo, le dio gusto verse tan destrozado. Admiraba a su hermano por su fuerza y arrojo, pero ésta era su oportunidad de demostrar que él también podía ser alguien. De hecho, miró varias veces a su hermano, mientras devoraba un trozo de pan. Graseo, en cambio, estaba más acostumbrado a los viajes por la jungla.

Adis dirigió varias veces su mirada a Azariel y otras tantas a los príncipes. Sin embargo, el oído lo tenía prestado al viento, como si hubiera tejido una telaraña en el aire y en ella apresara cada sonido. Por momentos colocaba su rostro contra el suelo y luego se levantaba inmutable, ningún peligro que pudiese ser percibido los acechaba. Todo era paz y tranquilidad en la jungla, porque en su corazón traía clavada una espina: ¿qué decían las últimas palabras del papiro? En ese instante escuchó algo que parecía un rugido, muy a lo lejos todavía. Vio que todos habían terminado y se levantó.

—¿Qué buscas, Adis? —inquirió Graseo.

—No creo que debamos dormir aquí esta noche —dijo mientras escudriñaba el lugar, como si con su ojo fuera capaz de desentrañar lo que se escondía detrás de la piedra más minúscula o una frágil hoja, hasta que su búsqueda se centró en un conjunto de árboles—. Mejor allá, vamos.

Cuando llegaron, cada quien trepó a un árbol sin mucha dificultad, hasta acomodarse en sus ramas, a la cuales se ataron con sogas. Los moradores habían inventado este sistema para dormir en la selva, ya que era muy peligroso quedarse en tierra debido a los cazadores nocturnos que abundaban en el territorio de la Foresta Negra. A la hora de amarrarse con las sogas, quedaban bien asidos al tronco, pero bastaba un pequeño jalón a un nudo, que dejaban al alcance de la mano para desatarse al instante, puesto que no podían perder tiempo desatándose en caso de que se presentara alguna amenaza.

El sol apareció por el horizonte como una fuente de miles de dedos de colores. Los pájaros comenzaron sus melodías matutinas. Las fieras nocturnas volvieron a sus guaridas, mientras que las matinales salían de sus agujeros.

Adis abrió los ojos y en el acto se desató y descendió del árbol. Se sorprendió al ver sangre fresca sobre el suelo. Lo primero que hizo fue observar con rapidez a su alrededor, buscaba a los demás. Graseo y Gladreo seguían enganchados a sus ramas. Un escalofrío lo invadió por completo. Faltaba Azariel, ¿le habría pasado algo? Él no podía haberse quedado tan profundamente dormido como para no enterarse de que alguien se había llevado al joven. Volvió a observar el río de sangre en el suelo. Pasaba cerca del tronco al que Azariel se había asido. Levantó la mirada otra vez con más atención y un respiro profundo salió de sus labios. Allá estaba el último de los glaucos, metido entre un ramal.

¿Cuál sería el origen de la sangre? Adis siguió el rastro cautelosamente, hasta que se topó de frente con un magnífico leopardo. ¡Claro, el rugido que había escuchado anoche! De su hocico caían las gotas de sangre de su presa, un jabalí. En cuanto el felino percibió la presencia del intruso, le mostró una hilera de dientes. El albo se puso en guardia en un movimiento suave, con la espada desenvainada, pero el mamífero no tenía ganas de pelear, tan sólo quería comer tranquilo. Adis permaneció inmóvil, con la espada a la defensiva. El leopardo bajó la cabeza y, mordiendo una de las patas del jabalí, se lo llevó arrastrando.

Adis retrocedió con lentitud sin dejar de ver al animal, hasta que por fin se sintió seguro de darle la espalda. Azariel ya estaba en pie cuando regresó a la pequeña tribu de hombres colgantes, y le relató rápidamente lo que había visto.

—Es demasiado temprano para la cacería —consideró Azariel, desconfiado.

—Quizá la bestia no comió nada ayer; quizás el jabalí pasó cerca de él esta mañana y el leopardo aprovechó.

—Espero que nosotros tengamos una suerte muy similar cuando tratemos de cazar —gritó Graseo, al tiempo que saltaba de su rama.

Una vez que Gladreo se unió al grupo, reanudaron el viaje rumbo a la cumbre, en cuya cima se divisaban continuas nubes negras, llenas de ceniza y tierra. No llegarían ese día hasta la punta; sin embargo, intentarían acercarse a las faldas del Pico del Águila.

El paso se les hacía cada vez más difícil, la jungla se iba cerrando conforme avanzaban. Pronto comenzaron a sudar y el manejo de las filosas hojas se dificultaba. Los insectos despertaron con tal fiereza que no tuvieron más opción que detenerse. A unos metros, Gladreo descubrió un pequeño arroyuelo y guio hacia este punto la marcha del grupo. Tomó fango del fondo y comenzó a cubrirse el rostro, el cuello, los brazos, cada superficie de su cuerpo que pudiese quedar expuesto. Los demás imitaron la operación. Los zancudos ahora sólo zumbaban en sus oídos, no más picaduras.

Reiniciaron la marcha. A los pocos pasos, Graseo saltó hacia atrás y casi enseguida vieron pasar de largo una serpiente. El morador la había pisado, pero acostumbrado a este tipo de eventualidades, quitó el pie en el momento preciso en que la serpiente lanzó la mordida. Al frente, Adis echó un vistazo a sus espaldas y continuó abriendo brecha.

Azariel había viajado mucho por el reino, pero pocas veces se había detenido a disfrutar del panorama que lo rodeaba. A diestra y siniestra los árboles se cerraban, como si se apretasen los unos contra los otros. En las alturas, de vez en cuando, el sol lograba perforar el ramaje creando zonas de claroscuros. En el suelo, algunas flores, casi exóticas, lucían colores muy vivos. Sus botas de piel se veían abrazadas por plantas con espinas como garras. Aquí y allá los arbustos se zarandeaban por algún animal que corría asustado, o por el mismo avance del grupo.

El último golpe de machete abrió un claro en la espesura. Una extensa planicie, llena de enormes setos, obligó a los exploradores a mirar a lo lejos. Aquello significaba que deberían hacer un descanso, pues bajo ese manto de setos había una laguna o, peor aún, una ciénaga. Si se trataba de una laguna, sólo tendrían que rodearla y llegarían al mediodía al otro lado; si era una ciénaga, el rodeo les llevaría al menos un día entero.

Las ciénagas de la Foresta Negra eran muy peligrosas, cruzarlas equivalía a un suicidio. Las pitones hervían en sus aguas y existía una planta ponzoñosa llamada *najarreptílica*, bastaba con rozarla para morir. El único antídoto a este veneno mortal se encontraba en el ribuscón, un pez que curiosamente vivía dentro de esas aguas putrefactas.

Un graznido severo atravesó los cielos, pero la lejanía de la parvada no les permitió distinguir de qué pájaros se trataba. En los contornos del Reino Verde era normal, aunque el tono comúnmente era melodioso, no como los de aquellos pájaros.

Mientras los demás examinaban la zona, Azariel se apartó un poco del grupo. Siguió la línea de árboles que hacían de pared a aquella planicie verde. Para su alegría encontró varias raíces que colgaban desde las crestas de los árboles.

—¡Por acá! —los llamó.

—¿Has encontrado algo? —le preguntó Adis.

—¡Lianas!

—Graseo, tú eres el mejor para este trabajo, guíanos —le pidió Adis.

De un salto, el príncipe mayor de la Foresta Negra se balanceó. Sus manos eran tan rápidas como sus ojos, de manera que en cuanto se aferraba a la siguiente liana, localizaba la sucesiva. Azariel envainó su espada, ató bien la alforja y se lanzó detrás de Graseo, dejando una liana de intervalo. Lo siguieron Gladreo y Adis al último.

Quizás hubieran llegado con facilidad y prontitud a la otra parte de las ciénagas, pero tuvieron que detenerse, comenzaban a sufrir los estragos del sol. Graseo rompió una rama en pleno vuelo y la arrojó al suelo para comprobar su consistencia. Ésta cayó y se perdió entre el verdor de la superficie. Aquello era aún ciénaga. Siguió diez lianas más. Repitió la acción. Esta vez, la rama rebotó varias veces sobre el suelo. El morador se encaramó a un árbol, sacó una flecha y probó. La saeta penetró la tierra, pero su extremidad quedó danzando en el aire: habían alcanzado tierra firme. Entonces aterrizaron en esa zona para descansar y comer.

—Aún nos queda un cuarto de camino —dijo Adis.

—Lo más seguro es que al anochecer logremos llegar al pie del Pico del Águila —observó Azariel—, me interesa hacerlo. Entre más pronto, mejor.

Desde ahí pudieron ver una hierba más bien enana, era una najarreptílica. Sus hojas eran puntiagudas y mostraban unas venas rojísimas, que cargaban el veneno tan temido. A pesar de su símbolo mortífero, era hermosa. Allí escondía su mayor peligro. Cualquiera llegaría hasta ella y con mano segura la arrancaría de tajo. Gladreo se acercó a mirarla de cerca.

—¡Cuidado! —gritó Adis, mas el grito de alerta se perdió cuando la cabeza de una serpiente pitón saltó de las aguas circundantes y en un instante envolvió a Gladreo, mientras los demás observaban la escena, petrificados por el susto. Habían olvidado quiénes eran las verdaderas dueñas de estas aguas.

La enorme serpiente ya había enrollado por completo el cuerpo de Gladreo cuando Adis reaccionó sacando su espada, con lo que rompió el encantamiento del súbito ataque. Al instante Graseo cogió su arco y apuntó al reptil, pero entre su flecha y el ofidio se interponía su hermano. El albo se lanzó en el aire con la espada en alto para hundirla de lleno en el cuerpo de la serpiente, pero antes de tocar suelo fue rechazado de un coletazo que lo proyectó contra un árbol, al tiempo que la pitón abría sus fauces para engullir la cabeza de su presa. Casi sin pensar, Graseo disparó y en ese preciso instante el menor de los príncipes de la Foresta Negra sintió que el aire volvía a correr una vez más por sus pulmones. La reacción de la serpiente ante la fallida embestida de Adis le había dado al arquero el compás de movimiento que necesitaba para darle la dirección requerida a su tiro. El dardo penetró la tráquea de la poderosa pitón y salió por detrás de la cabeza, cortando toda conexión entre cerebro y cuerpo.

Azariel ayudó a Gladreo a deshacerse por completo de la serpiente, y aún con la voz jadeante, agradeció:

—Eso... estuvo muy cerca. Les debo la vida.

Adis inclinó la cabeza, pero Graseo, pensando que ese tiro pudo haber matado a Gladreo, no pudo sino saltar al cuello de su hermano menor. Hubiera bastado un solo apretón de la pitón para que pasara al otro mundo.

—Es mejor salir de aquí antes de que volvamos a ser atacados —ordenó Adis—. Graseo, ¿estás listo?

El príncipe asintió y otra vez repitió la operación de las lianas. Llegaron al borde de la ciénaga mucho antes de lo planeado por el caballero de Alba, pero no se detuvieron a descansar. Siguieron caminando entre los árboles, que volvían a cerrarse ante ellos. Y a medida que avanzaban, la jungla les obstruía más. Hubo, incluso, necesidad de escalar uno que otro árbol para seguir adelante. La montaña ya no se veía más. Arriba, el sol seguía iluminando la tierra, aunque las copas de los árboles sellaban su luz a los caminantes. La oscuridad se cernía sobre ellos.

—Estamos esforzándonos demasiado, propongo que hagamos un alto —jadeó Adis—. Voy a alejarme un poco para explorar el terreno. Mientras, ustedes descansen aquí.

La propuesta fue recibida con satisfacción. Los brazos de los moradores estaban tensos y tenían las venas saltadas. Se sentían muertos de cansancio.

El albo, más sagaz solo que en grupo, se encaramó a un árbol y, saltando de rama en rama, se perdió entre la espesura. Apenas se escuchaba el ruido de alguien que se aleja aprisa, pero con precaución. Luego, el silencio y uno que otro silbido de pájaro y el jadear incesante de los tres hombres. Otra bandada de pájaros llamó su atención. Aquel sonido era más que un silbido dulce en el atardecer, era un grito cruel. Azariel dirigió la mirada a los demás.

—¿Qué clase de pájaros son? —preguntó.

Los moradores se encogieron de hombros. Nunca los habían escuchado en su vida, a diferencia de Adis, que los había oído al norte de Rúvano.

El tema de los pájaros quedó sepultado cuando escucharon sorprendidos el rumor de una voz que se multiplicaba. Después, hubo un silencio sepulcral. Las voces, como cortando en línea recta toda la jungla, provenían del lugar por donde había desaparecido Adis. Azariel se aproximó a un árbol para tratar de seguir las huellas del albo, pero una mano lo detuvo cuando se disponía a saltar.

—No irás solo a ninguna parte —le dijo Gladreo.

—Descansen, mejor.

—No, Azariel —insistió el príncipe más joven de la Foresta Negra.

—Está bien, síganme, pero hagámoslo con todo el sigilo posible.

Los tres comenzaron a seguir el rastro del caballero de Alba. Gladreo se encaramó a un árbol alto y robusto. Desde la copa oteó sus contornos. Azariel aguzó el oído y prestó su olfato al viento. Se arrastró por el suelo. Colocó sus tímpanos contra la tierra. Volvió a serpentear entre el follaje. En una de ésas, se quedó congelado. Su frente casi se estrella contra una serpiente anillada, que despertó al contacto del aliento de Azariel. Sin dudarlo un instante, empuñó su espada y en un rápido movimiento la hendió a la altura del cráneo. Fuera de peligro, prosiguió con más cautela. De pronto, se detuvo. Escuchó que algo caminaba cerca. Por la vibración se trataba de solo un par de pies. Miró hacia arriba y vio que Gladreo parecía tratar de distinguir algo entre el follaje. Azariel esperó. Pronto, Adis llegó a paso ligero. En su rostro brillaba una sonrisa bien marcada, aunque en sus ojos rutilaba una preocupación.

—¡Ey, Adis! —exclamó Gladreo en cuanto lo reconoció.

—¿Qué haces allá arriba? —respondió éste con un saludo de mano—. ¿Acaso ya se cansaron de esperar?

—Salimos a buscarte.
—¿Por qué? —en ese momento cayó en la cuenta de los gritos y explicó—. No pasó nada. Además, no fui yo el que voceó tan fuerte.
—Entonces, ¿quién? —le preguntó Azariel.
—Algunos moradores.
—¿Moradores? —fue el príncipe Graseo quien preguntó. Estaba sorprendido.

Les explicó que se trataba de un grupo de hombres de la Foresta Negra. Éstos se dirigían hacia uno de los anillos de vigilancia, en la zona noreste, cerca del antiguo reino de Couprén. La razón por la cual se habían desviado hacia el centro de la Foresta Negra, en lugar de seguir Correa de Vuelo, la línea externa, y llegar ahí a base de lianas, no podían revelarla. Llevaban unas bolsas de cuero, que transportaban con varas, tratando de mantenerlas a cierta distancia de sí. Los gritos se debieron a que Adis salió a su encuentro de repente y ellos pensaron que se trataba de un fantasma.

Regularmente los habitantes del reino utilizaban las lianas para moverse en los anillos. Ellos mismos habían colocado algunas en los lugares donde no había. A este camino de raíces lo llamaron Correa de Vuelo. Así se les hacía fácil acudir a cualquier punto de los anillos en caso de necesidad. Por lo regular, cuando un grupo salía de las Moradas, o de su aldea cercana, siempre se dirigían con diligencia a su punto de custodia. La vigilancia para cada grupo duraba aproximadamente un mes. Comenzaban la marcha una semana después del primer día del mes. A pesar del bueno uso y facilidad que Correa de Vuelo les daba a todos los habitantes dentro del reino de la Foresta Negra, el sapiente Sénex Luzeum le había pedido a Azariel y a su comitiva que fueran a donde fueran, dentro del Reino Verde, nunca utilizaran el camino más fácil y el más rápido. Sino que abrieran brecha en la selva.

Se suponían que aquellos hombres ya deberían haber alcanzado su punto de arribo; sin embargo, aún les faltaban algunas jornadas de camino. Graseo, como sucesor de su padre y, por lo tanto, el segundo al mando en el reino, quiso averiguar de qué se trataba. Gladreo lo hizo razonar para que siguieran su camino y dejaran a los otros seguir el suyo. Ya después podría averiguar todo lo que quisiera.

Azariel volteó a mirar a Adis y le preguntó sobre la parvada que acaba de surcar los cielos.

—Pertenecen al enemigo —respondió el caballero de la ciudad del Unicornio—. A mí me persiguieron una vez. Son terribles. No tanto ellos, sino por lo que consiguen. Seré breve: los cuervos son los ojos de algunos siervos de Kyrténebre. Poseen poderes fuera de lo normal, aunque no son invencibles. Por lo mismo —Adis se dirigió a Azariel en tono tranquilo, pero serio—, debemos continuar y llegar al volcán lo antes posible. No sería bueno que algún vermórum nos saliera al encuentro.

—Somos cuatro contra uno —dijo Graseo estirando la cuerda de su arco.

—No somos rival para ellos. A mí me atacó uno y tiene la fuerza de cegarte de puro temor, en cuanto sientes su presencia. Todo alrededor pierde el color. Me atrevería a decir que te hace perder hasta el mismo sentido de vivir o de luchar. Desconozco cómo podríamos vencerlos. Así que prefiero evitar toparnos con uno.

—Pero ¿qué me dices de los anillos de vigilancia? —argumentó el príncipe mayor de la Foresta Negra—. ¿Crees que logren traspasarlos sin que un solo arco tire una flecha contra él?

—No hay tiempo para discusiones innecesarias, Graseo. Recuerda solamente que las sevilas siguen atacando y el caballero del que te hablo es mucho más poderoso que todas las sevilas juntas. Prosigamos nuestro camino.

El caballero de Alba los guio hacia la vereda que había encontrado. Fue así cómo lograron seguir sin tanto ataque contra la maleza. El vericueto que se abría ante sus pies los llevaba casi en línea recta a las faldas del Pico del Águila. De vez en cuando alguno que otro árbol se elevaba en medio del camino. El único problema es que en ocasiones el pasto estaba crecido, y ahí tenían que ser precavidos para no pisar algún nido de cobra.

Graseo seguía tensando su arco a medida que caminaban. No creía del todo las palabras de Adis. Estaba dispuesto a enfrentarse a cualquier vermórum. Fue entonces que divisó a lo lejos una mancha marrón. Era un antílope y la verdad es que el animal estaba a una gran distancia para cualquier otro arquero, pero no para el heredero al trono de la Foresta Negra. El morador se encaramó a un árbol. Tensó la cuerda, apuntó y disparó. La flecha voló y penetró el cerebro del animal.

Aquella noche lograron pisar la pendiente que se elevaba hasta tocar la cima de la montaña del Pico del Águila. Adis encendió el fuego, mientras los demás se encargaron de despellejar y preparar al antílope para asarlo. Llegado el tiempo, cenaron alegres. Había luna.

Cuando saciaron su apetito, el cuerpo les pidió el descanso debido. Cada uno se trepó a un árbol. Azariel, por su parte, no pudo pegar los párpados; las sevilas, el sonido de los cuervos y la posibilidad de encontrarse con un vermórum seguían retumbando en sus oídos. ¿Acaso eran aquellos por los que tuvo que huir de Elpida-Eirene? ¿Habría alguna conexión entre las sevilas, los cuervos y los vermórum? ¿Estarían enrolados también los gramas? ¿Qué estaría planeando Kyrténebre, el Gran Dragón? El cansancio estaba a punto de vencerlo cuando avistó entre la oscuridad unas chispas continúas, brillantes, al pie del árbol que Adis había tomado. Parecían unos ojos parpadeando. Sin duda era su amigo, trabajando en algo. Y mientras lo observaba, se quedó dormido.

II

LAS ENTRAÑAS DEL VOLCÁN

—¡Despierta, hermano, despierta! —Graseo lo sacudió—. Es hora de continuar.

—No me di cuenta de lo tarde que es —dijo Gladreo.

Y en verdad era tarde. El sol había rasgado la oscuridad hacía horas. Los pájaros ya no cantaban sus melodías mañaneras. Se veían de continuo las crías saltando de los nidos, moviendo sus jóvenes alas, blandiendo el pico, pero sin lograr nada más que aterrizar por tierra. Los grandes venían, los recogían y devolvían a sus nidos. La operación se repetía sistemáticamente.

—Toma —le ofreció un trozo de carne del antílope que había cazado—, come rápido, aún debemos subir.

Adis inspeccionaba el terreno y Azariel, erguido a la sombra de un árbol, jugueteaba con el pomo de su espada. Cuando los príncipes se les unieron, reanudaron la marcha.

La cordillera, ahora que estaban cerca, había perdido la figura del ave rapaz y se levantaba como la joroba de un gigante, mostrando piedras puntiagudas y afiladas en toda su extensión. Continuas hendiduras arañaban su elevación. El inicio mostraba aún la voracidad de la selva, que abría sus fauces para atrapar la montaña. Lo malo es que sólo alcanzaba la mitad de la ladera del volcán. El resto eran piedras. En aquella zona, los exploradores tendrían que sufrir la desnudez de la naturaleza. Ningún árbol los protegería del sol, aunque el viento calmara la sensación de sentirse en un horno.

—Admito que no sé cuál será el mejor modo de alcanzar la boca del volcán. Nunca había llegado hasta acá —aseguró Gladreo, y se volteó hacia su hermano—: Y tú, ¿qué dices?

No respondió, pero sus gestos lo dijeron todo.

—Si nadie sabe, tendremos que hacer lo único que podemos en estas circunstancias: ir cuesta arriba, ascender en línea recta —opinó Adis.

—Andando entonces —animó Azariel—. Esperemos que hoy mismo logremos conseguir la Esmeralda y regresar a las Moradas del Rey.

—Ojalá, así estaremos dentro de tres días de vuelta en casa. Estoy ansioso por lavarme —comentó Gladreo.

El fango que se habían puesto desde hacía dos días había formado una verdadera segunda piel, de manera que los mosquitos no tenían forma de penetrar semejante caparazón de barro.

Iniciaron el ascenso. El principio fue sencillo, había muchos troncos de donde apoyarse e impulsarse hacia arriba. El aire corría con libertad, dejando tras de sí una brisa fresca y tranquilizadora, como la de una mano que acaricia. Lo único que les dificultaba el camino eran las continuas plastas de musgo en el suelo, con las cuales resbalaron varias veces.

Alcanzaron la línea donde dejaban de crecer los árboles. El primer paso que dieron fuera de las sombras de los árboles fue pesado. Se sintieron de pronto como si les arrancaran el aire de los pulmones. Paso a paso, el calor los fue abrasando. El sudor corría por sus frentes, llevándose consigo partes del barro que cubría sus rostros. Las primeras gotas resbalaron casi imperceptibles, las siguientes comenzaron a caer sobre sus pestañas. Se sintieron como cegados. Cuando se limpiaban el fango, ahora fresco, se les embarraba por todos lados. Al tratar de quitárselo de los ojos, Adis perdió el equilibrio, pero evitó la caída aferrándose a una piedra con formas afiladas, que se le enterró en la mano derecha y comenzaron a caer gotas rojas. La sangre iba marcando el camino a seguir.

Gladreo trastabilló y su rodilla chocó contra una piedra lisa, pero cuando cayó por el dolor, su pie izquierdo derribó una piedra y su pierna fue a ocupar el hoyo dejado por la roca. Al tratar de sacarla, se rasgó la piel con las paredes del agujero. La compañía tuvo que parar. Azariel sacó agua y la vertió en las heridas del morador para limpiarlas. Sacó de su alforja una planta amarillenta, llamada *achiesta*. La mordisqueó y luego la aplicó sobre las carnes abiertas. Tomó un hilo y aseguró las hierbas sobre las heridas. También curó y vendó a Adis.

—Sigan, por favor, yo los alcanzo en cuanto pueda doblar de nuevo la rodilla —propuso Gladreo, que no quería demorar la excursión, visiblemente afectado de la rodilla. Si seguía tenía que hacerlo cojeando, hasta que el dolor pasara.

—De ninguna manera, nos quedaremos aquí —señaló con el dedo— hasta que puedas caminar sin cojear. La medicina que te apliqué ayudará, además te aliviará el dolor.

Desde donde estaban se dominaba la extensión sur del reino de la Foresta Negra, un frondoso mar verde. A los lados se elevaban las demás cumbres: Greirpán Siestre era la cordillera que formaba la izquierda de una de las alas del Pico del Águila; a la derecha, Berosa Rustra, y más allá la cordillera de las Aldiernas asomaba la cabeza.

Aquel día el volcán decidió no escupir sus humaradas. Todo apuntaba a que sería cuestión de entrar a la boca del Pico del Águila y buscar la Esmeralda. Eso sería como encontrar una punta de flecha perdida en la Foresta Negra. ¿Cómo lo conseguirían?

Mientras pensaba en su misión, el último de los glaucos sacó de su pecho el pequeño paño. Se distrajo con las figurillas hilvanadas, escenas del pasado. La silueta de un gran dragón sin las alas desplegadas. En torno suyo caían, desde algún punto, algunos seres heridos. En otra, aparecía el mismo dragón y enfrente de él yacían miles de hombres. De su boca salían tres lenguas de fuego, y cada una de ellas proyectaba una palabra: poder, sabiduría y libertad. Del otro lado aparecían siete espadas con las puntas hacia el centro, formando una estrella. Otra mostraba a siete reyes, cada uno con una piedra en la mano y una espada en el centro. La penúltima de las escenas mostraba la Espada con todas las piedras incrustadas. Y la última imagen era tan sólo el Diamante. Volvió a metérselo bajo la camisa, reprimiendo el deseo de desatar las cuerdas del paño y ver el mismo Diamante, no tanto su estampa.

El príncipe Graseo observaba a Azariel de manera insistente, justo donde guardaba el Diamante herido, la Piedra Preciosa se había mezclado en sus proyectos. No la codiciaba, pero quería ser el primero en encontrar la Esmeralda para demostrar que podía asumir altas responsabilidades. No obstante, algo comenzaba a quemarlo en su interior, algo que ni siquiera él mismo podía explicar.

Por su parte, Gladreo se puso de pie y dio algunos rodeos, temeroso al principio, y luego con paso firme.

—Azariel, debemos partir —dijo—. Todavía cojeo un poco, pero en cuanto comencemos a andar, la rodilla se me va a calentar y adiós dolor.

—Aprobaste tus clases de medicina, Azariel —comentó Adis, moviendo los pies con torpeza fingida—. Ya no sangro, ya no me duele, ¡hasta puedo bailar!

El grupo festejó la broma de Adis y, en cuanto Gladreo pudo caminar sin necesidad de apoyo, volvieron a escalar el Pico del Águila hasta que alcanzaron la cima. El ascenso más que fatigoso, se tornó penoso, pues al sol inclemente se le sumaron unas potentes ráfagas de polvo que azotaban sus cuerpos como miles de alfileres que penetraban su piel.

Ante sus ojos se abrió un verdadero buche de águila. La fosa tocaba el vacío. No se veía nada en absoluto allá abajo. Todo parecía ser una pared recta que se perdía en el fondo oscuro. La luz solar no hacía mella dentro de ese abismo. De pronto, la comitiva sintió como si el mismo volcán les hablara con su aliento de lava.

—¿Cómo bajaremos? —preguntó Gladreo.

Ninguno parecía saber la respuesta. Adis dio algunos pasos, observando todos los puntos de aquella fosa. Las paredes, aparentemente lisas, estaban acribilladas por pequeños orificios, minúsculos. El descenso sería muy arriesgado, ya que no llevaban picos para desplomarse al vacío. Así que siguió rodeando el lugar. Estaba pensando cómo hacerlo, cuando descubrió un desnivel exactamente debajo de él. No había reparado antes en esto porque su consistencia era la misma que la de las paredes. No había diferencia de tonalidad en la piedra. Moviendo sus brazos, llamó a los demás. Ellos lo vieron y se le acercaron.

—¿Qué sucede, Adis? —preguntó Azariel—, ¿encontraste la forma de bajar?

—Justo aquí —señaló con el dedo—, debajo de mis pies.

Los demás repararon en la escarpa que salía de la pared, como un sendero pendiente en el aire.

—El camino desaparece a unos metros dentro de la oscuridad —apuntó Graseo—. Y como puedes ver bien, del otro lado, el sol pega más directo así que se puede ver mucho más a fondo. Parece que no hay ningún camino por ahí.

—No creo que este sendero nos lleve al corazón mismo del Pico del Águila —dijo Adis.

—Entonces, ¿a dónde? —inquirió Gladreo.

—A algún otro sendero en el interior del volcán —explicó—. Pienso que en aquel lugar que no llega la luz, se abre algún túnel. Ése será nuestro segundo sendero.

—Y para llegar ahí, supongo que nos tendremos que descolgar con una cuerda —opinó Azariel—. A menos que a alguien se le ocurra otro modo.

Adis confirmó la propuesta de Azariel y éste fue quien se ofreció a descender primero. Buscaron una piedra grande, maciza, estable, y desde ahí arrojaron la cuerda hacia el abismo. Apenas llegó a la mitad. Anudaron una extensión al extremo de la cuerda, y continuaron deslizándola hacia abajo hasta que rozó el suelo, y entonces ataron la soga a la roca.

El último de los glaucos se ciñó su espada y su alforja. Se aproximó al borde y comenzó a descender sin mayores problemas, mientras Gladreo y Graseo sujetaban con fuerza la soga. Metros abajo se desmoronó una piedra en la cual se había apoyado, pero sólo perdió el equilibrio. Bastaba un pequeño error de su parte y todo estaría perdido. Rápidamente se recuperó y continuó bajando hasta llegar al nudo que unía ambas cuerdas. Adis, que lo miraba desde arriba, le hizo una seña para indicarle que todo estaba en orden. Los príncipes sentían cómo la cuerda se movía de izquierda a derecha, como un péndulo, ronzando contra la pared. Derecha izquierda, derecha izquierda... Azariel se aseguró de que la segunda soga estuviera bien amarrada como para soportar su peso y comenzó a bajar por ella. La oscilación de la parte de abajo fue acrecentándose, poco a poco, más y más: derecha izquierda, derecha izquierda... Adis mantenía la vista fija en Azariel, mientras los príncipes tensaban la cuerda para disminuir los movimientos pendulares, hasta que de pronto sintieron un tirón y se fueron de espaldas.

—¡Azariel! —el grito de Adis resonó en las entrañas del volcán. La constante fricción con las rocas había actuado como una afilada cuchilla que cortó de tajo la cuerda.

El último de los glaucos yacía de espaldas sobre la dura piedra, había chocado contra el suelo en una caída libre de al menos tres metros. Sintió cómo todas las vértebras se le dislocaron, desde la nuca hasta la parte inferior de la espalda. Y cerró los ojos.

En vano le gritaron, el príncipe no respondía. Al instante, Adis sacó dos cuerdas más y se preparó para ir en busca de Azariel. Se descolgó ligero, ordenándoles a Graseo y Gladreo que lo siguieran.

—Bajemos uno tras el otro, así evitaremos que nos suceda lo que le pasó a Azariel.

Los príncipes de la Foresta Negra asintieron y, apenas el cuerpo de uno se perdía en la oscuridad de la fosa, el otro lo seguía. Hasta que uno a uno llegaron al fondo.

—¿Estás bien? Azariel... ¡Contesta! ¡Háblame! —le gritó Adis al herido, pero nada: el príncipe no respiraba.

—Está muerto —murmuró Graseo, observando el pecho inmóvil del glauco.

—Creo que mi hermano tiene razón —opinó Gladreo—, no respira.

—No puede ser, no puede ser —se repetía Adis, al tiempo que vaciaba su alforja y revolvía entre sus cosas hasta que por fin la encontró, ahí estaba, la loción que le dio Luzeum. Según el ignisórum, cualquier persona que hubiera sufrido un desmayo o un colapso, cuando apenas le llegase el olor de esa loción se levantaría en un instante. El aroma era muy intenso. En cuanto lo abrió, sintieron como si un cuchillo inmensamente frío les perforara los pulmones y por unos segundos vieron borroso.

El albo acercó la boca del frasco a la nariz de Azariel y comenzó a frotarle el pecho a la altura del corazón, con la esperanza de que respondiera al llamarlo por su nombre una y otra vez. Un suspiro profundo, como el vacío del volcán a su costado, salió de él. Sus pulmones se volvieron a llenar de aire y la sangre a irrigarle la cabeza. Abrió los ojos.

—Dandrea... —balbuceó, todavía incoherente.

Adis sonrió, aliviado, sin dejar de frotarle el pecho.

—Calma, calma descansa...

—Adis... Eres tú, ¿qué hago aquí tirado? Ay, mi cabeza, duele... Y mi espalda.

Después de examinarlo, Adis comprobó que no se había quebrado ningún hueso. No obstante, sus músculos habían absorbido todos los golpes y las consecuencias de la caída.

—No hables, no te muevas, descansa —insistió—. Pasaremos aquí la noche.

El caballero de Alba se acercó a los hermanos y les siseó:

—Este hoyo, a pesar de ser la válvula de escape de un volcán, no produce calor. Debemos darle nuestros mantos. Tiene que permanecer caliente para que sus músculos se desinflamen.

Los príncipes de la Foresta Negra asintieron y, sin demora, le proporcionaron a Adis sus cobertores. Se acomodaron en el suelo, dispuestos a esperar.

—¿Cómo te sientes? —preguntó Graseo.

—En peores me las he visto —respondió Azariel torciendo la boca, ya bien consciente.

Permanecieron ahí la tarde entera, sentados a su lado. Ninguno se movió de su lado, ni siquiera Adis fue a buscar a dónde llevaba el sendero. En aquel lugar solitario y baldío era imposible encontrar una sola rama para crispar un fuego. Todo estaba triste. El viento no hablaba. Los últimos rayos de sol no calentaban. El volcán tampoco balbucía.

La noche se les vino encima como una fiera sobre su presa. La oscuridad los invadió. Ninguno era capaz de ver más allá de sus párpados. Tan densa era la oscuridad que hasta la hubieran podido partir con sus espadas. Adis tuvo que dar indicaciones. Ninguno podía moverse de su lugar. Todos y cada uno se quedaría a dormir, ahí, en dónde la noche los había atrapado. No podían gastar ninguna de sus antorchas, dado que serían más útiles en el corazón de la montaña que ahí afuera. Y allí quedaron tendidos, ciegos en la oscuridad, a merced de un frío que los arañaba hasta las entrañas, sintiendo cómo el tiempo se arrastraba con lentitud.

El sol comenzó a hendir la oscuridad, sus rayos no llegaban hasta donde estaban los cuatro, pero al menos ahora podían verse sus propias manos. La temperatura, que había descendido hasta hacerlos palidecer y trepidar de pies a cabeza, comenzó a subir.

En cuanto Adis entró en calor, se aproximó a Azariel, que ya estaba despierto. Sus labios habían adquirido un tinte ligeramente amoratado, pero quería ponerse en pie. Una a una, Adis apartó todas las mantas para que Azariel se pudiera levantar, apoyándose contra la pared. Lo hizo con lentitud. Sintió que su espalda se desarmaba, pero bastó un movimiento rápido y preciso para poner los huesos en su lugar. El remedio aplicado por Adis y el reposo habían surtido efecto y Azariel podía desplazarse sin dificultad. En la penumbra del volcán, los pálidos rostros de sus compañeros se advertían hambrientos... Y como si Graseo le hubiera leído el pensamiento, dijo:

—¿Qué tal si comemos algo? —al tiempo que disponía de la carne de antílope. No les importó su consistencia dura como suela de zapato, los acontecimientos de ayer no les habían dejado espacio para comer y el estómago exigía lo suyo.

Cuando todos terminaron, Adis encendió una de las antorchas e inició el descenso por la senda. Los demás lo siguieron en silencio. El caballero de Alba caminó despacio, no sabía si la roca donde pisaba era fuerte o si podía desprenderse del cuello del cráter. Después de unos breves minutos, el camino se terminó. Un precipicio se abría ante sus pies, por un lado. Pero a su derecha había una grieta, lo suficientemente ancha para que un hombre entrara. Ésa fue la dirección que tomaron. Penetraron en el interior de Pico del Águila.

Una vez dentro, Azariel tomó fuego de Adis y prendió la tea que llevaba consigo. Ante sus ojos sólo se abría un túnel que parecía bordear la montaña, de bajada, siempre bajando. Llegaron a una parte en la que el pasillo comenzó a zigzaguear. Descendieron una curva, luego otra, hasta que por fin tocaron tierra plana. No sabían si estaban aún sobre el nivel de la jungla o si ahora se encontraban bajo ésta. Les fue imposible orientarse, no sabían en qué dirección habían estado caminando. Pero ahí estaban, finalmente, en las entrañas del volcán.

La explanada a la que llegaron se abría como una caverna gigantesca, pero no entraba ninguna luz. Lo único que alcanzaban a ver era hasta donde la luz de sus candelas lo permitía.

—¿Qué dirección tomamos? —preguntó Graseo.

—Allá se ve un conducto —dijo su hermano.

—Y más allá, no sólo uno o dos, sino toda una galería nos muestra sus bocas abiertas.

—Parece como si nos quisieran comer de un bocado —observó Azariel.

Y en verdad, ésa era la impresión que daban. De hecho, el humo de sus antorchas se perdía en esas direcciones.

—¿Creen que algo nos pueda atacar? —pensó Gladreo en voz alta, a la vez que tensaba su arco.

—No lo sé, pero algo me dice que debemos comenzar a caminar —señaló Adis—. ¿A dónde nos dirigimos, Azariel?

¿Por qué su guía por excelencia le preguntaba ahora qué camino seguir? ¿Por qué aguardaba como esperando sus órdenes? Adis ya había trazado una ruta en su cabeza, pero el anciano Luzeum le había aconsejado que dejara a Azariel tomar las decisiones. Hasta ese momento, el último de los glaucos siempre le había dicho qué y cómo hacer, a dónde ir. Desde que había tomado sobre sí la responsabilidad de llevar adelante la misión de la unión de las Piedras Preciosas, todo había cambiado para él. Ahora estaba aquí, en una encrucijada. Cada conducto escondía un secreto al final. Quizás alguno lo llevaría a un túnel sin salida, otro podría significar sus muertes. Cabía la posibilidad de que ninguna llevara a alguna parte. La opción era, a juicio de Azariel, reducir las probabilidades de riesgo.

—Por allá se nos abren demasiadas posibilidades. Vayamos mejor a esta otra entrada que nos deja el paso a un solo sendero. En cualquier caso, si algo sucede será más fácil regresar a este punto, donde estamos a salvo.

Ahora era Azariel quien iba a la delantera. Los otros lo seguían muy de cerca cuando se internó en el área. El nuevo sendero era muy desnivelado. Pronto tuvieron que ir en cuclillas, después, se volvió a abrir. Se enderezaron. Bajo sus pies, la piedra plana desapareció. Ahora las grietas se dibujaban en el suelo, las paredes y el techo. A su paso, las rendijas de las paredes escupían humo. Había también aberturas sobre sus cabezas, de las que a veces se desprendían puñados de ceniza. Las fracturas sobre la vereda les mostraban, de vez en cuando, algo brillante allá abajo, muy en el fondo. El calor los comenzó a sofocar. Graseo trató de recargarse en la pared, pero se retiró al instante: la piedra parecía que ardía. Luego, toparon con el final. O continuaban por entre unas ranuras a su derecha, o regresaban, y si procedían de esta última manera, Azariel se habría equivocado en la primera toma de decisión que hacía.

—Adis, si tú fueras a esconder la Esmeralda, ¿dónde lo harías? ¿Cerca de un lugar que pudiera devorarla, o en un sitio de difícil acceso pero sin ponerla en peligro? Porque quizá me equivoqué al elegir nuestra ruta.

—Si no quiero que nadie la recupere, la primera; si la quiero recuperar, la lógica exige dejarla en un sitio al que pueda volver —contestó.

—Entonces, ¿por qué el mapa nos pide venir al vientre del volcán?

—En lo personal, no creo que el mapa realmente nos mandara a este lugar.

—Pero eso era lo que decía el mapa —refutó Graseo, quien en cierta forma respaldaba la creencia que el rey Gueosor tenía sobre el escondite de la Esmeralda—. Todos nosotros vimos y leímos las líneas… Azariel, no te has equivocado al traernos a este hoyo infernal. Debemos seguir hasta el corazón del Pico del Águila, seguro encontraremos allí la Esmeralda del Reino Verde.

—Si Adis tiene razón —apuntó Azariel—, quizá cometimos un error al venir aquí. Cabe la posibilidad de que hayamos malinterpretado el enigma.

—¡Imposible! —replicó Graseo—. Todos lo vimos bien, decía que nos dirigiéramos al mismísimo vientre del volcán. No cabía otro significado.

—No lo juzgo así, Graseo —dijo Adis—. He tratado de recuperar en la memoria esas líneas que aparecieron a medias, o más bien, las palabras que nunca se mostraron. Me temo que allí está la solución al misterio. Y lo encontraremos.

En ese momento, un alarido se escapó de la boca de Gladreo:

—¡Ay! —gritó. Había permanecido parado sobre una de las fisuras, y ahora se le estaban derritiendo las suelas—. ¡Me estoy quemando los pies!

—Regresemos —ordenó Azariel, sin pensarlo dos veces más.

Todos corrieron, pues los demás también comenzaron a sentir el sofoco abrasador del Pico del Águila. Los pulmones se les habían contraído, les costaba respirar mientras corrían, jadeantes, como si les extrajeran el aire del pecho.

Al cabo de un rato, alcanzaron de nuevo la gran caverna. Tanto Gladreo como los demás, arrojaron sus botas fuera de sus pies. Al menos ahí, la roca estaba fría. Respiraron con satisfacción al sentir que las plantas se les refrescaban y que el aire henchía sus vías respiratorias. Tomaron agua para apagar la sed que les quemaba las entrañas.

Azariel se levantó y se acercó a Adis. Habló con él en voz baja:

—Amigo, ¿a dónde debo ir?

—Hacia delante. No podemos detenernos y sentarnos, esperando que la Esmeralda nos caiga en la mano.

—Lo sé, pero ¿si vuelvo a equivocarme?

Adis lo tomó del brazo.

—Mira, el anciano Luzeum nos diría que hay muchos hombres que por un fracaso, una equivocación, abandonaron todo. Dejaron de luchar. ¿Qué ha sido de ellos? La historia no lo dice. En cambio, sólo los hombres grandes, los que han alcanzado la gloria, han sido aquellos que cuando se vieron tirados por los golpes del fracaso, volvieron a pararse. Se enfrentaron una vez más ante el problema. No les interesó si el siguiente golpe sería más fuerte y ahí los tienes, siguieron adelante, por eso sabemos de ellos y conocemos sus nombres.

—Pero, ¿y los demás?

Adis lo miró con comprensión:

—Te seguirán, incluso si los llevas por el mismo sendero de la muerte, te seguirán... Te seguiremos. Confiamos en ti.

Azariel tembló. Un sudor frío le heló el corazón. Respiró. Pensó. Reflexionó. Se levantó y avanzó hacia los demás, diciendo:

—¡Sigamos!

Al instante, se acercó a las cuevas más alejadas, aquellas que parecían panales abiertos, por ser tantas. El último de los glaucos, sin dudarlo, tomó la primera al azar. En su mano brillaba una tea que alejaba las oscuridades. Avanzó. Cuando penetró la apertura, no miró hacia atrás, aunque sabía que los demás lo seguían. Adis se lo había dicho y confiaba en él.

Aquel túnel nuevo no presentaba otro aspecto distinto al primero que tomaron. Avanzaron. Dieron vuelta a la izquierda. Saltaron una hondonada. Giraron hacia un lado, luego hacia el otro. Bajaron. Subieron. Su entorno era oscuro, casi lúgubre. En sus rostros rutilaban las flameantes llamas de sus antorchas. Después de mucho caminar y poco hablar, llegaron hasta una pared. El camino estaba bloqueado. No podían seguir ni hacia arriba ni hacia abajo. Regresaron. Ninguno dijo nada.

Cuando salieron de la cueva, Azariel tomó otra sin pensarlo y con decisión. Los demás lo siguieron. En ésta sintieron que se les cortaba la respiración a medida que se adentraban más y más. El túnel no era como los demás, que siempre iban casi rectos, éste era distinto. Su dirección era hacia abajo, siempre hacia abajo. Todo en círculos, pero siempre en descenso. Les pareció como si caminaran dentro de una culebra enrollada en sí misma. Pronto el humo se volvió inaguantable. Insistieron hacia delante, o mejor dicho, hacia abajo. El pasillo se transformó en una especie de fosa, oscura y temible. El terreno no era liso, sino abrupto y lleno de piedras largas y puntiagudas, como si se desplazaran en el hocico de un cocodrilo gigante. La pendiente de pronto se volvió casi vertical, Azariel hizo un alto y pidió a los demás que esperaran, pero Adis lo detuvo:

—Es mi turno de explorar la bajada.

Y se colocó una soga alrededor de la cintura e inició el descenso, que era casi vertical. Se iba sosteniendo con las manos y con los pies. Algunas veces lo hizo en las sinuosidades; otras, tuvo que hacer fuerza para mantener la vertical. Detrás de sí, pidió que colocaran una tea en otra cuerda que deslizarían para darle luz.

Adis se perdió de vista junto con la antorcha, cuya flama era lo único que podía ver. Al cabo de un rato, la débil luz se perdió en una zona bien iluminada del túnel. Algo producía no sólo luz, sino humo y calor, un intenso calor. Trató de apoyarse en una protuberancia, pero ésta se desplomó junto consigo, produciendo una verdadera nube de cenizas que lo cegó momentáneamente. Segundos después, pudo observar bien el lugar donde se hallaba. Bajo sus pies bullía un lago de lava. ¿Sería éste el corazón del Pico del Águila? Quién sabe, lo único cierto es que de no haber sido por la soga, habría ido a parar a aquellas aguas de fuego.

El caballero se giró y, aferrado a la cuerda, comenzó el ascenso. Cuando alcanzó de nuevo las rocas, se detuvo para echar un vistazo a aquel basto mar rojo. Esperaba ver alguna porción de tierra transitable. Si habían interpretado correctamente el pergamino, ése era el lugar para encontrar la Piedra Preciosa. A pesar de que se esforzó mucho en encontrar alguna superficie firme, no vio nada.

Tuvo que volver hacia donde los otros lo esperaban ansiosos.

—¡Adis! —exclamó Azariel en cuanto lo vio—, ¿estás bien?

—Perfectamente —respondió desde abajo y el sonido subió con el eco, resonando varias veces.

—¿Qué te sucedió? —preguntó Gladreo—, la soga de repente se tensó como ayer, cuando cayó Azariel. Te gritamos y no respondiste. Después, la cuerda perdió la tensión y creímos que se había cortado con alguna piedra allá en el fondo. Estábamos a punto de ir por ti...

Adis tomó aire, se limpió el sudor de la frente y dijo:

—Allá abajo yace el corazón del volcán, si no me equivoco.

—¿Viste la Esmeralda? —preguntó Graseo.

—La lava corre hasta las paredes mismas del interior. Es imposible que la Piedra Preciosa esté ahí.

—Entonces —dijo Azariel un poco descorazonado—, regresemos.

Los otros tres pusieron sus pies tras las huellas del joven. Ninguno sabía si de hecho la Esmeralda seguía en los reinos de la Foresta Negra. Quizás había sido destrozada y nunca más la hallarían.

Aquel retorno fue lento, casi lánguido. ¿Cuánto tiempo podrían explorar el volcán así? Ahora volverían al punto de partida y sentían como si todo el volumen y peso de la montaña reposara sobre sus espaldas.

Azariel tomó otro túnel de la galería. Los demás siguieron sus pasos. Ninguno sabía si era ya tarde o de noche, ni siquiera si aún seguían en el mismo día u otro. Estaban hambrientos y sedientos, además de estar fatigados hasta el extremo.

—Azariel, no podemos continuar así —dijo Graseo.

—Tienes razón, Graseo —aceptó Azariel—. Descansemos y comamos.

—No podemos quedarnos mucho tiempo aquí —observó el albo—. Sería muy peligroso. Si el volcán llega a sacudirse, no dudo que alguna de estas piedras que penden sobre nuestras cabezas nos aplaste.

—Graseo tiene razón, Adis —insistió Azariel—. Hemos estado dando vueltas como ratones en un laberinto. Algo de comida y de descanso nos despejará la cabeza… Entretanto, haré guardia.

Esta vez la carne de antílope les resultó un manjar. El hambre les cegaba el gusto. Cuando terminaron, se acostaron y quedaron dormidos.

Azariel se acercó a una de las galerías. Pretendía internarse cuando una mano lo detuvo.

—¿A dónde vas? —susurró una voz a sus espaldas.

—¡Tú! —contestó con sorpresa, sin elevar la voz—. No te escuché venir.

—Tú también debes reposar, ¿cómo va tu espalda?

—Mejor, pero no me pidas que descanse cuando sus vidas dependen de mí.

—Quieres ir a buscar por tu cuenta la Esmeralda, ¿verdad?

—Lo que quiero es un camino seguro.

—No puedes andar explorando tú solo, morirías... Cualquiera moriría sin la ayuda de sus amigos. Mira que soy yo quien te lo dice, un hombre que trabaja mejor en solitario que acompañado.

—Tienes razón, pero es que todo está saliendo mal. Esta hazaña en lugar de ser logro tras logro, va de fracaso en fracaso. Es un hecho innegable.

—Bueno, si quieres triunfar en algo, hay que luchar por eso.

—No quiero «triunfar», no quiero reconocimientos, sólo quiero cumplir mi misión.

Adis agachó la cabeza. Compartía la frustración de su amigo.

—Descansemos —insistió—. Tú lo has dicho, necesitamos tener la mente despejada para actuar acertadamente.

Azariel tuvo que aceptar las palabras de su compañero.

—Reposaré, pero me mantendré alerta a cualquier movimiento del volcán —advirtió—. Si algo sucede, los despertaré enseguida.

Se arrebujó en su cobertor y permaneció unos minutos pensando, pensando... hasta que cayó irremediablemente dormido.

III

LA FURIA DEL PICO DEL ÁGUILA

Quién sabe cuánto tiempo transcurrió antes de que abrieran nuevamente los ojos. El primero en despertar fue Adis, y en breve los otros se fueron reincorporando, preparándose para la expedición de ese día. Azariel decidió hablar antes de proseguir la búsqueda de la Esmeralda.

—¿Cuántos días llevamos entrampados como ratones, siguiendo la pista incompleta del pergamino que nos dio el rey Gueosor? —aunque no esperaba respuesta, hizo una pausa como para medir la reacción de los príncipes, quienes guardaron silencio—. Si ustedes no lo saben, menos yo. Así que, amigos, lo he estado pensando y creo que no podemos perder más tiempo aquí en el Pico del Águila. Mañana regresaremos a la cima, pase lo que pase, con o sin la Esmeralda.

—Estoy de acuerdo —comentó Graseo—. Hemos agotado prácticamente todas nuestras provisiones y casi no tenemos agua.

—Ni provisiones ni agua —reiteró Azariel en voz baja—... Será nuestro último esfuerzo. Ayer lo medité largamente, Ézneton nos requiere vivos, no muertos.

—¿Tan grave es la situación? —inquirió Gladreo.

Azariel se encogió de hombros.

—¿Y la Esmeralda? Es necesaria para la Nueva Alianza —objetó Adis.

Azariel estaba preparado para esa pregunta:

—Abandonar el Pico del Águila no significa abandonar la búsqueda de la Piedra Preciosa de la Foresta Negra. Quizá sólo hemos seguido una pista falsa.

—El mapa era claro —insistió Graseo—. No entiendo.

—Estoy contigo —dijo Adis, extendiéndole una antorcha—. ¿Qué ruta seguiremos?

El último de los glaucos agarró la tea que Adis le ofrecía y se aproximó al borde de un precipicio. Se trataba de una gruta tan oscura, que al examinar su interior la antorcha apenas dejaba entrever un profundo y pronunciado camino que se elevaba como una lengua a punto de tragarse algo, lo cual le daba un matiz tétrico. El sentido común le decía a Azariel que no debían internarse por ese sendero, pero había decidido actuar en contra de la lógica. Y conforme penetraban esa boca de lobo, eran engullidos por la oscuridad uno tras otro.

El terreno era distinto a los demás, sus pies se hundían a cada paso y era sutilmente inconsistente. Tardaron en darse cuenta de que eran cenizas petrificadas, que al pisar quedaban reducidas a polvo, sonando como si caminaran sobre un osario. De hecho, parecía que andaban sobre el esqueleto de una bestia inmensa, pues el camino semejaba la espina dorsal de un animal y las paredes el costillar. A sus pies, se colaban unos hilillos de luz que permitían atisbar el vacío que se abría a sus pies.

—No miren hacia abajo —advirtió Adis—, pero creo que estamos sobre un puente o algo parecido.

Tomó una piedra de ceniza y la dejó caer a través de la coladera de luz. La roca se perdió en la oscuridad, sin hacer ruido. Cogió una tea, la amarró y comenzó a deslizarla hacia afuera del camino. No perdieron de vista el fuego, pero la oscuridad que lo envolvía no dejaba ver más allá de la propia luz de la antorcha.

—No me gusta nada este camino —susurró Azariel.

—A mí tampoco —opinó Adis—. Cualquier temblor nos podría lanzar al vacío.

—No hablen de eso —comentó Gladreo con seriedad—, no vaya a suceder que despierten al Pico del Águila.

—¡Cállense! —ordenó Graseo—. ¿Escuchan?

Un profundo silencio se alzó desde el vacío hasta ellos.

—¿Escucharon? —insistió Graseo.

—¿De qué hablas hermano?

Adis comprendió rápidamente.

—Príncipe Graseo, tienes razón —dijo—. ¿Ya se dieron cuenta de este silencio inusual?

—La calma antes de la tormenta —reflexionó Azariel—. ¡Caminemos lo más rápido que podamos!

Demasiado tarde, el interior trajo un murmullo, no muy fuerte, pero sólido como cientos de voces cantando al unísono. Después, otro silencio los abatió. Vino un tremendo chasquido rompiendo la burbuja de silencio en que se hallaban inmersos. Era una peña que se había desgajado de la cima. El Pico del Águila ahora vibraba, en tanto los cuatros trataban de correr sobre el frágil puente de ceniza petrificada. Las piedras se desprendían de las paredes y llovían meteoritos dentro del volcán. Uno de ellos chocó contra el puente, muy cerca de la comitiva. El golpe fue feroz, mordió toda la pared lateral y se llevó parte del suelo. Adis echó al piso su equipo y las provisiones para aligerar el paso; los demás lo imitaron instintivamente. Otro pedrusco los acometió, interrumpiéndoles el tránsito. Apenas pudieron esquivarlo. El pedrusco desapareció en el vacío, llevándose consigo todos los pertrechos. Lo único que les quedó fueron sus armas y una cuerda. Ya no podían regresar por el mismo lugar, otra piedra grande se había llevado toda una sección del túnel.

—¡Corran! —gritó Adis, quedándose a la retaguardia.

Los moradores se desplazaron con antorchas en mano, pero con tanto movimiento del puente tropezaron y se les cayeron. A Gladreo sólo se le apagó, mientras que a Graseo se le escapó por una abertura en el suelo; sin embargo, ya no requerían luz. El interior mismo les proporcionaba claridad y cada momento que permanecieran ahí era más peligroso. Graseo se detuvo para tomar aire y sacó la cabeza por una oquedad.

—¡Ahí viene! —gritó.

—¿El fuego? —todos le preguntaron al mismo tiempo.

—¡La lava! —contestó.

Allá abajo un manto amarillo apareció. Su paso era lento, pero continuo. Lo raro era que a pesar de que se estaba formando un lago allá en lo profundo, no había ningún vapor, así que podían respirar en esa carrera de vida o muerte.

Al fondo del túnel sólo se avizoraba una mancha negra. Azariel se dejó guiar por el instinto y se encogió un poco, pero no se detuvo. Los demás pisaban tras las huellas del que iba adelante. No querían distraerse con nada más. Les bastaba un solo error para salirse de la vía segura y caer en aquel lago de lava. El último de los glaucos franqueó la pared y con la fuerza que llevaba se estampó contra una roca, sin hacerse realmente daño. Detrás de él llegaron los demás, a quienes pudo detener para evitarles un golpe semejante o que lo aplastaran. Habían quedado en completa oscuridad.

—¡Palpen las paredes, debe haber alguna salida! —indicó el caballero de Alba.

Las manos comenzaron a sangrarles, las piedras eran escabrosas y el río de lava amenazaba con alcanzarlos. Después de un tiempo, Graseo les trajo esperanzas:

—¡Aquí! —exclamó—. ¡Síganme!

Los demás se acercaron. Iban agarrados de la mano para no perderse. Con todo, les resultaba difícil caminar sin tropezarse. Adis, que a pesar de las circunstancias pensaba con claridad, los detuvo:

—¡Esperen, aún nos queda una cuerda! Atémonos a ella dejando espacio entre uno y otro. De esta manera evitamos perdernos y ser obstáculo para los demás.

Y en un santiamén se amarraron. Además, el caballero de Alba tuvo la feliz idea de usar las armas como bastón de ciego y se puso al frente para guiar al grupo, aprovechando su experiencia. Le seguían Azariel, Gladreo y, por último, Graseo.

La realidad era que estaban perdidos. Ninguno conocía siquiera un solo túnel del Pico del Águila. Aunque el sonido y el calor exorbitante habían cesado, no sabían si la lava continuaba tras ellos. El pasadizo había hecho ya varios zigzag. El terreno donde pisaban comenzó a ser más sólido y menos blando. Al menos ya no se desquebrajaba bajo sus pies. Luego, volvieron a sentir un calor muy fuerte. Era humo.

—¡Debemos caminar más aprisa! —observó Adis—. Ese humo nos va a asfixiar. Empezaré a trotar, espero no partirme la cara con alguna piedra.

Apenas lo dijo comenzó a avanzar con agilidad. Al instante, Azariel sintió el estirón de la cuerda y comenzó a correr. Los demás hicieron lo mismo al sentir que la soga se tensaba.

El túnel se había convertido en una pequeña caverna. Sus hombros chocaron con las piedras; unas veces se rasgaban sólo los vestidos; otras, las puntas penetraban sus carnes. Ellos respondían con un apretón de dientes. De pronto, una lluvia de ceniza los cubrió por entero. Sin duda, había por ahí alguna fumarola del volcán.

Cuando dieron unos cuantos pasos más, un manto invisible los golpeó. Cayeron por tierra.

—Creo que estamos dentro de una de las vías de escape de la montaña —explicó Adis mientras se levantaba—. No podemos detenernos aquí, ¡corran sin detenerse o moriremos asfixiados!

Los otros tres se pararon agarrándose de la pared. Apenas iban a dar un paso cuando otra ráfaga de viento atizó contra ellos. Volvieron a caer de espaldas. Una vez más se levantaron y una vez más fueron a dar al suelo por otra descarga. Adis, furioso, dio un salto y descargó su espada con fuerza contra la tierra. El filo penetró. Dio un paso más y repitió la acción.

El aire cesó de hostigarlos por un momento. Aquélla era su última oportunidad. Iba a gritar que corrieran, pero entonces a Adis se le ocurrió tantear otra vez el suelo. Dio tres pasos más y casi resbala hacia lo profundo. Abrió los ojos lo mejor que pudo e intentó familiarizarse con el terreno. Lo único que los demás podían ver era una mancha negra, pero el albo al menos logró distinguir los relieves y la boca de la fumarola.

—Desátense la cuerda —dijo— voy a saltar. Si no llego, ustedes me sostendrán.

Los demás se deshicieron de los nudos, dejando a Adis atado a un extremo. Entre los tres sostuvieron la punta opuesta del cordel. El caballero se acercó al límite de la caída, oteó hacia donde iba a brincar, tomó vuelo y saltó.

En cuanto cayó a tierra un temblor sacudió el túnel. Adis regresó tanteando el piso hasta llegar al borde.

—Dense prisa —les gritó—, el volcán está a punto de lanzar otras bocanadas de ceniza. Vamos, necesito que alguien se amarre del otro extremo y que salte, yo sostendré esta parte.

Graseo fue el primero en brincar. En cuanto llegó, se colocó junto a su compañero y lanzaron la punta de la cuerda al otro lado. Gladreo repitió la operación, sin incidentes. Sin embargo, cuando Azariel se arrojó, aún en vuelo, desde la concavidad que servía de escape al humo, una fuerte descarga de aire caliente lo golpeó en pleno estómago, desviándolo de su trayectoria. No obstante, arañó el otro extremo. Los príncipes lo cogieron de los brazos y lo jalaron hacia arriba, sólo para iniciar de nuevo una carrera ciega para salvar sus vidas.

No supieron cuánto caminaron, tan sólo iban hacia delante, siempre avanzando, sin parar. Las subidas y bajadas del terreno fueron disminuyendo progresivamente, hasta que desaparecieron para convertirse en un ir cuesta arriba. Los moradores, quienes no estaban acostumbrados a este tipo de caminatas, tan largas y extenuantes, cayeron casi desmayados. Adis y Azariel, mejor entrenados aunque igualmente cansados, sacaron fuerzas de la flaqueza y ayudaron a los príncipes, incluso cuando sus ojos atisbaron un rayo de luz, débil y cegador a la vez, tras tantas horas de permanecer en las entrañas del Pico del Águila. ¡Al fin, el ansiado exterior!

Una vez afuera, se desplomaron, no sólo Graseo y Gladreo, sino Azariel y el caballero de Alba, así que comenzaron a arrastrarse, ahora cuesta abajo, en dirección a la jungla, sólo los animaba a seguir adelante la visión salvadora de un afluente por el cual corría agua fresca.

—Cuidado, debe ser un espejismo —advirtió Gladreo, con un hilillo de voz seca, sorda, con la sensación de tener la boca llena de ceniza del volcán—, no puedo creerlo.

—Eso, hermano, o la muerte...

—¡Resistan, sólo unos cuantos metros, unos metros! —gritaba Azariel; pero Graseo y Gladreo habían perdido las fuerzas y se quedaron en el camino.

Fue una verdadera hazaña para Adis lograr llegar al arroyuelo que corría en las faldas de las montañas. El sol brillaba ya cerca del ocaso. En cuanto sus labios tocaron el agua, todo su ser se tranquilizó. Él se habría quedado ahí tirado a la orilla de la ribera, pero los demás necesitaban su ayuda. Sin más demora, regresó por Azariel, quien se encontraba más cerca del arroyo, y logró arrastrarlo hasta la orilla.

No era un espejismo, el muchacho bebió pequeños sorbos del agua, sabía que si abusaba podía ser contraproducente. Después, regresaron por los príncipes de la Foresta Negra. Estaban prácticamente desmayados. Azariel se hizo cargo de Graseo y Adis de Gladreo, arrastrándolos para llevarlos a las aguas cristalinas del afluente, donde literalmente revivieron.

En cuanto se sintieron a salvo, se dieron cuenta de que el Pico del Águila había cesado su actividad. No más sacudidas ni fumarolas ni lluvia de ceniza. Era como si el volcán se hubiera esforzado por expulsar a los expedicionarios de sus entrañas.

IV

TIEMPOS DE GUERRA

Gladreo abrió los ojos:
—¿Ya amaneció? —preguntó al tiempo que se levantaba.
—¿Amanecer? —sonrió Azariel—. Es mediodía.
—¿Ya saben cuánto tardamos dentro del volcán?
—No, aún no sabemos cuántos días estuvimos metidos ahí.

Los demás ya estaban sentados alrededor de un venado que Adis había cazado al amanecer. Comían despacio, saboreando cada pedazo de carne. Su cuerpo lacerado les recordaba que había estado al borde de la muerte, tenían moretones por todas partes y, en algunas zonas, llagas y quemaduras leves. Conforme lo habían acordado, volverían a las Moradas del Rey para preparar un nuevo plan de búsqueda, porque era imperativo hallar la Esmeralda.

Graseo miraba de un lado a otro y hacía guiños, como quien se esfuerza demasiado por recordar algo.

—¿Qué pasa? —preguntó Adis—. ¿Hay algo que debamos saber?

—Creo que reconozco dónde estamos —dijo—. ¡Ey, hermano! ¿No se parece esto al Fuerte del Croupino?

Gladreo observó en derredor, moviendo afirmativamente la cabeza:

—Ahora que lo mencionas, sí, creo que estamos cerca del quinto anillo de protección.

—Lo cual significa que pronto podremos regresar a las Moradas —Graseo se dirigió a Azariel—, como tú lo habías pensado.

—Yo había pensado regresar con la Esmeralda —se lamentó Azariel.

—Volveremos por ella —replicó Graseo—, no nos rendiremos tan fácilmente.

Tomando en cuenta la posición del sol y que el Pico del Águila estaba a sus espaldas, determinaron que se encontraban al noroeste de las Moradas del Rey. Es decir, si algún viajero quería llegar hasta allá, tendría que caminar mucho para alcanzar su destino. Sabían que estaban cerca del río Croupino, el cual descendía hasta el golfo de Croupén, próximo a lo que había sido el reino del mismo nombre.

A unos cuantos kilómetros de su posición, se hallaba Correa de Vuelo, el sexto anillo. Desde ahí, podrían guiarse hasta otro punto y luego acercarse al primer anillo, llegando a las Moradas en sólo tres días. Los guardines solían utilizarla una vez por mes para ir a sus puestos de vigilancia; sin embargo, desde el ataque de las sevilas, la rotación se había adelantado a cada quince días.

—Terminemos de comer pronto para descansar un poco más antes de continuar —indicó Azariel.

Se acercaron al fuego para servirse un poco más de alimento, con excepción de Adis, que se recostó en el suelo. Comenzó a respirar y con cada respiro sus pulmones se henchían. El aire golpeaba fresco. Los zancudos no molestaban en aquella zona. Todo parecía tranquilo, apacible. Los otros tres hablaban como en un murmullo. Adis sintió que se adormecía. Los demás lo vieron tan cansado que guardaron silencio para que él durmiera, aunque fuera un poco. Pero ése fue el grito de alarma. La cabeza de Adis tocó el suelo, quedando el oído a ras de tierra. Y se levantó de golpe.

—¡Alerta, todos, alerta! —gritó y al instante se arrimó al fuego y lo apagó de tal forma que casi no se formara humo. Se ciñó la espada y volvió a dar la orden de alerta. Los demás se quedaron atónitos, tan rígidos que se les hubiera confundido con una estatua pétrea. Adis parecía enloquecido. Azariel fue el primero en sacudirse el asombro.

—¿Qué sucede? —preguntó.

—No estoy seguro, pero puede que se trate de las sevilas, están atacando uno de los anillos.

—¡Imposible! —dijo Graseo, alzándose con el arco bien empuñado en la mano.

—Graseo, tú conoces mejor estas regiones, guíanos —indicó Azariel—. Sevilas o no, debemos ayudar a los moradores.

El príncipe movió de un lado al otro la cabeza, como buscando la senda más rápida, y echó a correr, y tras él los demás. Tuvieron que encumbrar varios árboles, saltar algunos matorrales espinosos, abrirse paso entre la espesura de la foresta. Las sevilas eran peor que una espina clavada en el corazón de los moradores. Desde que habían puesto los anillos de protección, nadie los había atacado. Sin embargo, ellas lo habían intentado, más de una vez. Los hermanos corrían con más ferocidad que una bestia. En las venas, la sangre se les mezclaba con el coraje. Cualquier cansancio les abrumaba poco de frente a las sevilas. Había que detenerlas... no, había que exterminarlas.

Cerca del sexto anillo divisaron varios bultos pardos y verdosos. Se movían. Estaban agachados, como trabajando con algo entre sus manos. Adis notó que se trataba de las bolsas de cuero que había visto antes. También reconoció a algunos de los hombres.

—Son los moradores que me encontré cerca de la ciénaga... Y ésas deben ser las bolsas de cuero que cargaban.

Los hombres se enderezaron al escuchar el ruido. Todos mostraron las puntas en su dirección. Graseo voceó al instante, con las manos en sordina:

—¡No disparen, somos nosotros!

Los hombres parecieron no entenderle y cuando ya iban a disparar, Gladreo gritó con fuerza, dirigiendo su voz con las manos a modo de amplificador:

—Soy Gladreo, y éste es mi hermano Graseo, hijos del rey Gueosor —en ese instante dio el rugido, señal del quinto anillo.

Los moradores bajaron sus arcos, pero no se movieron. La compañía llegó hasta ellos. Sobre el suelo, yacían varias bolsas de cuero. Alrededor había muchas aljabas y flechas por montones se erguían al lado de ellas, con un líquido rojizo en las puntas. Azariel se acercó a examinarlas. Nunca antes las había visto con aquel color, siempre eran negras o verdes claras.

—¡Alto! —gritó el general Gunsro—, no las toques. Puedes morir.

—¿Qué sucede? —exigió Graseo.

—Lo siento, príncipe, pero no estamos autorizados a revelar información de esta misión.

—Pero soy yo quien te lo está preguntando, ¿entiendes? —su tono era acalorado, muy colérico.

—Graseo —interrumpió Adis—, no tienes por qué perder la cabeza. Estamos en peligro. No hay tiempo para exigir explicaciones.

—Pero…

—Te digo que eso que han puesto en las puntas es najarreptílica. La tomaron de la ciénaga.

—Mientes, Adis —disimuló el general Gunsro. Tenía que hacerlo, aquella planta era prohibida por el mismísimo rey.

—Bien, si miento —dijo tomando una flecha— te voy a tocar tan sólo la piel. No te la voy a clavar, será un simple roce. ¿Qué podría pasarte?

Se acercó a él. La punta oscilaba a unos cuantos palmos. El general de los moradores se puso tenso.

—¡Está bien! Es najarreptílica, lo acepto. Tenemos instrucciones, las sevilas acechan el Reino Verde y… Esperamos que ataquen en cualquier momento.

—¿Instrucciones de mi padre? —dijo Graseo—. Sabes bien que la najarreptílica fue prohibida por mi padre.

El general apretó los dientes y agachó la cabeza. Gladreo no sabía qué pensar, pero su hermano se mostraba cada vez más irritado. Intervino Adis, ávido de información:

—¿Son sólo ellas?

—También hay gramas —respondió, al tiempo que tomaba aire con tranquilidad. Adis había puesto la flecha en su lugar.

—Graseo, permíteles a tus hombres utilizar estas flechas contra los gramas —le dijo—. Y que ataque a las sevilas con saetas sin envenenar, a menos que se encuentren muy cerca.

—Ya escuchó, general —Graseo miró con reprobación al general Gunsro, nadie podía utilizar ese veneno. Hacerlo contra las sevilas era denigrarse a sí mismos, menospreciar el gran entrenamiento que habían recibido.

Un ruido salvaje llegó hasta sus oídos. Todos voltearon en dirección este. Una bandada de pájaros se alejó de esos parajes, piaban como pidiendo clemencia.

—Príncipe Graseo —dijo el general—, creo que el destacamento del séptimo anillo no pudo detener el ataque.

—¿Cuándo comenzó?

—Ayer por la mañana.

—Asumo que mi padre está informado.

—En cuanto escuchamos el ataque envié a dos de mis más veloces hombres a las Moradas —aclaró—. Sin embargo, pedí que los vigilantes de los otros anillos se nos unieran como refuerzo. Ya ha llegado la mayoría, pero el ejército no arribará sino hasta dentro de cuatro días.

—Tal vez antes —aseguró Adis, apuntando con el dedo un punto blanco que perforaba los vientos, allá en lo azul del cielo: era Viátor, el níveo halcón del anciano Luzeum—. Existen medios más eficaces que un hombre de liana en liana para comunicarse.

El ave movió el pico de un lado a otro. De pronto, dio la impresión de que divisaba lo que había estado buscando. Descendió feroz, como flecha hasta ellos. Pero no se acercó a Adis y Azariel, sino al general Gunsro. Sin dejar de volar le mostró el pliego en su pata. Él lo tomó y entonces sí, el ave fue a colocarse al hombro de Adis.

—Léalo, general —ordenó orgulloso el príncipe Graseo, lleno de nerviosismo.

El comandante lo desenrolló y leyó en voz alta:

> *Querido general Gunsro*
> *del quinto anillo de protección:*
>
> *Cuando mi mensaje llegue a tus manos, ya tendrás al enemigo bajo la mira de tus saetas. Espero que los demás moradores de los otros anillos se hayan allegado a ti para ayudarte.*
>
> *Ayer me llegaron noticias de que los gramas, junto con las sevilas, cruzaron el borde del antiguo reino de Couprén. Nosotros ya estamos en camino. Te pido que logres mantenerlos fuera de Correa de Vuelo para que nosotros podamos llegar y enfrentarnos contra ellos. De otro modo, estaremos rodeados cuando alcancemos el Fuerte de Croupino. Mantenlos este día y la mañana del siguiente. Llegaremos por la tarde.*
>
> *Si por casualidad ves algunos jinetes que no se parezcan en nada a las sevilas o a los gramas, no traten de luchar contra ellos, ordena la retirada. Es imperativo evitar cualquier enfrentamiento fatal.*
>
> *Diles a los demás que sean bravos. Luchen. Los veré pronto. Ten valor.*
>
> Luzeum

Era una carta larga. Por lo que decía, cualquiera hubiera imaginado que el anciano mismo veía el lugar en persona. Gracias a él, tenían clara su situación. Tendrían que esperar un día entero: medio de ése y medio del siguiente. Azariel tomó el pequeño pergamino y, hundiendo su dedo en la tierra, lo llenó de fango y así escribió:

Estamos los cuatro aquí.
Tenemos tarea pendiente.

Azariel

Lo ató en la pata del ave. El halcón abrió las alas y se elevó hasta que se perdió en lo alto del cielo. Todos lo siguieron con la mirada, hasta que el último de los glaucos habló:

—Estoy ansioso por enfrentarme con aquellos que destruyeron la ciudad de mis antepasados —comenzaba a sentir un fuego en su pecho, hasta ahora desconocido—. ¡Adelante!

Y alzando la espada fue el primero que salió en dirección este. Los demás lo siguieron de cerca, hasta que lo alcanzaron. El sonoro rugir de la batalla les había reavivado el alma. Había un cáncer que carcomía la Foresta Negra y tenían que cortarlo de tajo.

Los dos príncipes sacaron en pleno correr un dardo. Tensaron la cuerda y, al llegar cerca del quinto anillo, los dejaron escapar. Ambos dardos silbaron en el viento y las puntas se encontraron. Al mismo tiempo, los jóvenes príncipes urgieron un grito bélico. Más de cincuenta cabezas aparecieron en las cimas de los árboles, y al ver a sus príncipes, respondieron con un clamor de guerra tan fuerte que hizo temblar las ramas.

Hasta ese momento, los moradores sólo habían tenido tres bajas. Por lo regular cada anillo constituía una quincena de hombres. Lo cual, significaba que era un grupo fuerte para sostener un ataque. Los gramas ya habían intentado un asalto aquella mañana, pero fallaron. Unos cien de ellos cubrían los suelos en las lejanías. Los dardos les impidieron el paso.

El general Gunsro, por indicación de Adis, dio la señal de que volvieran a esconderse tras el ramaje. Las sevilas eran astutas en estas regiones. Quizá no habían atacado esa mañana, pero nada advertía que no habían estado ocultas todo el tiempo. Las guerreras, por lo regular, preferían los ataques de emboscada. Nunca atacaban de frente. Sus tácticas eran similares a las de los moradores: mantenerse sepultadas en la maleza y cuando el enemigo mostraba el flanco, tirar y matar con certeza.

Un silbido salió de los labios del general. Al instante, se allegaron varios hombres vestidos de verde, con cortezas como mallas. Algunos portaban penachos de hojas; otros, trenzas de follaje. En cuanto éstos tocaron tierra, los moradores que cargaban las flechas con la najarreptílica, se las dieron. El general Gunsro ejerció su autoridad entonces:

—Úsenla contra los gramas. No podemos utilizarlas contra las sevilas, aunque las odiemos más que la misma muerte, esas son nuestras instrucciones.

—Sean certeros en sus tiros —agregó Gladreo, poniéndose gallardo junto a su hermano.

—Flecha que vuela, enemigo que muere —afirmó el mayor de los príncipes de las Moradas del Rey.

Adis se acercó a Azariel y le susurró:

—Cabeza fría, no puedes perder el equilibrio de tu dedo sobre la saeta y de tu pie sobre la rama. Ahora comprobaremos si tu entrenamiento ha dado resultado.

—¿Ahora? —se preguntó Azariel—. Y todo lo que pasamos en el volcán, ¿eso qué fue?

—Supervivencia —Adis sonrió débilmente—. Ésta es la guerra, hijo, la guerra.

—Tenemos una misión —asintió Azariel—. No fallaré.

Y junto con los dos príncipes del lugar se encaramaron a los árboles. Con rápidos movimientos de lianas se trasladaron a sus posiciones. Al llegar cerca de los demás, éstos les ofrecieron protección natural: ramajes, cortezas y hojas de afilada punta.

El sol comenzaba a declinar. El tiempo, cuando se está en espera de algún evento, se destila con pereza, como si pesara cada instante y dudase entre seguir avanzando o retroceder. Al menos ésa era la sensación que tenían. Las sevilas y los gramas merodeaban los alrededores, pero lo único que podían hacer era retrasar el avance hasta que el ejército llegara.

El soberano de la Foresta Negra se acercó al anciano Luzeum y al rey del Esponto Azul para informarles que sus hombres estaban listos para partir, y él al frente de su ejército.
—Espera —le pidió el sapiente Sénex Luzeum—, ahí viene mi viejo mensajero.
Los reyes Gueosor y Durmis elevaron los ojos al cielo. Allá, muy a lo lejos, un copo de nieve resplandecía contra el sol. Cada vez se fue delineando más, hasta que descubrieron la forma del ave rapaz. El halcón descendió en grandes círculos primero y, a medida que se acercaba a la tierra, la espiral se fue cerrando, hasta que se posó con delicadeza sobre el brazo del ignisórum.
El anciano Luzeum observó la misma nota que él envió y se sorprendió:
—¿Qué pasó, viejo amigo? ¿Has llegado tarde y no pudiste entregarle mi mensaje al general Gunsro?
Fue entonces que miró algo escrito. El fango se había secado y era difícil su lectura, pero estaba acostumbrado a descifrar signos y mensajes ocultos. Se sorprendió al ver de quién se trataba.
—Tus hombres no están solos en el campo de batalla —le dijo al rey Gueosor.
—Claro que no —le contestó con enfado—, ahí estarán esos perversos gramas esperándonos junto con esas mujeres.
—No me refiero al enemigo. Toma esto y léelo.
—No entiendo nada —replicó Gueosor—... Luzeum, déjate de rodeos y dime qué sucede.
—La carta no es del todo legible, pero la primera letra es una E mayúscula, se notan solamente las franjas de abajo. La cuarta es una *a* y la sexta una *o*. Las tres siguientes dicen «los»... La

palabra «cuatro» se delinea con claridad. La firma es de Azariel, aunque sólo se ve de la mitad hacia arriba.

—¿Habrán ya obtenido la Esmeralda? —preguntó ansioso.

—No lo creo —contestó el anciano con voz seria—, de otro modo, no hubieran ido a parar ahí. Según tu predicción, estarían más bien en el este y no el oeste. Se han equivocado por mucho. Me parece inverosímil que alguien haya querido esconder la joya de la Foresta Negra cerca de los límites más expuestos al ataque enemigo...

—Pero, ¿por qué has puesto esa cara tan sombría? —preguntó Gueosor cuando vio que el rostro del ignisórum se transfiguraba—. Parece como si una tormenta te hubiera caído de repente.

—Tendré que alejarme yo también —dijo Luzeum, mirando hacia el noroeste—. Temo que hay una visita menos deseada que la de los gramas y las sevilas. Deberé marchar por mi cuenta.

—¿Alguno de los servidores de Kyrténebre, el Gran Dragón, está aquí?

—No lo sé, siento una presencia sombría bastante cerca.

—Eso significa que...

—Significa que tengo que marchar a toda prisa.

Y sin más, avanzó a galope tendido. La fuerza que brilló en sus ojos fue tal que se podría haber igualado a la de un relámpago. El rey de la Foresta Negra lo vio partir, pero decidió no pensar en lo ocurrido para evitar más demora. Se colocó a la cabeza de su ejército. Sus viejos músculos, aún fuertes, se marcaban cada vez que se aferraba a una liana. A pesar de su edad, parecía como si caminara entre los árboles. La destreza y la fuerza no lo habían abandonado aún.

V

EL ATAQUE DE LOS GRAMAS

Durante el resto de la tarde no sucedió nada hasta que los invadió la noche. No había murmullo alguno. Parecía como si el mismo velo nocturno hubiera escondido incluso el ruido del viento. Todo estaba quieto.

Un hombre empezó a sacar la cabeza buscando al enemigo. Tenía el arco tenso y una flecha apuntando a donde su ojo veía. Una mano lo tocó por la espalda. El príncipe Graseo no volteó, pero preguntó en murmullo:

—¿Qué pasa?

—Adis ha tenido un presentimiento —susurró Azariel—. El enemigo sabe cuál es nuestra posición. Conocen muy bien que atacamos desde las cumbres de los árboles. Adis piensa que podrían lanzar fuego contra las copas de los árboles. Así quedaríamos expuestos, mientras que ellos seguirían ocultos en la oscuridad. Cree que es necesario retroceder al amparo de la noche; si nos quedamos aquí, seremos presa fácil.

—Entiendo.

—Pues bien, tengo... tenemos un plan, escucha —y procedió a explicarle al príncipe heredero de la Foresta Negra, quien poco a poco dejó de apuntar, sin dejar de otear atento en la oscuridad. Todo parecía tranquilo y quieto. Cuando Azariel terminó de exponerle la estrategia que había ideado junto con Adis, se quedó pensando un rato. Luego, miró hacia donde se encontraba Azariel.

—Le daré la indicación al general Gunsro para que dé la orden de retroceder.

Todos los moradores, junto con el caballero de Alba y el último de los glaucos, retrocedieron varios kilómetros. Sabiendo que estaban más protegidos por la nueva táctica, decidieron tomar un descanso, con excepción de unos cuantos que se turnarían para vigilar.

Antes de que el sol disolviera por completo la oscuridad, la región seguía tranquila. Pero no era así, dos sombras se movían con destreza a lo largo del bosque. No iban de rama en rama, ni siquiera a pie, se arrastraban como serpientes. Con un cuchillo en la boca y la espada al costado, sigilosos. Se preparaban para cruzar la línea enemiga.

Aparecieron entonces numerosos ojos flameantes en medio de la oscuridad. Con un sonido rápido y fulgurante cortaron la paz de la mañana. Las flechas fueron a dar en el quinto anillo. Después, se sucedió un granizar de catapultas a fuego vivo. Las llamas pegaron en los árboles y los abrazaron. Un rugir de gramas quebró el silencio de la Foresta Negra. La batalla había comenzado.

Varios de ellos llegaron indemnes al pie de los árboles del quinto anillo. No habían recibido ninguna respuesta. Imaginaron que sus tiros habían logrado algún objetivo, pero quedaron desconcertados al no encontrar a los moradores.

—¡Quizás huyeron cobijados por la noche! —se burló uno de ellos.

—Éstos son más cobardes que nada. No se atrevieron a enfrentarse ante nosotros. Te dije, no había necesidad de traer a esas salvajes con nosotros. Serán un escarmiento para estas regiones, pero nada más.

—Ellas serán escarmiento, nosotros somos mortíferos.

El fulgurar de espadas curvas rutiló en todas direcciones contra el fuego. Pero el general de los gramas dijo:

—Estos moradores son muy astutos, nos estarán esperando más al fondo. Quieren luchar contra nosotros a pleno día, no en la noche. ¿Los vamos a complacer?

—¡No! —rugieron al unísono.

Elevaron sus armas y avanzaron en línea. Al mismo tiempo que unos titánicos gramas aparecieron. En sus manos blandían hachas que ningún hombre normal podría sostener. Ellos eran, por así decir, gente bruta, pero de pocos sesos. No servían mucho para la lucha planeada, eran más bien utilizados en campo abierto y como cuñas para romper las líneas de avance. Ahora, su trabajo consistía en abrir paso para ubicar las catapultas y rodarlas por el bosque. Un constante hilo de baba pendía de sus bocas y sus ojos eran chatos y arrugados. De sus pechos brotaba una pelambre más exuberante que la que les caía del mentón. Con otra indicación del general grama se detuvieron. Prepararon una serie de catapultas, les prendieron fuego y las arrojaron.

En el bosque sonó un ronquido como si los árboles se molestaran ante el ardor que los ennegrecía. La maleza perdió su color. El quinto anillo se volvió un terreno de cenizas con bastantes piras sembradas aquí y allá.

Algunos moradores tuvieron que adelantar la línea de defensa. Prepararon sus dardos. Dispararon. Los gramas sintieron la llovizna que los arrancaba de esta tierra. Cada tiro llevó consigo un enemigo al suelo. Los gritos eran feroces y, sin esperar alguna directriz, se lanzaron contra los moradores llevando sus ojos a las puntas de los árboles. Cualquier movimiento les indicaría la presencia de algún hombre. Los moradores que eran descubiertos saltaban a otro árbol. Pero hasta allá los perseguían los gritos y las flechas. Al moverse de lugar uno de los moradores, no divisó que alguien ya estaba ahí y, al llegar, una cimitarra se hundió en su vientre. Apenas pudo proferir un alarido y cayó al suelo.

El príncipe Graseo se acercó a uno de los combatientes y tomó un dardo envenenado con najarreptílica. Apuntó. El grama saltó hacia tierra firme y todavía en el aire, la saeta le perforó la cabeza, justo entre los ojos.

—¡Has pagado tu merecido! —gritó con furia.

El firmamento comenzaba a clarear, sacaron las flechas prohibidas. Apenas habían utilizado antes unas cuantas, pues era más fácil fallar en medio de la oscuridad. Ahora los veían moviéndose.

Otra ráfaga de catapultas cayó sobre ellos. El fuego atrapó varios árboles. Los hombres tuvieron que dividirse y mostrarse al enemigo. Gladreo reflexionó al instante y arrebató un carcaj lleno de najarreptílica, mientras llamó a algunos moradores:

—Vamos a eliminar a esos monstruos.

Con rápidos saltos de liana en liana, cruzaron por encima de las cabezas de los gramas hasta acercarse a los gigantes. Cuando Gladreo estuvo a una distancia perfecta. Se apostó con los suyos y despidieron las puntas mortales. Algunos tiros dieron en las cabezas de los grandes gramas, quienes fueron a dar de bruces al suelo. Eran en total quince y dos de ellos, que recibieron el disparo en el vientre, se arrancaron la flecha, avanzaron tres pasos y el veneno surtió efecto. Tres más fueron heridos en los muslos, apenas elevaron sus hachas, murieron. El veneno era demasiado efectivo. En cuanto los exterminaron, regresaron los más pronto posible a su propia línea. El príncipe menor de los moradores ya había visto que los gramas eran capaces de subir a los árboles, y no podían exponerse a ser atacados por los flancos ni por detrás.

Siseó. Por respuesta recibió un silbido largo y agudo como el de algún ave. El que siseó siguió serpenteando. Luego, se topó con quien dio el silbido. Ambos parecían una diminuta selva, ya que estaban ataviados de ramas, lodo y cortezas. El primero elevó el índice hacia un arbusto. El otro mantuvo la mirada en aquella dirección. Al principio todo seguía igual, pero de pronto notó que algo frotaba las ramas, como acariciándolas. Azariel agudizó más el ojo. Pronto distinguió el esbozo de una mujer que permanecía en espera de algo, mientras tanto, apretaba las hojas y pensaba. A su costado, tenía a mano un puñal cubierto de un sedimento verdusco; a su espalda, caían un carcaj y un arco, también camuflados con ramas.

Con una palmada en el hombro, Adis llamó la atención de Azariel hacia las puntas de los árboles. Varias cabezas se asomaban, todas de mujeres. Eran las sevilas, que esperaban una señal para avanzar hacia el este; sin embargo, en sus rostros brillaba una tristeza reveladora, no la fiereza de la que todos hablaban.

Los dos siguieron arrastrándose, pero con mucha más cautela. Detrás de unos árboles encontraron a seis esbeltas sevilas, todas ataviadas para la guerra. Estaban en círculo, con la mirada en el suelo. Azariel se acercó más, en cuclillas, y divisó lo que ellas cuidaban: ahí, sobre la hierba, una joven se retorcía. Aunque su cuerpo sudaba copiosamente, las sevilas no hacían nada, como si esperaran el momento de que cerrase los ojos para siempre.

—Mira a esa sevila —observó Adis en un susurro—, es diferente, ¿lo ves? Tiene una diadema entre sus trenzas. Puede que sea una de sus líderes.

Azariel observaba cómo se retorcía la mujer y sudaba, y comprendió que era presa de la fiebre. No podía permanecer cruzado de brazos, viéndola morir por nada.

—Mira cómo sufre...

—¿Qué estás pensando? —le respondió éste con una mirada apacible pero seria.

—Adis —tragó saliva Azariel—, mi misión es evitar el derramamiento de sangre entre los hombres de la tierra. El enemigo es Kyrténebre, ¿no? Si salvamos a esa mujer, tal vez podríamos cambiar algunas cosas. No podemos seguir luchando entre nosotros.

—Las sevilas luchan *con* los gramas, no *contra* los gramas —replicó el hombre en tono severo, pues sabía muy bien que ellas no tensaban sus arcos junto a nadie más.

—Podría ser el principio de una alianza.

—Las sevilas son guerreras solitarias —contestó Adis entre dientes—. No aceptarán ninguna alianza.

—Si son guerreras solitarias, ¿por qué luchan con los gramas? —respondió el príncipe sin quitar la mirada de la joven que agonizaba ante su vista.

Adis encontró en la lógica de Azariel la respuesta a muchas interrogantes.

—¡El Gran Dragón las tiene sometidas! —exclamó Adis como si hubiera descubierto la piedra filosofal.

Azariel, que conocía de sobra ese tono de voz, no perdió el tiempo y le pidió que explicara su plan.

—Estamos rodeados de sevilas. Aguardemos a que den la señal que esperan y...

En ese momento un cuerno rompió los aires. Alrededor de unas cincuentas figuras avanzaron con destreza en medio de la foresta. Ambos hombres se alegraron. Lo más seguro es que aquello significara que la victoria para los moradores se acercaba. Sin duda, los refuerzos llegarían pronto. Aunque pareciera fácil, Graseo y Gladreo, al frente de los moradores, sólo tendrían que repeler el ataque hasta que llegara la ayuda.

—Ésa es la señal, de seguro.

—No las dejaremos que lleguen hasta Correa de Vuelo —continuó Adis—. Yo distraigo a las seis sevilas y tú te llevas a la que está en el piso, ¿está bien?

—No quiero que te vayan a enterrar una de esas puntas. ¿Cómo vas a distraerlas?

Adis no respondió, ya se había movido de su lugar. Desplazándose con agilidad, rodeó la zona. Un grito muy agudo se escuchó del otro lado. El caballero había tenido que asestar a una. Las seis sevilas sacaron sus flechas y apuntaron en aquella dirección. Acto seguido, apareció encaramado en un árbol. Entre sus brazos yacía el cuerpo de una joven de cabellos dorados, la colocó con delicadeza sobre el ramaje. Las sevilas le dispararon, mas él saltó y se perdió en la maleza.

Dos de ellas cruzaron algunas palabras con sus compañeras y enseguida se lanzaron tras el intruso, mientras las otras cargaban a su líder moribunda. La colocaron entre tres árboles cerrados, quedando una de ellas como guardiana de la entrada. Las otras escalaron los árboles y desde ahí otearon en todas direcciones.

Las dos sevilas que fueron en busca de Adis se separaron, una quedó un poco atrás, guardándole la espalda a la primera. El albo se abalanzó contra la que iba a la retaguardia, quien lanzó un chillido agudísimo, y la derribó con la fuerza de su cuerpo, hundiéndose entre los matorrales. La sevila que iba a la vanguardia regresó sobre sus pasos en auxilio de su compañera, cuando un proyectil le arrebató de golpe el arco de las manos. Al instante lanzó uno de esos chillidos en clave para solicitar apoyo, y se colocó en posición de ataque, puñal en mano, pero no duró mucho de pie porque Adis saltó de la nada, derrumbándola por la espalda. En un movimiento rápido la desarmó e inmovilizó su mano.

Las otras cuatro, al verse acorraladas, indicaron a una de ellas que fuera a llamar a las demás. Una joven salió corriendo, sin importarle si alguien pudiera lanzarle una flecha. Pasó muy cerca de Azariel, pero él la dejó ir. El último de los glaucos serpenteó una vez más hasta colocarse a tiro de piedra de los tres árboles con sus guardianes. Por lo que podía ver, a la joven le quedaba poco tiempo de vida. Dio un fuerte silbido y Adis respondió del otro lado.

El albo volvió a arrojar una piedra, la cual golpeó en la muñeca a una de las jóvenes que estaban sobre los árboles. La sevila perdió el equilibrio. Azariel estaba a unos pasos y cuando la vio caer, salió de su escondite para tomarla. Las otras quedaron sorprendidas ante tal acción. Adis había aprovechado el descuido y se había encaramado a los árboles. Ambas ocupaban ramas vecinas, así que al caballero de Alba le resultó relativamente sencillo someterlas. Les puso un manojo de hierba en la boca y con una planta trepadora, abundantes en aquella región, les ató las manos y los tobillos. Azariel había dejado a la otra en el piso y le dijo al oído:

—Voy a curar a esta joven que se muere.

—¡No te la llevarás! —respondió con salvajismo.

—No le haré daño, te doy mi palabra.

—¡Mientes! —lo increpó con un tono feroz, pero su voz seguía siendo femenina.

Azariel dio un paso adelante y se arrodilló junto a ella. Le apresó la muñeca lastimada y le dijo:

—Quizá tú no creas en mi palabra, pero yo creeré en la tuya. Cuando las demás mujeres lleguen...

—Somos sevilas —gritó la joven temblando de rabia y a la vez de miedo.

—Les dirás que se dirijan al sur, cerca de las riberas del Croupino —siguió él sin inmutarse—. Quiero que me lo prometas. Ahí volverán a ver a esta mujer caminando.

—Pero... —lo interrumpió.

Él continuó:

—Persuádelas de no regresar a luchar junto a los gramas. El ejército de los moradores viene por ustedes, y será implacable.

—Preferimos morir antes que arrodillarnos ante la voluntad de un hombre —y le escupió en la cara.

Azariel se crispó ligeramente, pero no respondió a la agresión.

—Volverán a ver a su líder.

—No, Adulusía no...

—Cuidaré bien de ella; tú encárgate de tu gente.

Azariel dejó a la sevila indefensa. Se levantó y fue hacia los tres troncos. Ahí, tomó entre sus brazos a la joven enferma y se alejaron hacia el este. El caballero de Alba tomó un arco con su carcaj. Los siguió muy de cerca, echando ojos a todos lados, aún perplejo porque Azariel había dejado en plena libertad a la sevila de la muñeca fracturada, quien permaneció inmóvil, atónita, viendo cómo se alejaba su líder en brazos de un extraño. En el fondo, sabía que no tenía opción. Rompió en llanto, ¿cómo es que lo había permitido, si el máximo enemigo de las sevilas es el hombre, según palabras de Adulusía?

En cuanto cruzaron una barrera de árboles, viraron al oeste. Adis subió un gran árbol. Desde ahí logró sacar su cabeza de aquel mar forestal y pudo divisar la punta del Pico del Águila. Descendió. Por su parte, el último de los glaucos había estado recolectando algunas hierbas, debía actuar con rapidez para estabilizar a la sevila, en lo que hallaba la causa de la fiebre y le aplicaba el remedio adecuado. Hasta el momento, todo indicaba que podría tratarse de alguna mordida de víbora.

—¿Has conseguido lo que necesitabas?

—Sí, creo que esto será suficiente para calmar la fiebre. Ya le apliqué un tranquilizante que la mantendrá viva hasta que lleguemos a un lugar seguro. ¿Has divisado el volcán?

—Ya, la cueva está a un par de kilómetros hacia el sur.

Ambos avanzaron avivando bien las pupilas. Si los encontraban, tendrían que luchar y eso era lo que menos querían. Estaban, sin embargo, muy cerca de donde encontraron a la joven líder de las sevilas, así que les resultaba sencillo escuchar los gritos de desesperación de las mujeres que volvían.

VI

LA SEVILA

Los moradores habían rechazado el primer ataque de los gramas. Aún quedaban tres grupos grandes de ellos, pero el sol ya alcanzaba su cenit. No les importaba cuántos podrían ser, la ayuda estaba por aparecer entre los árboles y ellos debían resistir. Por otro lado, los gramas comenzaron a resentir la ausencia de las sevilas. Conforme lo acordado, ellas debían sumarse después del primer impulso y hasta el momento no aparecían. Muchos de la segunda oleada de gramas tuvieron que salir desde el noroeste para combatir y, ansiosos por entrar en batalla, los de la tercera oleada prefirieron unirse a esta avanzada para llegar todos juntos y atacar en bloque.

Cuando los hombres más rápidos aparecieron al final de Correa de Vuelo, los moradores los recibieron con los arcos hacia arriba. Los refuerzos habían llegado. Los primeros en llegar eran más o menos un centenar de hombres. Todos bien armados y portando un carcaj extra para suplir a sus compañeros. El primero en tocar tierra, pues en aquel momento lo primero de la batalla había terminado, fue el general Guerza, el comandante en jefe del ejército de la Foresta Negra. Se quedó atónito cuando encontró a los jóvenes príncipes, con sus ropas hechas jirones. La foresta estaba cubierta de enemigos muertos.

—Han hecho un buen trabajo —exclamó sorprendido.

—Según nos han dicho —dijo con orgullo Graseo— esto es sólo una tercera parte del enemigo. Así que ustedes han llegado aún a tiempo.

—Muchas gracias, príncipe Graseo —respondió con respeto—. Veo que las salvajes aún no atacan.

—Las sevilas no lucharán —intervino Gladreo.

—¿Cómo lo sabe, príncipe? —inquirió atónito—. ¿Cómo es que está tan seguro del número de adversarios y de que las sevilas no lucharán?

—Logramos interrogar a un grama antes de que muriera —explicó el general Gunsro—. Están furiosos porque las sevilas violaron un pacto o algo similar. También dijo que nos preparásemos para morir, porque apenas hemos visto la tercera parte de lo que nos espera.

El general Guerza observó que los príncipes estaban heridos. Ellos le aclararon que las heridas no pertenecían a esta batalla, sino a la que libraron por su supervivencia en las entrañas del volcán.

—General, dirija usted a nuestros hombres —ordenó el príncipe más joven—. Nosotros debemos cumplir con cierta encomienda del rey Gueosor.

—¡Imposible! —reclamó el general—. Se perderán la gloria y el honor de ser proclamados los héroes de esta batalla, ahora que aplastaremos a los gramas —y agregó después de pensarlo—: Y a las sevilas, porque iremos a cazarlas.

—Si es que aparecen por aquí —murmuró el joven príncipe—. Debemos irnos.

El general estaba azorado, ¿qué clase de encomienda podía ser superior a la defensa de su propio reino? ¡Qué lejos estaban de la gallardía de su padre! Algo no olía bien, especialmente porque el príncipe heredero no se veía muy conforme con lo que había dispuesto su hermano menor.

Los príncipes marcharon en dirección al suroeste. Gladreo le explicó a su hermano:

—Creo que Azariel sólo te comentó la mitad del plan, no hubo tiempo para más.

—¿Cómo lo sabes? —objetó Graseo.

—Yo estaba con ellos. Fue Adis quien ideó el plan inicialmente, después lo afinó Azariel. Me pidió que tú y yo nos quedáramos al frente de la defensa, pues si nos uníamos a ellos desde el principio, pensarían que habíamos huido justo cuando el enemigo estaba en nuestras narices, y eso desmoralizaría a los nuestros. Entretanto, ellos dos partieron hacia el oeste, se meterían en la boca del lobo para arrebatarle su arma más letal: las sevilas.

—¿«Arrebatarle su arma más letal»? —repitió Graseo, en tono incrédulo.

—Las sevilas no han atacado, eso significa que su plan está funcionando... Quiero creer.

—¡Explícate de una buena vez! —exigió Graseo, impaciente.

—Su idea era capturar a la principal de entre las sevilas para demorar el ataque en conjunto con los gramas. Azariel dijo tener «esperanzas», pero no explicó de qué. Acordamos que si las sevilas no aparecían en la lucha, nos reuniéramos en la cueva del Pico del Águila cuando llegaran los refuerzos.

—¿Te refieres a la cueva por la que salimos del volcán?

—Ésa.

—¿Sabes qué hará con la líder, una vez atrapada?

—No quiso decirme.

—Ese hombre se trae algo escondido —dijo Graseo en tono desconfiado—. Francamente, hermano, no sé qué pensar.

Gladreo torció la boca, en señal de resignación. Y continuaron su marcha en silencio, atentos a cualquier eventualidad. El camino de regreso al túnel de donde salieron medio muertos no los entusiasmó, aunque ahora ya no se veía tan mortal como cuando salieron de él... Hicieron cuentas con los dedos: tres noches al día de hoy.

En el interior se veía un pequeño fuego y dos hombres parados junto a él. Una silueta delgada, de formas femeninas, yacía en el suelo. Gladreo entró primero, sin detenerse a saludar. Llegó hasta donde estaba la mujer. Su rostro pálido contrastaba con el color vivo de la hoguera, y sus cabellos claros se distinguían con facilidad de lo oscuro de la cueva. Sus ropajes tenían un tono pardo, no, verdoso, visto más de cerca. Puso atención a la respiración de la sevila, aunque tranquila, le costaba tomar aire. Era joven y hermosa, muy hermosa.

—¿Es ella? —preguntó al fin.

—Sí —respondió Azariel.

—¿Qué le sucedió? Se ve enferma.

—Déjame te muestro —y se colocó de cuclillas junto a la líder de las sevilas, lo mismo hizo Gladreo—. ¿Ves estos dos puntos aquí abajo de la pantorrilla? Ésa es la causa.

—¿Cómo la encontraron? —exclamó Graseo, mirando a la joven con desprecio.

—En medio de un grupo de sevilas —explicó el último de los glaucos.

—Me imagino que las mataron, ¿no?

—Graseo, Adis sólo las atrapó y las ató, con excepción de algunas que tuvo que noquear. No había necesidad de matarlas.

—Debieron matarlas, ¿no se dan cuenta de que ellas son un látigo para *mi* pueblo? Siempre atacan a *mi* gente. *Nosotros* somos los que padecemos. Tú bien sabes que éste no es tu reino, sobre ti no caen los sufrimientos de los moradores.

El último de los glaucos le dedicó una mirada muda. Había preferido callar, ¿cómo explicarle que todos sus recuerdos estaban ligados a las Moradas del Rey, al reino de la Foresta Negra? ¿Cómo se atrevía a decir que su sufrimiento no era el suyo? Sin embargo, comprendía por qué el príncipe Graseo hablaba con tanta dureza.

Gladreo, por el contrario, se había quedado junto a la doncella. La admiraba por su belleza, pero se preguntaba qué motivos la habían arrastrado a tomar el arco y la flecha contra su pueblo. Debían ser horribles.

Azariel se volvió donde la sevila y tomó un trapo de la vasija de agua que tenía cerca, lo empapó bien y se lo colocó en la frente. La doncella inspiró varias veces con agilidad y espiró normal.

—Mejora —murmuró—. No tarda en recuperar el sentido. Necesitaremos algo de comida.

—Yo me encargo —dijo Adis, que hasta entonces se había mantenido al margen, con la vista fija en el fuego, como hipnotizado.

—Iré contigo —murmuró Graseo, cuando vio que su hermano se interesaba por la salud de aquel animal salvaje con forma de mujer.

De ida, Adis le contó lo sucedido desde que dejaron las líneas de los moradores y cruzaron la de los gramas. El príncipe Azariel, por su parte, le explicó a Gladreo lo acontecido. El príncipe de la Foresta Negra se mostró muy atento a los detalles. Desde que se encontró con la joven en la cueva, su idea de las sevilas había cambiado. Hasta ese momento las había imaginado siempre como bestias salvajes con forma femenina. Ahora que había comprobado que no eran más que verdaderas mujeres, comenzó a cuestionarse todo lo que se decía de ellas y, sobre todo, cuál era realmente su participación en esta guerra.

Cuando Azariel terminó su relato, el mismo Gladreo sumergió el paño en agua fresca y se lo puso en la frente. La doncella no respondió con esos suspiros rápidos, sino que ahora el trapo frío lo recibió con placidez. El continuo crepitar del fuego resonaba en la cueva. Azariel se sentó contra la pared, con los ojos puestos en la fogata, meditando. El sufrimiento era como aquel fuego que, cuanto más consume el cuerpo, más vida da a los demás.

El príncipe de los moradores no dejaba de pensar en la sevila. ¿Qué hubiera sucedido si las sevilas hubieran atacado? ¿Las habría tomado como seres humanos o como él las imaginaba, unas bestias desalmadas equiparables a los gramas? Miraba a la muchacha de hito en hito mientras seguía con la mecánica tarea de remojar el trapo en agua fresca y pasárselo por la frente.

Al cabo de un rato, la doncella comenzó a recobrar el conocimiento, tal como lo había previsto Azariel. Al inicio sus palabras eran simples balbuceos, pero a medida que hablaba su voz se hacía inteligible, aunque no dejaba de decir cosas aparentemente inconexas.

—Azariel —llamó Gladreo—, ya reacciona. ¿Sabes cómo se llama?

El último de los glaucos salió de su ensimismamiento y se acercó a la chica.

—La sevila que la acompañaba la llamó ¿Auduru? No... Ablusia... ¡Adulusía!

La sevila abrió los ojos. Tardó en enfocar a los sujetos que tenía en frente de ella. Por momentos le parecieron dos, luego, cuatro, luego un batallón. Volvió a cerrarlos. Respiró más hondo, como intentando calmarse, y parpadeó una vez más, pero le costó delinear lo que tenía enfrente.

—¿Dónde estoy? —preguntó finalmente.

Azariel le colocó una flor roja cerca de la nariz, una de las tantas plantas curativas que había recolectado en el camino. Ella inspiró el aroma reconstituyente de la flor y volvió en sí. En cuanto reconoció a las dos figuras masculinas, su rostro se cubrió de terror.

—Tranquila, tranquila —le dijo Gladreo—, no te haremos daño.

Ella miró a quien le hablaba. Por sus rasgos, se trataba de un morador. Luego, examinó al de la derecha. Aquél era distinto, en sus ojos oscuros brillaba una gran serenidad. Volvió a mirar al morador y se ruborizó al verse reflejada a sí misma como si se descubriera desnuda ante un espejo de agua; pero no, estaba vestida de pies a cabeza. Se sobrepuso a esta impresión y trató de devolverle una mirada de odio, pero se sintió tonta por la falsedad de su respuesta.

—¿Quién eres? —preguntó Gladreo con voz suave, pero ella no dejaba de temblar, a la defensiva—. Tranquila, no estamos aquí para hacerte daño.

De golpe, reconoció que no estaba en el bosque, con las suyas.

—¿Dónde están las sevilas? —preguntó.

—En el río.

—¡Malditos, las han ahogado! —y se escurrió hasta quedar contra la pared, alejándose de los hombres que estaban hincados junto a ella.

—No —rio el príncipe de la Foresta Negra—, no las hemos ahogado. Tan sólo, te esperan.

—¿Me esperan? Pero, ¿por qué han permitido que dos hombres me cuidaran?

—No te preocupes —le explicó con tranquilidad, mientras se sentaba junto a ella, mirándola de frente—. Ellas no dejaron que mi amigo te cargara hasta aquí. Tuvo que forzarlas, o en otras palabras, te secuestró. Pero te curó la mordida de la serpiente en la pierna.

—Y del brazo —agregó Azariel.

Quiso protestar ante tal atrevimiento, pero no pudo. Estaba frente a dos hombres muy distintos a como ella siempre había imaginado. En toda su conversación esquivó los ojos de Gladreo. No podía mirarlo de frente, como a ella le gustaba hacerlo antes de que degollaran a algún varón en su presencia. Además, a pesar de ser jóvenes gallardos, sus rostros estaban adornados con múltiples cortadas. El príncipe de los moradores lucía un morete en la mandíbula derecha. Ella, sin dirigir sus ojos a los de él, se burló.

—¿De qué ríes? —preguntó él, al verla más tranquila.

—Veo que mis sevilas, al menos, no los han dejado ilesos.

—¡Ah, no fueron ellas! —sonrió él ahora y la sevila quedó desconcertada—. ¿Ves este túnel que se pierde en la oscuridad? Nosotros hemos sobrevivido a las entrañas del Pico del Águila.

—¡Qué pena que no fueron mis sevilas!

—Es una verdadera pena, cierto —repuso—, me hubiera gustado recibir, siquiera una sola herida tratando de salvarte.

Ella se atrevió a sostenerle la mirada, pero se volvió a ruborizar y no tuvo más remedio que desviar la vista. Gladreo le acercó su mano a la frente para comprobar si aún tenía fiebre. Ella esquivó la mano en pleno aire.

—¡No me toques, hombre! —amenazó furiosa.

—Calma, sólo quiero ver si la fiebre ha cedido —y volvió a dirigir lentamente su mano a la frente.

Ella se tranquilizó un poco y cerró los ojos. En cuanto sintió la mano del morador, un sentimiento, extraño para ella, la invadió. Paz, eso era. El príncipe alejó su mano y Adulusía se sintió desprotegida. ¿Qué le estaba sucediendo? ¿Por qué deseaba que la mano del joven se hubiera dirigido más bien hacia su mejilla? De pronto, se advirtió desdichada. Había un verdadero hueco en su corazón. Añoró lo que ella nunca había tenido en la vida y sólo lo había visto en las aldeas que había asolado. En su mente pasó la figura de su difunta madre y las enseñanzas que le dio. Recordó aquella ocasión en la que su madre había *rescatado* a una de las sevilas de las garras de su padre. Lo recordó todo con perfección: La niña lloraba, tendría unos cinco años, y a su lado yacía un hombre exhalando el último aliento. El hombre acariciaba la mejilla de su hija, mientras ella apretaba con fuerzas la mano de su padre para que no se fuera, para retenerlo en la vida. Después su madre, que nada tenía que ver con aquella niña ni aquel señor, la apartó del cuerpo del moribundo y de un tajo acabó con lo poco que le quedaba de vida al hombre. Recogió a la niña que trataba de aferrarse al cuerpo inerme de su padre, y se la dio a otra sevila para que se la llevara lejos. Entonces la líder de las sevilas se dio la vuelta y le dijo: «Adulusía, hija mía, mira a esa niña: la hemos liberado de la cólera de este miserable. Cuando tú crezcas y yo muera, tendrás que hacer lo mismo». La niña lloró todo el día y toda la noche, y se rehúso a comer durante varios días, o al menos no lo hacía enfrente de las demás.

En ese momento, se afligió y se sintió desdichada y desgraciada. ¿Acaso la vida era en verdad así? ¿Los hombres eran bestias feroces que se aprovechaban de ellas? Siempre lo creyó así. En cambio hoy, parecía que… Trató de apartar aquellos pensamientos, pero no podía, y en sus párpados sintió un gran peso. Evocó la voz de su madre: «Adulusía, una sevila nunca llora». Apretó con fuerza sus párpados, pero no aguantó más y en un instante, inesperadamente, rompió en llanto, y aunque intentó reprimir una vez más sus lágrimas, no pudo. Ni quiso.

VII

ADULUSÍA Y EL VERMÓRUM

Adulusía se repuso y abrió esos ojos pardos, acuosos, y se movió un poco y de su cuello cayó una pequeña piedra negra que hasta ahora ninguno había notado.

—¿Por qué me han salvado? —rompió el silencio—. ¿Por qué no me dejaron morir en la selva?

—Tranquila —observó Azariel—, no tienes que ponerte así.

—¿Cómo quieres que esté tranquila, cuando lo único que he hecho es lanzar a las sevilas contra ustedes, los hombres? Hemos quemado decenas de aldeas. Las vaciamos de hombres. Los matamos a todos. Y, a pesar de ello, de repente llegas tú, me curas y me tratas como a una amiga. ¿No te das cuenta de que llegamos a este reino para liquidar a los hombres?

—¿Cuál era tu fin? —preguntó el príncipe del reino.

—Quería salvar a las mujeres de los hombres como tú —respondió con los ojos fijos en la tierra.

—Mírame —le pidió el príncipe Gladreo.

Ella dudó por un tiempo. Al verla vacilante, se levantó de su lado e intercambió unas palabras con Azariel. Por las señales que observó en el otro hombre, la sevila entendió que concordaba con todo lo que el morador le decía. Ambos sonrieron. ¿Qué querían de ella? ¿Por qué le perdonaban su insolencia, aun cuando ella les había dicho su intención en aquellas regiones? El príncipe de la Foresta Negra se dirigió a Adulusía. Sus ojos verdes centelleaban con fuego. Ella movió la cabeza casi al instante. Él se sentó una vez más frente a ella.

—¿Te sientes mejor? —le preguntó con una sonrisa, pero ella no respondió—. ¿Tienes hambre? En fin, pronto llegará la comida. Veo que ahora ya no quieres hablar más. No me importa, ¿sabes? Voy a responder a todas tus preguntas, si tú quieres puedes hacerme alguna. Eso depende de ti. ¿Puedo llamarte Adulusía? Te hemos salvado porque cayó dentro de nuestras posibilidades hacerlo. Mi amigo, Azariel, así se llama él, junto con otro magnífico hombre, Adis, cruzaron la línea de los gramas sólo para llegar a ti. Nuestra intención era hacerte prisionera.

—¡Lo sabía! —exclamó con cierta decepción—. ¡Sólo buscan aprovecharse de nosotras!

—¡Queríamos evitar más derramamiento de sangre! —Adulusía se quedó de una pieza. Gladreo continuó—: Hoy mismo ha llegado el ejército desde las Moradas del Rey, de seguro ya habrán exterminado a todas las hordas gramas. Tus mu… perdón, tus sevilas habrían corrido la misma suerte. Pero si ellas siguieron las indicaciones que mi amigo les dio, que es lo más probable, deben estar con vida y esperándote en el río.

—¿Quieres decir que él habló con ellas y las convenció?

—No, sólo con una, porque a las demás tuvieron que amordazarlas. Azariel habló con una joven, como de unos dieciocho años.

La sevila frunció el ceño y comprendió que la joven a quien se refería era aquella que la reina de las sevilas había alejado de su padre. Esta vez no quiso pensar en el término *rescatar*. Aquella doncella había mantenido un corazón distinto al de las demás. En su interior respetaba al hombre, pues nadie había podido borrar el recuerdo de su difunto padre, aunque en el exterior era tan salvaje como el resto.

—Como ves, ha sido una casualidad que estuvieras al borde de la muerte —continuó Gladreo—… Y que nos debas la vida.

La líder de la sevilas respingó. ¿Así que de esto se trataba?

—Queremos la paz, Adulusía, no queremos matarlas, ni que ustedes acaben con nuestros hombres ni que arrasen más aldeas. Aléjense del reino, o quédate en paz, tú y tus sevilas son bienvenidas. Estoy seguro de que podemos ponerle fin a este río de odio.

—Insensato —se burló ella—. ¿Cómo me propones algo que está fuera de tu alcance?

—Te doy mi palabra.

Ella se crispó. Se sintió una vez más débil, aunque la fiebre ya se le había pasado. Se atrevió a mirarlo a los ojos. Los descubrió verdes como la selva, con su mismo atractivo de fuerza y belleza.

—¡Iluso! ¿Piensas que haciéndome la mujer de un morador el rey Gueosor perdonará mi cabeza y la de mis sevilas? Se han vuelto muy idealistas ustedes los hombres.

—Adulusía, peores cosas le aguardan no sólo a este reino, sino a Ézneton —intervino Azariel—. Hablamos de paz, de unión entre nosotros. Los hombres y las mujeres nunca han sido enemigos, al contrario, nos necesitamos para existir.

El príncipe de la Foresta Negra se apartó de la joven para que pudiera reflexionar. Le hubiera gustado gritarle que no se marchara, que él la convertiría en la princesa de la Foresta Negra. Pero no se opondría a la voluntad de la sevila, y menos habría de interponerse. Por su parte, Azariel pensó que era tiempo de que ella se abriera de nuevo. Ya había llorado, incluso se había burlado un poco de ellos. ¿Por qué no quería hablar más? Le preguntó:

—¿Hay algo que quieras decirnos?

Adulusía agachó la mirada, y con voz llorosa, dijo:

—Sí, deseo contarles algo.

Se acercaron. Gladreo le cedió a Azariel el puesto más cercano a ella. No quería incomodarla. Azariel optó por sentarse frente a la sevila con la fogata en medio. El príncipe estaba a punto de sentarse junto a él, cuando ella lo llamó a su lado:

—Tú, habitante de las Moradas, siéntate junto a mí. Quiero que juzgues las consecuencias de haber aceptado el liderazgo que me dejó mi madre al morir.

Al escuchar que lo llamaba junto a ella, Gladreo obedeció, tan sorprendido como Azariel de lo que estaba por ocurrir. Adulusía por fin se atrevió a mirarlos a los ojos, decidida, valiente.

—¿Saben por qué nos llaman las sevilas? Hace muchos años, nosotras, mi madre y yo, escapamos de una aldea junto con otro grupo de mujeres que habían sido esclavizadas por los hombres. Ellos nos molían a golpes, nos maltrataban, abusaban de nosotras como si fuéramos animales, nos humillaban al grado de que deseábamos no haber nacido. A veces no era necesaria una acción, bastaba una palabra para destruirnos el alma. Un día mi madre, al verme en peligro, se rebeló. Fue la primera en liberarse de ese yugo, y así comenzó nuestra revolución. ¿Y cómo la hicimos? Con las mismas armas que los varones nos habían enseñado: la violencia.

»Mi madre organizó a las mujeres. Les prometió que serían libres como los pájaros que vuelan por los cielos, como las liebres que corren por el campo —suspiró—… Nada resultó como ella lo imaginaba; somos prisioneras de esta guerra contra los hombres, tanto o peor que antes. Y siento que poco a poco hemos ido asumiendo como natural todo eso que odiábamos.

»Nos hicimos fuertes a base del pillaje. Al principio, a fuerza de engaño, conseguimos aplastar la cabeza de varios hombres conocedores del uso de las armas. La farsa consistía en pedir asilo por una noche, entonces un grupo de cuatro o cinco mujeres penetraba la casa y, tras charlar un rato, sacaban los cuchillos y arrasaban con el hogar. Así fuimos adquiriendo experiencia en el manejo de la espada, del arco… También leímos muchos pergaminos sobre el arte de la guerra. Y espontáneamente se nos fueron sumando otras mujeres sojuzgadas por los hombres.

»Comenzaron a llamar a mi madre Aservia, "la que fue esclava", y a mí, Adulusía, "la liberada". Después llegamos a la Foresta Negra, donde nos establecimos. Empezó a correrse el rumor de que la selva estaba habitada por salvajes, unos demonios con forma femenina, nos decían las *selvilas*, y el nombre se deformó hasta quedar en sevilas. Este nuevo nombre llenó de satisfacción a mi madre y al resto de las mujeres que la seguían: nos habían dado una identidad distinta a la mujer común y corriente. Ya no éramos esclavas, sino sevilas, y desde ese momento no sólo repudiábamos ser llamadas mujeres, sino que nos ofendía y enfurecía.

»Confieso que hemos degollado y acribillado a decenas de hombres, sin importar su edad. ¡Cuántas aldeas no quemamos! ¿Cuántos corazones habrán dejado de palpitar por esta ciega revolución? Tratando de ser fieles a nuestra lucha, olvidamos la verdadera causa: queríamos ser mujeres libres, y nos convertimos en... En una mancha de sangre. No, no es posible prolongar esta lucha. Es necesario que llegue a su fin.

Hizo una pausa. Luego, dirigiéndose a los dos hombres que la escuchaban, continuó:

—Ustedes dos son los primeros hombres que se han atrevido a tocarme. Tú me cargaste hasta aquí y me curaste. Tú, morador, has cuidado de mí. Ahora saben quiénes son las sevilas, quién soy yo. Hagan de mí lo que les dicte su conciencia.

Azariel fue el primero en hablar, pero más que dirigirse a Adulusía, se volvió hacia el príncipe de la Foresta Negra.

—Cada ser humano tiene su propia dignidad, dice el anciano Luzeum, y ésta es intrínseca a su naturaleza —sentenció—. Creo que las sevilas ya se han hecho bastante daño a sí mismas en esta guerra contra los varones. Sé generoso, devuélveles su dignidad de mujeres y que sea Adulusía quien ponga fin a esa locura de las sevilas.

Tocó el turno del príncipe Gladreo:

—Adulusía, sostengo lo que he dicho: eres libre de irte; pero si decides quedarte, será...

No pudo continuar. El terror les cubrió la vista. A pesar de ser mediodía, la cueva oscureció. Los tres enmudecieron. Otra vez ese silencio envolvente del Pico del Águila. Sus corazones palpitaban con fuerza, pero ni siquiera lograron hacerse escuchar. El fuego se evaporó violentamente como si alguien hubiese soplado desde abajo. La sevila pareció tomar conciencia de lo que sucedía. Casi como un murmullo, intentó gritar:

—El que nos obliga... luchar junto... los gramas...

Su rostro empalideció como si hubiera muerto fulminada por un rayo. La piedra que colgaba de su cuello comenzó a centellear. Primero, con pequeños chispazos, pronto con una luz negra, más negra que la oscuridad que los ahogaba. El príncipe de la Foresta Negra quiso acercarse a ella, pero detrás de él, Azariel cayó al suelo. Luego, comenzó a bramar de dolor con las manos al cuello, como si alguien tratara de estrangularlo. El ruido de cuatro cascos llegó hasta él. Ahí, a la entrada de la cueva, lo deslumbró la silueta de un hombre montado. Una carcajada de ultratumba llegó hasta sus tímpanos. Escuchó como si el jinete hablara, pero su voz no era humana. Sus labios se movían, pero sus palabras sólo crepitaban en la cabeza de Azariel. Le lanzaba amenazas e injurias, desafiándolo a luchar, y se reía de su incapacidad para levantarse. El último de los glaucos seguía con las manos al cuello, tratando de quitarse aquello que le cortaba el aire.

El recién llegado se adentró en la cueva. Daba muestras de satisfacción:

—Por fin te tengo donde quería —dijo cuando estuvo cerca—. Te he estado buscando. He soñado tu muerte de mil formas, para elegir la más dolorosa, la de mayor deshonra y desdicha para ti... Y tú, mujerzuela inútil, acabarás con él.

En el acto, la mujer cayó de bruces y el colgajo con la piedra negra se agitó en su cuello. Sus manos luchaban contra ella misma, sin llegar a la estrangulación completa. Gladreo intentó ayudarla, quería protegerla con su propio cuerpo para evitar que sufriera, pero sintió una punzada en el pecho.

—¡No te muevas, morador! Una vez que muera tu amigo de la manera más vergonzosa, seguirá la bestia que está a tu lado. Disfruta el espectáculo, porque al final dejarás este mundo con la misma muerte abominable.

Gladreo no se dejó intimidar y atacó al jinete, pero pronto sintió que una fuerza descomunal lo rechazaba de un manotazo que lo mandó volando por los aires, hasta que chocó de espaldas contra la pared de la cueva. Apenas tuvo tiempo de meter los brazos para protegerse la cabeza, mas su cuerpo cayó como un costal y rodó hasta donde estaba Azariel. Había quedado, prácticamente, fuera de combate.

El efímero ataque de Gladreo, sin embargo, resultó providencial, pues distrajo al monstruo, permitiéndole a Azariel liberarse momentáneamente de esas garras invisibles que lo ahorcaban. Se incorporó y desenvainó su espada, aunque su visión se tornaba borrosa. Dio un paso al frente y se tambaleó, mareado, como si un peso invisible le hubiera caído encima. Repentinamente la temperatura de su cuerpo se elevó como la lava del volcán. El jinete se burló de él.

—¿Mareos, fiebre, pesadez? —se burló la voz en su interior—. ¡Iluso, Ézneton jamás se unirá bajo un solo brazo! Hace más de diez inviernos escapaste de Zàrkanök, pero ahora estás a mi disposición, tu vida depende de mí.

¿Zàrkanök, el vermórum que sembró la desolación en Elpida-Eirene? Eso lo explicaba todo, ¡un vermórum lo atacaba! ¡Hubiera deseado que el general Aómal estuviera en ese momento a su lado, luchando cuerpo a cuerpo! Y vino a su cabeza la imagen de su madre, Adariel, y la presencia de todos los que habían muerto por él. Con tremendo esfuerzo, intentó levantar su espada y atacarlo, sin éxito. No pudo elevar siquiera su hoja. El sapiente Sénex Luzeum lo había instruido para enfrentar a los vermórum, pero jamás se había enfrentado a uno de verdad, y menos con semejantes poderes.

—¡Basta! —gritó la voz mental—. ¡Jamás podrás vencer a Burkazaf! Tira el arma, te lo ordeno.

Azariel no la soltó, el vermórum Burkazaf montó en cólera y volvió a estrangular su cuello. El último de los glaucos se aferró con todas sus fuerzas a la espada, pero el vermórum lo arrojó como un guijarro al piso. Volvió al ataque con el filo de su voz:

—Acabemos con los juegos. Escúchame, traigo una propuesta mejor: únete a nosotros, sé parte de los sirvientes del gran

Kyrténebre. Es una gran distinción la que te hace mi señor al permitir que combatas en nuestras líneas. Él te ofrece la corona del honor, las riquezas de toda la tierra y una sabiduría abismal que ningún miserable ignisórum podría compartirte. Es eso, o el hálito de mi espada, muy fría al respirar y muy voraz al cortar.

—¿Qué quiere él a cambio? —preguntó Azariel.

—Sólo que te unas a nosotros. Nada más.

—¿Únicamente eso? —contestó con escepticismo—. ¿No querrá también el Diamante herido? ¿No querrá apoderarse de todos los reinos? ¿No querrá mi voluntad? ¡Jamás!

Aquella negación rotunda le devolvió el aliento para seguir luchando. Se enderezó, con las manos bien aferradas al pomo de su espada. El vermórum sacó la suya.

—Estúpido, tú y el reino entero perecerán bajo mi sable —y diciendo esto, se lanzó contra Azariel, que lo aguardaba firme en su posición.

Una luz penetró en la caverna, iluminándola por completo. No era una luz común y corriente, era más blanca que la nieve. El fuego volvió a encenderse y la piedra que antes pendía del cuello de Adulusía tronó en mil pedazos, con la fuerza de un volcán en erupción. El vermórum frenó su carrera. Envainó suavemente su espada y, con una mueca de fastidio, dio media vuelta y desapareció sin decir palabra.

Tanto Azariel como Gladreo y la sevila advirtieron que el vermórum era perseguido por la figura de un jinete montado en un caballo de llamas blancas, su cabellera ondulaba en el aire como las olas sobre el mar y su mano blandía un báculo flamígero.

Ninguno fue capaz de articular palabra hasta que, en la boca de la cueva, reaparecieron dos figuras conocidas.

VIII

EL VEREDICTO DEL PRÍNCIPE GLADREO

El príncipe Gladreo, maltrecho, se levantó; aparentemente había salido ileso del enfrentamiento con el vermórum. Junto a él, Adulusía parecía descansar. Su rostro había sufrido una notable transformación y se le notaba apacible. La fiebre, el dolor y la sensación de asfixia habían desaparecido. Un pensamiento ensombreció la faz de Gladreo, ¿estaba muerta? La respuesta pronto vino cuando sus labios adquirieron un color escarlata y ella abrió los ojos, sonriente. El príncipe suspiró aliviado y la ayudó a levantarse.

—¿Cómo están? —preguntó una voz conocida. En su rostro se dibujaba una sonrisa paternal. Los ríos blancos de su cabello descansaban sobre sus hombros. Tras él, entró una brisa alentadora.

—¡Luzeum, Luzeum! —exclamó Azariel—. Estamos bien. Creo.

—¿Bien? —respondió el sapiente Sénex Luzeum—. Yo diría que excelente, has superado la prueba que antaño hizo caer a muchos hombres. Años atrás, el Gran Dragón sedujo así a los hombres; pero no todos fueron fuertes. Tú sí, y te felicito por ello.

Azariel no respondió. En su interior sabía que no lo hubiese logrado sin la intervención del anciano. Luzeum se volvió hacia Gladreo y Adulusía.

—Me alegra verlos juntos y no separados —observó, con un tono bondadoso y jovial—. Por lo que me han contado estos dos caballeros, parece que todo está planeado para que ella vuelva con las sevilas. Príncipe de la Foresta Negra, tu padre está aún lejos. Tu hermano no quiere decir lo que piensa. Te queda a ti sentenciar, ¿qué decides?

Cuando Adulusía escuchó que Gladreo era el príncipe de la Foresta Negra, se sorprendió. Había estado todo el tiempo frente aquel que ella deseaba derribar. Su objetivo era que desaparecieran de la faz de la tierra tanto el rey como los príncipes y todos los hombres de las Moradas. Según ella, tenía que liberar a las mujeres que vivían allí. Ahora ella estaba a merced de su enemigo. Pero el recordar su historia; el darse cuenta de que con la excusa de liberación había terminado esclavizando a tantas mujeres e incluso matado a otras tantas, había caído en la cuenta de su error. Hizo entonces lo que nunca hubiera hecho: se lanzó a los pies del príncipe, y Gladreo comprendió lo que para ella significaba postrarse a sus pies. Adulusía había firmado, con ese acto que no solicitaba el perdón de nadie, la rendición incondicional de las sevilas.

—Merezco la muerte —dijo ella con lágrimas en las mejillas—. Haz justicia para con tu pueblo y para conmigo.

Cuántas veces había soñado el orgulloso Gladreo esta escena, en la que tenía a la líder de las sevilas a sus pies y él, lleno de vanidad, infatuado ante su padre, demostrándole su valía. Ahora que el sueño se volvía realidad, deseaba que no estuviera ocurriendo. Había cosas más altas que la fama y el honor, y eso acababa de aprenderlo. Se inclinó hacia ella, la tomó de las manos y la alzó.

—No hagas eso frente a mí —le dijo—. Yo no soy más que un hombre. Ahora bien, si por la responsabilidad que pesa sobre mí, debo juzgar tu caso y dar un veredicto, lo haré: en vista de que la revolución de las sevilas ha llegado a su fin, eres libre de regresar a la Foresta Negra cuando quieras. Te lo dije antes. Haberte encontrado ha sido… como encontrarme a mí mismo. Si algún día decides volver, dímelo. Yo mismo iré a recibirte a los lindes de los anillos de protección. Si por el contrario, decides no volver, acepto tu decisión.

Lo miró a los ojos y observó en ellos algo que ella nunca había tenido en su vida. Quería decirle que su deseo era quedarse con él para siempre, pero que debía volver con las sevilas. Ellas la esperaban y tenía que ponerle punto final a esa locura que tanto daño había causado.

—Te agradezco, príncipe Gladreo, la mano que me ofreces... —suspiró con tristeza—. Debo regresar con las mías... Si queremos vivir en paz, primero debo asegurarme de acabar con las sevilas para que renazcan las mujeres. No sé qué me espere, pero debo irme y arreglar este caos.

Gladreo la miró con tristeza. No quería volver a forzarla en lo más mínimo, así que la condujo hasta la entrada de la cueva. Su hermano cargaba un cuero lleno de frutas y comida. Se le acercó y se lo pidió. Graseo negó con la cabeza, pero al final le dio lo que le pedía. Gladreo, a su vez, lo puso en las manos de la joven.

—Necesitarás algo de comida para el camino... ¿Debes partir ahora? Podrías descansar un poco y...

Adulusía colocó un dedo índice sobre los labios nerviosos de Gladreo. Nunca había tocado a un hombre de esa manera. Se estremeció.

—Tu amigo prometió que yo volvería —recordó llena de tristeza—; si no llego cuanto antes, es posible que las sevilas ataquen las líneas de tus hombres, o que nombren a otra líder y esta historia cause más muertes.

Gladreo le extendió la mano como símbolo de amistad. Ella le dio la suya. Pero ninguno de los dos quería soltar la mano del otro. Al fin, ella desasió la suya acariciando con sus dedos la palma del príncipe.

—¿Crees que dos corazones orgullosos y altaneros puedan convivir?

—Si quieren vivir juntos, cambiarían los suyos por unos más sencillos —le respondió él.

—Si decido volver, aunque pasen muchos días, quizá meses, ¿me esperarías?

—Te esperaría, si es necesario, hasta el último respiro de mi vida.

Ella sonrió y se alejó lentamente, hasta perderse entre los árboles. El príncipe Gladreo permaneció inmóvil donde se despidió de Adulusía. Se hubiera quedado todo el tiempo ahí, de no haber sido por una mano que se posó en su hombro:

—Has hecho bien, muchacho —sentenció Luzeum—. Deja que se vaya a curar las heridas de su corazón; tú, sigue el camino que has emprendido. Quieran los tiempos que algún día la vuelvas a ver, y la oscuridad de la sombra ya no empañe la felicidad de tu vida ni la de ella.

—Me pregunto, anciano Luzeum, ¿podría ser la esmeralda de mi reino?

—De seguro, pues has dado el paso que todos buscan.

—Nadie soñaba la paz entre las sevilas. Y nosotros, hasta que Azariel lo propuso, la hemos conseguido en equipo.

El sapiente Sénex Luzeum regresó con el joven a su lado. Los demás los esperaban alrededor del fuego, listos para comer. Una vez que se sentaron, quisieron saber qué había hecho Luzeum para volverse así de blanco. El anciano respondió que aquello no era sino el resultado de la cólera que el vermórum había avivado en él, pero a ninguno satisfizo la respuesta, y el ignisórum no abundó en el tema.

Azariel y Gladreo narraron su encuentro con el vermórum. Cuando llegaron al momento de la piedra negra, el anciano Luzeum les informó que se trataba de una cadena que los vermórum empleaban para manipular a quien se la pusiese. Era un objeto terrible. Muchas veces se apoderaba de la voluntad de quien la portaba, y otras solamente servía como punto de referencia. Si la persona intentaba escapar, ellos la encontrarían con facilidad. Lo peor es que el portador no podía quitársela por sí mismo, era necesaria ayuda externa. Y aun cuando ésta se brindara, había que luchar contra el portador. Por ello, antes de que la piedra explotase, la sevila había forcejeado para evitarlo. Luzeum no tuvo más remedio que someterla. ¡Quién sabe desde cuándo las sevilas eran víctimas del vermórum Burkazaf sin saberlo!

Adis refirió entonces cómo Graseo insistió en regresar al sexto anillo para recoger ahí la comida. La razón que el príncipe dio era que deberían asegurarse de que todos los cueros y arcos y flechas con najarreptílica fueran destruidos. Cuando llegaron a Correa de Vuelo, se encontraron con dos grandes hordas de gramas. Los generales Guerza y Gunsro organizaban la defensa a gritos, desesperados, y no tuvieron más opción que sumarse a la lucha. La batalla fue dura, pero lograron rechazarlos. Había muchos heridos, pero considerando la magnitud del ataque, el saldo había sido favorable.

La oscuridad de la noche comenzaba a dispersarse.

—Todo ha salido bien, menos lo más importante: aún no encontramos la Esmeralda —recordó Azariel.

—Eso me recuerda —indagó el anciano—, ¿cómo es que llegaron aquí?

—El mapa que nos dio el rey Gueosor nos condujo a las entrañas del volcán.

—¿Dentro del Pico del Águila? ¿Por qué?

—En realidad, llegamos a esa conclusión —observó Adis—, que está en el Pico del Águila. Aunque es posible que hayamos malinterpretado el acertijo que nos dieron como guía hacia la Piedra Preciosa.

—¡Otra vez con eso, Adis! —repuso Graseo—. No hay misterio en el acertijo, es obvio su significado. Todos lo vimos y pensamos lo mismo, ¿no?

—Siento contradecirte, príncipe Graseo, pero yo no. Varias veces traté de descifrar las palabras que nunca vimos, pero ya no existían. ¿Tienes el pergamino, Azariel? Muéstraselo al anciano Luzeum. Podría decir que conocemos el interior del Pico del Águila como nadie, recorrimos varios túneles y grutas, hasta que llegamos a éste. Fue nuestra salvación.

El sapiente Sénex Luzeum tomó el pergamino. Lo analizó. Parecía que él leía todas las letras sin necesidad de ayuda extra, como el fuego. El ignisórum murmuró varias veces. Se quedó pensando. Luego, movió el dedo en el aire como si trazara algún pensamiento o esbozase alguna imagen. Después, sonrió.

—Veo por qué se han equivocado. Los primeros versos los guían hacia el Pico del Águila, es verdad, pero el tercero les indica el lugar. Cuando ustedes leyeron las palabras «vientre» y «fuegos», discurrieron que se trataba del interior del volcán. ¿No se les ocurrió pensar en otro lugar?

—¿Por ejemplo? —preguntó Graseo.

—Como la cordillera de las Aldiernas.

—¿La cordillera de las Aldiernas? Imposible —protestó Graseo—. ¿Qué tiene qué ver el fuego con la cordillera? Nada.

—Pues si no tiene nada qué ver, déjame leerte lo que ustedes no vieron:

> *En mi vientre descubre,*
> *y como lenguas azufre*
> *escondo miles entre fuegos,*
> *rúbeas después de los juegos.*

»Las "lenguas de azufre" no son más que las espadas que se forjan ahí. Las califica como "rúbeas después de los juegos", es decir, que se ponen rojas después de la batalla. Además, existe una alteración de palabras. Al inicio son menos hasta terminar con más. Esto se explica así: cuando empiezas a ver el Pico del Águila, la extensión es menor, hasta que se abren sus alas, llegando a la cordillera de las Aldiernas, las más extensas y alargadas.

—Entonces, si la Esmeralda está allá, hemos perdido tiempo por estas zonas —dijo Azariel en tono abatido.

—No hay tiempo perdido si hay aprendizaje, Azariel. Entrar y salir de este volcán los ha hecho cambiar muchísimo. Han sido días más formativos que todo el tiempo que estuviste conmigo. Tres de ustedes son jóvenes, créeme, han mudado de aires. No lo digo por sus heridas, ésas son una simple prueba de lo que les estoy tratando de decir. Además, si no fuera por este error, ahora yacerían en la selva todas las sevilas y demasiados moradores. Ellas eran más peligrosas que los gramas. Aunque éstos son más fuertes que ellas, su conocimiento del terreno las hacía más letales. Además, se han estrechado manos de paz y la Foresta Negra descansará hasta el día en que marchen a la Nueva Alianza.

—Estando las cosas como están —habló Adis animado—, vayamos a ver a Gydar. Qué bueno que tengo la oportunidad de saludarlo. Hace tiempo que no lo veo.

—Se llevará una gran sorpresa, sin duda —alentó Gladreo.

—Por hoy, descansen aquí —indicó Luzeum—. Mañana diríjanse allá. La Esmeralda deberá estar en algún lugar por ahí. Imagino que dentro de algún túnel. Lo más seguro es que lo hayan bloqueado con algún objeto. A lo mejor, la han dejado detrás de algo que parezca impensable.

Diciendo esto, dio la última mordida a una manzana que tenía entre sus manos y arrojó el corazón al fuego.

—Veo que no tienes planes de acompañarnos —preguntó Azariel—, ¿qué harás entonces?

—Darle al rey Gueosor la buena nueva de la paz alcanzada con las sevilas. Se sentirá orgulloso de ti, príncipe Gladreo.

—Yo diría que se encolerizará conmigo por lo que hice.

—¿Por haberles perdonado la vida a las sevilas e invitarlas a vivir en la Foresta Negra? ¡Tonto! Se sentirá orgulloso de ti, Gladreo —el anciano lo reprendió con voz suave—. En fin, debo irme. Enviaré una nota a Gydar, el hermano del rey, para que los espere y no se vaya a alejar de ahí.

—¡Luzeum! —lo llamó Azariel antes de salir de la cueva—, ¿crees que Gydar tenga idea del lugar exacto de la Esmeralda?

—El lugar exacto sólo lo conocía el guardián, tal vez el rey, pero eso sucedió hace muchísimos siglos y nosotros sólo contamos con un enigma a descifrar. ¡Ánimo!

El anciano chifló con fuerza. Su hermoso caballo llegó trotando. Lo montó y partió, dejando tras de sí una estela blanca. Al galope del corcel, el viento formaba manos ondulantes que jugaban con su cabellera nevada. En su mano, como una atalaya, lucía su báculo.

Aquella tarde hubo poco movimiento entre el grupo. Adis y Azariel planearon junto con Gladreo el camino que tomarían al día siguiente. Graseo permaneció silencioso, con la espalda en la boca de la cueva, mirando hacia el oeste. Más bien, sus ojos no veían más allá, sino que estaba sumergido en sus pensamientos. Su rostro erguido con cierta soltura. Había perdido la oportunidad de pasar a la historia como el hombre que exterminó la pesadilla del reino: las sevilas. Siempre había querido hacerlo con mano firme, inclemente; sin embargo, nada para nadie había salido como estaba planeado. Las sevilas seguían vivas por ahí. Su hermano lo había traicionado. Y por si fuera poco, no era el líder del grupo para conseguir la deseada Esmeralda.

IX

LA FRAGUA DE LA FORESTA NEGRA

Un grito los despertó. Los cuatro saltaron de golpe: los hijos de Glaucia, espada en mano, y los de la Foresta Negra, con el arco en vilo. Aún era temprano y el sol no los iluminaba con su luz que da vida. No podían distinguir al hombre que se acercaba.

—¡Quién vive! —gritó Adis.

Una bocanada de vaho escapó de entre sus labios.

—Qué suerte, temía que ya se hubieran ido —dijo en voz baja, y elevando el tono—... ¡Soy el general Gunsro!

Los cuatro salieron de la cueva, bajando sus arcos y espadas. El general del noroeste se sorprendió de verlos listos para el ataque.

—La batalla con los gramas me hizo olvidar un poco nuestras reglas en estos parajes. Pero bueno, aún siguen aquí y eso es bueno. No me hubiera gustado buscarlos por todo el reino para entregarles esto.

Les mostró un carcaj lleno de flechas y un envoltorio pardo.

—Pertrechos y provisiones, se los manda el sapiente Sénex Luzeum —explicó—. Ayer no le pasó inadvertido el estado en que se encontraban... Se encuentran todavía.

Los príncipes de la Foresta Negra agradecieron los suministros. Adis abrió el otro envoltorio y sonrió. No sólo había provisiones, sino ropa apropiada para reanudar el viaje. ¡En qué condiciones estarían que hasta ropa les enviaba! En el acto cambiaron sus ropas quemadas y rasgadas en las batallas contra la selva, el volcán, las sevilas y los gramas, y se dispusieron a comer en compañía del general.

Antes de retirarse Gunsro, el príncipe Graseo le murmuró algunas instrucciones al oído. Mientras escuchaba, el general asentía. Luego, el príncipe Graseo le dio la espalda y regresó con el resto del grupo, que emprendió su camino en dirección este.

El sol rasgó el cielo verde de la selva y una bandada de pájaros regresó a su nido, cerca de los anillos del noroeste. El grupo se desplazó lo más rápido posible, antes de que el sol cayera furioso sobre ellos. El límite de los mosquitos estaba cada vez más cerca, sólo que ahora no los tomarían desprevenidos y, en cuanto cruzaron el primer arroyuelo, hundieron sus manos en el fango para untárselo y crearse esa segunda piel.

La comitiva volvió a sumergirse en las profundidades del bosque. Conforme se adentraban, la naturaleza levantaba una muralla de árboles a su paso. Las espadas tornaron a abrir brecha. Debían llegar al sexto anillo, y en cuestión de tres días estarían en la Línea de Acero, una senda amplia y espaciosa que los conectaría con la fragua como una avenida directa, empleada para el comercio entre la Foresta Negra y Frejrisia. Antaño, ese territorio se había utilizado como arsenal, además de que allí se forjaba toda clase de armas. Había sido fundado por el mismo Giraldo para el trabajo con el metal, pero el método para la fundición del acero se empolvó a la muerte del viejo herrero. Tiempo después, en la fragua de la cordillera de las Aldiernas comenzaron a forjarse esculturas y objetos decorativos para las salas principales de algunos reinos; la gente importante hacía pedidos incluso para los jardines de sus casas. Ahí se forjaban todo tipo de imágenes, figuras, modelos, bustos, monumentos: una verdadera galería de estatuas. Hubo grandes artesanos, artistas, en realidad, cuyo ingenio dio vida al acero.

Los tiempos trastornaron el gusto del trabajador. El arte decayó con el retorno del gran dragón Kyrténebre. Y ahora sólo quedaba Gydar con algunos hombres de baja estatura y brazos membrudos. El acero había perdido su corpulencia para estirarse en las afiladas láminas de la espada. Así lo había pedido Luzeum, pues en un futuro que ya tocaba sus puertas, las necesitarían para un último combate.

El grupo marchaba por la parte norte del territorio. El Pico del Águila se erguía a su derecha, su aspecto era más apacible que visto desde el sur. Probablemente no tendrían que retornar a sus entrañas, pero el hecho de haber superado ese obstáculo representaba una gran victoria.

—¿Se dan cuenta de que conquistamos el Pico del Águila? —habló Azariel, alzando la punta de su espada para cortar una gruesa raíz—. Incluso escapamos de su ira de lava, vapor y ceniza.

—Espero no volver a escalarlo —apuntó Graseo—. Los de la Foresta Negra sabemos cómo movernos en las puntas de los árboles, pero... —no terminó la frase, un rumor llamó su atención. Sus ojos se iluminaron, habían llegado a la ribera del río Croupino.

Éste serpenteaba en grandes ondas a lo largo de la jungla, abriéndose camino por donde pasaba, aunque en su recorrido algunos árboles enormes habían echado raíces en lo más profundo de sus aguas, tratando de obstruir su avance hacia el golfo de Croupén. Sin embargo, el torrente los lanzaba hacia la orilla, su impulso semejaba al de un huracán que arroja fuera de sí cualquier obstáculo que se le opone.

Por aquí y por allá descubrieron algunos accesos naturales al río. No eran muy amplios ni muy altos, pero al menos les permitirían escabullirse sin emplear a fondo los músculos. Al borde del Croupino, Adis les impidió que corrieran. A esa altura el río era muy peligroso. No habían dado una decena de pasos, cuando varios rugidos llegaron a sus oídos.

—Donde hay una miríada de peces, hay una miríada de visitantes hambrientos —susurró el albo—. Y el hambre es peligrosa.

En efecto, en la otra ribera descansaba una leoparda; sus cachorros aún tenían en el hocico la carne de sus presas. Cuando los hombres aparecieron, los felinos elevaron sus cabezas. La sangre escurría de sus fauces.

—Tan sólo es una *gatita* con sus crías —dijo en tono irónico Graseo.

—Por estos lares no suelen merodear los depredadores —indicó Gladreo—. De hecho, no creo que podamos admirar a los tigres de la cordillera de las Aldiernas.

Continuaron bordeando el río, incluso durante la noche, hasta que dejaron atrás las montañas Aldiernas y llegaron a Correa de Vuelo, dos días antes de lo previsto. Ahora sólo tendrían que bajar un poco la Línea de Acero, pues sería mucho más rápido penetrar así el Corona de Acero, que escalando las montañas.

Corona de Acero, situado al este del Pico del Águila, era uno de los muchos valles de la cordillera, y representaba un punto estratégico para la forja de armas. Gracias a su inaccesibilidad —sin contar la Línea de Acero, claro— constituía un fuerte natural. En el Corona de Acero había cabida para una caballería suficientemente grande para entablar una batalla y defender la zona. Por otra parte, la Línea de Acero no aceptaba más de siete caballos en línea cerrada, y a esto se sumaban infinidad de túneles excavados en el interior de las montañas. A lo largo de toda la vía, diversas bocas se habrían en las paredes de las montañas. Eran como las troneras de los castillos y la única entrada a éstas era la misma estancia que Gydar utilizaba para forjar las armas.

Cuando los cuatro hombres llegaron a los lindes de la Línea de Acero, Adis elevó los ojos en una rápida inspección:

—Nos están esperando —apuntó con el dedo unos ojos que desaparecieron al instante, sin que los demás pudieran descubrirlos.

Los cuatro pusieron pie sobre el camino, aliviados.

—No hay más árboles ni arbustos que segar —exclamó Gladreo satisfecho, frotándose alegre el brazo derecho.

Los demás sintieron la misma satisfacción. El camino era una línea recta hasta el pequeño valle. Las altas murallas naturales eran impresionantes, como si un ser superior hubiese dotado a aquel lugar de la belleza y la magnificencia de un fuerte.

Llegaron al Corona de Acero. Una figura muy pequeña se advertía allá, en el fondo. A medida que se aproximaban, la figura crecía más, más… hasta tomar el tamaño normal de un hombre. Era Gydar, el hermano del rey Gueosor. Había permanecido todo el tiempo con los brazos cruzados y recargado sobre el borde de una entrada. Sus cabellos eran rubios, como la luz que emana del fuego; sus brazos, unos verdaderos forjadores de acero, y aunque su indumentaria no era la más común entre la realeza de la Foresta Negra, su ajuar era radiante. En sus ojos verdes se veía la sonrisa sincera de quien espera a un amigo.

—¡Apenas cinco días les tomó cruzar de punta a punta todo el reino! —exclamó, incrédulo—. Se ve que tenían prisa por llegar.

Al inicio se les dificultó seguir a Gydar por aquellos senderos oscuros. Cuando sus ojos comenzaban a acostumbrarse a la oscuridad, el fuego de una enorme caverna arrojó un poco de luz.

Ocho hombrecillos de pequeña estatura y piel quemada los esperaban. Eran los ferres. Sus brazos eran membrudos, pero sus piernas cortas; las manos, anchas y pesadas, pero los pies aún más. Sus ojos eran grandes, casi salvajes. Pertenecían a la estirpe de los seres más fieles y leales de entre todos los pueblos que habitaban la Foresta Negra. De acuerdo con cierta leyenda, la sangre que corría por sus venas provenía de las tierras áridas de los recónditos peñones del Desierto. Los ferres habían peregrinado durante años, huyendo de la guerra, hasta que arribaron a la Foresta Negra y solicitaron asilo. Era un pueblo dotado para las artes manuales y, desde que se les concedió el permiso de formar parte del reino, muchos de ellos se alistaron para trabajar en las cavernas de la cordillera de las Aldiernas.

En el centro de la fragua había varios yunques. Cerca de ellos se podían ver grandes pinzas con las hojas en proceso de trabajo. Gydar ordenó a los ferres que no interrumpieran la producción.

Entonces tomaron con las pinzas los metales y los metieron al fuego, ubicado del otro lado de la estancia, hasta que quedó al rojo vivo. Luego los colocaron sobre los yunques y comenzaron a darle martillazos, con golpes duros, secos. Trabajaban por parejas, mientras Gydar los supervisaba. Al fondo había una inmensa callana que atrajo poderosamente la atención de Azariel.

—Un trabajo difícil el que se realiza en estas cavernas, Gydar —observó Adis.

—Puede parecer un tanto mecánico, mas no por ello requiere de menos empeño y dedicación —explicó Gydar al llegar al arsenal que se encontraba a mano derecha—. De hecho, es necesario ser metódico, porque la forja del metal se da en etapas, para evitar cualquier falla. Algunas semanas nos concentramos sólo en espadas; otras, en la confección de armaduras de hombres y caballos: corazas, celadas, yelmos, grebas, golas, faldares, hombreras… Las piezas de los corceles son, de hecho, las que más espacio ocupan —y señaló un grupo de caretas y cubrelomos—. Todo debe quedar perfecto.

El grupo admiró el amplio muestrario metálico, recién moldeado en algunos casos, dispuesto ordenadamente por toda la caverna.

—¿Cómo saben que todo quedará perfecto? —inquirió Gladreo.

—He ahí nuestro secreto, sobrino. Cuando fundimos el acero y está dentro de la callana, se le pasa una antorcha: si no refleja ni un solo rayo de luz, significa que está listo. A diferencia, por ejemplo, del *argientia*, que cuando está listo y puro puedes ver tu propio reflejo en él.

—¿El qué? —preguntó Azariel.

—El argientia es un metal precioso, único. Lo obtenemos de las entrañas de las Aldiernas, pero lo usamos sólo como adorno.

—Y ¿quién lo recolecta?

—Los ferres.

Diciendo esto, dio media vuelta y con sus brazos abiertos, quiso expresar la magnificencia de las piezas… Mas las palabras se atropellaron con sus sentimientos. Bajó el rostro y dejó escapar un suspiro descorazonado.

—¡Cuánto desearía poder emplear mis habilidades para crear arte y belleza! Sin embargo, sólo produzco los instrumentos de la muerte de muchos hombres… No sólo el enemigo sentirá el hierro en su cuerpo, sino los amigos. Escuché que los ruvaneses se han vuelto del lado del Gran Dragón —con sus manos tomó una celada con el escudo de armas de la Foresta Negra, un árbol grande y, en el centro del tronco, una esmeralda—. Por si fuera poco, quizá los habitantes del Desierto se vuelvan contra nosotros, ya ven que allá todos luchan contra todos… Serán aliados del Gran Dragón, no le resultará difícil atraerlos a sus filas.

—La guerra entre hermanos es una desgracia donde no hay ganadores, y sin embargo, debemos enfrentar al gran dragón Kyrténebre —intervino Azariel—. ¡Ánimo! Ya verás que ante la adversidad saldrá a relucir lo mejor de los hombres.

Gydar guardó silencio. Miró en torno suyo el arsenal forjado bajo supervisión suya, un tanto escéptico, y continuó hablando del trabajo que se realizaba en la fragua.

Entretanto, Azariel se distrajo con el candor del fuego que servía para el acrisolamiento. Se acercó para verlo con más detenimiento. El crisol parecía estar sentado sobre algún río de fuego, pues se movía ligeramente. Observó varias veces el movimiento del fundidor. Luego advirtió que a los costados había dos escaleras reclinadas sobre la pared. Subió a una, mientras Gydar le explicaba a sus sobrinos las propiedades de ciertos metales y los ferres continuaban con la producción. El único que reparó en Azariel fue Adis.

El último de los glaucos descendió y subió a la otra escalera. Por sus gestos se podría ver una sensación de curiosidad casi hipnótica, como si algo estuviera llamándolo del otro lado.

—¿Qué sucede? —preguntó Adis.

—Echa un vistazo a esta callana.

Adis subió a la primera escalera. Analizó todo. Después pidió algún objeto largo, Azariel se lo proporcionó, y comenzó a deslizarlo hasta el borde del fundidor. Gydar no lo vio, de lo contrario lo hubiera reprendido y apartado para evitar un accidente. Dentro de la callana, dividida a la mitad, el hermoso argientia bullía de un lado; pero del otro lado, el líquido burbujeante no refulgía, sino que parecía devorarlo todo. Adis subió a la segunda escalera y repitió la operación. Sus labios mascullaban algunas palabras. Sus cejas reflejaban concentración. El movimiento de sus manos era seguro, pero calculador. No quería dejar caer alguna piedra dentro de la vasija. Finalmente, bajó pensativo.

—¿Qué opinas?

—La pregunta es: ¿se podrá mover esta callana? Imagino que lo que pasa debajo no es otra cosa que la misma lava del Pico del Águila.

—No podemos hacer conjeturas, mejor preguntémosle a Gydar.

Los príncipes seguían viendo y oyendo los golpes de los ferres sobre los metales al rojo vivo. Cada quien tenía un horno pequeño a su lado. Adis los interrumpió:

—¡Ey, Gydar! Azariel y yo estamos preguntándonos: ¿cómo alimentan los hornos?

—Utilizamos algunos ríos de lava provenientes del volcán. Ellos nos suministran el calor que deseamos a la temperatura que requerimos. Por lo mismo, fundir o encandecer el acero es muy sencillo. No nos toma casi nada de tiempo.

Adis y Azariel intercambiaron miradas. Luego, el caballero de Alba indagó, señalando con los ojos la gran callana:

—¿Se puede mover el crisol, o cómo le hacen para extraer el metal líquido?

—No lo movemos, simplemente lo ladeamos con las palancas —apuntó con el dedo a una pequeña puerta a sus espaldas—, allá están. Es mejor mantener una distancia, digamos, equilibrada… Si algo sale mal, podría tener consecuencias fatales para todos, podríamos morir quemados.

—¿Y los hornos? —dijo apuntando los que usaban los ferres.

—No, ésos son estables. No los movemos.

—¿Sabes cuántos años tienen?
—Desde que tengo memoria están ahí.
—¿Cuánto le falta a esos metales para estar listos? —preguntó Azariel esta vez.
—El argientia lo metimos hace día y medio; el acero, ayer por la mañana. Esta tarde quedarán listos.
—Esperaremos deseosos a que terminen —habló Azariel en voz alta—. Presiento que lo que buscamos está escondido detrás del esa callana.

X

LA ESMERALDA

Detrás del enorme crisol había un muro. Por debajo se veía un manto negruzco. Pero aquella superficie no era sólida, mostraba varias líneas ambarinas. Bastaba cualquier peso para que la lava ardiente sobresaliese de su caparazón.

Desde lo alto de una de las escaleras, Adis lanzó una piedra, que se perdió al instante bajo una capa de lava seca. Para que la luz del interior fuera más penetrante que la del exterior, Gydar ordenó entonces a los ferres que apagaran las antorchas y cerraran los hornos, y todo quedó velado por la oscuridad, sólo un haz de luz escapaba detrás del gran crisol.

Azariel se acercó para ver mejor y, accidentalmente, colocó una mano sobre la callana, en extremo caliente, que al instante retiró con un doloroso aullido. En medio de la oscuridad, uno de los ferres se apresuró a auxiliarlo y lo condujo a una habitación contigua, como una enfermería, donde rebuscó entre varios frascos hasta encontrar uno que abrió, vertiendo un líquido amarillo y viscoso en la palma del glauco.

—Aguanta, eso te quitará la quemadura, joven —explicó el ferre, mientras tapaba el envase. Luego, le envolvió la mano con una venda y regresaron.

La caverna principal, nuevamente iluminada, parecía una caldera. Gydar, los ferres y el resto del grupo se empleaban a fondo para bajar la temperatura de la callana con baldes de agua fría, que se pasaban de mano en mano. La roca absorbía las bocanadas de vapor como el humo de una pipa. Poco a poco la sala se fue aclarando. Azariel comenzó a distinguir mejor. Al cabo de un rato, pudo distinguir a todos. Gydar le sonrió:

—Creo que ya se puede examinar este crisol sin peligro de quemarse. ¿Cómo está tu mano?

El líquido amarillo había desaparecido junto con el dolor. Incrédulo, Azariel se quitó el vendaje y comprobó que no había rastro de quemaduras.

—Trabajamos mucho con fuego y objetos incandescentes. Después de años y años de labor y accidentes por fin teníamos que encontrar un remedio para las quemaduras.

Adis llamó la atención de todos. En su mano tenía una lanza de metal y había perforado la roca detrás de la callana. La piedra se desmoronaba bajo la punta de Adis y se perdían bajo el río de lava. Siguió horadando hasta quitar casi todas las capas. Conforme quedaba al descubierto, mostraba su color vivo.

Al esfuerzo de Adis se sumaron los ferres y después de mucho trabajo, lograron abrir un boquete en aquella concavidad. Emocionado, distinguió un sendero del otro lado. Pidió un objeto pesado para probar la solidez del camino. Gydar le ofreció otra lanza, pero a Gladreo se le ocurrió una idea. Desde lo alto de la otra escalera, sacó una flecha, tensó el arco y disparó. La saeta rebotó y se quebró contra el suelo. ¡Aquello era un verdadero sendero!

Adis meneó la cabeza. Buscaba algo. De pronto, se quedó observando la escalera en donde Gladreo seguía aún encaramado.

—Bajen más la callana —gritó.

Al instante, tres ferres corrieron a la cabina. Las cadenas se soltaron. El enorme crisol comenzó a bajar más y más hasta que golpeó el suelo encharcado. Adis saltó sobre él. Le pidió a Gladreo que hiciera lo mismo. Luego, entre ambos y con la ayuda de algunos ferres quitaron los clavos de una de las escaleras. Después, la subieron. El albo por un lado, y el morador por otro, con la escalera en horizontal, embistieron la pared. El hoyo se hizo más grande. Lo repitieron. La cavidad acrecentó.

—Una vez más —animó Adis—, pero ten cuidado porque esta vez la pared va a ceder por completo.

Gladreo entendió el aviso. No quería ir a dar dentro de aquel río de fuego. Se hicieron para atrás y acometieron. La pared se resquebrajó como se predijo. El camino apareció ahora a un salto. Ellos pusieron la escalera reclinada sobre la callana hasta el sendero dentro de la concavidad. Se aseguraron de que estuviera bien firme.

—Yo iré a la cabeza, Azariel, si me lo me permites.

—Todo tuyo, amigo —respondió.

—Necesitaremos antorchas —Adis se dirigió al padre de Gasiel, su prometida.

Con un gesto dio la orden y al instante dos ferres trajeron seis antorchas nuevas. Ya se preparaba para acompañar al grupo, cuando Adis lo paró en seco:

—Lo siento, Gydar, pero tú no puedes venir con nosotros. Si no regresamos, necesitamos que alguien lleve la noticia a las Moradas del Rey. Allá hay corazones que esperan noticias nuestras... Buenas o malas, te agradecerán cuando se las hagas llegar.

El caballero de Alba alargó la mano y tomó una antorcha. Azariel cogió la suya y subió hasta donde Adis lo esperaba. Lo mismo hicieron los dos príncipes. Y con movimientos como de tigres cruzaron aquel puente hasta llegar al suelo firme. A su izquierda, el río los recibió lanzando varias burbujas de fuego. Todo era claro ahí dentro. Al fondo, había un pequeño puente. Detrás, una hendidura en la pared, como una boca negra. No había ningún otro sendero, ésa era la única entrada a... Un lugar que no sabía a dónde podría conducirlos, pero la lava corría silenciosa como un animal de caza en espera de su presa.

Adis sumergió la cabeza de su antorcha en el río de lava. Luego, pasó el fuego a los demás. Llegaron a un puente, muy frágil. Parecía que el decurso de los años y las corrientes incandescentes lo habían hostigado demasiado. Adis tanteó. Su pie se hundió al pisar. Azariel lo sostuvo.

—Parece imposible cruzar este puente —comentó Gladreo.

—Aún estamos cerca de la entrada —observó Graseo—, podríamos traer la escalera.

—Buena idea, amigo, utilicémosla de nuevo como puente.

Así lo hicieron. La colocaron e hicieron fuerza para probar su solidez. Adis fue el primero en montarse sobre la escalera. Pisó cada uno de los escalones como si fueran una planicie sólida. Después vinieron Azariel, Graseo y, por último, Gladreo. Él era más corpulento y pesado que su hermano. Iba a la mitad, cuando uno de los soportes falló. El puente se desmoronó por completo. La parte de atrás de la escalera se vino abajo. Gladreo arrojó la antorcha para mantener el equilibrio y subió con rapidez lo que le quedaba.

Pensaron que el puente se había perdido, pero al final las patas de la escalera se incrustaron en la roca y quedó suficientemente fija como para poder regresar.

Siguieron avanzando hasta que alcanzaron el túnel. Al fondo observaron una puerta negra enmarcada con dos columnas talladas sobre la roca. Adis elevó su luz hacia el dintel del arco. Sobre él, divisó un grabado. Era igual al de los cascos de Gydar, el emblema del reino de la Foresta Negra. El árbol bien delineado y en su centro una esmeralda. Sus corazones golpearon sus pechos.

—¿Será el camino o tan sólo un antiguo almacén de armas? —preguntó Graseo.

—¿Quién habrá dedicado tiempo para poner ese signo ahí? —observó Azariel—. Si alguien hubiese querido esconder la Piedra, ¿por qué pondría una marca?

Adis cruzó el arco. No había ninguna puerta, simplemente había sido un efecto óptico. La única llave para traspasar el umbral era la luz. Sin embargo, en cuanto introdujo su antorcha, se apagó. Un fuerte viento corría en el interior de aquel túnel o estancia. Ninguno sabía si se trataba del último lugar en donde encontrarían la Esmeralda o el inicio de otro camino hacia la nada. Tampoco podrían jurar que habían descifrado correctamente el acertijo del pergamino.

El albo volvió a encender su tea con la de Azariel. La metió y volvió a apagarse; puso un gesto de asombro. Nunca antes había estado en un lugar así, ni había escuchado de alguno similar, porque ahí, donde estaban, no sentía ni una corriente de aire, y lo raro era que del otro lado de las columnas, la ráfaga de viento atacaba como si fuera una flecha.

Adis inflamó su antorcha e intentó de nuevo. Nada. Se extinguió por tercera vez. Intentó una cuarta. Lo mismo.

—Parece que no podemos continuar con las antorchas —comentó en voz baja Gladreo.

—Tu antorcha, Azariel —pidió Adis—. Voy a tratar con dos. Quizá logren pararse contra el viento.

Metió las teas dentro de aquella cavidad que reñía por mantener su oscuridad. Parecía estar viciada contra toda luz. Adis tuvo que probar con ambas antorchas juntas. Si fallaba, aún tenían una tercera para volver a encenderlas. Tampoco sirvió.

Azariel recordó todo lo que habían pasado en el Pico del Águila. Los cuatro se habían arriesgado por nada. En esta ocasión sería diferente. La única opción era explorar el interior, con o sin luz, con o sin viento.

—Voy a entrar —decretó el último de los glaucos—… Solo. En caso de que todo esté bien, vendré por ustedes.

Sin vacilar, enderezó sus pasos hacia esa boca negra de gélido aliento, pero Adis le atajó el camino:

—Azariel, hemos estado en las buenas y en las malas juntos, incluso al borde de la muerte, y todo lo hemos hecho como si fuéramos uno mismo. Ésa es nuestra fortaleza. No puedes pretender que te abandonemos ahora.

—Es cierto, amigo —fue Gladreo quien le puso la mano en el otro hombro—. Seguiremos contigo hasta el final. ¿Crees que te dejaríamos morir solo? ¿Dirán que los príncipes de la Foresta

Negra temieron encarar la muerte? ¡Oh, no! Vamos contigo, ¿cierto, hermano?

Graseo se limitó a gesticular en señal de conformidad.

—Pero... —Azariel trató de razonar con sus amigos; fue imposible, el piso, las paredes, el túnel entero comenzaron a cimbrarse.

El volcán palpitó con fuerza. Las piedras se sacudieron y hubo algunas que se desgajaron del techo, cayeron por todos lados. Una de ellas casi aplastó a Adis, pero alcanzó a moverse casi de forma instintiva. Otra rozó el hombro de Gladreo. Azariel sintió que una rodó muy cerca de él. En medio del temblor, una pared se desprendió y dejó al descubierto una estancia. La luz que antes no podían obtener ahora se explayó por todas partes. A la trepidación le siguió un silencio envuelto en una nube de polvo, que poco a poco se fue asentando sobre las rocas, el suelo y el grupo.

—¿Están todos bien? —sonó la voz de Azariel, estaba pálido de miedo.

—Casi me arranca el brazo esta piedra, pero estoy bien —Adis estaba mirando la roca que se situaba en el lugar que él mismo había ocupado unos segundos antes. Suspiró—. Creo que estoy bien.

—¿Hermano? —preguntó Gladreo—. ¿Dónde estás? ¡Graseo!

No hubo respuesta. El príncipe llamó varias veces a su hermano, infructuosamente. Entre los tres comenzaron a buscarlo. Habían caído demasiadas rocas. Todos deseaban lo mismo, pero pensaron lo contrario. De pronto, escucharon un forcejeo.

—¡Ahí! —gritó Adis.

En efecto, el heredero del reino de la Foresta Negra estaba ahí. En el desprendimiento, Graseo se replegó hacia el interior de una pequeña cavidad que se había formado en ese breve despertar del Pico del Águila, pero esta especie de cueva quedó obstruida por otra roca. Intentó moverla por sí mismo, el obstáculo no era muy grande, aunque sí lo suficiente para impedirle salir, tan sólo sus dedos se asomaban al exterior.

—¿Estás bien? —preguntó el último de los glaucos—. Aguarda, ahora te sacamos.

El grupo concentró sus fuerzas sobre la roca, y ésta comenzó a ceder con lentitud hasta que Graseo quedó finalmente libre.
—¡Hermano, estás a salvo! —exclamó el príncipe más joven, mientras le daba un abrazo.

El heredero de la Foresta Negra, sin embargo, no respondió, le desagradaba recibir ayuda, pues creía que era una manera de aceptar sus debilidades. En cambio, su vista se fijó en un montón de piedras para que los demás le quitaran los ojos de encima. Y funcionó, todos desviaron la mirada hacia ese punto. Con pasos rápidos llegaron hasta la muralla de escombros que contemplaba Graseo. Atrás, se apreciaba una luz tenue, como un resplandor. Escalaron el montículo y confirmaron lo que veían.

—¿Se han dado cuenta de que el Pico de Águila de alguna manera nos ha estado marcando el camino? —dijo Azariel—. Cuando exploramos las galerías del volcán, prácticamente nos expulsó y ahora nos abre camino.

—¡Vaya forma de cedernos el paso! —exclamó Adis, quien no perdía el buen humor.

—De ser así, el problema es a dónde quiere guiarnos —cuestionó Graseo—. ¿Hasta la Piedra Preciosa o hacia una muerte segura?

—Cierto, antes no le hicimos caso y estuvimos al borde de la muerte —continuó Azariel, en tono pensativo—. ¿Y si esta vez nos dejamos guiar por el volcán?

—Tú eres el líder de esta misión —se anticipó Adis a cualquier opinión, proveniente de los príncipes, que interfiriese con el instinto de Azariel—. Confiamos en ti.

El último de los glaucos torció la boca y caminó al frente, detrás venían los otros tres, sorteando los escombros. Siguieron varios metros el punto de donde irradiaba aquella luz, hasta llegar a una estrecha caverna apenas iluminada, donde se apreciaba un cofre irradiando destellos de luz, situada en una especie de nicho.

Para llegar a éste, había que cruzar un camino en zigzag; a los lados se extendía una depresión y en el fondo bullía una piscina de lava. Varios hilos de fuego se arrastraban por las paredes hasta sumergirse en el magma. Adis tomó su tea, la encendió y pasó la luz a los demás.

—Adelante, Azariel —dijo Gladreo maravillado ante aquel espectáculo.

El último de los glaucos puso pie sobre aquel sendero serpentino. Tragó saliva. Miró a ambos lados. Avanzó. El camino era estrecho, sólo había cabida para un hombre, así que todos siguieron al joven en una fila. De pronto, otro murmullo se escuchó en las cavidades del Pico del Águila. Se les estremeció el corazón. No querían otro temblor, mucho menos en esa posición. La estancia tembló un poco, pero nada se agitó. Respiraron con alivio y siguieron avanzando. El sendero no era muy largo, pero debían ser muy cautelosos. Con cada paso algunos de los bordes se desmoronaban. Ellos veían únicamente cómo las piedras se perdían en medio del abismo hasta ver una pequeña burbuja roja allá en el fondo, cuando se sumergían en la lava.

Por fin, Azariel puso pie en la boca de aquella caverna. En cuanto Adis llegó, elevó la antorcha. Lograron ver un relieve sobre la roca. Allí estaba el árbol con la esmeralda en medio. A los lados, toda la roca parecía como si escondiera una foresta detrás, pues parecía que la piedra había crecido cubriendo árboles, ramas, arbustos, flores y demás plantas típicas de la Foresta Negra.

—¡Esto es hermoso! —exclamó Azariel.

—En verdad —aprobó Gladreo, quien acababa de llegar.

Todo estaba nítidamente tallado. La fauna excavada en la roca parecía apuntar hacia el centro. Con pasos temerosos los hombres se acercaron. El cofre reflejaba con fuerza la luz que las antorchas despedían. Entonces notaron que aquello que parecía ser un nicho era la figura de un árbol partido por la mitad. Quien había tallado aquel lugar debería de haber sido un verdadero experto en el arte del cincel y gran conocedor de la vida vegetal; cada parte del árbol mostraba con detalle la rugosidad de la corteza; sus raíces parecían hundirse con fuerza y encallar dentro del corazón de la montaña. Ahí donde estaba cortado descansaba el cofre, o mejor dicho, un arca.

El corazón retumbaba en el pecho de Azariel. Con cautela, alargó una mano nerviosa hacia aquella arca de bronce y argentia. Estaba decorada con pequeñas figurillas del reino y, en el centro de la tapa, aparecía la figura de un leopardo con sus fauces abiertas y los colmillos relucientes. Sus ojos rutilaban con vivacidad, como si estuviera vivo y a punto de atacar a quien se le acercara.

El último de los glaucos tomó el arca y, sin mayor dilación, la abrió. Los demás acercaron sus antorchas y el arca les devolvió una miríada de destellos. No se veía la Esmeralda. No sabían si estaba ahí, lo único que parecía haber dentro era un centenar de trozos brillantes.

—Cuidado, Azariel —le advirtió Adis—. Todos esos cristales o... lo que sean, parecen ser filosos. Podrías cortarte la mano entera, haz la prueba con un dedo.

Azariel acercó el índice y tocó uno de esos fragmentos. Al instante la punta del dedo se le tiñó con sangre.

—Tenías razón, son muy filosos.

—¿De qué clase de material están hechos? —preguntó Gladreo.

El albo tomó una muestra para observarla a la luz de su tea.

—Parecen ser los restos de una espada hecha trizas —dijo, regresándolo al contendor. Luego, le dio su antorcha a Azariel—. Intenta remover los fragmentos con la parte inferior de la antorcha.

Azariel siguió su consejo y, al mover los pedazos de metal, se topó con un objeto. Su rostro relampagueó. Con cierto júbilo empezó a hacer subir aquel objeto ahogado en minúsculas hojas cortantes. Los otros tres acercaron aún más sus antorchas y a la luz del fuego rutiló con vivacidad una brillante piedra verde. El tono que despidió asemejaba a la riqueza de un color profundo y nítido.

—¡La Esmeralda! —corearon a una voz.

—Lo logramos —dijo Azariel en un tono de incredulidad—, lo hemos logrado —repitió, y comenzó a reír de contento.

La felicidad del último de los glaucos contagió a sus compañeros. Ni siquiera Graseo intentó ocultar el regocijo que sentía por haber recuperado la joya de su reino.

El camino de vuelta fue mucho más sencillo, sabían a dónde iban. Previendo otro temblor, decidieron regresar a trote. Azariel, quien cargaba con cuidado la Piedra Preciosa de su reino así como el arca que contenía la de la Foresta Negra, se rezagó un poco.

Después de mucho jadear vieron a lo lejos la salida. Con los músculos tensos, lograron cruzar la estancia donde los sorprendió el temblor. Ahí todavía yacía la escalera como había caído cuando Gladreo casi se precipita al río de lava. Al parecer, quedó firme, ya que Adis y el más joven de los príncipes habían pasado. Graseo llegó un poco antes que Azariel y cruzó la escalera con facilidad. Al topar con pared, la escaló y alcanzó el otro lado. Azariel lo siguió, pero al llegar a la pared, le pasó el arca al príncipe heredero de la Foresta Negra; luego, metió de nuevo el Diamante en su pecho y, ya con ambas manos libres, comenzó a escalar.

Ahora Graseo tenía la joya de su reino. En sus manos vio el arca brillar y centellear en todo su esplendor. Imaginó la alegría de su padre, al ser él mismo quien le entregara la Piedra. Se vio rodeado de gloria y honores por parte de todos. Por si fuera poco, la joya era suya. Pertenecía al reino de la Foresta Negra, ¿por qué tenía que ser otro quien guardara la Esmeralda? ¿No le correspondía al glauco sólo su Diamante? Todas las vicisitudes pasaron de golpe frente a sus ojos. También había sufrido mucho por obtenerla. Tal vez podría tramar algo. Miró en torno: nada, nadie. El único que estaba junto a él era Azariel. Sería tan fácil empujarlo para que cayera en la lava. Ningún grito alcanzaría a salir de su boca antes de sumergirse en aquel pozo hirviente. Por si fuera poco, Azariel ya casi había llegado hasta él, ahora le estiraba la mano pidiéndole ayuda. ¡Qué fácil tomarle la mano y arrojarlo a un lado! Nadie pensaría que fue a propósito. Un pequeño error. No más.

—Graseo, ayúdame a subir, por favor —repitió el último de los glaucos.

En ese momento, recordó que gracias a Azariel tampoco obtendría a la princesa Dandrea. Tragó saliva. Entonces el rostro de Luzeum pasó por su mente. Una voz, en su corazón, le decía palabras, no de reprimenda pero sí de atención. Se inclinó. En un instante se vio de niño junto a Gladreo y Azariel. Sonaron otra vez, en su interior, las risas al pasear por los bosques, al jugar frente a las Moradas del Rey. Tomó la mano de Azariel y comenzó a levantarlo. Los pies del último de los glaucos quedaron suspendidos.

Un murmullo profundo resonó en todo el lugar. La piedra sobre la que Graseo mantenía firme su cuerpo comenzó a ceder ante el peso de ambos. El príncipe de la Foresta Negra se contuvo. Le dio un fuerte estirón a Azariel y ambos rodaron sobre la piedra firme, mientras que el borde caía en el fondo, llevándose consigo la escalera que había servido como puente.

—Gracias, Graseo —jadeó—. Te debo la vida.

—No, no digas eso. Soy yo quien debe pedirte —las palabras parecían atorársele en la garganta—... Debo pedirte perdón.

—Pero me acabas de salvar —replicó.

—No me comprendes, sentí el deseo de arrojarte al fuego —admitió al fin—. Quería ser yo quien obtuviera la Esmeralda, ¿te das cuenta, ahora? Pero ¿cómo podría abandonar así de fácil al amigo de toda la infancia? Además, prometí dar mi vida por ti cuando decidí acompañarte. Es insensato perderte por ganar unos momentos de gloria al poner en manos de mi padre la Esmeralda. Mejor tómala de mis manos. No la vuelvas a poner, ni siquiera me confíes tu Diamante. Soy un hombre débil.

Azariel quedó sorprendido. Nunca habría imaginado que incluso entre los más cercanos pudiese crecer la cizaña de la envidia o el odio. Tomó el cofre que Graseo le acercaba. Vio en su rostro la tristeza. ¿Cómo era posible que hubiera querido arrojarle a la lava? Después, cuando se levantó, juzgó que Graseo era mucho más grande de lo que él mismo se imaginaba. Había antepuesto su amistad a los deseos de grandeza. Por si fuera poco, había aceptado y enmendado su error. Eso también es el hombre. Puede caer muy bajo, pero sabe levantarse. Y cuando lo hace llega a un lugar superior.

—Eres severo contigo, Graseo, lo que hayas pensado o sentido, es pasado —respondió Azariel—. El hecho es que estamos aquí los dos, juntos, y que al salvarme la vida también expusiste la tuya.

El príncipe heredero apenas esbozó una sonrisa, pero en medio de aquella oscuridad, sus ojos se iluminaron. Justo en ese momento se escucharon atrás unas voces que los llamaban. Eran Adis, Gladreo y Gydar con algunos ferres.

De vuelta en la fragua, escucharon una voz. Era un ferre, pero no lograban ver en dónde estaba. Gydar se apresuró a sacarlos de su extrañeza.

—Ésa es la manera en que nos comunicamos. Existen a través de las montañas pequeños agujeros naturales. Se extienden como lombrices en el interior de la cordillera. Con un poco de trabajo hemos logrado dar salida a todos en esta estancia. Cuando uno habla a través de uno se escucha del otro lado, aunque haya varios kilómetros de distancia. Es curioso, lo sé.

—¿Maestro Gydar? —volvió a resonar la voz.

—Heme aquí —respondió él poniendo su boca en uno de los tantos orificios del cuarto.

—Quiero avisarte que desde hace varias horas el rey Gueosor junto con el anciano y otra personalidad, a quien desconozco, han penetrado la Línea de Acero. Quizá ya estarán por llegar al valle o a la misma entrada de...

—¿Hay alguien en casa? —llamó el rey Gueosor.

—Gracias por avisar, ya llegaron —respondió con sencillez al ferre con sencillez.

Los demás ya habían salido a recibirlos. Luzeum había mandado, hacía tiempo, una carta a Gydar, avisándole que llegarían cerca del veintiséis o veintisiete de marzo. Quería ir a ver cómo seguía la forja de armamento y también cómo le había ido a los cuatro.

Detrás entraron el anciano Luzeum y el rey Durmis, del Esponto Azul, quien ya se había hecho gran amigo del rey Gueosor. Al ver al rey de la Foresta Negra, el último de los glaucos se acercó a Graseo e intercambió con él algunas palabras. Éste negó varias veces con la cabeza, pero al fin aceptó lo que le pedía. Luego, se dirigió al anciano y lo saludó.

—Todos se ven muy sorprendidos y, al mismo tiempo, muy alegres —observó Durmis.

—¿Acaso no nos esperaban? —apuntó a decir el rey Gueosor.

El anciano Luzeum notó un brillo muy distinto en las pupilas de los cuatro hombres.

—¿Será que hemos llegado tarde? —lanzó su intuición.

Antes de que otro hablase, el último de los glaucos dio un paso al frente y dijo, con voz clara:

—Rey Gueosor, tengo una magnífica noticia que darte —hizo una inclinación con la cabeza, señalando con la mano al príncipe mayor—: El príncipe Graseo, tu hijo, tiene algo que mostrarte.

Al instante, pero con pasos temerosos, se acercó a su padre. El rey lo miró con sorpresa. Graseo alargó sus manos mostrándole el pequeño cofre con la Esmeralda dentro.

—¿La Esmeralda? —preguntó entusiasmado el padre—. ¿La conseguiste tú?

—No —respondió él con firmeza—. Azariel me la ha dado, ya que juzgó con prudencia que la Piedra Preciosa no le pertenece. No creas que yo he hecho algo bueno para conseguirla, al contrario…

Azariel no le dejó terminar e intervino:

—Al contrario, como él dice, no ha sido tan sólo él quien la buscó; hemos sido todos juntos. Quiero decirte, rey Gueosor, que tanto el príncipe Graseo como el príncipe Gladreo son dos hombres grandes. A ambos los guardo en mi pecho con sincera gratitud. Qué importa si alguna vez dudaron en su corazón, yo sólo sé que siempre estuvieron dispuestos a ayudar y a exponerse en los momentos cruciales.

Echó una mirada recta y profunda a ambos príncipes, y continuó:

—Como él mismo dijo, no puedo tomar la Piedra Preciosa entre mis manos. No me pertenece. La Esmeralda es del reino de la Foresta Negra, no de Glaucia ni de Alba. Tómenla ustedes —luego se encaminó hacia el rey de la Foresta Negra, hasta quedar frente a él; inclinó la cabeza y la rodilla izquierda—. Lo único que te pido es que en el momento de la adversidad de mi reino, por favor, no dudes al prestarnos ayuda. Por mi parte, te ofrezco la ayuda que te pueda dar, si es que algún día llego a reinar.

El rey Gueosor y todos los asistentes estaban asombrados. El único que no demostraba sorpresa, y quizá porque no la expresó, era el anciano vestido de luz. Él se quedó muy contento de ver el valor, la bondad y la magnanimidad del recién ungido rey de Alba y de Glaucia. El rey levantó a Azariel del suelo al instante. Le agradeció su apoyo, que le entregara la Esmeralda y le prometió la ayuda debida en el combate y en cualquier adversidad. Luego, como símbolo de su promesa, sacó una daga y se cortó la mano dejando caer una gota al suelo.

—Mi reino con el tuyo hasta la muerte.

Después, tomó el cofre y lo abrió. En cuanto levantó la tapa, Luzeum exclamó:

—¡La Gelina! ¡La espada perdida de Gelín! Qué pena que la haya destruido, pero quizá pueda ser usada a la manera de los moradores —predijo.

—Entonces Adis tenía razón —recordó Gladreo—, es una espada hecha trizas.

—No hay problema —dijo Gueosor—, Gydar la arreglará.

—Es imposible —contestó él, al tiempo que los ferres afirmaron con la cabeza—. Sólo Giraldo tenía la técnica y el conocimiento para trabajar esas espadas. Quedará así para siempre.

El rey, con ayuda de su hijo mayor, mostró la Esmeralda a los demás. El fuego de las antorchas se reflejó en ella. Al mismo tiempo, todos los moradores y los ferres inclinaron la cabeza, signo de su pertenencia al reino de la Foresta Negra.

Al final, Luzeum los felicitó por su gran acometida y por lo afortunados que habían sido por haber malinterpretado el acertijo del pergamino, ya que les había permitido experimentar el dolor. Los cuatro quedaron atónitos al escuchar sus palabras. ¿Dolor? ¡Casi habían muerto! El anciano explicó enseguida:

—El hombre que no sabe qué es el dolor, no sufre, y quien no sufre es insensible al sufrimiento de los demás. Jamás se atreverá a hacer algo por ellos. Además, al igual que el fruto de los árboles es verde hasta que el tiempo cambia su color, el sufrimiento es necesario para que el hombre madure de verdad. Y ahora vemos el efecto de esta travesía en ustedes.

Luego, inclinó la cabeza y se rascó la barbilla con la mano derecha, mientras se apoyaba en su cayado con la izquierda.

—No podemos perder más tiempo. El Desierto sigue con sus disputas interminables. Frejrisia está a un paso, pero son amigos. A Rúvano habría que llevar un ejército, pues ha caído bajo las garras de Kyrténebre. En las Grandes Montañas los enemigos ya han empezado a trabajar para ganárselos.

»Y allá, en el mar de los quetzales, están perdiendo las esperanzas. Los argretes, unos feroces hombres de mar encabezados por el Pirata, a quien también llaman Boca de Muerte, no les da sosiego, saquea y ataca sin piedad al pueblo. Pronto el Pirata se hará lo suficientemente fuerte para vencer la protección de la Isla y exterminará a quien se interponga en su camino para poner el reino bajo el dominio de Kyrténebre... Si queremos evitarlo, deben partir cuanto antes Adis, Gladreo... —el anciano vestido de luz hizo una pausa y observó fijamente a Azariel—: ¿Estás dispuesto a seguir?

El último de los glaucos escuchó con atención cada palabra del sapiente Sénex Luzeum. Sintió un peso enorme sobre sus hombros y un gran cansancio. ¿Por qué había aceptado esta misión? Ahora lo único que deseaba era regresar a las Moradas del Rey y estar con Dandrea, su prometida. Agachó la cabeza y, dando un gran suspiro, miró a los ojos al anciano. No, no quería seguir.

CUARTO LIBRO

A LA DERIVA DEL REINO DEL SOL

I

EL NÁUFRAGO

Se levantó dando tumbos. Caminó. Cayó de bruces. Sintió que la cabeza le daba vueltas. Escupió varias bocanadas de agua. A su alrededor, la tempestad comenzó a alejarse, no sabía si era de día o de noche. Volvió a poner pies en tierra. Aquella arena era suave, similar a la palma de una madre que acaricia la mejilla de su recién nacido. El joven oteó a su derredor. Lo que lo rodeaba era la soledad que podía estrujarlo y la oscuridad de la noche sin estrellas que le cubría los ojos.

El náufrago se sintió desconcertado. En ese instante no recordaba por qué estaba sobre esa playa, no recordaba el día, y no recordaba su propio nombre. Intentó buscar algo conocido, alguna luz en su mente. El esfuerzo lo llevó a la desesperación. Hasta que no soportó más y se desplomó sobre la arena, cálida a pesar del ventarrón. Cerró sus ojos. Sus ropas estaban rasgadas. De varias partes de su cuerpo manaban ríos de sangre. Sus cabellos negros estaban desmarañados. Había perdido todo lo que poseía, menos su espada que seguía colgando de su cintura y el Diamante herido en su pecho.

El agua siguió azotando la orilla. El viento abofeteó los arrecifes.

No supo cuánto tiempo permaneció tendido sobre aquella playa. El sol ya había escalado el cielo. No había ninguna nube negra. La tormenta había pasado por completo.

Él volteó y miró detrás de sí. Aquello era majestuoso. El agua se extendía como un inmenso manto por todo el horizonte hasta tocar allá en el fondo la neblina o quizá la tierra. Frente a él, tres montículos, empenachados con árboles, helechos y musgo, surgían del manto cristalino. Parecían tres cabezas que salían del fondo para extender sus cabellos al calor del sol. Luego, observó varios pájaros surcar el manto celeste.

El aire era fresco y puro. Sintió en su interior, muy a pesar de su estado de náufrago, una gran paz. Intentó sonreír, pero no pudo. En ese instante pudo recordar quién era y qué había pasado el día anterior.

—Espero que Adis, Gladreo y el leñador tengan la dicha de contemplar este hermoso mar desde algún otro lado —se pasó la palma por la mejilla.

Apretó con su mano el pecho, sintió el Diamante herido, pero estaba frío, casi como un pedazo de hielo. Miró otra vez en derredor y no vio a nadie. Se levantó y comenzó a caminar hacia lo desconocido. Dejó detrás de sí, un hermoso mar que quizá guardaba en sus entrañas el cuerpo de sus dos amigos y del nuevo viajero que se había unido a ellos, pero no quiso pensar que así fuera.

—Estoy solo —se dijo Azariel—. Parece como si el anciano Luzeum hubiese visto el futuro.

Cuando le habló de venir aquí, le susurró, casi como una advertencia: «Hoy saliste triunfante, mañana quizá no. Recuerda que el éxito no es conseguir lo que tú quieras, sino vencerte a ti mismo. El fracaso es sólo el umbral del éxito. Nunca olvides que el fracaso no quita las fuerzas porque quien fracasa cae, pero no muere. Además, existen muchas y muy diversas formas de conquista, nunca lo olvides». También le dijo que tuviese ánimo, aun cuando todo el cielo se desplomase. Así había sucedido. El cielo cayó encima de ellos y los separó.

—¿A dónde iré? ¿Cómo sé que estoy en el lugar exacto? Si nos hemos equivocado, ¿cómo saldré de aquí? Sé nadar, pero no puedo hacerlo por mucho tiempo.

En cuanto llegó al pie del peñasco, se encaramó. Le costó mucho subirlo. La piedra se desmoronaba bajo sus pies y sus manos.

Tuvo que descender e intentar por otro lado: lo mismo. Intentó y volvió a tratar una, dos, tres, varias veces hasta que por fin, logró pisar sobre la cabeza de aquel quebradizo lugar.

La ventana que se abrió ante sus ojos fue la de un vastísimo bosque. Sus copas apuntaban hacia el cielo como si fueran las lanzas de los hombres en línea. Allá en el fondo, una barrera escalaba la cumbre de un montículo sobre la ciudad.

«Espero que sea la ciudad del reino». En cuanto este pensamiento cruzó por su cabeza, se fijó en sí mismo. «Estoy hecho un trapo desgarrado, sucio y ensangrentado. No me había dado cuenta. Creo que en verdad he sobrevivido a una muerte segura. Ojalá no me tomen como a uno de *ésos*. Si lo hacen, estaré perdido. Ah, pero tengo el Diamante herido, aunque será mejor no utilizarlo. No sé qué gente encontraré aquí… Espero hallar algún camino que me lleve hacia allá. Será mejor llegar ahí siendo visto que de improviso. Veamos, por aquí debería de haber alguno. Al menos, tendrá que haber algún centinela por aquí. Dudo que uno se pueda acercar a la ciudad sin ser visto antes. ¿Qué es eso?

El tono del canto aumentó a medida que se acercaba una caravana. Más que un grupo de andantes, se trataba de unas jóvenes que venían a lavar la ropa a las orillas del mar. Azariel no las vio; por sus voces comprendió que se trataba de mujeres. Cada vez se hizo más fuerte la melodía. Luego, cambió de dirección, como si comenzara a descender. El príncipe corrió hacia allá, aunque no por esto dejó la prudencia de lado. Sus ojos lanzaban flechazos de atención a todos lados. Por fin, llegó hasta una muchedumbre de helechos. Los movió con las manos como si fueran cortinas que le velaban el otro lado.

Lo primero que divisó fue un gran bulto rodante lleno de mantas, ropas y demás prendas de vestir. Lo jalaba un jumento, precedido por un cortejo de doncellas. Al compás de la melodía, movían las cabezas. Las trenzas saltaban de un lado a otro sobre sus hombros. El sol penetraba los orificios que la arboleda dejaba hasta posarse sobre su tez broncínea de nacimiento. Aquéllas eran las primeras habitantes que veía. Las siguió de cerca. Entre ellas sonreían. Casi todas tenían cabelleras azabaches, unas cuantas claras como el ámbar, pero ninguna como las que hasta entonces había conocido. Pues, su tez no era como la de las moradoras o las sevilas. El castaño de sus rizos era también nuevo a sus ojos. Por lo demás, eran como todas las mujeres, la misma manera de reír y cantar.

Azariel tuvo que saltar una piedra para poder seguirlas, ahora, desde arriba. Él las observaba a su derecha. De continuo, echaba ojos también hacia delante. No quería que lo tomaran por sorpresa. A pesar de todo el esfuerzo que hizo, hubo un momento en que las jóvenes dejaron las musas por un lado y comenzaron a dialogar.

Él quiso escuchar de qué hablaban. Le importaba saber las costumbres del pueblo. Era necesario conocer su manera de pensar. Se preguntaba si serían hospitalarios o no. Su intención era analizar si aquel pueblo era salvaje o si respetaban las leyes comunes a todos los hombres. Sin embargo, por prestar demasiada atención al cortejo, no tanteó bien la roca dónde había puesto los pies y cayó.

Al instante todas ellas se estremecieron.

—¡¿Qué fue eso?! —preguntó una casi paralizada por el susto.

—Aquí no hay animales grandes como para que nos ataquen —observó otra.

—Será alguno de los argretes que ha logrado trampear a los centinelas de los Alcázares —pensó una chica con dos trenzas.

Había miedo entre las doncellas y Azariel no quería salir de sorpresa, pero había quedado enterrado en un matorral. Decidió quedarse inmóvil a pesar del golpe al caer. Una que tenía el cabello suelto, viendo que nada se movía, se acercó cuidadosa. En su mano alzaba una vara larga, dispuesta a darle un fuerte palazo a lo que estuviese ahí.

—¡Espera, no te acerques más! —dijo una del grupo—. Déjame hacer una prueba.

La otra iba a preguntar de qué prueba se trataba cuando vio caer una piedra. Al instante las otras tomaron más del suelo y las arrojaron al sitio. Nada se movió. Entonces, la del cabello suelto se acercó más confiada. Pero cuando llegó al matorral no encontró nada.

—Quizá fueron sólo unas piedras que cayeron de allá arriba —opinó.

—¿Y quién las aventó? —volvió a hablar la de dos trenzas.

La del cabello suelto levantó el hombro izquierdo.

—Mejor regresemos —alegó una un poco histérica.

—Sí, vengamos otro día o quizás acompañadas.

Ellas se acercaron al burro, le dieron la vuelta para regresar a la ciudad. Ninguna dejaba de echar miradas de terror hacia aquella zona. Dieron un paso cuando escucharon un ruido atrás. Una se volteó y gritó. Las demás hubieran hecho lo mismo, pero el pavor las hizo enmudecer. Azariel se acercó agitando las manos, gritándoles que era una persona de paz, que no les haría daño. El problema era su facha.

Al cabo, las mujeres se sosegaron un poco y la turbación fue cediendo a las palabras del joven. Lo que no las dejaba tranquilas era si aquel hombre era un extranjero o un argrete. Una se atrevió a preguntarle haciendo caso omiso de lo que él les decía:

—¿Quién eres?

El último de los glaucos dejó escapar un respiro. La pregunta era como el amanecer calmado después de una noche de tormenta.

—Vengo del reino de la Foresta Negra. Mi nombre es Azariel. Vengo en paz y no para dañar a nadie —hizo una pausa, esperando que cediera la tensión entre él y las mujeres, pero éstas aún se mostraban inseguras y consternadas—. Quiero hablar con el rey. Llegué ayer por la noche a estas playas. Íbamos en dirección al Reino del Sol, naufragamos y ahora estoy aquí. Éramos cuatro, pero la tormenta fue demasiado dura.

Sólo algunas parecieron creerle. La del cabello suelto pidió a las demás que se tranquilizaran. Por el contrario, su hermana le encareció que no se creyera tan valiente, que aquel hombre podría ser peligroso, portaba una espada al igual que los argretes.

—Hermana, tranquila —respondió la del cabello suelto—. Obsérvalo bien y verás que su semblante no tiene ningún parecido al de los argretes. Él no es un monstruo con figura de hombre, como aquellos. Mira sus ojos, no están llenos de odio.

—Quizás es un espía —volvió a objetar la hermana mayor.

—A mí no me parece —y avanzó hacia él hasta quedar a distancia prudente—. ¿Quieres ir con el rey?

Azariel asintió con la cabeza.

—Sin duda te aceptará, pero no como estás. Mira, te dejaremos aquí algunos atavíos de mis hermanos. Los metí con lo demás por equivocación. Ve a lo largo del camino hasta que llegues al mar. Ahí lávate. Vístete y regresa por este mismo camino. Nosotras nos alejaremos de aquí.

Ella se acercó al carruaje, sacó unos ropajes, los depositó sobre la hierba. Luego tomó una barra de jabón y la dejó al lado de la ropa.

—No te acerques mucho. Nosotras nos vamos y una vez que nos hayamos ido, tú vienes y lo tomas.

Estaba todavía hablando cuando un grupo de hombres armados llegaron corriendo. Al ver a Azariel enfrente de las doncellas, sacaron sus armas. Había entre el grupo dos arqueros, que arrodillaron una pierna y apuntaron contra él. El último de los glaucos levantó las manos. Todo parecía ir de mal en peor. Su aparición inesperada había sido un error.

—Chicas, aléjense de aquí —gritó uno de los hombres.

—¡Cuidado —clamó otro—, está armado!

—¿Les ha hecho daño? —preguntó el jefe del grupo.

—No, Mixaxeo, nos ha tratado con discreción —respondió la del cabello suelto, haciéndose notar.

—Ah, tú también estás aquí, princesa Oaxana y, tú, princesa Ziaxa.

Azariel bajó las manos para limpiarse el rostro, pues el sudor comenzaba a cegarle la vista.

—Sube las manos —gritó uno de los arqueros que le apuntaban.

Como no obedeció al instante, uno de ellos le arrojó una flecha y, casi de manera instintiva, Azariel la cogió al vuelo con un movimiento veloz y la quebró con su rodilla. ¡Grave error, se había descubierto como un verdadero guerrero!

Entonces, los hombres sacaron sin dudar sus espadas, que llevaban sujetas a la espalda, y se pusieron en guardia, nerviosos. Los habitantes del Reino del Sol habían diseñado un chaleco que servía de vaina por el centro de la espalda y también como carcaj. Habían elaborado así su equipamiento de guerra y caza, pues eran un pueblo que solía viajar en botes y resultaba muy incómodo tener que encontrar una forma en que la vaina no estorbara o terminara pegándole a alguien más.

Azariel no quiso volver a cometer otro fallo, así que alejó sus manos de sí, elevándolas al cielo. Y se disculpó. La princesa Oaxana se mostraba cada vez más impresionada por aquel hombre.

—Es él quien tiene que excusarse por el atentado que te ha hecho —alegó, y volviéndose hacia los quetzales, ordenó en tono elevado—: ¡Dejen a este hombre, no es un argrete! ¿Entendido?

—No podemos dejarlo libre en nuestro territorio, conoces las leyes.

—Él no es nuestro enemigo —insistió la princesa Oaxana.

—Ha pisado nuestras tierras sin consentimiento del rey —replicó el quetzal—. Sabes cuál es el castigo, las órdenes de tu padre son mis órdenes.

Ella intentó razonar con Mixaxeo; pero éste se negó y se le acercó a Azariel con la espada en alto. Los demás lo cercaron en círculo, sin dejar de apuntarle al pecho. El último de los glaucos no quería cometer otro yerro, pero la situación era humillante.

—No tienes por qué temer, Mixaxeo —dijo—. Confía en mí, no soy un malhechor.

—Yo nunca me fío de ustedes, argretes —al decir esto último, su tono reveló desprecio y odio al mismo tiempo.

Las jóvenes cogieron a Oaxana que seguía dando voces, exigiendo respeto por el náufrago. El joven príncipe tuvo que intervenir:

—Doncella Oaxana, agradezco tu preocupación por este pobre náufrago, lleno de heridas, mal vestido y en tierras extrañas. Si algún día puedo recompensar tu atención, lo haré. Quizá pronto me veas entre tus huéspedes.

Y al decir esto, la princesa sonrió y, dejando todo sobre el suelo, se alejó corriendo camino a la ciudad. Ziaxa, su hermana mayor, evitó que las otras doncellas la siguieran. El jefe del grupo, Mixaxeo, tomó una cuerda y ató las muñecas de Azariel, sin encontrar resistencia. Luego, el jefe quetzal intentó quitarle la espada.

—¡No la toques! —advirtió él entre dientes.

—Has perdido todo derecho. Eres nuestro prisionero.

—Pero no por ello he perdido mi dignidad —respondió Azariel con severidad.

—¡Ja, dignidad! —se burló Mixaxeo—. ¿Acaso eres un rey? Como usted ordene, *majestad* —y ensayó una caravana que terminó en un empujón que hizo caer al suelo a Azariel.

El último de los glaucos se reincorporó entre risas, sin decir palabra, mordiéndose la lengua para evitar que por su enojo echara a perder el viaje. ¡Sería tan fácil sacar su espada y mandar a todos al otro mundo...! Aunque lo trataran como a un criminal, debía contenerse. Su misión era otra.

El camino fue como el de un reo condenado a muerte. El jefe Mixaxeo no cesaba de cantarle cómo es que había infringido la ley, describiéndole las diferentes muertes que podía tener, porque «un agrete pierde todo derecho en la Isla».

Mientras, a lo lejos se elevaba la ciudad de los quetzales como el vuelo de un águila. La muralla era en verdad hermosa. Sus paredes se extendían por todo el montículo hasta tocarse. En varias zonas, la misma ciudad colocaba sus cimientos en los promontorios. Allá abajo, las aguas se levantaban hasta estrellarse con los arrecifes, como demostrando la solidez de la ciudad. También contempló sus atalayas con sus troneras. La ciudadela de los quetzales parecía inexpugnable. En verdad estaba construida para resistir un largo asedio. Entendió por qué Mixaxeo lo trataba tan mal. Su cólera transitó de la comprensión a la consideración: las acciones de un pueblo que vive así pueden ser comprensibles, aunque no por ello justificadas.

Observó centinelas en toda la ciudad. De ellos dependía la seguridad del pueblo. Desde abajo no podía distinguir cómo estaban vestidos, pero advirtió que portaban algo grande en la cabeza. Todo el paisaje era nuevo. Estaba ansioso por conocer a los habitantes. Quería observar sus costumbres. Además, aún no tenía la certeza de estar donde debía estar.

—Jefe Mixaxeo, tengo una pregunta —no le respondió, pero Azariel siguió sin inmutarse—: ¿Estamos en el reino del Mar Teotzlán?

—No quieras hacerte el listo, argrete nefasto —respondió con acritud—. Más allá de donde estas aguas besan la tierra es aún el reino de los quetzales.

Azariel sintió desesperarse ante la terquedad del hombre, pero el recuerdo de los argretes lo llevó a calmarse.

—Quiero decir, ¿ésta es la isla donde habita el rey de los quetzales?

—¿Para qué preguntas, malandrín, si ya lo sabes?

Llegaron a las puertas de la ciudad. Los centinelas dieron la voz y varios hombres armados salieron a recibirlos. Como era de día y los grandes barcos habían salido a la caza, toda la ciudad estaba abierta. De hecho, la caza era uno de los puntos que agravaban más el naufragio del último de los glaucos, aunque él no sabía nada al respecto.

—Es obvio que éste logró escapar y llegar hasta nuestra tierra —explicó Mixaxeo a otro hombre—. No importa, lo hemos detenido.

El último de los glaucos pudo observar qué era aquello que vio a lo largo del camino sobre los centinelas. Eran penachos. Todos de complexión maravillosa. Se ve que entre más alto era el rango más grande eran las plumas. Ese ajuar sólo lo portaban dentro de la ciudad y sobre la borda de sus naves de guerra.

El príncipe fue conducido no hacia dentro de la ciudad, sino a lo largo de la muralla. A su paso algunos de los quetzales le lanzaban miradas de odio, aunque en el fondo había miedo. Su complexión contrastaba con los hombres que le rodeaban. A pesar de que los quetzales eran fuertes, su tamaño era menor al de otros hombres. Mixaxeo era de los más altos de la ciudad, y apenas le llegaba a la barbilla a Azariel.

El paso del joven resultó ser llamativo y la voz corrió como el viento a través de toda la ciudad. Sin embargo, alguien había llegado antes a la corte real.

Después de rodear la muralla, lo condujeron dentro de la ciudad. La zona no era muy clara, al contrario, casi negra. Las calles eran más pequeñas y estrechas. Por esa parte, sólo se oían algunos vigilantes caminando. Pronto, entraron por una puerta. La cerraron tras de él. En esa estancia le quitaron su espada. Él quiso protestar, pero se contuvo. Después, cruzaron otros recintos, todos con rejas, candados y llaves. Cada vez que se acercaban a un hombre, el guardia inclinaba la cabeza a Mixaxeo y abría. Volvía a cerrar a su paso. A medida que entraban, la oscuridad aumentaba. Todo se volvía escueto y menos pulcro. Por fin, llegaron a una última rejilla, donde unos escalones conducían hasta los calabozos.

Ahí, Mixaxeo no entró. Se quedó fuera viendo cómo dos mugrientos quetzales empujaban al prisionero hasta uno de los calabozos. Y lo encerraron. Luego, uno de los dos escupió sobre la tierra para macerarla un poco. El otro, con el dedo gordo del pie, razó una especie de código: x+3.

Azariel se quedó mirándolos, preguntándose qué significaba aquello. Ellos notaron la perplejidad del encarcelado y le sonrieron. Les faltaban varios dientes, lo que dio a su sonrisa un tinte macabro.

—No sabes, qué significa eso, ¿verdad? —dijo uno que aparte de ser lampiño era calvo.

—No lo sé.

—En tres días lo sabrás —rio el otro.

Y ambos se alejaron por las escaleras hasta cerrar la puerta. El golpe de los barrotes fue seco y fuerte, un sonido que hizo mella en el joven. Se sentó en el piso sucio y frío. Se abrazó queriendo encontrar algo de calor, pero la desolación empezó a morderlo poco a poco y a absorber toda ilusión y alegría. Las heridas que se había hecho al estrellarse contra los arrecifes durante su naufragio comenzaron a punzarle. Además, resentía la ausencia de una voz amiga.

Después de un rato, se levantó con fuerza y golpeó la pared.

—¡Tonto más que tonto! —reflexionó en voz alta—. No puedo caer en la angustia. Esto no puede terminar así. ¿De qué sirvieron tantos años dentro de la Foresta Negra? ¿Para qué tanto adiestramiento e instrucción? No. Tengo que encontrar la manera de salir de aquí y hablar con el rey antes de que se cumpla ese tache más tres o lo que sea que signifique.

Una antorcha iluminaba lo suficiente para ver en derredor. Después de dar algunos pasos, deseó no haberlo hecho. La celda estaba llena de esqueletos, todo en ellos indicaba gran desesperación. Quizá murieron de miedo, o de hambre, y algunos colgados del techo. No encontró nada excepto muerte. Regresó hasta los barrotes. Nunca había visto un hombre muerto. Se recargó en los hierros y se fue deslizando hasta quedar con el rostro sobre tierra. Todo su cuerpo temblaba…

Un rechinar lo despertó. Un hombre entró a la celda, traía un enorme penacho en la cabeza.

—Levántate —ordenó; bajó la vista y reparó en la señal, moviendo la cabeza negativamente—. Salgamos de este lugar, el rey te espera —y le ofreció la diestra, mientras con la otra sostenía una antorcha en lo alto.

Cuando subieron las escaleras, los dos hombrecillos aguardaban en una esquina con los brazos cruzados y la mirada torva. Se les escapaba su presa y no habían tenido tiempo siquiera de divertirse un rato con él.

El aire puro golpeó sus pulmones. Estaba de vuelta en la superficie de la ciudad. Se sintió libre de nuevo. Quiso estirar sus brazos, pero se abstuvo al recordar que cuanto había hecho, había sido usado contra él. Se tocó la cintura: aún no le regresaban su espada.

—El rey ha mandado que te saquen de las mazmorras —le explicó mientras lo conducía por las calles—. Quiere escuchar tu historia antes de dar cualquier sentencia, hará una excepción. Por lo general, primero mueren en el calabozo y después el rey dicta sentencia. Ustedes no tienen dignidad, la has vendido al Pirata, y nosotros no te la podemos restituir.

—¿Quieres decir que me iban a dejar morir de hambre y sed y después me condenarían a muerte estando ya muerto? —preguntó perplejo.

—Sí —respondió su libertador con frialdad.

—Pero yo no soy un argrete.

—Eso tendrás que probarlo ante el rey, de lo contrario, disfruta tus últimos momentos de vida —y puso su mano sobre el mango de su espada.

Detrás de él venían varios hombres armados. En las azoteas, los centinelas le mostraban las puntas de sus flechas.

—Si me quieren asustar con tantas amenazas, no lo van a conseguir. No he venido desde tan lejos para rogar por mi vida. He venido aquí para quedarme hasta que cumpla mi cometido.

—¿Vienes con una misión? —preguntó el otro, turbado.

—Y por ello quiero hablar con el rey —esta vez, Azariel respondió con firmeza y frialdad.

Sin más, dejó de prestar atención a todos los filos que lo rodeaban, más bien, se puso a examinar a las personas del lugar. Todas mostraban vestidos muy limpios; por el textil, dedujo que se trataba de una tela transpirable para soportar con tranquilidad la fuerza del sol. Calzaban sandalias o iban descalzos; los soldados, cáligas. Las mujeres, en su mayoría, llevaban el pelo trenzado; los hombres eran lampiños, y ambos de piel bronceada.

El general de los quetzales se detuvo frente a un edificio:

—Entra ahí y haz lo que te pidan. No tenemos mucho tiempo, el rey quiere hablar contigo antes de cenar.

Azariel inclinó la cabeza y entró en el aposento, no sin cuidado. Imaginó, antes de meterse, qué haría Adis en su lugar. De seguro, analizaría los postigos de la puerta, vería los edificios aledaños, contaría cuántos guardias hay y qué armas porta cada uno. Dos arqueros sobre este edificio; tres más en las dos azoteas contiguas; dos en la casa de enfrente; uno en la casa de la derecha y tres en la izquierda; sobre la calle, aparte del general con su hacha, unos siete hombres, también con hachas; dos quetzales al fondo de la calle, cada uno con un sable.

—Se ve que tienen miedo de que yo intente escapar o hacer alguna fechoría.

Para su gran alegría, aquel lugar era una casa sencilla. Había una cama con unas ropas que él reconoció. Luego, un pequeño cuarto velado con una cortina. El lugar estaba casi vacío, ya que un quetzal para nada joven permanecía sentado, lejos de las ventanas y la antorcha. Tenía en sus ojos un brillo muy parecido al del anciano Luzeum.

—Ella me ha dicho que no sería bueno presentarte así ante el rey. Así que me mandó para asegurarme de que quedes decente. Entra en ese baño y cuando estés listo te paso la ropa que ella misma ha enviado.

—Lo de bañarme lo entiendo, pero ¿quién es ella?

—La princesa Oaxana.

—Ahora comprendo, ella intercedió por mí, ¿no es así?

—Sus ruegos fueron escuchados, incluso a pesar del parecer de los demás generales y de la princesa Ziaxa.

—Por cierto, ¿quién es el general que me recogió de la prisión?

—Su nombre es Huixazú, el brazo derecho del rey. Te puedes imaginar cómo fueron oídas las peticiones de la princesa Oaxana, que hasta envió a su general de confianza.

En cuanto salió Azariel, el reflejo de su madre brilló en sus ojos y en su rostro. Su cabellera negra caía sobre sus hombros. Su paso y porte eran propios de un rey. El general Huixazú se maravilló cuando lo vio cruzar el umbral.

—¿Acaso Texlán ha utilizado magia? ¡Has cambiado notablemente!

—He dicho que no soy quien piensan que soy. Pero ya llegará el momento —se tocó el pecho, sintiendo su corazón palpitar junto al Diamante herido.

El camino hacia el encuentro con el monarca se tornó hermoso, las antorchas afuera de las casas daban una imagen de admiración y el sol lanzaba sus últimos rayos contra el cielo, rasgándolo en mil colores. El viento aumentaba su fuerza a medida que la noche caía.

Cruzaron varias avenidas hasta que llegaron a un jardín con unos escalones curveados, flanqueado por cirios. La escolta se encaminó por la entrada principal. Azariel marchaba sereno. Al llegar al umbral, varios hombres armados salieron a recibirlos.

La construcción, contrario a las que había visto, era amplia y sin paredes. Las columnas estaban ahí sólo para detener el techo del enorme pabellón. Era uno de los edificios reales. El rey estaba sentado al final con el mar como fondo. Su gran penacho cubría su cabeza. A su lado, descubrió otras figuras, cinco de ellas también con penachos. Lanzó la mirada a una de las zonas laterales y divisó otras siluetas, más penachos y otras con collares y gargantillas.

—Acércate —susurró el general Huixazú—, pero conserva tu distancia.

El último de los glaucos comenzó a caminar y divisó en lo alto unas figuras ocultas en las sombras: arqueros. Lo que más le preocupaba era qué le podría decir al rey para convencerlo. Su madre, recordó, le había contado su experiencia con el rey de Rúvano. ¿Cómo sería este monarca? ¿Tendría necesidad de sacar el Diamante herido?

«Le contaré lo que sucedió… ¿El Zircón? No será conveniente nombrarlo al inicio de mi explicación, pensará que vengo a robármelo, si es que sabe dónde lo tienen. Pero no tengo ninguna prueba a mi favor. Quizás Adis, Gladreo o Dénet se salvaron y sirvan para dar fe de mi testimonio. Tal vez pueda apelar al rey Gueosor, de la Foresta Negra, o mandarle una carta al anciano Luzeum. Sí sí, eso haré».

Se paró frente al rey, resuelto. La verdad estaba de su lado; si aquél era justo, su vida dejaría de correr peligro. El rey, por su parte, no había dejado de examinarlo desde que llegó. Algo en su andar le había llamado la atención. Cuando tuvo a Azariel parado frente a sí, se levantó. Su rostro revelaba cierta sorpresa y admiración.

—¡Éste no es un argrete! —decretó a voz en cuello para que lo escucharan todos los presentes—. Oh, no, éste no es un *argrete* —y al decir «argrete» no ocultaba el desprecio que sentía por ellos.

Azariel sonrió, esperanzado. No había necesidad de probar su inocencia. Quiso pronunciar unas palabras de agradecimiento, pero el rey continuó:

—Tu rostro se me hace conocido, ¿dónde lo he visto? —cogió al glauco del brazo y comenzaron a caminar hacia el centro del pabellón—. Tu complexión fuerte, la manera de estar parado, la mirada fija y resoluta. No puedo recordarlo, pero te me haces muy familiar. Tus padres... No, ellos no, más viejo. ¿Tus abuelos? Dame el nombre de tus abuelos.

Azariel no podía revelar su dignidad real sin violar lo acordado en el Concilio de Fuego; sin embargo, nada impedía que dijera quién era ni quiénes eran sus padres.

—Mi nombre es Azariel, nieto del gran Alancés, rey de Glaucia, hoy en día muerta.

—Yo no creo en la muerte eterna, Glaucia vive en ti. La noticia de la caída de la ciudad llegó a mis oídos pocos días después... —y tras una pausa, agregó, suspicaz—: No sé cómo escaparon de la funesta destrucción, pero me alegra que haya escapado el hijo de Alancés...

—Su hija Adariel, soy hijo de la princesa —se apresuró Azariel, intuyendo que en el yerro había una trampa sutil—. Mi padre murió en el asedio, no lo conocí, y hasta donde sé, el rey Alancés no tuvo hijos varones.

El rey Montexú sonrió, satisfecho:

—Es verdad, la princesa Adariel, qué memoria la mía… Recuerdo la última vez que entró en este mismo palacio hace treinta y tres años, cuando yo apenas estrenaba mis veintidós.

—¿Mi madre?

—Tu abuelo. No lo conocí bien, pero sí lo suficiente como para reconocer a uno de sus descendientes. Viajaba mucho. Buscaba la paz y la unidad. Era fuerte, valeroso, todo un caballero. Me impresionó, aunque mi padre decía que era un hombre «más bien de las alturas y poco qué ver con la tierra». Nunca compartí sus ideas, sea porque yo era como una gaviota joven a la que el cielo entero se le hace pequeño, sea porque me admiró siempre su porte recto, recio, radiante. Me alegra que la estirpe de Glaucia no se haya perdido por completo.

—Y a mí me alegra que hayas escuchado mi voz —intervino una voz que Azariel ya había escuchado antes.

—Oh, sí, hija. Tenías razón al juzgarlo como extranjero.

Ella sonrió complacida, se quitó el gran collar de flores y se lo puso a Azariel. Él correspondió con un ademán de gratitud. En su corazón comenzó a punzar un pensamiento.

—Rey, rey…

—Rey Montexú —dijo él.

—Quiero pedirle un favor: desde que nuestra nave zozobró hasta ahora…

—Sí, ya sé, debes estar hambriento, ahora lo arreglamos —dijo el rey, dándole instrucciones a uno de sus sirvientes para que sirvieran la comida.

Regresaron sobre sus propios pasos, hacia el comedor, donde esperaba la familia real. Se la presentó uno por uno, comenzando por su esposa, la reina Cualaxil. Luego, Ziaxa, su hija mayor, a quien ya conocía, apenada por la manera en que había recibido al glauco. Después, los príncipes Xusxún y Execo. A Oaxana ya la conocía.

—Sólo falta Quetzalco —se excusó—, ahora está en una misión especial.

—Agradezco tu hospitalidad, pero lo que me preocupa es saber si hay noticias de algún otro náufrago, no fui el único.

El rey hizo un gesto y uno de sus allegados se retiró de inmediato. Montexú se volvió hacia Azariel visiblemente afectado.

—Siento mucho el trato que te dimos, pero son las leyes que he impuesto contra los argretes. Aunque debiste de haber impresionado mucho a los carceleros: ¡es insólito x+3! Tres días de gracia, eres el primero en alcanzar tal honor.

—¿Qué?

—Tienes que entender que a los argretes los tratamos como se lo merecen —explicó mientras se sentaban a la mesa—. En cuanto llegan allá abajo, si es que llegan vivos, los carceleros dejan que se debiliten. No les dan de comer ni beber. Ponen una marca sobre el suelo, según el tiempo que ellos creen que pueden resistir. Mientras tanto, se divierten de mil maneras con esos seres viles. Algunos se ahorcan antes de tiempo, no podemos evitarlo. Nos gustaría, sin embargo, que no lo hicieran, así podrían sufrir más bajo las manos de los carceleros.

—¿Quieres decir que… los torturan?

—¿Tortura? No, hijo mío, es venganza.

—¿Por qué? —preguntó consternado el último de los glaucos.

En aquel instante, Execo se levantó de la mesa. Llevaba puesto el chaleco de cuero con una espada envainada. Era el único que iba armado; parecía triste, casi lloroso. Ziaxa hablaba con su madre acerca de Quetzalco y la gloria que traería al reino con la fuerza de su brazo. El rey vio a su hijo marcharse, pero no lo llamó.

—¡Ay, Execo! Está protestando, ¿sabes? Arde en deseos de luchar contra los argretes, pero apenas tiene diecisiete años. Quería ir con su hermano mayor a limpiar de esos miserables nuestras aguas. No le di permiso, lo quiero mucho, es mi último hijo. Quizá nunca lo deje tripular uno de mis buques guerreros, ¿qué tal si le pasa algo como a…? —el rey interrumpió abruptamente su soliloquio y se dirigió a Azariel, con el rostro tenso por el odio, al mismo tiempo que rutilaba en sus ojos una mezcla de compasión y temor—. Yo juzgo que es justa y necesaria nuestra venganza. ¿Conoces a los argretes? ¿Conoces al Pirata o Boca de Muerte?

—He oído rumores.

—Te contaré lo que tienes que escuchar. Sé que no es lo más normal en una cena de bienvenida, pero será bueno que sepas quién es desde el principio...

II

UN BAÑO DE SANGRE

No sé a qué raza pertenecen los argretes. Quizá fueron hombres, quizá pertenecen a alguna especie de gramas. No lo sé con exactitud. Sus pieles son velludas y su tez no es bronceada como la nuestra, sino quemada. Todos parecen besar a la muerte, pues en sus ojos eso es lo que brilla: la muerte. Se dice que han vendido su espíritu al Pirata o Boca de Muerte. Otros, que al mismo Kyrténebre. A fin de cuentas, son como muertos que caminan. Han perdido su libertad, aunque externamente aparezcan sin cadenas. No son capaces de elegir el bien, lo odian. Sus voluntades han sido trastornadas. Incluso su misma naturaleza, pues parece que se alimentan de carne humana y apagan su sed con la sangre. Son seres que parecen sonreír y estar felices, pero ese estado es efecto de la embriaguez. Atento, su ebriedad no es efecto del vino, sino de su sumisión al Pirata. Éste, por último, rinde pleitesía absoluta al Gran Dragón.

Desde que yo recuerdo, los argretes han amenazado nuestro territorio. Mi experiencia la vivieron mis antepasados y la están padeciendo mis descendientes. ¡Ojalá pudiera dar término a esa plaga maldita! Su existencia no tiene otro fin que el de matar, asolar, quemar y destruir mis ciudades, a mi gente. No podemos vivir tranquilos en nuestro reino. Todos los pueblos han tenido que emigrar hacia el interior o a los estrechos de los Alcázares.

Se alimentan de nuestros cuerpos y de la destrucción. Han asolado las costas del Mar Teotzlán. Lo único que queda es lo que yace tras de nosotros. Si viajas alrededor del mar encontrarás ciudades, aldeas, caseríos, todo completamente desolado. Por si fuera poco, viajan en sus botes y barcos. Buscan algún motín sobre las aguas. Siempre que salimos a pescar, lo tenemos que hacer rodeados de por lo menos tres buques de guerra. Aun así corremos el riesgo de ser atacados. ¡Ay del pobre que salga en una balsa! No querrás imaginar lo que le hacen. Oh, lo suyo es un festín. Siempre que alguno de nuestros hombres cae en sus garfios, la tripulación entera se junta para hacerle presa de sus golpes, de su rabia insaciable, de su furia sangrienta.

Cuando el Pirata está con ellos, salen en busca de nuestros barcos. No les importa cuántos seamos, los atacan. La batalla resulta siempre desigual y por lo general son ellos los vencedores. Una vez que han hundido o quemado algunos barcos, sus naves se cierran en torno a la del Pirata y dan inicio a su diversión. No les importa si aún flotan varios de nuestros buques por la zona, no tienen miedo. Los nuestros, en cambio, saben que no pueden hacer nada y prefieren regresar sin ver lo que sucede ahí; sin embargo, los gritos son tan fuertes que se escuchan incluso tapándose los oídos. Los aullidos de los torturados se mezclan con las carcajadas de los torturadores.

Ya que atrapan uno de nuestros barcos, separan a un pequeño grupo de la tripulación, y uno de los argretes los marca con un puñal. Eso significa que sus vidas serán tomadas por otro método. Los marcados serán los ojos y la voz de los sentenciados, ya que ellos verán todo lo que ahí sucede, para después contárnoslo… Y nos repetirán las últimas palabras de los nuestros, si pueden. Tras la señalización, la tormenta empieza. ¡Son tantos los modos en que han martirizado a mi pueblo y tanta la sangre que ha corrido!

El más grave enfrentamiento que nos han referido ocurrió hace dos años. Tomaron tres barcos de pesca. Ese día no se había visto ninguno de los argretes por la zona. De hecho, los habían divisado días antes anclados, cerca del río Ixasxú, que desemboca en la bahía Quetzal. Los pesqueros se dirigieron hacia la boca noreste de las aguas. Una pequeña fragata los acompañó en la travesía. No había nada que temer, el día era espléndido y el sol brillaba en lo alto. Vieron los bancos de peces allá abajo, sería fácil tirar las redes y esperar a que cayeran. Los peces se metían más y más en la boca. Al entrar, existen varias islas o, mejor dicho, promontorios con vegetación. Las rocas que quedan al sur son unos potentes escarpados. Hay por ahí algunas cavernas, grandes y oscuras, suficientemente amplias para atracar algunas embarcaciones. Sólo un capitán experimentado sería capaz de internarse en una de ellas.

Las nubes comenzaron a mecerse en los vientos y velaron el sol. Los barcos acababan de penetrar aquellas aguas. Primero entró la fragata, después dos de los pesqueros. El tercero estaba a punto de ingresar, cuando uno de los vigías advirtió movimiento por la zona de las cavernas y dio la voz de alarma al ver dos veleros enemigos, dando media vuelta al instante. El segundo barco pesquero intentó salir pronto, mientras los demás venían cerca de la popa. El viento soplaba a su favor, los argretes no los alcanzarían. Pero el barco dio contra un promontorio. Fue un golpe fatal, el casco se partió y, por si fuera poco, entre la corriente, el viento y una pésima maniobra, la salida quedó bloqueada.

Las carcajadas sardónicas de los argretes, al echar mano de sus cimitarras, resonaron como un grito de guerra. ¿Qué era una pobre fragata en comparación con los navíos de los argretes? ¿Qué podrían hacer aquellos infelices quetzales frente al Pirata? Muchos de los hombres prefirieron ahogarse antes que caer en sus manos. ¡Qué desgracia! Hubo otros que, sin ser guerreros, sacaron sus cuchillos dispuestos a todo. Odio decirlo, la verdad nuestra nave no tenía ninguna oportunidad de superar el ataque.

La fragata era más rápida en su maniobrar. Por lo mismo, el capitán del pesquero emprendió una temeraria defensa y con grandes palabras y con ardor encendió el corazón de los quetzales, quienes se colocaron en la popa. Su plan era intrépido. Centró su atención en uno de los dos navíos y desplegó las velas. Se aferró al timón, decidido, y se dirigió contra los argretes y los embistió frontalmente. La mitad del pesquero penetró las entrañas del navío. Los argretes no esperaban un ataque tan violento y algunos murieron aplastados en el embate. Al instante, la tripulación saltó sobre la cubierta enemiga, los pescadores se lanzaron con cuchillos, cables y palos como armas. El asalto resultó vivaz, pero murió al poco tiempo. La furiosa respuesta de los argretes no dejó supervivientes.

Mientras tanto, la fragata se enfrentaba a la otra nave de los argretes, que se dirigía hacia el barco caído. Desde arriba, los argretes hicieron llover flechas sobre los hombres que nadaban por ahí. Otros hicieron caer un caudal de teas sobre el barco y éste comenzó a arder. Los demás argretes dirigieron flechas y teas a la fragata. Hubo una ocasión en que los quetzales creyeron tenerlos en el punto exacto para darles un desgarrón con la punta. Con un movimiento fácil, los argretes se colocaron de frente para esperar a la fragata. Los míos sabían que no era la mejor manera para arremeter contra un barco, el choque podría resultar fatal para ellos mismos, mas no para el enemigo que estaba a la espera y podría proceder con facilidad. Hubo varias escaramuzas entre las dos naves, aunque la fragata no quería combatir, sino esperar a que el fuego fuese visto desde el reino y se mandaran refuerzos. Si lo lograban, atraparían al Pirata.

No consiguieron su propósito. Apenas iniciaron la persecución, la fragata maniobró con gran pericia; sin embargo, el navío pronto se colocó cerca del puente y los argretes se lanzaron al abordaje. La lucha fue encarnizada, no obstante mis quetzales poco pudieron hacer contra sus cimitarras. Boca de Muerte se mantuvo sobre el mástil mayor. Desde ahí dirigía a sus hombres e infundía terror a los míos… Las aguas cristalinas del mar se tiñeron con nuestra sangre, habían ganado los argretes. El otro navío quedó muy dañado, por lo que lo abandonaron y se trasladaron, los argretes y sus prisioneros, en algunos botes al barco capitaneado por el Pirata.

Ojalá mis hombres hubieran muerto en combate, pero los argretes, antes que muertos, los prefieren vivos para divertirse un rato. Eligieron sólo tres hombres como ojos de mi pueblo y boca de los sentenciados. Los ataron de manos y pies y los colocaron junto a la barandilla. El Pirata pasó junto a ellos, él mismo quería marcarlos, y así lo hizo, mas no con el puñal como era lo ordinario, sino con sus propios dientes: a cada uno le arrancó de una mordida un trozo de carne del brazo derecho que les escupió a la cara. Los sentenciados, unos veinte en total, fueron colocados del otro lado del barco, también junto a la barandilla, de manera que sentenciados y elegidos quedaron frente a frente.

El Pirata se sentó en medio de los dos grupos, mientras uno de los argretes agarró a uno de los sentenciados. Cuando llegó a mi hombre, lo cogió del cabello y lo arrastró sobre cubierta hasta quedar frente a su líder, y en torno a éste, un corro de argretes. «¡Cables!», gritó. El argrete lo colocó en medio del círculo. Ya se habían acercado varios con hilos metálicos. Comenzaron a colocárselos en todo el cuerpo. Uno apuntaba hacia la proa, otro hacia la popa, y así sucesivamente. Comenzaron por los pies hasta llegar a la cabeza. El pobre tenía la espalda hacia los sentenciados y todos sus gestos eran observados por los elegidos. Cuando terminaron su tarea, colocaron los cables en unas poleas y comenzaron a tensarlos, de tal manera que...

Veo que te causa repugnancia mi relato. Está bien, no voy a torturarte haciendo que revivas, como yo, la suerte que corrió cada uno de estos desdichados a manos de esos miserables, pero te aseguro que nada de lo que imaginas se compara a ese baño de sangre.

¿Y cómo es posible sobrevivir a semejante espectáculo?, te preguntarás. ¿Quién puede ser testigo de tanta infamia y dormir con la conciencia tranquila? Nadie. Los tres sobrevivientes de la masacre fueron encontrados a la deriva poco después. Tras relatarnos detalladamente lo que acabo de contarte, y más horrores, fueron llevados al médico. No sólo estaban trastornados, sino que donde habían recibido la mordida, la piel se les pudría. El médico hizo cuanto pudo, pero las heridas no mejoraron. Al día siguiente, una de las enfermeras se levantó al escuchar gritos. Cuando llegó al cuarto, vio a cada uno de ellos con las manos en la cabeza, hundidos en sudor y moviéndose de un lado a otro. «¡No quiero! ¡Aleja esa cabeza de mí!», repetían entre alaridos. La mujer corrió por el médico, que llegó con Huixazú. Personalmente había mandado a mi general para que cuidase de los tres sobrevivientes. Llegaron justo a tiempo para evitar una catástrofe. Cuando los pies de Huixazú tocaron el interior de la habitación, Muixán, uno de los tres, se comenzó a calmar. Su rostro cambió. La herida se le había cerrado. Abrió los ojos y se levantó como si sus fuerzas hubieran aumentado. Tomó al médico por el cuello y comenzó a ahorcarlo. Huixazú intentó separarlos, pero no tuvo más opción que utilizar la espada.

Los otros dos seguían gritando, discutían con una maligna voz interna. ¡Quién sabe qué atrocidades los obligarían a cometer! La tormenta interior siguió por varios días. Sus cuerpos fueron debilitándose como una vela que se consume durante la oscura noche. Una semana después, Emixo perdió la batalla, fuera de sí, murió ese día. Tuxtú, por el contrario, soportó el dolor y el tormento por dos semanas, su esposa no se separó de su lecho ni un segundo a partir de la primera crisis. Supongo que eso lo salvó de la locura y le dio fuerzas para no morder el anzuelo enemigo que lo había hostigado desde entonces. ¿Qué sucedió en su interior? No lo supimos. No quiso dar explicaciones.

Desde entonces nadie se atreve a enfrentar al Pirata. Todos lo odiamos, pero le tenemos miedo. Parece como si estuviese condenado a matar sin ser matado. Nadie quiere enfrentarse a él, ni deseo que lo hagan. Por ley, en cuanto se escucha la alarma del Pirata, nuestros barcos deben retirarse, sin importar qué ni quiénes queden atrás. Y por lo mismo he ordenado que los argretes sufran el mismo destino que los nuestros: ojo por ojo, ésa es la ley.

El rey Montexú terminó su relato, tenso al recordar ese terrible episodio. Suspiró, aflojó sus puños crispados, las venas hinchadas de las sienes y del cuello pronto volvieron a su normalidad. Tomó aire.

—Creo que ahora entenderás mejor a mi gente.

Lo que Azariel entendía, con un nudo en el estómago, era precisamente lo que el rey evitó contar: el horror de un pueblo amenazado.

—¿Alguna vez han intentado atacar al Pirata? —inquirió cuando finalmente se sobrepuso al relato de Montexú—. Quiero decir, ¿alguna vez ha organizado una ofensiva?

—Una vez, y nadie más se atrevió a levantar siquiera el brazo en su contra.

—Si me permite, ¿por qué no?

—El día que lo intentaron, según entiendo, los argretes habían abordado uno de nuestros buques. Tan juntos estuvieron los barcos que nuestra proa tocó la popa de ellos, y su proa nuestra popa. El Pirata se mantuvo en su barco, viendo y analizando la batalla. Por su posición, parecía no temer nada, ni siquiera las flechas que volaban cerca de él. De pronto, uno de los nuestros, apostado tras un mástil, tomó una flecha en llamas, le apuntó al pecho y dio justo en el blanco. El Pirata se extrajo la flecha del corazón como si se quitara una astilla. Lo único que cambió fue su rostro. Respiraba odio y fuego ese día. Tomó un sable en una mano y una cimitarra en la otra. Se echó a nuestro barco. Los demás argretes le abrieron paso y él solo degolló a toda la tripulación. Sus movimientos eran veloces; su fuerza, incontrolable; su sed, insaciable. Nos enteramos de esto porque hubo algunos que en cuanto lo vieron tocar la cubierta se lanzaron al agua. Por suerte escaparon. Si los hubiera visto el Pirata de seguro se arroja al mar y los hubiera perseguido hasta darles muerte. Lo que los salvó fueron los escombros de los barcos que flotaban cerca. Ahí se escondieron hasta que los argretes se alejaron.

Azariel había ido para invitarlo a la gran alianza, a luchar contra Kyrténebre, el Gran Dragón, ¿cómo le pediría ayuda con semejantes enemigos a la redonda? Un joven se acercó al rey y le susurró algo. Montexú asintió y despidió al emisario.

—No hay noticias de los tuyos, Azariel —le informó el rey.

—¡No! —exclamó con tristeza el último de los glaucos.
—Lo siento, pero así es la vida de ingrata, te quita aquello que más quieres.
—No es así, me resulta casi imposible creer que alguno de ellos esté muerto.
—¡Pero no han aparecido!
—Eso no significa que yazcan en el fondo del mar —dijo esperanzado.

La reina Cualaxil, que observaba el desarrollo de la cena por aquí y por allá, se disculpó sin levantarse de la mesa.

—Estoy un poco cansada, así que te deseo buenas noches, joven príncipe.
—Oh, en realidad, no soy un príncipe, gran dama...
—Tal vez no tengas un reino, pero eres nieto de Alancés y por tus venas corre su sangre. Con reino o sin él, tú eres un príncipe. Disfruta tu estancia en estos lares y eres bienvenido el tiempo que desees. Estoy segura de que tu llegada será como un amanecer soleado tras la tormenta.
—Reina Cualaxil, agradezco sus palabras.
—¿Pero qué te sucede, mujer? —interrumpió el rey—. Noto angustia en tu rostro.

Ella hizo un gesto de sorpresa. Se acercó al oído del rey y le dijo en tono confidencial:

—Me preocupa tu hijo.
—¿Quetzalco? Confiemos, mujer, confiemos.
—Desde luego Quetzalco; pero no es él a quien ahora me refiero, sino a Execo.
—¿Execo? ¿Qué sucede con el niño?
—Tiene un corazón magnánimo, de grandes horizontes... —hizo una pausa—. Es el que más corazón tiene de tus tres hijos varones. Además, tiene oídos y escucha. Tiene ojos y observa. Y, por supuesto, siente y padece la falta de confianza que le tienes.
—Tranquilízate, mujer, aún le quedan muchas cosas en la vida por aprender. Ya crecerá.

Ella siguió sin hacerle caso:

—Ziaxa estuvo hablando de Quetzalco toda la noche. Con mil formas dio a entender que sólo él traerá la gloria al reino. Los demás hablan del honor de aquél o del otro. Ninguno, en cambio, habla de las cualidades de Execo. Se siente excluido de todo bien y bondad.

—Ya ves, tiene que madurar para no andarse con niñerías.

—No hablo de comportamientos infantiles, te digo que es necesario hacerle ver cuánto vale. Todos lo tratan como si fuera un niño. Y tú lo estás sobreprotegiendo, acéptalo. Déjalo que se equivoque al menos una vez. Déjalo tomar sus propias decisiones, de lo contrario...

—¡Basta! He impuesto condiciones y las cosas ocurrirán cuando deban ocurrir.

Habían levantado el tono poco a poco, de manera que Azariel pudo escuchar el meollo del asunto. No le gustaba la idea de escuchar los problemas de la familia real. Quiso distraerse, dirigió su atención al comedor. Más allá, las paredes de mecate entrelazado, le recordaron las trenzas que colgaban de las cabezas de las jóvenes del lugar. Y, sin querer, se topó con los ojos de Oaxana. Ella le sonrió. Él la saludó con la mano y volvió a prestar atención al rey. En ese momento la reina se levantó enfadada. Intercambió una mirada maternal con Azariel, y se despidió deseándole, una vez más, buenos augurios.

El rey se revolvió en su asiento y volteó hacia el último de los glaucos.

—Hijo de la estirpe del gran Alancés, ¿qué te ha movido para venir a mi reino?

Azariel carraspeó. Aquel día había naufragado y perdido a sus amigos. Luego, lo hicieron prisionero, lo juzgaron sin juzgarlo y lo sentenciaron a muerte sin que él mismo se enterase de nada. Se había salvado sólo porque la hija del rey intercedió por él, y porque el rey confió en su excelente memoria fisonómica, que lo relacionó con su abuelo. Todas sus acciones habían salido mal. Ahora, el rey le preguntaba a qué había venido. No era fácil pedirle el Zircón, la piedra preciosa del Mar Teotzlán, y con ella, la disponibilidad de su reino para enfrentarse a un enemigo mayor que Boca de Muerte. Volvió a carraspear.

—A decir verdad, vine a pedirte ayuda —se atrevió a decir—, pero quizá no sea el momento indicado.

—Sí, no es el momento indicado. Mi reino está bajo amenaza continua. Eres prudente al juzgar que no es el tiempo conveniente.

Azariel recibió estas palabras no como una alabanza, sino como una puñalada. La prudencia y la cobardía van de la mano.

—Con todo, me gustaría saber —se interesó el rey del Mar Teotzlán—, ¿qué tipo de ayuda? La muerte de tus amigos y la tuya, casi, son dignas de algo que en verdad necesitas.

Azariel se sintió débil. Si Adis o el anciano Luzeum estuvieran ahí, le hubieran dado un codazo en las costillas para que dijera lo que necesitaba. Se sintió desamparado. La empresa que él había tomado sobre sí no era fácil. Recordó que Graseo, el príncipe morador, lo había despedido con predicciones de gloria y honor imperecederos. Ahora, en cambio, se presentaba ante él un camino arduo. Le pareció como si otra vez recorriese la balsa antes del naufragio. Las olas meciéndose a su alrededor. El viento soplando en todas direcciones. El abrazo frío de la noche. El choque inesperado. El agua tratándolo de ahogar. Su desesperación al quedar pendiente en el vacío sin saber a dónde dirigirse. Después, los azotes y los raspones contra los arrecifes. El golpe en la cabeza. Hasta que volvió en sí tirado sobre la arena. Llegó ahí sin saber cómo. Y ahora, no se atrevía a pedir lo que había venido a buscar. Permaneció en silencio. ¿Cómo pedirle ayuda a un pueblo tan asediado como éste?

El rey observó el rostro apesadumbrado de Azariel.

—Está bien, si te sientes cansado, mañana podemos hablar.

Azariel asintió, dócil, y se despidieron. El general Huixazú lo acompañó hasta su habitación. Ahora fue más amigable que en la pasada escolta.

El cuarto de Azariel estaba localizado en el segundo piso del palacio real. Su ventana daba hacia el lado noroeste del mar, dentro de los estrechos de los Alcázares. La noche era estrellada y refrescante. El general le deseó las buenas noches y se fue. Azariel quedó solo. Se tiró en la cama, quería dormir. En su mente circulaban imágenes terribles de los argretes. La malicia del Pirata se le presentaba como una sombra que danzaba en la oscuridad. El recuerdo de Adis le hacía mella en el corazón.

Cerró los ojos. Se dio la vuelta. Cambió de lado. No podía dormirse aunque el cuerpo entero lo sentía como corroído. Por fin, se levantó del lecho. Caminó de un lado para el otro. Su paso era ágil, pero pesado.

«He fracasado. No le expliqué el fin de mi visita. Él mismo me lo preguntó. Sólo tenía que haberlo dicho. Imagino que Kyrténebre es peor que el Pirata, pero no puedo pedirles que se olviden del filo que flota a sus orillas para que vayan a quitar el que roza en la tierra. Si mandan a sus guerreros, la ciudadela quedaría desprotegida. ¿Con qué cara le diré que al unirse a la Nueva Alianza tomará la mejor elección, si abandonará a las mujeres y niños bajo el capricho de los argretes?».

Sacó el Diamante herido de su pecho. Lo tomó con las manos en cuenco y, colocando su frente sobre él, lloró.

Estuvo sumergido en sí mismo por un tiempo. Tenía la ventana abierta y el aire nocturno entraba casi con sigilo. De pronto, el eco de una voz también penetró el cuarto. El último de los glaucos se levantó medio turbado. Devolvió el Diamante herido con agilidad dentro de su pecho, avanzó hacia la ventana.

Oteó en todas direcciones y allá, sobre un cabo, divisó una figura. Su melena se elevaba al ritmo del viento y del oleaje. Buscó alguna puerta que diera hacia aquella parte de la playa, pero no, no había. Tomó la linterna que iluminaba la habitación y regresó a la ventana. Abajo sólo había arena. Se descolgó y fue hacia aquella figura.

A medida que se acercaba, se fue percatando de que no eran voces de dolor, como inicialmente pensó, sino de coraje. Se aproximó precavido. Era el joven Execo.

—¡Quiero estar solo! —gritó al percibir la presencia de Azariel—. ¿No oíste? He dicho que quiero estar solo. ¡No quiero…! Ah, eres tú, el nieto del amigo de mi padre.

Se incorporó secándose las lágrimas. Recogió una espada del suelo y la envainó enseguida.

—¿Puedo hablar contigo? —inquirió el último de los glaucos.

—Me imagino que estarás cansado, será mejor que regreses a tu cama. Yo no puedo dormir, me quedaré aquí un rato.

—Tampoco yo puedo dormir, aunque mi cuerpo me lo pide —Azariel se colocó junto al príncipe y se sentó con la vista clavada en el mar—. Estoy preocupado, ¿sabes? He sido un cobarde.

—Oaxana no opina lo mismo, habló mucho de ti durante la cena. Me contó cómo te encontraron y todo. Dijo que estabas hecho papilla, con las ropas rasgadas. Que tu frente y tus brazos llenos de maleza y con sangre. Claro, ella lo contó todo con mucha delicadeza.

—¿Me permites ver tu espada? —se interesó Azariel.

—Nunca la he usado —se lamentó el joven príncipe.

—¿Para qué la querrías usar? —preguntó, le sorprendía que Execo se lamentara de no haberla usado.

—Para defender a mi pueblo.

—¿Contra quién?

—Contra los argretes. Esos se creen que pueden hacer lo que les dé la regalada gana sobre las aguas y sobre la tierra. Estoy harto de escuchar a cuántos han matado, a cuántos han torturado, a cuántos han dejado sin un padre, o sin un esposo. Cada vez que regresa uno de los buques, siempre acuden las doncellas a preguntar por sus novios, las madres por sus hijos, los niños por sus padres y las esposas por sus maridos. ¿Siempre tiene que haber tantas que regresen a sus hogares ahogadas en llanto?

El joven calló. Su brazo izquierdo estaba crispado y por su mejilla corría una lágrima sincera.

—¿Quieres morir para vivir sólo en el recuerdo de los demás? —preguntó Azariel

—No me interesa la gloria —replicó Execo—, ni quiero que en las historias y leyendas se cuente cómo morí luchando. Yo quiero justicia. Justicia para tantos hogares que han quedado tristes y asolados. Justicia para con los caídos. Justicia para con los que matan. Justicia.

—Y estarías dispuesto a morir por ello... Me impresionas.

—¿Por qué? Estoy condenado a quedarme en la Isla. Mi padre me prohíbe ir a los barcos a luchar. Me ha puesto como condición estar casado, tener un hijo y esperar a que él alcance mi edad, para ya después marchar a la batalla. Para entonces seré un viejo.

—¿Sabes luchar?

—Entreno —se volteó y miró a Azariel—. Todos los días, bajo la oscuridad de la noche, cuando nadie me ve. Es un secreto... Apenas te conozco y eres el primero que lo sabe, ni siquiera sé por qué te lo dije.

El último de los glaucos observó con cierto orgullo al joven Execo, príncipe de los quetzales.

—¿Sabes? Ahora puedo ir a dormir tranquilo, me has elevado los ánimos. Unos cuantos años nos separan, pero tenemos mucho en común. Tú quieres liberar a este reino del garfio del Pirata y sus argretes. Por mi parte, deseo hacer lo posible para lograr que todos los pueblos de Ézneton se unan y librarnos del yugo del gran dragón Kyrténebre. Y sin embargo, si hubiera tenido realmente la posibilidad de elegir, quizá no estaría aquí, lleno de dudas, de temores —y al decir esto, Azariel sintió que un gran peso se le quitaba de encima.

—¿Pretendes que los quetzales nos aliemos contra el imperio del Gran Dragón? —dijo consternado el joven Execo.

—En verdad que tenemos mucho en común —continuó el último de los glaucos, un tanto ensimismado—. A pesar de que he entrené con un hombre maravilloso y un anciano sabio, sólo he levantado mi espada para matar animales. Nunca he tenido que usarla contra un argrete o un grama. Sin embargo, puedo decirte que no siempre el combate cuerpo a cuerpo es la mejor forma de ganar. Estuve a punto de entrar en una batalla, pero decidimos tomar por sorpresa al que parecía ser nuestro enemigo, así que terminé alejándome de la lucha y logramos ganar no sólo la batalla, sino el corazón del enemigo.

—¡¿Lo sacrificaron?!

Azariel entornó los ojos y soltó una carcajada:

—¡Claro que no! ¡Se volvió de nuestro lado!

Ambos se quedaron en silencio, viendo el mar. Entonces, Azariel tomó una decisión.

—Es tiempo de que las aguas cristalinas del Mar Teotzlán no vuelvan a mancharse con la sangre de nadie. Ignoro cómo sucederá eso, pero no me iré sin haberlo intentado.

—Es grato escuchar que te interesas por mi pueblo, Azariel, pero tu lucha es contra el amo del Pirata, no contra éste y sus argretes.

Azariel observó que cuando Execo mencionaba tanto al Pirata como a los argretes, en sus ojos no brillaba ni el miedo ni la sed de venganza, como en el resto de los quetzales, sino un espíritu de justicia, franco y legítimo.

—Mi misión es unir a todos los pueblos para combatir al Gran Dragón. ¿Cómo puedo hacerlo, si yo no pongo de mi parte y ayudo a quien me necesita? Antes de que tu padre pueda lanzar a los quetzales contra Kyrténebre, yo tengo que alzar mi mano junto a ustedes para combatir a Boca de Muerte.

—Yo no entiendo de política, pero cuenta conmigo: si acabamos con el Gran Dragón, acabaremos con el Pirata…

Azariel se crispó al oír esto y, como si ambos hubieran llegado a la conclusión de un plan maestro, exclamaron al unísono, chocando los puños:

—¡Y al revés! ¡Si acabamos con el Pirata, le daremos un golpe mortal al Gran Dragón!

Siguieron un rato sentados sobre la saliente, especulando sobre este punto, hasta que el sueño apretó sus cuerpos. Execo condujo al último de los glaucos hasta la puerta de su habitación, se desplomó en el lecho y cayó profundamente dormido.

III

MASACRE EN EL MAR

—¿Qué piensas hacer si nos encontramos con él?
—No lo sé.
—¿Te atreverás a levantar tu mano contra su tripulación?
—No puedo regresar sin hacerlo. No tengo alternativa.
—Pero ya no volverás, y ninguno ha sido un héroe por perecer a manos de los argretes, mucho menos frente a él.

El joven suspiró. Apretó con fuerza su espada y observó el horizonte. La mañana se levantaba con claridad por todos lados. Un grito llamó la atención de ambos:
—¡Quetzalco! ¡Quetzalco!
—¿Qué sucede?
—Uno de ellos ha despertado.
—Vamos a ver quiénes son y de dónde vienen.

Quetzalco y el hombre que hablaba con él acompañaron al otro quetzal a las cámaras. Había tres hombres atados a sus lechos. El que había despertado había estado forcejeando con sus ataduras para librarse de éstas, pero en cuanto escuchó pasos, desistió del intento. Sus miembros estaban aún crispados.
—Es ése —apuntó el quetzal.

El príncipe Quetzalco se acercó con cierta curiosidad.
—¿Cómo te llamas?
—Antes de responder, te pido que me digas ante quién me encuentro.

—Estás en un barco quetzal.
—Entonces, puedo responder con apertura —respondió el atado—. Me llamo Adis. Soy originario de Alba, la del Unicornio.
—Y ¿qué me dices de estos dos?
—El hombre de cabello rojizo es Dénet, el otro es Gladreo, príncipe de la Foresta Negra… ¿Y dónde está Azariel?
—¿Falta uno?
—¿No saben qué sucedió con él? —preguntó Adis, haciendo esfuerzo por contenerse.
—Quizá se ahogó —respondió uno de los quetzales, sin pensar lo que decía.
—¡¿Qué?! —gritó Adis, con cierto horror.
—Lo más seguro es que esté flotando por las aguas en algún lugar cerca de la Isla.
Adis golpeó el lecho con la cabeza. Apretó los labios y contuvo su espíritu agitado. El golpe de las olas contra la embarcación llegó a sus oídos. Pero el príncipe quetzal, indolente, siguió con su interrogatorio.
—¿A qué iban a la Isla?
Adis no respondió. Su mirada no estaba fija en ningún punto del cuarto.
—Respóndeme —repitió el príncipe.
Adis pareció no oírle. El príncipe Quetzalco lo sacudió:
—¿Me oyes? ¡Te he preguntado a qué han venido y exijo que me respondas!
—¿Puedes quitarme las ataduras? No me siento en condiciones para responder a tus preguntas.
—Está bien —bajó el tono de su voz.
Con una señal indicó a uno de los dos que lo desatasen.
—Será peligroso hacerlo —observó el indicado.
—Hazlo —repitió. Adis le inspiraba simpatía; sin embargo, no bajó la guardia—. No intentes sorprendernos.
—Somos tres contra uno —dijo el de su derecha, sacando su espada para amedrentarlo.

Ninguno de ellos conocía aún las fuerzas y las habilidades del albo, de otra manera, hubieran sido más cautos. Adis lanzó una mirada severa al que se preparaba para quitarle las ligaduras.

—¿No será mejor matarlo? —titubeó.

—Rompe las cuerdas con tu cuchillo —ordenó el príncipe.

El quetzal sólo tuvo tiempo para cortar las que le sujetaban los hombros y parte del brazo derecho. Adis se incorporó enseguida lanzando todos los demás trozos al suelo. Los tres quetzales lo miraron con estupor. El albo se sentó en el borde del lecho, sobándose las muñecas.

—No teman —dijo—, no he venido a luchar contra ustedes. Además, no pago mal por bien. Ustedes me salvaron la vida, o al menos eso han hecho antes de intentar matarnos.

—Así fue, los rescatamos de las aguas —observó el príncipe.

Adis echó una mirada a sus compañeros. Dénet comenzaba a recuperar la conciencia; sin embargo, Gladreo tiritaba, su piel tenía una palidez mortal. El albo se acercó para examinarlo.

—Pronto, un manto, creo que tiene fiebre —indicó. Como ninguno le hizo caso, se dirigió al príncipe Quetzalco—. Tú eres el que manda aquí, mi compañero necesita cuidado, no permitas que muera.

El príncipe Quetzalco echó una mirada a Gladreo y ordenó al mismo que le había cortado las cuerdas al caballero albo:

—Trae lo que pide...

—¿Serías tan amable de decirme cómo te llamas y en qué clase de barco estoy?

—Soy el príncipe Quetzalco —dijo con tono soberbio, pero Adis siguió observando a Gladreo—. Y estás en mis dominios, tengo el poder de decir quién vive y quién no, ¿entiendes?

Una voz llamó la atención de ambos.

—Uh... Adis, ¿por qué estoy atado?

—Perdón, olvidé quitarte las ataduras —sonrió Adis con tristeza.

—¡Príncipe! —exclamó el capitán quetzal.

—Te recuerdo que Alba está muy lejos de aquí, ustedes no son mis invitados —advirtió Quetzalco, empuñando su espada—. Te prohíbo que lo desates.

Adis se encogió de hombros, y en tono burlón, le susurró a Gladreo:

—Tendrás que esperar, amigo, aún no hemos tenido una charla tranquila.

Él tan sólo quería que el príncipe se calmara un poco. Estaba demasiado tenso. No quería romper los lazos de hospitalidad, aunque el trato que recibían era el de prisioneros. El otro quetzal llegó con el manto y se lo aventó desde lejos.

—Príncipe Quetzalco, creo que no habría problema en quitar las ataduras a mis amigos. ¿Qué peligro pueden representar para tres guerreros vigorosos como ustedes, tres náufragos golpeados, hambrientos y, para colmo, uno enfermo, como nosotros? ¿No es absurdo?

El príncipe Quetzalco agachó la cabeza y, tras un breve diálogo con sus compañeros, desenvainó la espada, se aproximó hasta los náufragos, y de un solo tajo, cortó las ataduras de Gladreo, y repitió la acción con Dénet. Adis hizo una graciosa reverencia y la tensión entre los quetzales y los extranjeros comenzó a disiparse. Media hora después, estaban comiendo.

Adis fue franco con el príncipe quetzal. Le contó sin rodeos el porqué de su viaje y la razón de su enojo y tristeza al saber que Azariel no estaba ahí. Dénet quiso saber qué había pasado la noche anterior. Quetzalco les explicó que su barco había divisado una pequeña plataforma de madera con algunos hombres sobre ella. Ellos no lo pensaron dos veces y se le abalanzaron. La destruyeron y los salvaron para después ofrecerles un puesto en las mazmorras de la Isla. Además, como estaba oscuro no pudieron ver bien si habían capturado a todos los tripulantes de la balsa.

Con el paso de la conversación, Adis fue ganándose la confianza del príncipe. Ahora ya caminaban juntos sobre la plataforma del barco. Dénet permaneció junto a Gladreo, y Quetzalco mandó a su propio médico para que cuidara del morador. También, permitió que Dénet saliera a tomar aire fresco y a recibir el sol.

Hacia el mediodía, el príncipe Quetzalco y Adis miraban el horizonte parados sobre la proa. Tras ellos venían otras cinco naves quetzales.

—¿Qué van a hacer si el otro hombre está muerto? —preguntó.

—No asumiré la posibilidad hasta que no lo vea muerto. No creo que las aguas sean su sepultura.

—Se ve que no conoces el mar. Muy pocos se salvan de un naufragio. Necesitan ser hombres fuertes y buenos nadadores, y aun así, muchos mueren. Al mar se le respeta.

—Sigo sin pensar en su muerte.

—Eres obstinado.

—Conozco a Azariel. Tiene que haber sobrevivido de alguna manera.

—La orilla de la Isla estaba aún lejana.

—Parece que el obstinado es otro —dijo Adis con una sonrisa—. En fin, ya sabremos de Azariel, por lo pronto, sólo puedo retribuirte el que nos hayas salvado la vida ayudándote en la empresa que te hayan encomendado... Siempre y cuando sea lícita, claro, aunque dudo que esta armada, junto con esas otras cinco naves de guerra, estén de paseo rescatando náufragos.

—Vamos a limpiar un poco la zona.

—¿Para limpiar necesitas armas? —preguntó como si no comprendiera de qué se trataba. El anciano Luzeum les había advertido la situación en el reino del Mar Teotzlán.

—Vamos a liquidar todos los barcos de los argretes que nos encontremos.

—¿Todos?

El príncipe Quetzalco titubeó. No quería mostrar temor a nadie. Le había dicho que ésos eran sus dominios, pero en verdad los argretes parecían ser los verdaderos dueños de esas aguas. No se atrevió a aceptar que ellos tenían un verdadero problema en su reino.

—Me parece una empresa que te resultará muy fácil conseguir con toda la fuerza que te acompaña. Y como te decía —elevó la voz—, me propongo ayudarte.
—¿Sabes manejar algún arma?
—Puedo desenvainar una espada.
Dénet alcanzó a escuchar la voz de Adis, se acercó:
—Ey, príncipe, yo también me ofrezco.
—¿Tú sabes hacer algo más que desenvainar una espada?
El leñador entendió al instante la sorpresa que Adis quería darle al príncipe, pues estaba tan seguro de que nunca antes había visto a un hombre manejar tan bien la espada como a Adis.
—Si lograron salvar mi hacha de guerra, podría mostrársela al enemigo desde lejos.
—E imagino que el enfermo sabrá tirar más o menos al arco, ¿verdad?
—¡Ajá! —exclamó el caballero de Alba—. Con que rescataron nuestras armas.
Quetzalco llamó al capitán del barco. Le susurró algo al oído. Éste pareció no estar muy convencido e intentó persuadirlo. El príncipe le ordenó que se apresurara, los tres náufragos no tenían ningún parecido con los argretes, independientemente de su aspecto físico, eran seres razonables. Poco después, regresó el capitán junto con varios guerreros. Uno de los hombres traía las armas de los tres. Quetzalco las devolvió a sus dueños, reservando el arco para Gladreo.
—Muchas gracias por regresarme a Gladata, príncipe —dijo Dénet, mientras acariciaba su hacha.
Los demás quetzales observaron con atención, empuñando sus propias espadas, y listos para defender al príncipe de algún ataque. Dénet no se dio cuenta de lo que sucedía a su alrededor. Colocó su hacha a su espalda. Adis, por su parte, examinó su hoja con cuidado. Le fue suficiente una buena inspección con la mirada para comprobar que seguía en perfectas condiciones. La volvió a envainar.

—La batalla no será fácil —murmuró el capitán—. Tendremos que luchar contra el enemigo abierto y dos infiltrados en nuestra propia nave.

Las palabras del capitán no pasaron inadvertidas para Adis.

—Amigo —le dijo con seriedad—, nosotros, los albos, somos leales. No por nada he venido hasta estas tierras.

—Espero que no entres en problemas durante la batalla —agregó Dénet—, porque a ti no te debemos nada... Me equivoco, te debemos nuestro naufragio.

El sol fue escalando el horizonte. Todos los guerreros estaban en sus puestos, quienes a pesar de las indicaciones del príncipe, seguían desconfiando de los dos náufragos de a bordo. Quetzalco se había dejado impresionar por completo por las palabras de sabiduría de Adis. Aunque el albo nunca había navegado en el mar, ya había aprendido cuanto un marinero asimila en un año. Antes de partir había memorizado todos los cabos y las costas que habían bordeado, así como las entradas y salidas de los arrecifes. Conocía la costa norte, y ahora la del este, por donde se deslizaba la nave. Con su vista penetrante sondeaba el mar.

Llegaron a una gran caverna en los arrecifes. Los tripulantes observaban con miedo aquella boca negra, como si esperasen que algo horrible saltase para matarlos de golpe. La sombra que proyectaba sobre las aguas era como la de un hálito gélido tratando de matar todo lo circundante.

El príncipe que aguardaba junto al albo contuvo la respiración.

—¿Qué sucede con esa cueva? —inquirió Adis con naturalidad.

El príncipe no respondió. Esperó a que hiciera alguna otra pregunta o quizás a que cambiara de tema, pero el silencio siguió reinando no sólo entre él y Adis, sino en el buque y en la tripulación de los demás barcos.

—Estas aguas son una vergüenza y una tragedia para mi pueblo —dijo sin quitar la mirada del enorme hoyo negro.

En pocas palabras le contó quién era Boca de Muerte. Fue el único que habló durante el trayecto. En el estrecho, las naves se dieron prisa para salir de la bahía y alejarse. Comenzaba a caer la noche, no querían permanecer en ese lugar, preferían el mar abierto. No les gustaba sentirse encajonados en una zona tan desdichada.

Adis y Dénet fueron a visitar a Gladreo. Cuando llegaron lo encontraron ya despierto, pero aún en la cama.

—¡Adis! ¡Dénet! ¿Es cierto que...?

Ambos entendieron al instante la pregunta. El leñador inclinó la cabeza, mientras que el albo se sentó junto a su cabecera.

—Él está bien.

—¿Estás seguro? Me dijeron que sólo nos encontraron a nosotros, pero no a él.

—Príncipe Gladreo, estoy tan seguro de que él está bien que ahora mismo estará viendo la manera de cumplir con su misión en estas tierras, quiero decir, en estas aguas.

Hubo un momento de silencio, Dénet observó el arco junto a su amigo:

—¿Cómo estás? —le preguntó.

—La cabeza me da diez mil vueltas y siento el cuerpo como traspasado por miles de flechas.

—¡Um! —Dénet movió la cabeza de un lado para otro.

—¿Qué sucede?

—Esperemos que te recuperes pronto. Por cierto, debes asegurarte de que tu arco esté en perfectas condiciones.

—¿Tendremos que escapar de aquí?

—Oh, no, nada de eso. Éste es un buque de guerra y por lo visto no tiene deseos de regresar a tierra si antes no chocan contra el enemigo.

Y en breves palabras le contó la situación de los quetzales de cara a los argretes. Según ellos, el Pirata se había retirado del Mar Teotzlán para visitar a alguien en otras regiones; pero eso era un rumor. Adis tuvo que intervenir en varias ocasiones, ya sea aclarando detalles o puntualizándolos más, ya que el sapiente Sénex Luzeum solamente le había adelantado la historia de los argretes al caballero albo, pues prefería que Azariel conociera el problema personalmente. El albo no podía actuar ni intervenir en nada, a menos que fuera un caso de vida o muerte.

Los centinelas dieron la voz de alarma. La neblina había descendido durante el amanecer, de manera que cuando la tripulación llegó a cubierta, sólo pudo observar unas densas nubes blancas que les impedían ver más allá. Sin embargo, los vigías escucharon que las olas golpeaban contra algo macizo: las naves enemigas.

Los náufragos no respondieron a la señal de alarma, Adis no podía abrir la puerta de la recámara.

—Atrancaron la puerta —dijo Dénet, al tiempo que dejaba el lecho.

—Ese capitán...

—Vamos a intentar los dos juntos con nuestros hombros —propuso el leñador—, si no logramos abrirla, tendré que derribarla.

El albo le indicó con la mano que esperara. Luego, le pidió que viera el estado de Gladreo, mientras él se acercó a la puerta con cautela y pegó la oreja a la pared. Después, se puso sobre el suelo.

—Estoy bien —respiró con tranquilidad el príncipe de los moradores.

—Toma tu arco, amigo.

—¿Ya llegaron los argretes?

—Están muy cerca de nosotros, según cree Adis.

—Hay dos guardias vigilando la puerta —susurró el albo.

—No confían en nosotros —dijo perplejo el morador.

—No —respondió el caballero de Alba, mientras que el leñador lanzaba una mirad feroz hacia la puerta—. ¿Me ayudas a tirarla, Dénet? Debemos derribarla de un solo golpe.

—Espera —dijo el leñador—, tengo una mejor idea.

Adis y Dénet se prepararon para dar el golpe a la puerta, cuando allá arriba la neblina daba paso a un espolón con forma de cráneo en la punta. Los gritos de guerra de los argretes resonaron en todo el contorno. Ellos también los habían visto. Habían guardado silencio para acercarse más. Querían beber sangre. Estaban sedientos. Hoy no querían persecución, deseaban la batalla cuerpo a cuerpo. Todos ellos también venían cerca de las barandillas. Sus cimitarras apuntando al cielo. Estaban preparados para el abordaje.

La batalla comenzó. Un quetzal lanzó un alarido de dolor y se precipitó de bruces al fondo del mar, una flecha enemiga le había atravesado el pecho. Dénet elevó su hacha y de un golpe diagonal hizo pedazos la puerta entera. Al instante, Adis saltó fuera y a base de golpes logró derribar a los dos guardias. Luego, los colocaron sobre los lechos. Adis les pidió disculpa a los dos inconscientes y salió detrás de Gladreo, quien ya se había puesto en pie.

La batalla había comenzado. El capitán del buque insignia dio órdenes de desplegar las velas mayores. Lo mismo hicieron los otros capitanes de los cinco barcos quetzales. Aún no sabían contra cuántos lucharían ni con qué tipo de navíos. La neblina creció tanto en densidad, que perdieron la visibilidad a más de cinco pasos.

—¡Dénet, espera! —gritó Adis—. Debemos encontrar al príncipe para saber cuál es su plan de ataque, luego nos encargaremos de mostrar nuestras habilidades para ayudar a los quetzales. Yo trataré de acompañar al príncipe en todo momento. En mi opinión, dudo que tenga la experiencia que presume.

—Lo mismo pienso yo —opinó Dénet—. Cuídalo bien y cúbrele la espalda, como se las cubrías a Azariel y a Gladreo el día que nos conocimos.

—Y tú —sonrió Adis—, mueve esa hacha como lo hiciste contra aquellos lobos feroces que nos tenían cercados.

—No olvides al moservo que exterminó junto con esos dos gramas titanes —agregó Gladreo.

Algunos argretes habían intentado el asalto, pero eran tan pocos que en cuanto cayeron en cubierta los traspasaron casi al instante. A ellos también les estorbaba la neblina al momento de realizar su ataque.

De pronto, hubo un silencio. Nadie quería indicar su posición. Cada guerrero se tiró sobre la borda. Ninguno sabía si habían pasado las naves de los argretes o si seguían lado a lado con ellos. Tanto los capitanes quetzales como los argretes no se arriesgaron a virar ni a babor ni a estribor para arremeter con el espolón. Aquello podría ser una ventaja si lograban pegarle a algún navío contrario, y una desventaja si no encontraban alguno, pues quedaría todo el flanco expuesto.

El mar seguía golpeando contra los barcos. El sol comenzó a salir y a calentar. Poco a poco la niebla se elevó sobre la superficie marina. Cada uno de los guerreros quetzales fue apareciendo detrás de sus escudos. Muchos de los costados del barco estaban manchados con flechas aquí y allá, resultado del primer ataque. Sobre la plataforma yacían tres cuerpos. Eran argretes.

El príncipe lanzó un grito de coraje y la tripulación se volvió hacia él. Había tres navíos enemigos y quedaban a sus espaldas. Adis observó alrededor, habían quedado atrapados entre dos fuegos.

—¡Príncipe! ¡Príncipe! —gritó—. Mira al frente.

Cuatro galeones, en formación de lanza, desplegaron las velas en línea recta hacia ellos. Los otros barcos eran tres galeras, los cuales daban ya la vuelta para enfrentarlos. La desesperación ahogó los corazones de los quetzales. Al mismo príncipe se le cayó el arma de la mano. Adis se le acercó y evitó que se desplomara sobre el suelo. Gladreo recogió su espada y lo animó:

—¡Vamos, príncipe Quetzalco! Así como te encuentras sostenido por este amigo mío, de la misma manera sostente de él en la lucha. Aún no conoces la sangre fría que tiene en la cabeza.

Pero el príncipe no respondió ni dio orden alguna, sólo contemplaba cómo los barcos se acercaban peligrosamente, más y más.

—Príncipe —replicó Dénet—, no dudes en las indicaciones de Adis. Sigue sus consejos de la defensa… ¿Qué digo? ¡Del ataque!

El capitán se acercó con voz temblorosa:

—¡Oh, príncipe! No permitas que estos tres te persuadan. Mándalos atados al fondo del mar.

El momento no era para discutir, y nadie lo sabía mejor que Adis. Sin esperar la orden del príncipe, se acercó al mástil principal y, sin hacer uso de la escalerilla, lo escaló como si fuera un tronco, con la velocidad y agilidad de un morador.

—No bajen las velas —gritó él al sentir un cambio repentino del viento—. Más vale seguir contra los cuatro que vienen enfrente que intentar dar la vuelta contra los tres. De lo contrario, lo único que lograremos será perder velocidad. El viento está a nuestro favor. Si apuntan bien a sus barcos tendremos más oportunidad de dar mejor golpe.

Descendió y desenvainó su espada con la fuerza con que un rayo truena en el horizonte. Su hoja centelló contra el sol.

—¡A sus puestos!

Fue como un golpe de pecho a cada uno de los quetzales: la batalla ni siquiera había comenzado, ¿cómo era posible que se rindieran sin presentar resistencia? Los arqueros se precipitaron a la proa para dar el primer aviso de muerte a los argretes. Gladreo corrió a su camarote por algo y pronto regresó a cubierta. Tenía mejor arma y mejor brazo, de manera que se colocó sobre el castillo del buque. Las flechas quetzales, por fortuna, le quedaban como a la medida.

Abajo, Dénet se quedó moviendo los brazos, en espera de una embestida cuerpo a cuerpo. El príncipe Quetzalco se ubicó junto al caballero de Alba y mandó a su capitán a prepararse para la embestida, ¡por fin había salido de su estupor!

Los barcos estaban más cerca. Los argretes dejaron de remar para evitar el choque. Gladreo tensó el arco, apuntó y disparó. Sobre la barandilla de un galeón había un argrete de desmesurados brazos. La flecha penetró entre los dos ojos y cayó de nuca sobre la plataforma de su propio galeón. El ataque los tomó desprevenidos, pues la distancia era demasiada para cualquiera de ellos. Los quetzales dirigieron sus ojos hacia el castillo del buque del príncipe. Allí, Gladreo, parado firmemente sobre sus dos piernas, sacó otra flecha y volvió a dar en su objetivo. Una y otra vez, sin darse un respiro.

Dénet se acercó al capitán del barco y con unas palmaditas en la espalda, dijo:

—Ey, amigo, sigue conduciendo bien el barco. No te distraigas con la destreza del príncipe de la Foresta Negra.

—Me impresiona tu amigo —respondió haciendo hincapié en que se trataba de uno.

—Espera a que Adis se ponga en acción con sus brazos. Ya verás, todo lo que corre por su mente lo puede llevar a cabo.

Y sin esperar réplica, se alejó de nuevo a su posición. En ese momento los barcos ya se habían acercado. Una lluvia de dardos en busca de un enemigo salía desde los cinco buques quetzales, los cuales se cerraron lo más posible para evitar que los galeones fuesen a dar un movimiento corto para pegarles de lado. Los argretes intentaron salir del alcance de los quetzales, demasiado tarde. Los dos galeones del centro quedaron destrozados ante los espolones de cabeza de quetzal. Algunos lograron lanzar unos cuantos garfios para asirse de los barcos, pero los arqueros siguieron lanzando su lluvia de flechas. Los que lograron escalar fueron repelidos al instante.

El príncipe Gladreo abordó, de un salto, el barco quetzal de su derecha, luego el siguiente, hasta llegar al de la esquina. Desde ahí, apuntó un tiro certero al capitán del galeón. Evitó la maniobra que el otro planeaba, de lo contrario, la misma fuerza del barco quetzal hubiera operado en su contra y el espolón cadavérico habría desgarrado el casco quetzal. Luego, regresó a su barco, parecía un leopardo por la velocidad con que procedía. Cuando divisó de nuevo su bajel, lanzó una flecha a la cual había atado una cuerda. Saltó y se encaramó por la popa. Un hombre, al borde de la barandilla, le alargó la mano. Era el capitán del barco.

—Parece que se ha recuperado, príncipe —dijo con una sonrisa—. Me alegra tenerlo como aliado.

—Todavía no estoy en forma, pero mejoramos —respondió Gladreo y regresó a su puesto.

Abajo, Dénet animaba a los quetzales que abordaban el barco enemigo. La otra nave fue abordada por los de al lado. A estribor, eran dos contra uno, y a babor, uno contra uno. Los otros dos restantes siguieron eliminando a todos los argretes de los galeones caídos. Adis se dio cuenta de que ahora ellos tenían que esperar el choque de las tres galeras que llevaban el viento a favor.

—¡Regresen! —gritó—. ¡Regresen!

Nadie hizo caso. La tripulación casi en su totalidad había abordado al galeón caído. Estaban como fieras masacrando a los argretes. Gladreo y Dénet se sumaron al asombro. Comenzaban a ser testigos del odio que los quetzales habían acumulado en su misma sangre. El mismo príncipe quetzal estaba entre sus súbditos: matando, mutilando y dando el último golpe a los que yacían ahí tirados. Tanto era el desenfreno, que otros seguían traspasando a los enemigos muertos.

Gladreo se alejó de la barandilla para indicarle al capitán que comenzara a alejarse de aquel lugar.

—No los vamos a dejar ahí —le replicó.

—Regresarán cuando vean que nos vamos.

—Ni siquiera así lograrás traerlos a bordo —y se cruzó de brazos—. Yo no me muevo.

—¡Malditos deseos de venganza! —gritó Adis.

Por primera vez casi había perdido la cabeza, no lo podía creer. Parecían peores que animales. Cualquier persona razonable se habría dado cuenta de que deberían prepararse contra las tres galeras que se les venían encima.

—¿Qué tal si les mandamos un poco de fuego? —propuso Gladreo, a la vez que aseguraba una bolsa de aceite.

—No perdamos tiempo —aceptó Adis, y él mismo tomó una bolsa de aceite y recogió un arco que había quedado ahí tirado.

Lo que Gladreo había traído consigo del camarote eran bolsas de aceite y una pequeña antorcha. Empaparon con aceite varios puntos de los dos galeones enemigos, tomaron flechas con la punta en llamas y una lluvia de fuego prendió a los galeones. Al darse cuenta de que el fuego procedía de su propio buque, el príncipe Quetzalco, rabioso, se sintió traicionado.

El leñador le ordenó al capitán que diera vuelta al navío. Como no le hizo caso, Dénet elevó su hacha, amenazante. El capitán no tuvo más remedio que girar el timón. Cuando los quetzales vieron que la plataforma entera se alzaba en llamas y que su buque se alejaba, se vieron obligados a regresar. A pesar de todo, algunos se obstinaron en seguir destrozando cadáveres. Sin embargo, el buque insignia continuó su viaje.

—¿Qué han hecho ustedes dos? —gritó enfurecido el príncipe Quetzalco.

Adis lo tomó por el hombro, sin responder nada y lo encaminó a la popa. Desde ahí apuntó con el dedo.

—¿Quieres que tu victoria se convierta en derrota por tus pasiones descontroladas? ¿De qué te servirá desquitarte con aquellos cadáveres del galeón? ¡Están cegados por la venganza! Conoces de sobra que los demás argretes no se pondrán a llorar la pérdida de uno, dos o diez barcos. Ellos te atacarán. Lo sabes demasiado bien. Míralos, ahí vienen a enfrentarse contra nosotros. Somos nosotros los que no estamos en posición para detenerlos.

El príncipe no le respondió nada. Admiró su espada bañada en sangre. Apretó la empuñadura como si aún estuviera derribando a un enemigo.

—¿Qué sugieres?

Sin esperar más, Adis habló con el capitán. Era indispensable saber cómo pensaba esquivar el golpe para así poder preparar la defensa.

—Príncipe Gladreo —le indicó Adis—. Trata de eliminar primero a los timoneles de las galeras. Después, en lugar de matar arqueros, intenta incendiarles la nave —se volvió hacia los arqueros y los dividió en dos bandos—. De aquí para allá, hagan que sus flechas sean una verdadera tormenta que les arrebate la vida. Esta parte será la más importante: no permitan que ninguno se acerque a los timones. Los barcos estarán a nuestra merced si lo logran. Por cierto —se dirigió al capitán—, mantén una distancia de tiro de flecha de las demás galeras.

—Somos más —replicó éste—. Podemos abordarlos.
—No —rechazó Adis con dureza.

Los otros tres barcos quetzales ya habían acabado con los dos galeones que habían sobrevivido el choque. Ahora estaban encarnizados en hundirlos. Por lo mismo, serían sólo dos barcos los que saldrían contra las tres galeras enemigas: el del príncipe, llamado *Tuxtla*, y el *Ostitil*.

Gladreo apretó el arco y una flecha. Pateó el mástil principal, lleno de coraje. Aquella pudo haber sido una de las victorias más fáciles, pero la sed de venganza y la ceguera de los quetzales impedían consumar la batalla a su favor.

El sol caló sobre las frentes de los tripulantes. El mar había dejado sus espumosas embestidas contra los cascos de los barcos. El viento, por el contrario, había arreciado.

—¿Estás listo? —preguntó Adis.
—Necesito que se acerque un poco más. Quiero que mi flecha le traspase el cuello. Al menos así ya no tendrá que sufrir la furia de estos quetzales, si es que abordan el barco.
—Veo que no soy el único que está aterrorizado por la manera de comportarse de estos quetzales. Se han convertido en unos salvajes, en...
—En eso que combaten —completó Gladreo.

Adis echó un vistazo a su alrededor. La sed de venganza deambulaba en cubierta. Los quetzales esgrimían sus espadas al aire con furia, como si al hacerlo vulnerasen a los argretes. Sus bocas eran volcanes de gritos, improperios y amenazas. Sus ojos no veían más que lo que tenían enfrente. Su único pensamiento era matar a los argretes, masacrarlos.

—Esta batalla no es nuestra —dijo Adis entre dientes, al acercarse a sus compañeros, y apuntó en dirección del timonel—. Pero la victoria sí lo será.

Un proyectil voló desde el *Tuxtla* hasta la galera enemiga. Había cientos de manos cortando los aires con sus cimitarras. Varios mástiles cubrían la cubierta. Había dos o tres argretes de gran tamaño. A todos los esquivó la flecha. Había sido apuntada a un hombre y a ese hombre debía golpear.

—¡Le di!

—Uno menos, te quedan dos.

—No, ahora sólo me queda uno.

—¡Hagan lo que les dije! —gritó Adis a los arqueros, quienes habían comenzado a disparar contra los argretes sin seguir sus indicaciones de mantenerlos fuera de los timones. Adis envainó la espada, le arrebató el arco a uno y comenzó a defender uno de los timones vacíos que había dejado el arte de Gladreo, quien siguió eliminando a los argretes que intentaban coger el timón de las otras dos galeras.

El golpe del *Tuxtla* contra el enemigo fue casi inevitable. El capitán lo había buscado, ansiaba el abordaje. El impacto los tiró por los suelos. El enemigo aprovechó la confusión y fueron ellos quienes abordaron. Una flecha traspasó el brazo izquierdo del príncipe de los quetzales, que había rodado sobre cubierta, y una horda de argretes se le echó encima. Dénet, que se había agarrado a un mástil, era el único en pie; sin pérdida de tiempo, se abalanzó sobre Quetzalco para cubrirlo y con movimientos rápidos y certeros mandó a la región de los muertos a esa horda de argretes. Más y más siguieron llegando, pero él mantuvo el pie firme y su hacha en vuelo. Era un gigante en comparación con el tamaño de los quetzales y los argretes.

El *Ostitil* había logrado partir una de las galeras por mitad. Después, se lanzó por la otra galera, la que rodeaba al *Tuxtla*, para arremeterle. Los argretes de la galera hundida nadaron hasta el *Tuxtla* y con la ayuda de sus compañeros lo abordaron. Adis arrojó el arco a la cara de uno que se le venía y, flecha en mano como si fuera daga, le traspasó el vientre. Entonces sacó su espada y la esgrimió a diestra y siniestra. El príncipe Gladreo escaló un mástil y desde ahí siguió apuntando y matando con tiros certeros.

Los cuerpos inermes de los quetzales comenzaron a cubrir la plataforma de su propio barco. Los argretes se habían posesionado de casi todas las partes, menos de la popa. Dénet había arrastrado al príncipe hasta esa parte. Adis le acompañaba. El príncipe de los moradores también los apoyaba, pues había tenido que abandonar su puesto: entre varios de los enemigos habían formado un techo de protección para poder acercarse al mástil y derribarlo. Los argretes lo esperaban como tiburones feroces; pero el príncipe de la Foresta Negra sabía cómo saltar de árbol en árbol, de liana en liana y, ahora, de palo a palo.

Un puñado de argretes se metió al interior del barco, mas pronto los vieron salir corriendo hacia su galera. Los demás mantuvieron su distancia frente al filo del hacha y de la espada; sólo las flechas lograban alcanzarlos. Cuando comenzó a salir humo por la escotilla principal del *Tuxtla*, los argretes finalmente se replegaron.

—¡Huyen, huyen! —festejó entre quejidos y carcajadas el príncipe quetzal—. ¡Los hemos vencido! ¡Se han rendido! Han regresado a su barco, ¿no lo ves?

—No huyen ni se han rendido —observó Adis—. Sólo preparan la cacería.

Los argretes le habían prendido fuego a las entrañas del *Tuxtla*. Ellos cuatro no podían permanecer ahí y tendrían que lanzarse al agua. Después, el tiro al blanco desde la barandilla sería un juego de diversión para el enemigo. Para mayores males, al *Ostitil* no le estaba yendo muy bien. Habían sufrido bastantes pérdidas, aunque ellos habían abordado al enemigo.

«Da lo mismo si el *Ostitil* gana la batalla —pensó Adis—. Igual se quedarían lamiendo las entrañas de sus víctimas, hasta que los argretes del barco que se aleja del *Tuxtla* fueran a matarlos sobre sus mismas presas».

El fuego se alzó por todos los costados. Los argretes tiraron dos botes con cinco hombres cada una. Después, se alejó para arremeter contra el *Ostitil*, mientras los diez hombres volvían a acercarse al *Tuxtla*.

—Tontos, cometieron un error —hizo notar Adis—. No dispares, príncipe. Deja que la galera se aleje.

A unos cuantos kilómetros al fondo, se veían cuatro grandes piras alzarse hacia el cielo. Los otros tres buques quetzales venían por fin en auxilio de su flota, pues el fuego del *Tuxtla*, que alcanzaba la popa, había alertado.

—Dénet, salta al mar y cuida del príncipe. Nosotros lo haremos cuando terminemos con los diez hombres o cuando el fuego nos impida seguir aquí arriba.

El príncipe pidió una tabla para mantenerse a flote sin necesidad de utilizar su brazo herido. El zambullido en la salada agua marina le resultó muy doloroso.

Los argretes no sonrieron al ver que eran alcanzados desde la popa por los disparos certeros de Gladreo y Adis. Intentaron alejarse del alcance de las flechas, pero ya era muy tarde. Cuatro de los diez lograron salvarse. Se tiraron fuera de los botes.

El fuego rugió a los pies de los dos hombres y tuvieron que arrojarse al mar. Al instante, los cuatro argretes volvieron a subirse al bote. Uno de ellos sacó un arco, pero cayó al agua con una flecha en pleno rostro. Lo mismo sucedió con el que llevaba los remos. Los otros dos volvieron a tirarse al agua. Gladreo se había subido a un tronco y desde ahí los atacaba. Uno de los argretes intentó imitar al morador, pero cayó al agua, lanzando un grito ensordecedor. El que aún quedaba vivo volteó a ver qué le había pasado a su compañero, distracción que el príncipe morador aprovechó para asaetarlo. Adis se deshizo del cuerpo y abordó el bote. Entre Gladreo y él comenzaron a remar con fuerza, para recoger a Dénet y al príncipe de los quetzales.

La batalla no duró mucho. Los cuatro buques exterminaron por completo la última de las galeras enemigas. Fue sólo la visión del *Tuxtla* en llamas que los detuvo en su alocada agresión hacia los cadáveres.

IV

REVELACIONES

Ninguno en toda la Isla podía creer lo que veía: cuatro de sus buques de guerra regresaban. Habían pasado sólo tres días. ¿Dónde estaba el *Tuxtla*?

—Ay, qué desdicha la nuestra —lloró una de las ancianas—. Esos demonios no conformes con llevarse a nuestros hijos y nietos, nos arrebatan a nuestro querido príncipe.

—¡Cuántas miserias nos rodean! —exclamó otra, cerca del puerto.

—¿No sería mejor que nos alejáramos de estas aguas mortales?

—Nuestro pueblo se desvanece tan rápido como la estela que deja tras de sí la ola.

Para mayor de males, como si fuera mal augurio, a una gaviota se le escapó del pico un pez grande que acaba de sacar del agua. Cayó en medio de las ancianas. Lo vieron coletear y morir como si fuera un reflejo de los hijos de sus entrañas, quienes morían frente a ellas sin poder hacer nada.

El rey llegó al puerto:

—¿Qué sucede? —no esperó respuesta, el mismo horizonte se la reveló; su voz desgarró el cielo—: ¡Mi hijo…, no es posible!

La señora reina ya había llegado hasta su lado, sus dos hijas la acompañaban. Por el otro lado de la ciudad, llegó Execo, pero no se acercó mucho al puerto. Más bien, subió a una de las casas. Y observó todo detrás de un velo. Azariel llegó corriendo junto con Xusxún, quien le había estado dando un paseo por la Isla.

El rey, su esposa y sus hijas estaban en lágrimas. Varias señoras las abrazaban, las consolaban. Xusxún bajó la cabeza. En cada nave ondeaba en todo lo alto la bandera de un hermoso quetzal con plumas. A Azariel le parecía más un cortejo victorioso que uno mortuorio. Antes de hacerlo notar a los demás, prefirió preguntar qué pasaba.

—Ah, eres el único forastero en nuestras regiones. Lo que tú ves no es inteligible, como lo es para nosotros —explicó Xusxún en tono triste—. Ahí puedes ver al *Ostitil*, el *Hután*, el *Tulus* y el *Autic*. Sólo falta el *Tuxtla*.

—Eso significaría que lo tomaron o lo hundieron, si no me equivoco.

—El *Tuxtla* es el buque insignia —dijo apretando los puños.

El último de los glaucos comprendió la situación. Miró en torno suyo. El pueblo entero parecía ahora hundido bajo el peso de las lágrimas, el dolor y sobre todo la desesperanza. Había que hacer algo. No se podía quedar cruzado de brazos. Volvió a dirigir su mirada hacia los barcos, cada vez más cerca. Se talló los ojos. Era de los pocos que no estaba cegado por las lágrimas. Observó de nuevo con atención.

¡Qué contraste! En tanto los tripulantes del buque tenían los rostros alegres, en el atracadero estaban en un mar de lágrimas. Y ahí, al frente de todos, tres hombres. Azariel no pudo contenerse:

—¡Adis! ¡Gladreo! ¡Dénet! —gritó moviendo los brazos, a la vez que dirigió sus pasos al borde de las aguas.

Los hombres correspondieron a sus saludos. ¡Eran ellos, no había duda! Y junto a ellos, un quetzal, con el brazo vendado, pero bien erguido sobre la proa.

—¡El príncipe! —aulló una joven.

Aquel grito fue como la lluvia que cae y apaga el fuego que amenaza el bosque. La tristeza se convirtió en alegría. Los sollozos en cantos. Aunque hubo algunas mujeres, de entre las más ancianas, que no festejaron mucho. Sabían demasiado bien que la tristeza volvería a invadirlas. Faltaba un barco entero; para ellas, eso era igual a muchos muertos.

El rey se acercó a Azariel, rodeado de su familia. Había gozo en su mirar.

—¿Ves? Ahí viene mi hijo. Es el del brazo herido, señal de grandeza, de honor y de victoria en el combate. ¡Ya verás qué hazañas ha realizado! Estoy seguro de que hundieron el *Tuxtla* porque no podían con él. Aun así, mi hijo salió victorioso.

Azariel guardó silencio. En un ejército bien organizado, le había dicho el general Aómal, todos se protegen y ayudan. Las lesiones se evitan. Las fuerzas no se pierden en vano. Mueren menos. Hay mayores garantías de una victoria verdadera. En cambio, las heridas ocurren por querer hacer más de lo debido, por caer en el desorden, o por cegarse ante las pasiones. El general sólo consideraba la muerte como digna si se moría cumpliendo el propio deber o salvando a un compañero. Lo demás no era valentía, sino temeridad.

—Esos tres que están a la izquierda de tu hijo son mis amigos —dijo el último de los glaucos—, los que hemos estado buscando.

—¡Qué suerte han tenido! —adelantó conclusiones el rey Montexú—. Se salvaron de la batalla.

En cuanto el *Ostitil* tocó el muelle, la gente se agolpó a su alrededor. El rey se acercó al borde de la escalerilla, en espera de su glorioso hijo. Ziaxa, la princesa, portaba en sus manos el enorme penacho de príncipe. El príncipe Execo se entremezcló con la gente del pueblo, apenas disfrazado con un manto.

—¡Rey de los quetzales, padre mío, querido pueblo! —habló Quetzalco—. Les traigo grandes noticias de empresas nunca antes realizadas. Aunque soy portador de grandes honores para algunos de ustedes, comienzo por decirles que siete bajeles enemigos han conocido la furia de nuestras manos. El fuego los ha consumido. Y ahora yacen en el fondo del mar. Nosotros, por el contrario, sólo perdimos una nave: el *Tuxtla*. La batalla fue de las más feroces. Cada uno de nuestros guerreros se mostró todo un héroe. Por eso les digo que los muertos no cayeron en la infamia, sino que han sido elevados a la gloria, no lloren sus muertes, a un héroe no se le llora. Alégrense todos. ¡Vean! —y les mostró su siniestra—, incluso yo he sido herido. Quedé rodeado de argretes. No me rendí. El resultado ustedes mismos lo ven: cinco buques de nosotros contra siete de ellos. Sólo perdimos uno y ellos: los siete.

Sus palabras fueron recibidas con vítores. Quetzalco pidió silencio:

—Quiero destacar la ayuda que recibimos de tres hombres venidos de reinos lejanos. Los rescatamos de una muerte segura en el mar, y ellos han pagado nuestra hospitalidad con sus servicios. Por tanto, deben ser tratados con benevolencia, no son argretes.

El rey Montexú miró de reojo al príncipe de Glaucia. Entonces sí habían participado los extranjeros. ¿Cuál sería la misión que los llevaba al Reino del Sol? ¿Qué es lo que Azariel no se atrevió a pedirle? No era momento para cuestionamientos, estaba feliz de ver a su hijo de regreso, vivo.

Apenas pusieron un pie en el muelle, tras ser vitoreados por el pueblo, Azariel saltó sobre sus amigos y se abrazaron. Había mucho de qué hablar, así que se disculparon con el rey y prometieron asistir al banquete que daría esa noche para festejar la gran victoria. Sin embargo, al marcharse, el último de los glaucos reparó en el llanto de varias mujeres. Lloraban por los que no habían regresado; en contraste, otras se llenaban de regocijo al ver al hijo, al esposo, al hermano volver, heridos o no, pero con vida.

—¿Te conmueven sus llantos? —preguntó Adis al ver la mirada triste de Azariel—. Me apena mucho decírtelo, pero se hubieran salvado casi todos… Ya te explicaré cuando estemos solos. Los vientos pueden llevar noticias que no sería bueno que todos escuchen. Al menos, no por ahora.

Se reunieron en la habitación de Azariel. Ahí, el albo le contó cómo los habían tratado al inicio. Después, le reveló la necia venganza de los quetzales y cómo ésta fue la causa de muerte de tantos.

—No me sorprende lo que me dices, yo estoy vivo gracias a la hija menor del rey Montexú.

—No hay nada de sorprendente en ser salvado por una mujer —dijo Gladreo—. A menos que ello te avergüence.

—Desde luego que no —replicó el último de los glaucos—. Mi mamá fue la primera en salvarme, su capacidad de sacrificio no tiene comparación.

—Como estaba diciéndote —retomó Adis su relato—, Gladreo fue la pieza clave en el ataque… —y siguió detallando la batalla contra los argretes, hasta que concluyó su historia.

Llegó así el turno de Azariel, quien refirió cómo es que gracias a Oaxana y a la intuición del rey, seguía con vida, no obstante que había sido condenado a morir bajo tortura, y aprovechó para exponerles su intención de ayudar al pueblo.

—Será una tarea difícil —observó Dénet.

—Lo sé —respondió Azariel.

—¿Y qué hay del Zircón de los quetzales? —preguntó Adis—. ¿Has averiguado algo?

—Aún no —dijo dolido—, no lo hice. Después de todo lo que escuché, no tuve el valor de pedirles su Piedra Preciosa.

Azariel sintió con gran dolor cómo le miraron al escuchar que le había dado miedo. No eran miradas de recriminación, pero sabía que ellos esperaban algo mejor de él.

—Vamos a conseguirla, aunque se opongan a nosotros todos los argretes.

—Acabas de recordarme algo, Dénet —dijo Adis golpeando con el índice el mueble en el que se recargó—. Azariel, ¿qué te han contado del Pirata, de Boca de Muerte? Ya que lo que Luzeum nos confió no se compara con los hechos —recordó.

—La mayoría tiembla al escuchar su nombre —les relató Azariel—. Lo han intentado matar. Nunca han podido esgrimir al

menos un cuchillo contra él... Aunque si mal no recuerdo, intentaron herirlo con una flecha.
—Y fallaron el tiro —supuso Gladreo.
—No, dio en el blanco, pero el Pirata enloqueció y él mismo exterminó a toda la tripulación de los quetzales... Disculpen, no quiero entrar en detalles, pero fue horrible lo que me contaron.
—Suena como si fuera inmortal e invencible, si así fue —reflexionó Dénet.
—¿Alguien como Burkazaf? —recordó el príncipe de la Foresta Negra—. Si el Pirata es como el enemigo que nos atacó en la cueva del Pico del Águila, tendremos muy pocas posibilidades de derrotarlo.
—¿Ustedes no lo vieron? —preguntó Azariel.
—Quetzalco dijo en el viaje que llevaban tiempo sin ver al sanguinario Pirata —respondió Adis—. Dicen que se ha marchado.
—Si es así, entonces, las costas están libres del líder de los argretes y podemos ir a enfrentarlos —dijo decidido el último de los glaucos.
—Es lo que juzgaron los quetzales, y es por ello que se lanzaron en busca del enemigo —dijo Adis pensativo—. Sin embargo, yo creo que más bien ha sido convocado. No sé. Quizá Kyrténebre lo llamó para planear algo. Pero, ¿qué querrá?
—El Zircón —concluyó el último de los glaucos.
—No sólo la Piedra Preciosa del reino —reflexionó Adis—. La noche que conocimos a Dénet, cuando un par de manadas de lobos dominadas por un moservo nos atacó, posiblemente el mismo Kyrténebre los enviara en contra nuestra... Él está también interesado en ti, Azariel, y en el Diamante herido.
—¿No son más necesarias las Piedras Preciosas para él? —replicó el glauco—. ¿Acaso no las quiere?
—Por supuesto que las quiere y las necesita. Pero, qué mejor si primero aniquila al que anunció la profecía como su destructor. Nosotros, los hombres, olvidamos con facilidad. Pueden suceder las calamidades más grandes, pueden iniciarse guerras por

tonterías, llover estrellas sobre nosotros: lo olvidaremos y volverá a suceder sin que hayamos hecho algo por evitarlo. El enemigo, en cambio, es astuto, perspicaz. Lleva aquí casi desde siempre. No sabemos si existió, incluso, antes que nosotros, nuestro saber no va más allá de la llegada del Gran Dragón. Cabe la posibilidad de que aprendiera todas sus artimañas antes de nuestra existencia. ¿No nos dijo el anciano Luzeum que fue arrojado y que cuando cayó entre los hombres ya era más sabio que todos los existentes en esta tierra? Nosotros no conocemos el alcance de su brazo, ni sabemos su verdadero poder. Aunque ya fue derrotado al menos dos veces: una desconocida por nosotros, y la segunda durante las Edades de la Alianza. Pero no fue vencido por completo. Perdió una batalla muy grande, mas no la guerra. Siguió luchando, sus tácticas cambiaron y casi consigue lo que quiere: apoderarse de la Giralda con todas las Piedras Preciosas.

Lo que ahora contaba Adis, no era desconocido para Dénet ni Azariel, pero sí para Gladreo. No tenía idea del alcance de Kyrténebre, el Gran Dragón.

—Un dato que muy pocos, mejor dicho, casi nadie recuerda —prosiguió Adis—, es que la profecía no es un mero mito. En Politesofía, la Ciudad del Conocimiento, aún se guarda la historia de las Edades Negras.

—Esa ciudad es un mito —objetó Dénet.

—No dudo que así lo sea, ya que sólo los ignisórum conocen su ubicación. El anciano Luzeum ha estudiado muy bien esas épocas. Me ha contado un poco.

Adis comenzó a pasearse por el cuarto. Vieron en él un rostro serio. Aquello era de suma importancia y a la vez muy secreto. Sería peligroso si el enemigo se llegara a enterar de que ellos también poseían el secreto.

—Nada sale de la nada —continuó—, la profecía no fue inventada de la nada, tiene un fundamento. El año del Daño del Hombre, en el día de su error, no todo fue gloria y deleite para el Gran Dragón. El cielo en toda su extensión se oscureció por completo.

Hubo una tormenta. Rayos por todos lados. De pronto, en el cielo, como escrita en letras de fuego apareció la profecía. El Reino Negro no duraría para siempre en esta tierra. Sus días estaban contados. Uno de la estirpe de los hombres sería su derrota.

»Al Dragón no le gustó la amenaza. Se elevó por los aires. Abrió sus fauces y lanzó fuego. Con sus uñas desgarró el cielo. Su insolencia fue castigada. Cuando regresó a la superficie de la tierra, no era el mismo. Había perdido sus alas. Se mostraba tal como era: un simple gusano gigante. Fue a través de sus artes negras que cambió su aspecto. Tomó uno similar al nuestro. Desde el inicio había envidiado la buena fortuna del hombre, y ahora, le llevó a intentar apoderarse de su imagen, pero quedó deforme.

El albo se detuvo en medio de la habitación. Guardó silencio. Miró fijamente al príncipe:

—Como tú bien sabes, la profecía era vaga. No decía quién ni cuándo. ¿Serás tú o no? Al menos, tenemos una corazonada: tú eres el elegido para llevar a cabo esta misión. Como te dijo el anciano en el Salón de Fuego: «Tú mismo lo has elegido, tú mismo lo llevaras adelante». Nosotros te ayudaremos.

»El enemigo, por razones que quizá sólo él conoce y el anciano Luzeum intuye, te ha sentenciado a muerte pensando que eres el que destruirá su reino. Él recuerda con perfección lo que vio en los cielos. La pérdida de sus alas es una constante que le evoca el pasado.

»Siempre vivirá en miedo. Desconoce quién es ése de la estirpe de los hombres. Intentará destruir a todo hombre sobre la faz de la tierra. Por eso, ha declarado guerra constante a cuantos se rebelen. Intentará hacer deÉzneton un pueblo de gramas. No habrá más libertad.

»Estoy seguro de que aprovechará la situación en la que nos encontramos para eliminarte. Siempre temió al linaje de Glaucia. El anciano Luzeum piensa que en cuanto se enteró de que la princesa Adariel escapó de su golpe letal, él tembló en su interior más que nunca. Azariel, el Gran Dragón te teme. Te juzga capaz de demoler su reino. Tratará de aniquilarte ahora que te tiene al descubierto. Sería muy prudente avisar al anciano. Explícale en la carta que el Pirata ha desaparecido. Cuéntale cómo los quetzales han salido y destruido siete barcos enemigos sin que el Pirata diera señales de vida. Pídele consejo y, si es preciso, yo mismo se la llevaré.

El último de los glaucos escuchó atentamente cada palabra de Adis. Se acercó a un escritorio que tenía cerca de la cama. Sobre la mesa había una pluma muy colorida, tinta y varios pergaminos. Se sentó y comenzó a escribir su experiencia con los quetzales, los temores de Adis y, por último, le pedía ayuda. Firmó.

—Le preguntaré a Xusxún el modo de enviarla al reino de la Foresta Negra.

—Entonces, ¿cuándo la mandarás?

—Esta noche.

—Opino que debes enviarla cuanto antes. ¿Hay algún sirviente por aquí cerca?

—De seguro habrá uno en el corredor, aquí afuera.

Y diciendo esto, se levantó con la carta en mano y salió de la habitación. A los pocos momentos regresó sin el pergamino.

—Se la di a un siervo. Él la llevará directo con el príncipe. En caso de que no haya ninguna manera, regresará ahora mismo para avisarme. Espero que no sea peligroso, pues evidencia bastantes secretos.

—Confiemos en que todo saldrá bien —respondió Adis.

—En lo que llega la respuesta, voy a aprovechar un rato para descansar —dijo Dénet—. El viaje en barco no me resultó muy agradable. Te meces para allá, luego para acá, apenas pude comer —y se acomodó bien en el sillón de estambre.

A Gladreo le pareció una excelente idea, los barcos tampoco eran lo suyo. Adis no dijo una sola palabra, cuando Azariel volteó, ya estaba tendido como un tronco en la cama.

Salió a caminar por los corredores. Lo que le rodeaba eran otras habitaciones. Su galería era cuadrangular, con un pequeño jardín en medio. En ese momento, el sol caía con fuerza sobre la fuente del centro. Un pájaro se posó sobre el borde y se bañó. El príncipe lo miraba desde su puerta. Volvió a caminar de aquí para allá. Un ruido llamó su atención. La puerta que llevaba a otros senderos del palacio se abrió casi con delicadeza.

—Ahí estás —dijo una voz femenina—. Te estuve buscando, hasta que me topé con uno de los sirvientes y me dijo que te podría encontrar aquí.

Azariel recibió con una sonrisa a la princesa Oaxana. Intentó acercarse a ella a través de los pasillos.

—No hay necesidad de que des toda la vuelta —le dijo poniendo su pie descalzo sobre el jardín—, puedes cruzar el jardín.

—Oh, es tan bello este lugar que no me atrevía a estropearlo con mis botas. Son muy burdas y el jardín, en cambio, tan delicado.

—Es porque te has puesto tus ropas de nuevo. Te gusta verte como un guerrero, ¿verdad? —dijo sentándose al borde de la fuente, dejando la bolsa que traía reclinada junto a su muslo—. ¿O sólo te las pusiste para recibir a tus amigos?

—Mis ropas me recuerdan a qué vine a este reino maravilloso bañado por el sol —dijo el glauco a la vez que se sentaba junto a ella—. Nunca como ahora he sentido cómo quema el sol. En el reino de la Foresta Negra he pasado calores más fuertes que aquí; es muy húmedo el lugar, se transpira demasiado, los mosquitos no dejan de molestar todo el día y los peligros se arrastran y esconden detrás de cada árbol. Pero aquí, el sol parece que quema.

—Lo hace, pero con dulzura. Ahora, explícame, ¿cómo es que sobreviviste? Debes estar muy acostumbrado a las ferocidades del ambiente, si así es tu lugar de procedencia.

—Uno se acostumbra... ¡Ah, cuánto extraño las Moradas del Rey!

—Cuéntame cómo es, de otra manera no puedo entender cómo es lo que extrañas.

—Los árboles están siempre verdes. Muchos de ellos parece que quieren subir hasta el cielo. Son en verdad grandes —el príncipe de Alba pareció sumergirse en un sueño al recordar aquella región aún no tocada por el mal—. Cuando acaricias sus cortezas te das cuenta que detrás de esa madera burda y escabrosa hay vida. La sientes correr. De continúo escuchas sus voces. El viento lleva sus mensajes de copa a copa.

—¡Precioso!

—El pasto crece cada día, con energía, y por ello hay varias mujeres que lo cortan constantemente. Además, encuentras arbustos perfilados de varias maneras: algunos tienen la forma de hombres corriendo; otros, de mujeres con niños en sus regazos. Incluso hay algunos que retratan la fauna del reino. De niño, recuerdo uno que me gustaba mucho, parecido a un unicornio.

—¿Por qué? —sintió curiosidad.

—Me gustaba por la situación en la que se encontraba: estaba en medio de un grupo de lobos y hienas. Tenían los hocicos abiertos y se preparaban para saltar sobre él. Por sus posiciones, daban a entender que estaban furiosos, como cegados por las ansias de matar. El unicornio, por el contrario, se veía tranquilo; su pose, esbelta, dueño de sí mismo, pero en guardia. Me identificaba con él, no sé por qué. Cuando murió la señora que cuidaba de ese jardín, las figuras fueron perdiendo su forma —aquí el joven príncipe se sonrojó un poco—. Aparte, como yo era un niño, también me dolió que se acabaran las tartas de manzana que me ofrecía la anciana siempre que pasaba por ahí... Debo confesarte que mi mamá no las hacía como ella.

—Cuéntame de la hija del rey Alancés.

—Es una mujer formidable, con una voluntad más fuerte que el hierro... La quiero y... —no dijo más, simplemente sonrió. ¿Qué más podría decir de ella sin quedarse el día entero evocando gratos recuerdos? Oaxana contempló un largo instante cómo sonreía el último de los glaucos al pensar en su madre, la princesa Adariel.

—Alteza, perdone que los moleste —entró abruptamente un sirviente al jardín—, pero traigo un mensaje para el huésped.

Azariel reconoció al siervo.

—¿Pudiste hacerlo? —preguntó volviendo en sí.

—Me dijo que no había posibilidad de mandarla por aire.

—Tendré que mandar a mi amigo —dijo con tristeza, al tiempo que se levantaba.

—No es necesario. El príncipe ha mandado una barca con un portador de la carta. Estima que llegará dentro de cinco a seis días al reino de la Foresta Negra.

—¿Conoce la zona? —dijo con ansiedad.

—No, eso creo.

—Es muy peligroso, lo pueden linchar en el camino. El enemigo rodea el reino aunque no puede entrar. Por si fuera poco, necesita un salvoconducto para penetrar los anillos de vigilancia.

—No tienes por qué preocuparte de eso. En cuanto el portador llegue cerca del lugar, buscará en alguno de los pueblos cercanos la manera de enviarla.

—He dicho que será peligroso si la carta llega a manos enemigas, puede ser interceptada.

—El príncipe Xusxún pensó lo mismo, después de consultar a uno de los consejeros.

—¿Por qué la mandó? Te dije que le explicaras que yo podía mandar a uno de mis amigos.

—Lo hice.

—¿Entonces? —al príncipe se le había calentado un poco el espíritu, el siervo permaneció inmutable como una piedra; después, sonrió—. ¿Qué, te parece muy gracioso? ¿De qué te ríes?

—Perdona, no pude contenerme. Ésa fue la reacción que el anciano me dijo que tomarías. Te describió con exactitud.

—¿Anciano? —dijo más enfurecido—. ¿De qué hablas?

—¡Por favor, Huixtíu! Respeta a nuestro huésped.

—Lo haré, princesa Oaxana, pero sólo porque me lo pides —aceptó bajando la cabeza—. El anciano del que hablo es uno de los consejeros del rey Montexú. Cuando el príncipe escuchó el consejo, Texlán iba pasando y escuchó la negativa que dio. Se acercó y preguntó. Él le explicó que tú querías mandar una carta a un tal Luzeum, que estaba en el reino de los moradores. En cuanto

Texlán escuchó el nombre de Luzeum, sonrió y se ofreció a llevar la carta. Te mandó decir que tú no eres el único que conoce al anciano vestido de luz. Él lo conocía mucho antes de que tú o tu mamá nacieran. Cuando él era un niño, el anciano Luzeum apareció de pronto entre nosotros. Ninguno sabe cómo llegó hasta aquí. Los centinelas no vieron surcar alguna barca. Él habló con nuestro querido Axustil, padre de Axustic, padre a su vez de nuestro presente rey. Gracias al anciano Luzeum, el enemigo nunca más se atrevió a acercarse a la Isla. No sé qué hizo, pero quedó protegida de los ataques del Pirata. Por eso aún sobrevivimos. Después, me explicó lo que te debería de responder y cuáles serían tus reacciones. Pero, por petición de mi princesa, te lo he revelado ya que el anciano quería dejarte perplejo y le correspondía al príncipe Xusxún aclararte la situación.

—Retírate, Huixtíu, yo me encargaré de hablar con mi hermano —el siervo se retiró y Oaxana se dirigió a Azariel—: Vaya manera de darte tales noticias.

—De seguro es amigo de Luzeum. Así actúa él conmigo.

—Me parece desconsiderado.

—Yo lo considero muy optimista.

—¿Optimismo? ¿A esa manera de tratarte? —preguntó perpleja—. ¿Cómo?

—Al menos para Luzeum, es la forma de explicar que no hay necesidad de buscar problemas donde no los hay. Los hombres... Bueno, yo tiendo a complicarme mucho. Debo ser más sencillo. Y es por medio de un ejemplo de comportamiento sencillo que se aprende, ¿ves? Le dijo al siervo cómo iba a reaccionar, y no se equivocó. Esos ancianos son grandes maestros. Muchas veces aplican el método de actuar de modo incomprensible, pero saben a dónde van y cómo llegar.

Comenzaba a oscurecer y ambos debían prepararse para el gran banquete.

—Falta poco para la cena, debes irte —lo instó Oaxana—. Estaré encantada de conocer a tus amigos.

Azariel asintió y dijo rascándose la cabeza, con una sonrisa burlona:

—Se verán muy extraños en la corte de tu padre.

—Sus ropas, ¿verdad? —intuyó ella y, en tono imperativo, agregó—: Yo me encargo de eso, y a ti también te mandaré algo más apropiado, esas ropas que traes puedes irlas tirando a la basura. Ah, y espero que no lleves esas horribles botas.

Azariel, a punto de abrir la puerta de su habitación, no pudo evitar reír al recordar la escena:

«¡Tus horribles botas!», remedó a Oaxana.

V

UN VIEJO FIERRO

Al sur de Ézneton, cruzando la Cordillera de la Muerte, se efectuaba una reunión en el Reino Negro. Las mentes más oscuras amenazaban con llevar a casa la vergüenza y la desolación. Eran tan negras que parecían impenetrables, incluso, para los más sabios y los que más lejos podían ver.

El gran dragón Kyrténebre, amo y señor de las sombras, estaba sentado a la mesa junto con el Pirata o Boca de Muerte. A la derecha del Gran Dragón, un viejo, de entre los más sabios de los ahí convocados, era Gryzna, considerado uno de los vermórum más terribles. Al otro lado, ocupaba el espacio un hombre de corta estatura y tez quemada, lo llamaban Od Intri-Gan, el corazón más malvado que había puesto un pie en las tierras del Desierto. A su izquierda se sentaba un hombre alto, sus ojos eran azules, sagaces y profundos; habitaba en los terrenos más fríos de Ézneton. Su cabellera grisácea, larga, le caía sobre los hombros: Úrzald, aunque no era el menor entre los convidados. También se encontraba el terrible domador de corazones, Burkazaf, quien era capaz de dominar las mentes y los corazones de los mortales que cedían a la seducción de sus encantos.

Y había más, muchos más en la sala, rostros podridos en odio y deseos de venganza; rostros salvajes y trastornados. Únicamente había una silla vacía, cuya ausencia en realidad nadie lamentaba, porque a ninguno de ellos les importaban los demás. Se trataba del asiento perteneciente a Zàrkanök.

Sentados a la mesa, cada uno expuso sus planes. El gran dragón Kyrténebre se limitaba a asentir o negar con un movimiento de cabeza, hasta que llegó el turno de Boca de Muerte. El Pirata mostró la Isla protegida del Reino del Sol sobre el mapa que tenían enfrente.

«Están sedientos de venganza». Una voz profunda y feroz envolvió el silencio. «¿Qué esperas para acabar con su sed?».

Kyrténebre hizo un ademán con su brazo derecho. Bastó una mirada para que el vermórum entendiera la sentencia. Ansioso y regocijado, anticipando desde ya la hecatombe sobre el reino del Mar Teotzlán, con esa sonrisa sardónica característica del Pirata, se hundió en su asiento.

La cena sería en la Plaza del Sol. Era una hermosa explanada de baldosas grises y doradas. Estas últimas figuraban un sol en todo su esplendor, y en el centro estaba pintado un quetzal emplumado en pleno vuelo.

—¡Es hermosa! —dijo asombrado Dénet.

—Lo que más me gusta —repuso Azariel— son esas palmeras que bordean la plaza entera. Me parecen como si fueran dos brazos que se extienden desde la Silla Refulgente —y apuntó con el dedo a la construcción que tenían al lado. Era la misma palapa en que el rey Montexú lo había reconocido—. Ustedes aún no la conocen en pleno día —continúo—. Los rayos del sol son absorbidos por esas baldosas grises, mientras que las doradas los reflejan con gran intensidad, aunque sin producir ceguera a quien los mira. Además, con todo lo de la fiesta, se pierde su esplendor.

En verdad, la plaza no podía reproducir su belleza. Había mesas en toda la superficie. Personas preparando por aquí, otras llevando jarras a las mesas. Parecían abejas en plena labor del día. A cada lado de los brazos de palmeras había unas repisas que ocupaban varios metros. Ahí estaban preparando los manjares. Muchos de los cocineros eran señores, entre ellos pudieron percibir a unas cuantas mujeres, casi todas ancianas. Las jóvenes se daban prisa en servir las placas, mientras que las mayores se encargaban de adornarlas.

Cuando la noche comenzó a posarse sobre la Isla, varios jóvenes subieron a lo alto de las palmeras para encender las antorchas. Otros fueron a prender fuego a las velas de las mesas.

—¡Impresionante! —se maravilló Gladreo.

—Azariel, ¿sabes cómo logran eso? —preguntó Dénet.

—No, ¿quizás Adis tenga alguna teoría?

Él movió negativamente la cabeza. El fuego que chisporroteaba de las palmeras no era de color normal. Había uno de color azul. Otro rojo, como el coral. Más allá uno lanzaba llamaradas moradas. Y él también se cuestionaba cómo lo habían hecho.

—Es una fiesta por todo lo alto. Espero tener una buena chuleta de búfalo blanco —exclamó el habitante de las Grandes Montañas—. Llevo bastante tiempo sin probar una.

Gladreo fue el siguiente en imaginar qué platillo le traerían:

—De seguro será una considerable porción de carne de venado para un morador hambriento.

—Yo, con que sea comida estaré satisfecho —dijo Adis acariciándose el estómago.

Azariel, que ya conocía un poco las comidas de los quetzales, sonrió y prefirió no ser él quien bajara de las nubes a sus dos amigos. En el reino del Mar Teotzlán no había ni búfalos blancos ni venados. Lo que sí había era «comida», así que por lo menos Adis quedaría satisfecho.

La mesa principal residiría en el centro del gran sol de la plaza. Hacia allá dirigieron sus pasos. Estaban aún de camino cuando escucharon un fuerte llamado. Aquél no era de trompeta o de cuerno, el sonido era más profundo y grave. Miraron en dirección de la Silla Refulgente. Allí vieron a un hombre con las manos en la boca, pero no pudieron distinguir el instrumento con que hizo aquel sonido.

De pronto, como si fueran miles de hormigas, los quetzales brotaron de todas las avenidas en dirección a la plaza. No tardaron mucho tiempo en llenar el lugar. Al pasar junto a los extranjeros los saludaban con un ligero movimiento de manos. Otros les dirigían alguna palabra de bienvenida. Muy pocos se les acercaron para conversar. La mayoría de estos últimos era familiar de los guerreros que atestiguaron las audacias de los forasteros, por lo cual desconocían quién era Azariel y apenas le daban un «buenas noches».

El capitán del *Tuxtla* se acercó con su familia, dos hijos, con tres niños el primero; cuatro el segundo, y sus tres hijas, una esperando un niño y las otras dos a punto de casarse. Él estaba describiendo la manera como Adis organizó las embarcaciones, cuando el último de los glaucos reconoció a un amigo entre la multitud.

—¡Execo! —lo llamó.

El joven se paró en seco y dio media vuelta.

—Ven para acá, quiero presentarte a mis amigos.

El príncipe quetzal se arrimó alegre. Prefería escuchar las palabras de alguien que aún no había alzado su mano contra enemigo alguno, que oír cómo el brazo de su hermano había vencido al enemigo. No le tenía envidia, pero le dolía que se olvidara de las viudas. No le había dirigido palabras de esperanza al pueblo. Su discurso giró en torno a su victoria sobre los argretes, nada de progreso en la vida triste y temerosa del reino.

—Espera, no hay prisa —apuró a decirle cuando vio que Azariel jaloneaba el codo de uno de sus amigos—. Tengo toda la noche para que me los presentes.

—¿No vas a comer en la mesa principal, junto con tu familia?

—Sí, pero del lado de ustedes. Dejaré a los demás que obtengan el puesto de honor. Yo me sentaré ahí porque no me queda de otra. Además, así podré estar junto a ti, buen amigo.

—Ahora que mencionas esto, me acabo de acordar de algo: hoy en la mañana no te vi cuando llegaron los barcos. Intenté encontrarte y no te divisé.

—Estuve presente. Era mucha la gente que se congregó.

—De todos modos, observé bien.

—Estuve escondido.

—¿En dónde? ¿Bajo tierra o qué?

—La tierra no me comió, y no lo hará por lo visto en muchos años —suspiró—. Estuve por ahí.

—Hasta luego, mucho gusto en conocer a su familia —se despidió Adis del capitán del *Tuxtla*—. Sí... Hasta mañana.

—Que tengan una buena cena —también Dénet logró desprenderse.

El único que tenía problemas era el príncipe Gladreo. Un hombre alto, rubio, de ojos verdes, era un espécimen raro en esa región, aunque también lo era Dénet, más alto que el morador, sólo que el habitante de las Grandes Montañas tenía un aspecto menos amigable, por su barba pelirroja descuidada y su gran tamaño. Al príncipe de los moradores lo había acosado uno de los marineros más generosos de los quetzales. Su nombre era Xoet. No sólo era abnegado y sacrificado en su disposición al rey Montexú, sino que tenía una familia bastante grande: doce hijos. Ocho eran varones. El mayor casi tocaba los quince y el menor estaba por nacer.

—¿Por qué tu piel es de distinto color? —le preguntó uno de sus pequeñuelos.

—¿Qué te pasó en los ojos para que los tengas verdes? —observó una de las niñas.

—¿Y ves de colores o sólo de color verde?

—Ay, qué tonta —replicó uno de los chiquillos, con su lógica aplastante—, si siempre ha visto verde, ¿cómo quieres que conozca los colores?

—Aunque tenga los ojos así, se ve más guapo que tú —alabó la pequeña.

Gladreo estaba abrumado con el bombardeo de preguntas. Se rascaba la barbilla al escucharlos e intentaba responderles. Los niños parecían no entender sus explicaciones. Al verlo en apuros, la mamá les traducía todo lo que él decía a un lenguaje más asequible para ellos, hasta que por fin la familia se alejó y pudo acercarse a los demás.

—Bonita familia, ¿verdad? —observó Execo—. Lástima que el papá sea guerrero, su vida oscila entre la superficie del agua y el fondo del mar.

—Hum, no lo había pensado de esa manera. Por cierto, mi nombre es Gladreo.

—Él es príncipe del Reino Verde —terminó de presentarlos Azariel—. Mientras que Execo es príncipe de este reino. Adis ha sido mi instructor —señaló a su amigo—. Es excelente en el manejo de la espada. Me ha enseñado muchos trucos, tanto en el arte del ataque como en el de la defensa.

Al oír esto último, los ojos del quetzal brillaron con ímpetu.

—Si necesitas algo —apuró a responder Adis, quien había intuido sus intenciones—, estoy a tu disposición.

—¿En serio? —gritó entusiasmado el joven. Luego, cayó en la cuenta de su desmedida exaltación—. Quiero decir, muchas gracias, Adis.

—Ellos son de confianza —afirmó Azariel con sinceridad—. Cuanto quieras decirme, se lo puedes decir también a ellos sin problema.

Tuvieron que interrumpir la conversación porque varios toques anunciaron la llegada del rey con su esposa y sobre todo, de su hijo Quetzalco, engalanado a más no poder. Varios guerreros, vestidos de manera vistosa, venían sosteniéndolo. Él estaba herido. Debían cuidarlo bien.

Al llegar a la mesa principal, saludó a los invitados con su brazo sano. El pueblo respondió con aplausos, gritos de júbilo y unos cuantos «¡viva el rey!, ¡viva el reino!».

—Queridos habitantes del reino del Mar Teotzlán —comenzó el rey Montexú, una vez que los presentes guardaron silencio—. Ésta es una gran noche, es la noche de las noches. Por primera vez en mi reinado, hemos logrado mandar al fondo del mar siete navíos enemigos. Es de suponer que los enemigos, esos desgraciados, de hoy en adelante tendrán que pensarlo dos veces antes de atacarnos. Saben que llevan las de perder. Nos hemos hecho fuertes, valientes y capaces de grandes empresas. Nunca más tememos a esos sinvergüenzas. Hemos de decir y declarar que mi hijo, el príncipe Quetzalco, nos ha traído los albores de un nuevo sol que brillará en nuestro reino.

En repetidas ocasiones el rey tuvo que callar, lo interrumpían con gritos de grandes augurios o exclamaciones de bendiciones. El pueblo estaba embriagado en la euforia de haber vencido, por primera vez y de tal manera, a los argretes en cientos de años, por no decir desde que habían sido atacados por primera vez. Había grandes expectativas de un nuevo comienzo. Las ilusiones más efímeras comenzaron a descender sobre sus mentes como la neblina sobre el océano, haciendo imposible ver más allá. Eran incapaces de reconocer que habían ganado una batalla, mas no la guerra. El más peligroso de todos seguía vivo y no se cruzaría de brazos.

Pero no era el momento de pensar en el futuro, sino de cenar. No faltaron ni los pescados preparados en cientos de formas diferentes. Cada plato era distinto a los demás. Tan es así, que los cocineros tenían un escriba al lado, para transcribir la nueva receta. La fiesta debería ser celebrada con ingenio. Los cocineros no quisieron desperdiciar el suyo.

A medida que la noche transcurría, las mamás se fueron alejando del lugar junto con sus niños. Se había hecho muy tarde. Aunque no fueron muchas, porque todos estaban a la expectativa del festejo.

—Perdona que regrese al tema —dijo Adis después de un trago de vino blanco—. ¿Por qué necesitarías a alguien que te enseñe el manejo de las armas, cuando tu padre, el rey Montexú, puede ponerte bajo el entrenamiento de los mejores del reino?

—Lo que sucede... —suspiró después de guardar unos minutos de silencio y analizar a sus circundantes; hizo señas a los cuatro para que se acercaran y, en tono confidencial, susurró—: Está bien, pero deben prometerme que no dirán nada a nadie, ni siquiera a mi padre, madre, mis hermanas o hermanos. ¿Lo prometen?

—Mientras no sea en deshonor o menosprecio de alguien —dijo Adis al final y prometió.

El príncipe les confesó la manera en la que su padre lo sobreprotegía y le ponía obstáculos para impedirle adiestrarse en el arte de guerra; de seguir así, creía, nunca aprendería a manejar una espada. Execo no toleraba la infame situación de su pueblo, su deber era defenderlo y llevarle justicia.

—Propón la hora y el lugar, y asistiré —le aseguró Adis.

—Por las noches —dijo emocionado—. Te mostraré el lugar después.

—¿Te importa si asistimos?

—Para nada, Dénet. Al contrario, te agradecería si puedes ir. Me imagino que tú también me podrás decir algo.

Hubieran entrado en detalles, pero fueron interrumpidos por la voz de Mixaxeo, el brazo derecho del rey.

—Damas y caballeros. Ha llegado el momento que tanto deseábamos. Hemos organizado un torneo nocturno.

En ese momento, justo detrás de él, brillaron las luces sobre una tarima que acaban de traer. Estaba colocada entre la mesa del rey y la Silla Refulgente.

La gente aplaudió con fuerza. A muchos se les llenó de ilusión el rostro. Era la primera vez que tendrían un torneo tan feliz en la Isla.

—Habrá pugilato y algo más.

—¿Cuáles serán las reglas? —preguntó un señor alto, robusto y con una cicatriz cerca del ojo.

—Las mismas de siempre, amigo.

—Eh —levantó su poderoso brazo de pura alegría. Muy pocas veces había perdido una pelea.

—¿Quiénes serán los participantes? —gritó otro, menos alto que el anterior, pero más musculoso.

—Todos los que quieran.

Fueron muchos los hombres que se dirigieron a hacer fila para esperar su turno de subir a la arena y probar sus puños.

—Alto, alto, aún no he terminado.

La conmoción se detuvo.

—El ganador tendrá, sólo por esta ocasión tan especial, uno de los penachos del mismo rey como premio.

Antes se había levantado un tercio de los hombres, pero ahora, se pusieron de pie todos los que podían lanzar al menos un puñetazo. Azariel y los demás incitaron a Dénet a presentarse, pero no aceptó.

—Es sólo un penacho. Si fuera algo que me incumbiera, lo haría pero prefiero no pelear —tomó un pedazo de pescado asado entre corales, se lo metió casi entero a la boca—. Vean —dijo masticando— estoy muy tranquilo comiendo. Esto es de lo más sabroso —y se removió en su asiento.

El campeón del último pugilato se levantó de entre las mesas más cercanas a la del rey. Su nombre era Tlucux el Grande. Por haber sido el ganador anterior, poseía una especial estima. Montexú, el rey, siempre se complacía con el vencedor. Esto era casi su ley, y Adis ya lo había notado.

El Grande llegó hasta la arena. Saltó. La ovación del público fue también enorme. Y, siguiendo las costumbres, él debería pelear con el primero en línea, si ganaba, descansar, pelear con otro a mitad del camino y presentarse a las semifinales para intentar llegar a la final. Los demás peleaban un turno y descansaban hasta que llegaban a ser la mitad. Después, ellos mismos se seguían eliminando hasta quedar los últimos tres junto con el campeón. Se organizaban las eliminatorias para llegar al último combate. Por lo general, antes de éste había algún intermedio musical o el anuncio de alguna otra competencia. Aunque hoy, todos estaban a la expectativa, pues era de noche y no se podían organizar carrera de botes, prueba de arcos, nado, clavado, entre otros.

El primer hombre que quiso enfrentarse no era tan robusto como Tlucux, al menos entró con pies decididos, pero no con cabeza fría. En sus ojos se le podía ver cierto temor. El juez tomó una caracola en sus manos y dio la señal. Ambos luchadores hicieron una reverencia con la cabeza en dirección al rey y se dieron la vuelta para enfrentarse. Tlucux estaba deseoso de continuar bajo la tutela cercana del rey, así que lanzó el primer golpe. El otro no lo esperaba; lo tiró.

—Eso es mi campeón —gritó uno del público.

—Acábalo ya, Tlucux.

El otro hombre se levantó. Se abalanzó con puños en todas direcciones. Tlucux lo esperó. Se cubrió el rostro, después las costillas, volvió arriba, luego a la derecha. Estaba tanteando el momento. Aquella era una tormenta, pero siguió esperando. El otro, al ver que no lograba nada, lanzó un tremendo izquierdazo. El campeón lo esquivó. Tomó vuelo y le enterró su derecha en la mejilla. Los aplausos crecieron. Como el otro no se levantó, la ovación se hizo ensordecedora. Tlucux inclinó la cabeza y se retiró a esperar a su siguiente rival. Mientras tanto, Adis continuaba en observación y no se había perdido ni un solo gesto del rey.

Las luchas continuaron. Los hombres fueron disminuyendo. Ya sólo quedaba la mitad. Y el segundo turno de Tlucux. Su siguiente combate fue menos espectacular que el primero. Esta vez sí se llevó varios golpes al pecho y al hígado, dos fuertes al rostro y uno a la barbilla. Pero terminó venciendo.

El albo volvió a examinar al rey durante la pelea de Tlucux. Así que se retiró de la mesa. Dio algunos rodeos y se allegó al rey Montexú sin que los demás se enteraran. Le cuchicheó algo al oído. El rey primero se sobresaltó, después, su rostro se volvió incrédulo, y aun así le sonrió con escepticismo. Con la cabeza dio a entender que comprendía todo, mientras lanzaba miradas hacia la mesa de los huéspedes. Llamó a un sirviente y le llevó el mensaje al general Mixaxeo. Éste lo recibió y le hizo una señal al rey de que lo había entendido todo. Adis se despidió y volvió a perderse entre la muchedumbre, para regresar a su mesa.

Las peleas continuaron. La lista de hombres se había reducido, quedando unos cuantos peleadores. Cada uno de ellos estaba aún en muy buenas condiciones, pues sólo habían peleado tres combates, con excepción de Tlucux, quien combatió sólo dos.

Por fin llegó la hora de más expectativa. Quedaban cuatro hombres, tres con cinco peleas y sólo uno con dos. Tlucux estaba impaciente por su tercera vuelta. Quería ya pasar a la final. Aquí se levantó Mixaxeo, el brazo derecho del rey:

—Queridos quetzales —gritó desde la arena—, hoy es una noche de grandes novedades. Antes de darles la noticia de la que habrá en el pugilato, quiero anunciarles que todos los diestros en el manejo de la espada se preparen, después de la gran competencia de arco.

La ovación fue grande. En ese momento, las olas golpearon contra las murallas de la ciudad, haciendo más estrepitosas las aclamaciones del pueblo. Nunca antes habían tenido un torneo de flechas en la noche.

Mixaxeo pidió silencio. Varios jóvenes comenzaron a silbar y a llamar la atención de los otros para que se callaran.

—Hoy y tan sólo hoy habrá un cambio en el procedimiento de las semifinales. Dado que esta noche son cinco los finalistas.

—¿Cinco? —se oyó el murmullo entre el pueblo.

—¡Cuatro! —gritó un anciano que había ganado, en su tiempo, varios campeonatos de pugilato.

—Repito —habló con fuerza sobreponiéndose al cuchicheo del pueblo— cinco. El quinto luchará contra el cuarto. Después, el vencedor contra el tercero y así hasta llegar contra Tlucux.

—¿Quién es ese quinto? —preguntaron los cuatro luchadores.

—Sí, ¿quién es ese? —repitió todo el pueblo.

Y Mixaxeo recorriendo la vista por entre las mesas, la detuvo en la de los huéspedes. Levantó el índice. Señaló. Las miradas de todos se detuvieron en el apuntado.

—¿Yo? —repuso él.

—Sí, tú, querido huésped.

—Pero yo no he pedido nada. Es decir, no quiero pelear.

—¿Tienes miedo de pelear? —le preguntó un hombre de la mesa de al lado.

—No es que tenga miedo. Soy huésped. No puedo andar dando de golpes a los que me invitan a cenar.

—Esto no es una desgracia —le animó Tlucux—. Al contrario, para nosotros es una gran dicha si te dignas entrar en el torneo.

Dénet lanzó unos ojos furiosos a los de su mesa, hasta que descubrió una sonrisa suspicaz en Adis.

—Te diviertes, ¿verdad?

—Cierto —aceptó sin disimulo.

Se dirigió entre gritos, aplausos y aclamaciones. Muchos niños se acercaban para mirarlo de cerca al pasar. Aquellos que lo habían visto blandir su hacha, sabían muy bien qué músculos escondía detrás de esa camisa holgada. Lo saludaron con cortesía, augurándole buena suerte.

Si bien, Gladreo era un espécimen raro por su belleza, su tez blanca, sus ojos verdes y su cabellera rubia, Dénet no le iba a la zaga. Su enorme tamaño lo hacía parecerse a un gigante. Su barba contrastaba con lo lampiño de los quetzales. Sus brazos eran gruesos como los de un oso.

Llegó hasta la arena con pasos largos. Se quitó la ropa que le sobraba, arrojándola a una esquina. Contuvo la respiración para concentrarse. Aflojó la musculatura, mientras le vendaban los puños. Y avanzó hasta el centro. Ahí ya lo estaba esperando el que había calificado como cuarto lugar. Su nombre era Curtix.

Ambos se saludaron con cortesía. Después, Curtix añadió aunque en su tono había algo de temor. Ni saltando lograría pegarle en el rostro:

—Digno huésped, te daré la bienvenida con dignos puños.

—Pues bien —le contestó el leñador—, espero que mi pellejo logre recibir algunos de los tuyos. No estoy muy seguro de que así será. En cambio, de lo que sí estoy muy seguro es que en calidad de invitado te daré una *digna* tunda.

—Que así sea —dijo sonriendo Curtix.

Uno y otro golpearon los puños y se separaron. Comenzaron a caminar en círculos. Ninguno quería ser el primero en atacar.

—Invitado recibe primero.

—No, huésped da primero —replicó el quetzal.

Como Dénet no se animaba a lanzar el primer golpe, Curtix abatió. Pero, qué mal lo hizo. No se fijó cómo pisaba y se resbaló. El leñador no se dio cuenta del error del contrario. Tenía la mirada puesta en dónde abriría un hueco. En cuanto dejó el rostro libre para evitar estrellarse contra el suelo, Dénet le soltó un tremendo golpe que empujó el cuerpo entero de Curtix hacia atrás. El quetzal quedó desmayado al instante. La multitud se levantó en el aplauso más fuerte que jamás habían dado. Nunca antes habían visto a alguien derribado en un golpe a secas. Ambos habían lanzado uno. La pelea había terminado.

Ninguno había caído en la cuenta de que Curtix se resbaló. Se enteraron más tarde, una vez que recobró la conciencia. Sin embargo, no le creyeron. Lo que pasaba era que a este luchador le gustaba mucho hacer movimientos extraños, casi locuaces para distraer al contrario. Era su método. Había funcionado tan bien que lo había llevado hasta las semifinales en más de dos ocasiones. Por lo mismo, todos imaginaron que lo del resbalón era una excusa.

El tercero llegó con miedo al ver semejante golpe. Además, era el púgil que había recibido más golpes de entre los demás finalistas, así que el leñador no tardó mucho en derribarlo.

El segundo fue más intenso. Logró golpear dos o tres veces a Dénet en la barbilla. En el último que le dio, le punzó mucho. Había logrado que el de las Grandes Montañas lanzara un grito de dolor. Se enfureció. Apretó el puño y se lo lanzó como si fuera un ariete destrozando una muralla. Así fue. El quetzal intentó protegerse con ambos antebrazos, pero no logró detenerlo. Cayó derribado casi al instante. En vano intentó levantarse varias veces, pero al final, el juez contó hasta diez. Mixaxeo levantó la mano victoriosa del leñador.

Los espectadores se prepararon para la gran final. Lo mismo hicieron Tlucux y Dénet. Mientras tanto, hubo un interludio musical. Varios músicos salieron detrás de una cortina negra. Los instrumentos eran caracolas. Había algunos tonos bajos, otros agudos pero unos y otros se unían en una melodía muy distinta a la que los huéspedes jamás habían escuchado. En sus mentes, sin saber cómo, aparecieron olas que se elevaban trayendo el agua a descansar en las arenas doradas. Después, el mar volvía a arrastrar consigo el agua. La costa entera parecía estar en una calma total. Allá en las alturas figuraban unas aves que gritaban y jugueteaban en el aire. Si las hubieran visto antes, las habrían llamado por su nombre, pero no las conocían. Al fondo lograron entrever otros pájaros más grandes. Éstos les parecieron como flechas que se lanzaban contra el océano, y al salir, un pez se les movía entre el pico.

Sin que ellos se dieran cuenta, la música los había transportado al océano, cerca de la bahía Quetzal. Después, la armonía comenzó a navegar por un sendero que se hacía más estrecho. En esas riberas, la melodía se volvió rebelde. Los corazones de todos los quetzales se encendieron. Ésas eran sus tierras y estaban habitadas por esos bribones de los argretes. Después, pasaron por aguas, aún saladas, pero como envueltas en tinieblas. Esas regiones también les pertenecían. El enemigo, sin embargo, las tenía en sus manos. Después llegaron, a escalar las murallas de la misma Isla hasta ponerlos a todos en sus lugares. Aquí la música arreció para preparar a todos, una vez más, para la gran final.

El único que no obtuvo el efecto fue el último de los glaucos. Sus recuerdos lo habían conducido a una promesa que había hecho antes de salir y despedirse en la Foresta Negra. La princesa Oaxana lo interrumpió en sus pensamientos:

—¿Te gustó? —se despertó como de un sueño; volvió a preguntarle—: ¿Te gustó?

—Fue hermosísima —admitió embelesado.

—Por lo que me has platicado, en la Foresta Negra no hay de estas cosas... Mira, te he traído una caracola para que la observes. En la orilla del mar puedes encontrar similares, sólo que ésta tiene orificios con los cuales cambias de tono.

—¿Cómo funciona?

—Tómala con la mano izquierda. Ahora, con los dedos de la derecha tapas o abres los orificios. No, no, al revés, pon la caracola al revés, en este hoyo de acá pones la boca y soplas. A ver, inténtalo con todos los hoyos abiertos…

Azariel trató varias veces, pero apenas consiguió que se escuchara aire a través de los orificios y de la boca de la caracola. La princesa sonrió al ver su intento fallido.

—Soy mejor con otras cosas —aseguró.

—¿Cómo cuáles? —dijo la princesa Oaxana, clavándole una mirada pícara, al tiempo que se llevaban la caracola a sus labios para tocar unos cuantos tonos—. Es fácil, con un poco de práctica verás que pronto sacarás una melodía completa.

Luego, ella se la entregó.

—¿Me la regalas? —dijo sorprendido—. ¿Era la tuya? Pero ahora cómo vas a seguir tocando.

—No te preocupes, puedo conseguir otra con facilidad.

En ese momento la gran final entre Tlucux y Dénet fue anunciada. Los espectadores estallaron en gritos de ánimo y coraje para los dos. Ambos competidores se colocaron uno frente al otro, dispuestos para el combate.

—Te dejo —se retiró Oaxana—. Nos vemos después.

—Hasta mañana… ¡Y muchas gracias por la caracola!

Su respuesta se mezcló con las aclamaciones que Gladreo, Adis y el príncipe Execo echaban a Dénet. La final comenzó. Tlucux se movía sobre la arena como un pez en el agua, mientras que Dénet lo acechaba como un oso pescando en un río de corriente turbulenta. El Grande medía los movimientos del huésped. Éste, a su vez, estudiaba la posición de defensa del campeón. Él no quería estar dando vueltas en la arena como león enjaulado. Lanzó unos piques con la izquierda. Tlucux los esquivó sin querer morder el anzuelo.

El público estaba en silencio. Admiraban la destreza de las piernas de ambos, pues aún no lanzaban ningún puño digno de amenaza. Pero, no tuvieron que esperar mucho. El leñador era un hombre de acción. Lanzó un derechazo que el Grande no pudo esquivar y tuvo que protegerse. A cualquier otro le hubiera roto el antebrazo, pero el campeón tenía con qué para la defensa. Aprovechó y le golpeó el brazo estirado con su derecha. Dénet no perdió la oportunidad y lanzó uno a la cara con la izquierda. Tlucux retrocedió ante el golpe. Sacudió la cabeza. Se enfrentaron. La lluvia por parte del quetzal empezó. El huésped, que era una montaña de fuerza, paró todos los golpes, a excepción de uno que logró pegarle en pleno pecho. El otro siguió. Ahora, le dio un gancho al hígado, después, uno directo en la frente. Otro en la mejilla izquierda. Uno más en la barbilla. Pero, a medida que más golpeaba más se cansaba. Cuando dio muestras de fatiga, Dénet, que desde que comenzó la lluvia de golpes no había dado ni uno, inició. Primero, cosa nunca antes vista, atacó de frente el puño del Grande. Las manos del otro ya estaban adoloridas y el golpe casi le quebró todos los dedos de su diestra. Luego, dio paso al tifón de golpes, uno contra el pecho, otro en el rostro, al hígado, la barbilla, en la frente, los hombros. Lo hizo con tal velocidad y fuerza que parecía que el campeón estaba como suspendido en el aire. Por fin, el de las Grandes Montañas soltó, por así decirlo, a su contrincante. Lo hizo con un tremendo golpe al pecho. El campeón cayó al suelo.

 El público estaba estupefacto. Varios fuegos de colores saltaron por detrás de la arena volando hasta el cielo y explotando en los más diversos tonos. Sólo entonces la victoria pudo ser vitoreada con esplendor por los quetzales. Tenían un nuevo campeón y habían presenciado una pelea digna de ser contada a las generaciones venideras por décadas y décadas. Y en verdad que así ocurrió, diversos cantos y melodías fueron compuestas en torno a la hazaña que Dénet realizó esa noche, y siempre que había un torneo de pugilato se entonaba el «himno denetoriano» en su memoria. El encargado oficial de entonarlo fue Tlucux, quien vivió muchos años.

 El rey se levantó de su silla y coronó a Dénet con el gran penacho. Había ganado la estima de Montexú y Adis lo sabía. Cuando llegó a la mesa, lo saludaron con abrazos y palmadas en su espalda. Después, uno de los generales le indicó que debía dar un recorrido por todas las mesas. Dénet no quería, pero ésa era la tradición y no podía negarse.

Montexú y Mixaxeo discutieron por algunos momentos. El general movía la cabeza de un lado a otro. Al ver que el rey seguía obstinado, le propuso una escapatoria y quedó conforme.

—Estimados quetzales —anunció Mixaxeo, una vez que llegó hasta la arena—, hoy hemos tenido una gran pelea. Por lo mismo, no queremos arruinar semejante victoria distrayendo su atención con otros torneos largos. Sin embargo, el rey me ha pedido que organicemos el tiro de arco de la siguiente manera: todos los participantes colóquense sobre esta línea. A cada uno se le dará una flecha especial.

Así lo hicieron todos los de brazos largos y fuertes. La manera en que quedaron fue así: los arqueros tenían frente así al resto de los quetzales, y al fondo se alargaba el mar. A cada participante le pasaron la flecha especial y se les colocó una flama a los pies. Estaban ya a punto de comenzar cuando Mixaxeo elevó la voz:

—Aún falta nuestro querido huésped de la Foresta Negra, el príncipe Gladreo.

Éste no se sobresaltó mucho, intuyó que Adis también lo había enrolado en esto. Así que se paró, se acercó a donde estaban los arcos. Tensó algunos, pero movió negativamente la cabeza.

—¿Qué sucede? —le preguntó Mixaxeo.

—No me gustan éstos —dijo mientras tensaba otro arco—. No creo que aguanten. Necesito el mío.

—Con mucho gusto, príncipe morador —y al instante, mandaron a un muchacho de pies ligeros para que le trajera su arco.

Una vez que llegó el quetzal, Gladreo tensó su arco y sonrió.

—Estoy listo.

—Bien —le agradeció el general quetzal, después dirigiendo su voz a todos dio la señal de inicio.

El quetzal, que estaba en la otra orilla, hundió la punta de su flecha en la llama, al instante un rojo intenso brotó de la punta. Tensó la flecha y apuntó a las aguas, sobre las cabezas de los quetzales. La punta en llamas rojas silbó con velocidad y cayó en el mar. Ahí se formó un punto, también rojo. El pueblo aplaudió, pero pronto aplaudieron más fuerte, el siguiente dejó marcadas las aguas con una flama azul cinco metros más allá. El tercero puso la suya, morada, no tan lejos de la roja. Así fueron tirando todos.

Gladreo había estado observando en dónde caía cada flecha. Cuando le llegó su turno, hundió su punta en las llamas, las flamas que brotaron eran de un verde muy vivo. Pensó en su querido reino, la Foresta Verde. Tensó la cuerda y sus músculos. Se concentró. La flecha cruzó todas las cabezas quetzales, dejó atrás todas las flamas de colores que flotaban sobre el mar y, muy lejos de la Isla, brotó una luz verde. Quedó tan lejos, que algunos ni siquiera eran capaces de verla. No sólo los quetzales levantaron las cejas de admiración, ya que no pudieron gritar de la emoción, sino que el rey se levantó de su asiento y estrechó la mano del morador. Le obsequió una flecha adornada con las plumas más bellas de un quetzal.

Adis asintió cuando el rey volteó para mirarlo. Al instante, Mixaxeo pidió orden y silencio. Después, convocó al campeón gladiador pasado al frente y esperó en silencio a que el murmullo trajera consigo al quetzal. Éste no se hizo esperar y llegó casi al instante. No era muy alto, ni sus brazos fuertes, pero al esgrimir la espada, se le veía ligero en sus movimientos y seguro en la estocada.

—Huitxiloc, el gladiador ganador de los dos últimos títulos, se enfrentará en un duelo singular contra... —aquí esperó unos segundos para aumentar la expectativa, y de pronto llamó al siguiente—: Adis, el caballero venido desde la ciudad de Alba, la del Unicornio.

La fama de la fuerza de Dénet ya corría por toda la Isla; las habilidades de Gladreo con el arco pudieron ser confirmadas por quienes aún dudaban. Sólo faltaba Adis, quien había dirigido las embarcaciones quetzales en la victoria, aunque ya estaba preparado para demostrar quién era, pues enseguida se paró e hizo una inclinación ante la mesa del rey.

Subió a la tarima e intercambió unas palabras con Huitxiloc. Los sirvientes ayudaron a ambos combatientes. Primero les colocaron una cota de malla, traídas desde la misma tierra de la Frejrisia, grandes forjadores junto con los moradores. Después, les vistieron los antebrazos con unas guanteras. Al final, les ofrecieron una bandeja con espadas sin filo de corto alcance. Cada uno tomó la que más le gustó.

El rey mandó traer una vieja espada que su padre había guardado entre los tesoros. Desconocía quién se la había obsequiado al reino o si tenía alguna particularidad. De hecho, el único honor que llevaba ese fierro sin lustre, era que se encontraba en las arcas reales. El torneo parecía ser un buen momento para deshacerse de ese antiguo metal, cuya procedencia nadie podía explicar. En el frenesí de la fiesta, el rey Montexú juzgó que regalársela al ganador del torneo sería una gran muestra de aprecio.

Cuando los dos se presentaron frente a frente y antes del saludo, el albo sorprendió a todos: tomó las guanteras y las arrojó a una esquina. La cota de malla la dejó en manos de Mixaxeo, quien lo miró perplejo. Por último, el casco lo puso en la bandeja donde yacían las otras espadas y tomó otra espada. Uno de los sirvientes se le acercó para ofrecerle el escudo, pero él lo rechazó.

—¿Estás loco? —le preguntó Huitxiloc.

Adis no respondió, sólo le dedicó una sonrisa despreocupada a su adversario.

No sólo la familia real estaba sorprendida al ver la bravura de aquel hombre, sino los convidados, varios se habían quedado con el vaso en el aire, pues la acción de Adis había sido tan rápida que los había dejado como paralizados. Quienes tardaron más en salir de su asombro fueron los tres que ya lo conocían bien. Él no era un hombre al que le gustase ser aplaudido o elogiado. Su regla era hacer mucho, pero en silencio. En cambio, hoy se pavoneaba con altanería. Aún más, cuando comenzó a lanzar ambas espadas al aire como pesándolas y, una vez que las equilibró bien, clavó una en el suelo, quedándose con la otra.

—¿Qué le sucede? —dijo por fin Azariel.

—No sé —respondió Gladreo acariciando su nueva flecha.

—Ustedes lo conocen mejor que yo —dijo Dénet—, pero no es el mismo Adis que naufragó.

—Primero te mandó a pelear sin que te enteraras —prosiguió pensando el último de los glaucos—, después envío a Gladreo a mostrar sus habilidades con el arco y ahora, ahí está, a punto de luchar con tal frescura... No sé, está fuera de sí.

—¿Será que se habrá vuelto loco? —exclamó el morador.

Execo, quien había estado a la expectación, intervino:

—Si se ha vuelto loco tu amigo, ha enloquecido con cierto método.

En ese momento, Mixaxeo dio la señal de inicio. Los combatientes tocaron sus espadas y se lanzaron a desarmarse. Adis fue el primero en atacar. El gladiador detuvo el golpe con el escudo y atajó con su hoja, queriendo aprovecharse del contrario que no tenía con qué defenderse. Pero el albo rodó por el suelo, evitando el golpe. Se incorporó de un salto. Al ver que Huitxiloc se le venía encima, plantó sus dos pies. El quetzal se lanzó primero con el escudo, llevando la punta detrás. Cuando el albo vio que le caía encima, se movió a un lado y con el puño de su espada le derribó el casco.

El silencio creció mientras nadie perdía de vista aquel combate singular. Cuando vieron que Huitxiloc se sacudía la melena se escuchó un rumor de asombro. El gladiador se dio la vuelta para juntar el casco, pero Adis ya lo tenía en sus manos y, con un gesto de extrema gentileza, se lo devolvió. Esperó a que el otro se lo pusiera, mientras le decía:

—Perdón, sólo quería golpearte, no quitarte la protección.

—Dime por qué no te proteges —exigió el otro entre enfurecido y asombrado—. ¿No te das cuenta de que si yerro mi golpe te puedo dejar muy mal parado? Las espadas no tienen filo, pero puedo matarte de un golpe.

—Amigo, lo sé. Ataca con valor. No te preocupes por mí, tu espada no tocará siquiera mis cabellos, mucho menos mi piel —y esgrimiendo su hoja, añadió—: Vamos, no tenemos toda la noche.

Adis se arrojó con ímpetu. De su boca no salió ningún grito, mientras que el quetzal a cada golpe de ataque o defensa exhalaba voces como si eso atemorizara al contrincante. Hubo un rápido centellear en el cruce de espadas. Los dos estaban frente a frente. Tanto Huitxiloc como Adis intentaban ganar espacio. Ninguno retrocedió. El encuentro se hizo tan cerrado, que si hubieran estado luchando a muerte, de seguro el ganador habría salido bastante mal. Pero lo que intentaban era desarmarse, no matarse. El choque de las espadas resonaba por toda la plaza, hasta que de pronto el sonido de una caracola hizo una pausa. Era el rey quien lo había hecho, y era la señal que Adis estaba esperando para acometer con más fuerza, más rapidez, más astucia al gladiador. Casi al instante una espada voló por los aires. El albo había arrojado la espada del quetzal por lo menos a cinco metros de distancia. Al igual que los espectadores, el mismo Huitxiloc quedó sorprendido. No podía creer con qué facilidad después de aquel sonido de caracola, el huésped le había arrebatado su espada.

El rey no cabía en sí mismo, estaba eufórico. Aquel hombre venido como del cielo había ganado su apuesta secreta. No sólo sus compañeros no lo habían defraudado, sino que él había vencido a la hora señalada. Se apresuró a felicitarlo y le entregó el viejo fierro atesorado inútilmente.

—Si ese hombre me va a enseñar —pensó en voz alta Execo—, pronto podré subir a bordo de una de las naves del reino y llevar justicia a esos argretes.

VI

EL ENTRENAMIENTO DEL PRÍNCIPE

Alguien llamó a la puerta. El príncipe de los moradores se acercó, entreabrió la puerta y oteó el exterior. Llovía, pero ahí estaba el manto negro. Gladreo le hizo una señal y el del manto respondió descubriéndose la cabeza. Luego, cayó por el suelo dejando atrás la lluvia y la noche. El aposento estaba iluminado por el resplandor de cuatro antorchas clavadas en cada una de las paredes.

—Eres puntual —observó una voz escondida en un rincón.

—He esperado todo el día a que llegue este momento. ¿Cómo podría haberme retrasado *siquiera un minuto?* —dijo el joven, poniendo énfasis de enojo en la última frase.

—Sea como sea, has llegado —dijo otra voz que al instante salió de otra esquina y fue a saludarlo. Al darle la mano, también le entregó la vaina de una espada.

—Gracias —contestó el joven recién llegado—. Me hubiera traído muchos problemas si Adis no hubiera tomado las medidas de precaución. Hace unos momentos me encontré con mi madre, quien sospecha algo extraño en mi comportamiento. Lo primero que hizo al abrazarme fue tocarme la espalda y la cintura. Y al no sentir ningún arma me sonrió y se alejó como si nada.

—Las precauciones nunca son vanas cuando se les toma como tales y no como cobardía —exclamó un hombre alto y bastante fornido.

—Así es, mi querido amigo.

—Alto —le indicó la voz que aún permanecía en el rincón—. El metal no es juego. Recuerda que es un arma mortal.

—Para mí la vida y la muerte no son más que un juego —respondió el joven al sentirse increpado como un niño.

—Muy mal —le volvió a reprender aquella voz.

—¿Me vas a enseñar a utilizar el arma, o vas a darme discursos como los de mi padre?

El otro hombre movió la cabeza a manera de reproche.

—Defiéndete —le gritó al momento que se le echaba encima, desenvainando su espada en plena carrera.

El otro no pudo sacar su arma cuando ya tenía la de su contrario sobre el cuello. El filo se alejó, pero no sin antes acariciarle la mejilla y dejarle una línea roja.

—¡Ay! —gritó más que adolorido, asustado—. Ya sé que tienen filo, no hay necesidad de probármelo.

Adis envainó su espada y sin decir una palabra ni preguntar con ningún gesto, le arrebató a Execo la suya.

—Eres un hombre de acción, muy inteligente por lo visto; pero aún no has aprendido a utilizar tu inteligencia, muchacho. ¿Cómo quieres aprender a luchar con una espada filosa y cortante? Los accidentes ocurren, mucho más cuando uno está aprendiendo. No sería bueno que murieses entrenando —dijo Adis mientras se volvía a acercar a su rincón y apoyaba ambas hojas contra la pared.

—Entonces, ¿cómo quieres que aprenda a manejar la espada si no la utilizo?

—Con esto —y le arrojó un palo pesado y más o menos tallado como una espada.

—Un ridículo palo de escoba... —trató de refutarle al momento que pesaba aquello—. No seré capaz de levantar la mano contra nadie.

Y trató de esgrimirla contra el aire. El caballero albo ya se le había acercado con otro similar.

—En guardia —le ordenó.

El príncipe de los quetzales levantó el palo.

—¿Eres zurdo? —preguntó Adis con cierta extrañeza—. Digo, no hay nada de malo en ello, es que... Tendré que enseñarte de manera diferente. ¿Sabes por qué? —Execo lo miró con curiosidad—. Porque tú, la mayoría de las veces, no vas a atacar al cuerpo del enemigo, sino primero al arma que lleva. Tu fuerte no será la defensa de tu escudo, sino el desarme.

Y sin más, atacó al joven. El otro apenas podía sostener en alto el palo y al bajarlo no logró controlarlo, así que los primeros minutos tuvo que aguantar y recibir golpes por todo el cuerpo, hasta que se derrumbó agotado en el suelo.

—¿Sucede algo, príncipe? —preguntó Adis con una sonrisa respetuosa, sin burla.

—No puedo manejar el palo, es demasiado pesado. Por si fuera poco, apenas tiene la forma de espada.

—Demasiado burdo, lo sé —afirmó el maestro mientras le estiraba la mano—. Tendremos mucho trabajo por delante.

—¿Quieres decir que las noches que me desvelé practicando fueron en balde?

—Tanto como eso, no. Pero sí muy inservibles en lo que se refiere al uso de la espada.

Al joven quetzal se le cayó el rostro a tierra. Tantas horas que pasó practicando para que un verdadero experto le dijese que había sido tiempo perdido. Y con una lágrima en la mejilla, apretó con fuerza el palo.

—¡En guardia! —gritó.

A Adis le bastaron unos cuantos movimientos para derribarlo. Execo se levantó otra vez y volvió a abalanzarse contra el maestro. Suelo de nuevo. Tenía sangre en la nariz, la cortada de la mejilla aún no había cauterizado. Le dolía el cuerpo entero. Su mano derecha temblaba de dolor. La izquierda ya no podía sostener el palo. Intentó ponerse en pie una vez más. Se incorporó a duras penas tomando su palo como bastón. Lo alzó como si fuera otra vez espada. Atacó. No había dado dos pasos cuando regresó al suelo y el palo se le soltó de la mano. Sus dedos temblorosos se arrastraron, buscando el palo. Lo encontró. Lo tomó e intentó empuñarlo con fuerza, pero de ésta ya no tenía más y no logró levantarlo.

Tanto como Dénet, Gladreo y Azariel habían estado observando la escena desde una esquina. Adis, por su parte, estaba contento, el joven mostraba mucho valor.

—Deja el palo —ordenó al ayudarlo a levantarse—. Te dije que tus entrenamientos habían sido en vano en lo que se refiere a la espada, pero no me dejaste terminar mi pensamiento. Lo que quería decir es que habías logrado forjar tu voluntad y tu constancia, tu reciedumbre, tu coraje. Te has comportado como todo un caballero en batalla.

El joven Execo levantó un rostro sangriento e intentó decirle algo, pero la mirada fue suficiente para explicar lo que quería.

—No suelo mentir —contestó Adis—. Eres un joven valioso.

Al instante hizo una seña y los otros tres se acercaron. Con mucho cuidado lo tomaron y cruzaron una puerta. Al abrirla, el humo se precipitó al exterior. Los cuatro hombres esperaron a que se despejara un poco y entraron. Colocaron al príncipe en una bañera con agua salada. Al instante, Execo puso un gesto de inmenso dolor, mas no gritó. Aguantó apretando sus dientes. Una vez que el mayor dolor pasó, Azariel colocó un líquido rojo en el agua. Dejó pasar un tiempo. El joven quetzal comenzó a sentirse mucho mejor dentro de la bañera y pidió a los cuatro que lo dejaran solo.

—Vaya paliza —comentó Dénet moviendo la cabeza.

—Ésa no se compara en nada con la que hace tiempo un anciano le dio a otro joven —respondió Adis echando una mirada a Azariel.

—Al menos el viejo Luzeum tenía toda la autoridad sobre mí. Si alguien me veía con moretones o hinchado, no se preocupaba. Esperemos que el plan de Execo no falle.

Esperaron algún tiempo hasta que por fin la puerta del baño se abrió y salió el príncipe apoyado en un bastón.

—Si me ayudan a llegar a mi cuarto, creo que nadie lo notará.

En efecto, la tez del joven no revelaba ningún morete, ni siquiera se veía la cortada que Adis le produjo.

—¡Tus pinturas resultaron a la perfección! —exclamó el príncipe morador.

—Lo único que no puedo esconder son chichones, sean del color que sean, se ven.

Apoyado en Adis y Azariel, el príncipe Execo llegó hasta su habitación. Ahí lo depositaron sobre la cama. Al salir, les gritó:

—¡Mañana a la misma hora!

Dénet se volvió y lo miró tan postrado que quiso incitarlo a desistir, pero Adis lo cogió por el hombro y le impidió que lo hiciera.

—Vendré por ti a la hora señalada —le respondió y cerró la puerta tras de sí.

Al darse la vuelta se encontró con Dénet.

—¿Te has vuelto loco, Adis?

—Estoy haciendo lo que debo hacer, cuando uno es maestro lo es en todos sus términos.

—Amigo, lo sé, pero este joven parece que no mide.

—El dolor es el mejor maestro: o terminas enfrentándote a él con valor, o terminas huyendo con cobardía. Reflexionará toda la noche.

—¿Noche? —aseguró Gladreo—. Será la de mañana, porque la de hoy está por terminar.

—Si mañana no quiere venir conmigo, es que aún no puede ir a luchar. Si por el contrario, se decide a venir conmigo, lo ayudaré a que pasados los tiempos, la gente se siga acordando del poder de su brazo.

—Haz como quieras —insistió Dénet—. Sólo te recuerdo que somos huéspedes, no oriundos del lugar.

—¿Dices eso por mi trato con el joven príncipe o por la sorpresa que te di hace dos días en la Plaza del Sol? —le preguntó con una mirada perspicaz, refiriéndose al espectáculo que habían dado la noche anterior—. Si del muchacho se trata, debes entender perfectamente que los golpes de hoy le pueden salvar la vida mañana. Ahora fueron golpes de palo; mañana serán de espada. Así que ese punto queda saldado. En cuanto a mi comportamiento anteayer... Hemos logrado lo que necesitábamos, ¿no es así, Azariel?

El príncipe movió la cabeza de forma afirmativa.

—¿Qué ganamos? —preguntó Dénet.

—La confianza del rey —respondió Gladreo, después de meditar un poco—. Creo que aún no has visto tu carta firmada por el rey Montexú, ya que saliste a pasear la tarde entera. Está sobre tu cama.

—Ah, sí. ¿Y qué dice la tuya? —intentó informarse.

—Ya la verás en cuanto llegues.

Dieron una vuelta a la izquierda, volvieron a doblar otra más y llegaron a los pasillos de sus habitaciones. El lugar estaba a oscuras. Cada uno entró en su propio cuarto. La puerta se cerró tras de Dénet, cogió la lámpara de aceite de la mesa, y buscó la dichosa carta.

Gladreo revelaba el rostro de un soñador. Aún era muy temprano, pero ya se paseaba nostálgico por los pasillos del palacio.

—Ey, camarada, lo leo y no lo creo —Dénet se asomó por su habitación—. Ahora entiendo lo que se propuso Adis con el torneo.

—Prepárate, porque el día llegará pronto, no lo dudes.

—¿Ya entiendes —intervino Azariel— por qué fue tan duro con el muchacho ayer?

El de las Grandes Montañas afirmó con la cabeza. Luego, volvió a observar el rostro de Gladreo:

—¿Qué te pasa camarada? Parece como si estuvieras en otro mundo.

—Me gustaría saber qué ha pasado con *mi* sevila... Aunque ella era la líder de esas mujeres, lo que se proponía...

Un sirviente atajó la memoria en torno a Adulusía, *su* sevila, como le llamaba.

—El rey los espera en el puerto al mediodía —dijo tajante y siguió de largo.

—Se ve que tiene prisa por comenzar —apuntó Adis, quien acaba de aparecer.

—Claro —intervino Gladreo, de vuelta a la realidad—, quiere aprovechar la euforia del pueblo y la ausencia del Pirata.

El albo movió positivamente la cabeza y añadió:

—Así es, el optimismo del pueblo es tal que no dudo que ahora mismo se atrevería a luchar contra el mismísimo Pirata. Y eso es muy peligroso, ya que aún no nos llega la respuesta deseada... Vamos a desayunar.

Durante el desayuno, como era costumbre, los huéspedes se mezclaban entre los miembros de la familia real. El último de los glaucos siempre era puesto junto o frente a la princesa Oaxana. Y la misma suerte corría el príncipe de los moradores con Ziaxa, la hija mayor. Ambas los miraban, intentando no expresar sus sentimientos, y ellos se sentaban resignados en sus puestos.

Al llegar el mediodía, los cuatro se presentaron en el muelle. Desde ahí se podían divisar, a ambos extremos, los Alcázares; y al fondo, la ciudadela quetzal, donde vivía la mayor parte del pueblo. La Isla, por lo tanto, fungía como casa real y fortaleza. El pueblo quetzal no sufriría un ataque por mar sin que antes lo sufriera el mismo rey.

Había más de quince navíos de guerra y otros tantos que serían preparados para el mismo fin. Uno de los armadores tenía unos trazos entre las manos. Los analizaba una y otra vez. Adis se le acercó y le preguntó qué hacía. El armador, sin siquiera mirarlo, le contestó que estaba convirtiendo ese barco pesquero en un buque de guerra.

—¿Son lo mismo? —el armador movió negativamente la cabeza, sin quitar sus ojos del papel—. Entonces, ¿por qué lo hacen?

El armador se enfureció y volteó con los brazos en alto, amenazante; pero al descubrir quien lo interrogaba, se quedó atónito. La expresión de sus puños se convirtió en un intento por ilustrar la magnitud de la proeza, aunque no pudo pronunciar ninguna palabra. Los cuatro hombres lo miraron con curiosidad y comenzaron a reír. Finalmente, tomando un poco de aire, explicó:

—Intento convertir un barco pesquero en uno de guerra. ¿Ven al *Gaviota*, el pesquero más hermoso que poseemos? Bueno, pues ha sido sentenciado a muerte. Lo peor de todo es que no sé cómo transformarlo en lo que se me pide. Vean su anchura, su longitud. Es una hermosura de barco. ¿Cómo voy a cambiarlo en uno que debe navegar como el pez más rápido del mundo y atacar como un tiburón blanco?
—¿Un qué? —preguntaron los cuatro al unísono.
—Un pez muy grande, blanco, con varias hileras de afilados dientes —explicó—, capaces de arrancarle de un mordisco la mitad del cuerpo a una persona. Nunca he visto uno, pero es lo que se cuenta de ellos.
—No creo que sea lo mejor —reanudó Adis la conversación—, convertir al *Gaviota* en un barco de guerra es ocioso.
—Lo mismo opino yo, caballero Adis —dijo el hombrecillo.
—Son muy puntuales a su cita en el muelle —sonrió el rey al acercárseles—. Se puede saber sobre qué discuten con el mejor de mis armadores.
—Le estaba mostrando al caballero de Alba, mi querido rey, la proeza que intentamos con el *Gaviota*.
—Encontraste la manera. Lo sabía. Mi mejor armador no me podía defraudar —afirmó el rey ilusionado.
El hombre fue incapaz de desmentir al rey. Adis intervino:
—El armador ha hecho más que un prodigio intentando revolucionar ese barco pesquero en uno preparado para combatir contra los argretes. El *Gaviota* se convertirá en un buque destinado a hundir barcos enemigos; pero temo decirte, rey Montexú, el *Gaviota* no navegará por mucho tiempo. Pronto lo veremos irse a pique y con él, su tripulación y el cerebro de nuestro armador.
—Habrá algunas bajas —aceptó el rey.
—Rey, a lo que quiero llegar es que si queremos caer con mano dura sobre los argretes, tenemos que ir con mano dura primero. Ésos son barcos pesqueros. Están hechos para llevar grandes cantidades de pescados en su vientre, muchas redes y algunos

marineros. Por el contrario, un buque de guerra lleva reforzado su casco entero. En sus entrañas esconde el cobijo de los hombres, víveres y pertrechos para el combate. Velo por ti mismo, ese *Gaviota* tiene forma muy distinta al…

—*Ostitil* —intervino el armador quien conocía los nombres de todos los barcos.

—Quiero decir, no intentes remodelar esos barcos pesqueros: construye tu propia armada.

—Lo sé, pero necesito más buques de guerra y no tengo tiempo para construir. Debo aprovechar mi suerte. Es la primera vez que el Pirata desaparece por tanto tiempo.

—¿Y qué tal si su alejamiento es sólo una carnada para que muerdas el anzuelo? Una vez ahí, ya no podrás escapar.

Ante esta fuerte afirmación de Adis, el rey tembló un poco. Buscó en su mente las palabras que necesitaba para responder a su objeción. No halló ninguna.

—Me estoy precipitando, tienes razón, Adis. Con todo, si no doy yo el golpe, él me lo dará. Temo que vuelva a derrotarme.

—No lo volverá a hacer, porque tú serás el primero en defender —contestó Adis con tranquilidad. En la carta que me enviaste me has prometido ser parte de tu cuartel real. Además, me has asegurado hacerme caso en lo que yo quiera, siempre y cuando sea para bien de tu pueblo.

—Así fue, ¡y lo sostengo! —contestó el rey Montexú, airado, aunque en su interior comenzaba a arrepentirse.

—Pues bien, tengo un plan —aseguró Adis con sencillez, pero con un tono decidido—. Sólo necesito esperar algo que pronto me llegará. Fuera de eso, todo está listo.

Y se alejaron de ahí, dejando atrás al armador desconcertado.

Aunque Adis no se olvidó del pobre hombre, así que enseguida mandó un sirviente con unas directrices rápidas y precisas. Indicaciones similares fueron llevadas a varios hombres que trabajaban en el muelle, en la Isla o en la ciudadela.

La empresa era ardua; sin embargo, comenzaron a trabajar. Al poco rato, el armador frente al *Gaviota* fue llamado y se sentó junto a Adis. Entre ambos trazaron los planos de los nuevos buques de guerra.

—¡Adelante! —respondió Execo desde su habitación.
—¿Cómo te encuentras? —le preguntó Adis con una sonrisa.
Un gesto sufrido pero resignado fue la respuesta de quien se hallaba en cama. Azariel se acercó hasta él para ayudarle a levantarse.
—Prepárate, vamos a seguir con lo que dejamos ayer.
—Antes dime —le susurró Azariel al oído—: ¿Quieres seguir adelante con esto?
—Hasta la muerte —el príncipe quetzal se incorporó con dificultad, sin la ayuda del glauco.
Se encaminaron hacia el pasillo y dirigieron sus pasos hasta la «sala clandestina de instrucción» (en realidad, habitación de uno de los huéspedes), donde esperaban los demás.
—Al menos hoy no tendrás que sufrir tanto —replicó Adis, mostrándole unas varas—. Mira, estas espadas de entrenamiento, son más delgadas que las de ayer, y aunque pesan menos, son más resistentes.
—Parece que hoy podré defenderme un poco —sonrió Execo.
—Esta noche será distinta a la de ayer. Te enfrentarás contra mí y contra Azariel al mismo tiempo. Si veo que no es suficiente entrará Gladreo, y si por casualidad faltase uno más, Dénet se sumará.
El joven príncipe quetzal palideció y por poco le fallan las rodillas. Adis le reveló entonces lo que su padre intentaba hacer dentro de poco. Execo comprendió la urgencia que el caballero de Alba tenía por enseñarle pronto.
—Que se haga como tú quieras —y diciendo esto, tomó su vara y se preparó para defenderse.

—Tranquilo, muchacho, hoy no te vamos a apalear. Los golpes de ayer eran para que tu mente previera que en el futuro no serán burdos palos sino hojas afiladas. Lo que hoy busco es distinto. En una batalla puedes estar luchando solo contra otro; también acontece que de pronto te ves rodeado por más de uno. Así, necesito que tengas los cinco sentidos bien atentos. Quítate esa camisa... Bien, ahora... ¿Qué será mejor un escudo u otra espada? Veamos... Sí. Mejor toma un escudo, te será más fácil la defensa. Empecemos. No te quedes en la esquina. Te quiero en el centro.

Adis se colocó frente a Execo y comenzó a esgrimir su vara de tal manera que el quetzal no sabía si admirar los movimientos del albo o asustarse ante la perspectiva de recibir otra paliza. El caballero se le acercó y con un rápido movimiento le tocó el estómago. Execo ni se movió, pues ni siquiera lo vio venir.

—Concéntrate, muchacho, usa todos tus sentidos —le gritó Adis, mientras chocaba su espada contra la de Execo—. Recuerda que la mano es más ágil que el ojo. El ojo te pone en guardia de cuantos vienen. Los oídos te alertan si alguien te acosa por atrás o por el costado. Tu cuerpo siente si se te acercan demasiado. Tu olfato debe ser capaz de oler la flecha que vuela y tu lengua debe probar el aire y la pica ensangrentada que viene a ti.

Mientras le iba explicando todo esto, ya le había dado más de veinte estocadas. Pero como el maestro le había prometido al alumno, no era cuestión de dolor sino de abrir horizontes. Así que sus ataques eran toques, no golpes. Poco a poco, Execo advirtió que la vara de Adis disminuía su velocidad. Pensó que el maestro se cansaba. En realidad, sucedía que el joven quetzal se concentraba más y era capaz de rechazar la espada contraria.

—¡Ahora, Azariel —ordenó—, súmate!

—¡Adis! —exclamó Execo—. Aún no logro detener ni la mitad de tus estocadas, ¿y ya pides que otro me ataque?

—No importa. Tu cuerpo necesita más para que tu horizonte se abra más. Colócate a su derecha —le indicó al último de los glaucos—. Quiero que comience a utilizar más el escudo.

Entre los dos le dieron un vendaval de estocadas. Execo comenzaba a cansarse. Azariel se lo hizo notar a Adis con una seña, para permitirle un descanso.

—Gladreo, por su costado izquierdo —fue la respuesta del albo.

El príncipe morador comenzó a actuar y Execo se veía casi imposibilitado a responder o detener siquiera un solo golpe. Azariel insistió para que Adis le diera un respiro. Entonces miró a Dénet, luego a Execo.

—Basta, por ahora... —gritó, pero el príncipe quetzal no pudo escucharlo, se había desmayado.

Azariel fue corriendo a la bañera y trajo consigo una botella. Adis, quien era el maestro, le indicó con la cabeza que se la diese al príncipe del Reino del Sol. A los pocos momentos, el quetzal ya estaba bien.

—Sigamos —dijo después de descansar un cuarto de hora.

—Perfecto —respondió Adis animado—, sólo que tengo que corregirte algunos movimientos. Azariel, atácame pero hazlo con movimientos lentos para que vea —y mientras el último de los glaucos blandía su espada, Adis hacía un movimiento de brazo o de piernas, explayándose en el arte de atacar, defender y desarmar al enemigo.

Execo escuchaba y observaba sin perder detalle. Luego, Azariel lo atacaba fuerte, aunque con lentitud. Habían ya tomado cierto ritmo, cuando Adis pidió a Gladreo que se sumase. El maestro volvió a corregirle otros muchos errores. Le dio técnicas de cómo mantener la velocidad y la fuerza. Al final, Dénet se le arrojó con la vara como si fuera una verdadera hacha. El cambio de ritmo fue más complicado, pero una vez que lo consiguió, Adis detuvo el encuentro. Estaba exhausto.

Y esto sucedió a lo largo de siete noches inolvidables y extenuantes para el menor de los príncipes quetzales.

Durante el día, desde la mañana hasta la tarde, los huéspedes apoyaban a los quetzales en su continua labor de cortar, lijar y ensamblar los árboles que segaban. Dénet prestó sus magníficos brazos a tal tarea. Gladreo ofreció sus habilidades para moldear y ajustar los arcos de los quetzales, y decían que más que hacer un trabajo, parecía un pasatiempo.

Azariel se paseaba entre los guerreros quetzales que actuarían en el gran día de la liberación. Adis, por su parte, siempre atento al conjunto y al mismo tiempo a los detalles, daba vueltas de aquí para allá, aconsejando y ordenando, atendiendo y escuchando. Fue en una de sus travesías, mientras caminaba junto a Azariel, que un suceso llamó su atención.

—Azariel, serán los destellos del sol los que me disturban o será cierto lo que veo —y señalándole con el dedo el horizonte le indicó un punto blanco.

—Debe de ser él, no puede ser otro.

—Vamos a recibirlo por el otro lado de la Isla, para evitar a los curiosos.

Llegaron a la Plaza del Sol y cruzaron la calzada hasta alcanzar los precipicios. El mar se abrió ante ellos con sus potentes olas. Adis silbó con fuerza. En lo alto de la bóveda celeste, un ave rapaz se lanzó como una flecha al brazo que se le extendía.

—Bienvenido, viajero de los aires, ¿qué noticias nos traes?

Viátor, el halcón blanco del sapiente Sénex Luzeum, se sintió orgulloso ante la bienvenida que le daban. Alargó su garra y les mostró, bien atada, una carta. Adis la desató y se la pasó a Azariel, quien estaba a punto de desenrollar el papiro, cuando Viátor le picó el hombro y le enseñó la otra pata, con otra misiva. El último de los glaucos la tomó y la desenrolló sin dilación. La leyó en silencio.

—Mi madre... Les manda saludos —sonrió con una mirada amigable, y guardándose el papiro en un bolsillo del pantalón, abrió la otra carta. Era de Luzeum.

Muy queridos amigos:

Espero que las primeras experiencias no los hayan sorprendido mucho, en especial, en lo que se refiere al trato que han recibido de los quetzales. Sé que no es muy cordial. Ustedes comprenderán, para este tiempo, el motivo de semejante comportamiento hacia el forastero.

En lo que se refiere al Pirata, yo también estoy extrañado de su desaparición. Me temo que esté en el reino, donde las tinieblas rigen y la luz no entra jamás. Sin duda, Kyrténebre los ha convocado. Estoy seguro de ello, pues varias personalidades de los diversos reinos han desaparecido. Y las llamo «personalidades», ya que influyen de manera muy poderosa en los reinos que asolan. Son un obstáculo para el bien que buscamos.

Regresando a Boca de Muerte, es un vermórum. De hecho, he estado deliberando sobre qué hacer y he decidido ponerme en camino. Me temo que cuando regrese de su reunión con el Gran Dragón, tenga la fuerza necesaria para destruir la Isla, incluso hacerla desaparecer para siempre de los mapas.

Sé que les han dicho que la Isla está protegida y que el Pirata no la atacará. Eso era verdad en el pasado, ahora estoy seguro de que sí traspasará la barrera que puse hace años. En cuanto al modo de matarlo, para ustedes no existe, y mucho menos ahora que se ha reunido con Kyrténebre. Presiento que su amo le ha otorgado mayor poder. Sólo un ignisórum de larga edad y amplia preparación sería capaz de enfrentarlo.

Y aun así, Boca de Muerte sería el probable vencedor.

Desde que nos despedimos en la Línea de Acero, partí hacia Politesofía, la urbe del conocimiento, para buscar información sobre este vermórum. Me agradó encontrar que a toda norma siempre existe una excepción: «Ningún mortal que haya levantado su diestra en contra de uno de su propia estirpe puede herir al Pirata; pero aquel que esté limpio, será capaz de terminar con la pesadilla de Boca de Muerte». Y veo muy improbable que alguien que reúna estos requisitos pueda llegar hasta el Pirata, enfrentarlo y salir airoso.

Estén atentos y vigilantes. Boca de Muerte intentará sorprenderlos, porque se sabe, prácticamente, inmortal. Esperen mi llegada, si es que él no se anticipa.

Adis y Azariel palidecieron, sus rostros se tensaron. Por su mente pasaron los más perspicaces planes, pero en cada uno encontraban una falla de inmediato. En los alrededores de la Plaza del Sol, Gladreo y Dénet se les unieron. Adis los puso rápidamente al tanto de las novedades y entre los cuatro comenzaron a maquinar cualquier cantidad de fantasías.

—«Ningún mortal que haya levantado su diestra en contra de uno de su propia estirpe…» —releía el príncipe de la Foresta Negra, cuando Adis le pidió que callara.

Una sonrisa triste se dibujó en su rostro.

—Tengo un plan: Azariel.

—¿Yo? —preguntó quitando la vista del papel—. Explícate.

—Eres el único que no ha levantado la mano contra ningún combatiente.

Estas palabras fueron como un peso demasiado grande para el corazón de Azariel.

—Es cierto —confirmó Gladreo—, aquel día contra los gramas, tú te alejaste con Adis y no combatiste.

—Y el día que nos conocimos —confirmó Dénet—, sólo había un moservo y dos gramas, a quienes yo degollé. El resto de los enemigos eran lobos que, por cierto, me alegra que los dos gramas hayan sido titanes y uno de ellos cargara esta belleza —dijo mientras le echaba un ojo a su hacha de guerra.

—El plan aún no lo he formulado del todo —continuó Adis—, pero te puedo decir su hilo conductor: tendrás que mantenerte alejado de la batalla y fuertemente defendido, de tal manera, que no tengas necesidad de combatir. Tendremos que hacer que salga el Pirata de donde esté y, entonces, tendrás que luchar cuerpo a cuerpo contra él.

—Y todo esto sin haber intentado defenderme de algún argrete —murmuró el último de los glaucos consternado.

—Lo cual parece casi improbable —confesó Adis el punto débil de su plan—, pues no creo que te dejen acercarte hasta él. Además, es probable que en medio de la refriega, nuestro plan le resulte evidente al Pirata. Con un vermórum nada es seguro.

—¡Ay! La desdicha parece que se cierne sobre nosotros, querido amigo —se quejó Azariel—. Desde que llegamos a estas aguas nos hemos encontrado con un naufragio, odio y sed de venganza.

—Tienes razón, amigo. Pero, como diría Luzeum: «Gracias sean dadas, hay en este mundo corazones capaces de olvidarse de sí mismos para ayudar a los demás».

Al llegar a la Plaza del Sol, se encontraron con una gran conglomeración de personas. Como ya estaba oscureciendo, algunos quetzales portaban antorchas.

—Guarda la carta y, en cuanto tengas oportunidad, elimínala. Vamos a ver qué está pasando.

Varios hombres y mujeres señalaban con el índice algo sobre el mar. Pronto llegaron al borde mismo del acantilado y otearon hacia el lugar indicado. Era una pequeña balsa y, sobre ella, un hombre sentado; pero estaba tan lejos que apenas se delineaba. Sólo el foráneo Adis pudo observar todo con detalle.

El motivo que los había atraído ahí no era porque se tratara de una simple balsa, sino porque era una de las que solían rondar la zona cual centinelas. Esta clase de barcazas estaban acondicionadas para deslizarse entre las aguas con cautela y velocidad. En cuanto divisaban algún argrete, tardaban casi nada en dar el aviso. Sin embargo, a pesar de ser tan rápida, la frágil embarcación venía con lentitud, como si se arrastrara sobre el mar.

Adis llamó a los guardianes que se encontraban cerca, tomó a un joven por el hombro y le habló al oído. El muchacho se alejó, volviendo varias veces la cabeza hacia la barcaza. Los guardias sacaron sus arcos y mantuvieron atentos los ojos hacia el horizonte.

El caballero de Alba echó a correr con Azariel cogido del brazo. Se metieron entre las callejuelas. Dieron vuelta a la derecha, izquierda, varias veces, hasta que llegaron ante un portón, en donde había dos guardias con sus alabardas en alto. Les abrieron paso de inmediato. Bajaron por una escalerilla inclinada y enrollada sobre sí misma. Adis, adelante, bajaba de dos o de tres escalones, según le permitía la estrechez del lugar. Después de mucho descender, arribaron a una gran puerta. Desde ahí se oía como si las olas se metieran en una cueva. Había varios hombres trabajando, la mayoría soldados. Era el refugio de los pequeños botes de vigilancia. Adis abordó uno junto con Azariel.

—¡Vamos, acompáñenos con dos balsas más, por si acaso! —ordenó el caballero.

Varios quetzales saltaron a sus botes y salieron remando detrás de los huéspedes. El horizonte se oscureció y con mucha bruma en dirección a donde habían visto a aquel hombre en su pequeña embarcación. El último de los glaucos echó una mirada hacia la explanada de la plaza, una inmensa línea de flechas apuntaba hacia el mar; también divisó un penacho grande, señal de que el rey había llegado.

El quetzal de la patrulla remaba muy lento, como si no pudiese hacerlo de otra manera. Conforme avanzaba, una mancha roja iba creciendo alrededor suyo. De hecho, la misma barcaza se había pintado de púrpura. El quetzal los miraba con el único ojo que le quedaba. Apretó las manos al remo, haciendo un gran esfuerzo por allegarse más rápido.

Las naves por fin se juntaron. Azariel examinó al hombre y la embarcación, estaban en pésimas condiciones. Pero su susto fue mayor cuando vio varios cuerpos en la barcaza, horriblemente mutilados. No tuvo más remedio que acercarse al pobre quetzal y consolarlo.

—¿Puedes hacer algo por él?

Azariel movió la cabeza, consternado.

—No hay medicina que pueda curar semejante injuria —la voz de Azariel se hundió entre la bruma.

Adis se elevó sobre sus propios pies y oteó el horizonte, ojo avizor. Empuñó su espada, atento a los movimientos del último de los glaucos, presto a herir la densa bruma que le impedían mirar a lo lejos.

En breve, las demás barcazas los alcanzaron y remolcaron la embarcación funeraria. Al regresar, encontraron al rey y a sus hijos en el refugio de las patrullas marinas. En los corazones del rey Montexú y de los príncipes Quetzalco y Xusxún hervían sentimientos de rencor y venganza. Sólo el joven Execo mostró piedad; sus llorosos ojos imploraban justicia.

VII

PREPARATIVOS PARA LA GUERRA

El pabellón de la Silla Refulgente se encontraba cubierto por completo. Se colocaron asientos para todos los generales quetzales, para el armador, para los huéspedes, para los príncipes y para Montexú, rey del Mar Teotzlán.

Además, había entre la multitud de generales y autoridades lugareñas, varios hombres viejos. Eran los consejeros del rey. El menos longevo entre los ancianos era el general Huixazú. Se levantó de su asiento, se acercó a la gran mesa que estaba en medio, se inclinó sobre ella y desplegó un mapa. En él se apreciaban los límites del que era en teoría el territorio quetzal, pues la zona libre del reino era pequeña, casi la mayoría del mapa estaba en poder del Pirata.

El rey, sentado con Quetzalco a su derecha y Xusxún a su izquierda, se levantó. En la mano llevaba el gran cetro real, que tenía en la punta la figura del pájaro quetzal.

—Los argretes han vuelto a acercarse a nuestras orillas —dijo, su voz era fuerte, casi rabiosa—. Saben muy bien por qué los he convocado en este lugar. Saben muy bien por qué el hermoso pabellón no tiene sus contornos abiertos para que entre el aire como quiera. Saben muy bien que nuestra gente sufre. No tengo por qué describirles los detalles. Ustedes mismos son testigos. El tiempo ha llegado. ¡Venganza, venganza! —repitió a voz en cuello, cada vez más fuerte, al punto que las venas de su cuello se le saltaron—. ¡Venganza…!

El rey comenzó a pasar delante de cada uno de los presentes.

—¿Estás dispuesto? —preguntó primero a su hijo Quetzalco.

El príncipe le mostró el brazo recién recuperado, levantando su rostro de tal manera que el penacho se elevó más, respondió:

—Padre mío, sabes lo que he sufrido por la causa. Lo estoy. Lo prometo.

Después, el rey se llegó a Huixazú, después, pasó por Mixaxeo, así hasta llegar a la mitad del lugar. Ahí se dio la media vuelta, y con el pico del quetzal, circuló todo el mapa.

—Este lugar es nuestro. Lo recuperaremos y les daremos a esos malditos lo que se merecen.

Y siguió con los demás quetzales que le faltaban. Llegó por fin a los foráneos.

—He jurado dar mi vida por Azariel y luchar bajo su voz. Por lo tanto, sólo prometo lo que él prometa —fue Dénet quien habló.

El rey miró de reojo al nieto del rey Alancés. Entonces, llegó con Gladreo.

—Tú eres un príncipe. No debes estar bajo el mando de nadie si tú no quieres, pero mientras estés en mi reino, debes decirme cuáles son tus planes.

—He venido con una misión…

—¿Qué misión? —exigió Montexú, volviendo a lanzar sus ojos sobre Azariel.

—La misma de Dénet, el de las Grandes Montañas. He dado mi palabra a Azariel en nombre de mi padre, el rey Gueosor, y el reino de la Foresta Negra, y sólo él me puede liberar de tal compromiso. Mi promesa, aunque yo también sea príncipe, es la de mi pueblo, majestad.

—Acepto las excusas de ustedes dos. Más vale tener pocos hombres leales cerca de ti, que miles que en cualquier momento decidan abandonarte —reconoció el rey Montexú.

Llegó el turno al último de los glaucos.

—Dos de tus amigos han puesto sus vidas en tus manos, e imagino que Adis ha hecho lo mismo —el aludido, que estaba a la derecha de Azariel, afirmó con un ligero movimiento de cabeza—. Por tanto, te pregunto lo que antes te pregunté: ¿cuál es tu misión en mis tierras? Dime la verdad; los tiempos apremian y como soberano que soy de mis territorios exijo que me digas, aquí, frente a todos mis hombres de confianza, ¿a qué has venido?

Adis volteó a mirar a su futuro rey y lo animó:

—Es la hora. No temas por nadie. La verdad es la mayor justificación que existe.

Azariel se acercó al centro, cerca del mapa. Lo miró, sin poder contener algunas lágrimas. Empuñó su mano y golpeó el mapa con decisión. Se dio la vuelta y se enfrentó a todos los ojos que esperaban su respuesta:

—Rey Montexú, soberano del Mar Teotzlán, yo, el último de los glaucos, antes de confesarte a qué hemos venido, y aunque me niegues lo que he venido a pedirte, te aseguro que lucharemos codo con codo con tu noble pueblo hasta vencer a Boca de Muerte y a sus argretes. Lo he prometido antes, y refrendo mi palabra.

»Habiendo dicho esto, quiero que sepas que vine aquí para conminarte a que tomes parte en la gran batalla, la que decidirá el final de las guerras. Mi propósito es reunir a todos los reinos, como sucedió antaño, para luchar contra Kyrténebre, el Gran Dragón, que habita el reino donde las tinieblas reinan y la luz no entra jamás. La batalla que estamos por enfrentar, así como la que se emprenderá más adelante, son parte de la misma guerra. El Pirata no es más que un sirviente del Gran Dragón, y lo sabes.

»Si es tu deseo unirte a nosotros, te pido que confirmes tu lealtad a la nueva alianza entregando aquello que perteneció a la antigua: el Zircón, la Piedra Preciosa del Mar Teotzlán. Mas no te pido que me lo des, sino que forme parte de la alianza, a la espada de antaño y que juntos seamos uno y venzamos definitivamente al gran dragón Kyrténebre, o que juntos vayamos al más allá luchando por los nuestros, por nuestra libertad.

Cada palabra salió de él como un rayo. Adis jamás había visto la resolución con la que Azariel se expresó. El último de los glaucos no podía borrar de su memoria los cuerpos mutilados que acababa de ver y, lo que más le aterraba, era que conocía muy bien que ése era el sufrimiento que les esperaba a todos los quetzales en la batalla que tocaba ya a las puertas del Reino del Sol. Recordó también las querellas de las ancianas y de las mujeres el día en que el *Tuxtla* no regresó. Sabía que si el rey aceptaba, metería a este pueblo en una batalla más cruenta que la de los argretes. Si vencían, y eso lo llenaba de confianza, este sacrificio haría que las futuras generaciones vivieran en paz, libres, sin miedo.

El rey lo examinó de pies a cabeza, mientras permanecía sentado en su trono y con su enorme penacho coronando su cabeza. Lo miró directo a los ojos. Se levantó.

—Acepto la palabra que me diste. Necesitamos de ustedes en esta hora tan negra. En cuanto a mi ayuda y mi Zircón, te lo doy bajo una condición —dijo levantando el índice—. Mi victoria debe ser tal, que no tenga que reprocharte nada, ni tampoco a alguno de tus compañeros.

Por la mente de los cuatros pasaron las noches que habían estado con el hijo ausente del rey, enseñándole el arte de la lucha cuerpo a cuerpo. Azariel no tuvo más opción que aceptar la propuesta.

—Puedes regresar a tu lugar, hijo de la hija de Alancés. Veo que sigues sus huellas. Ojalá que logres lo que te propones —luego se dirigió al caballero de Alba—: ¿Seguirás los pasos de Azariel en todo?

—Hasta el fin —fueron las palabras resolutas de Adis.

—Ahora, te toca a ti, hijo Xusxún, ¿estás dispuesto?

—Padre, lo estoy.

Una vez que el rey tuvo la promesa de cada uno de los presentes, se colocó en su asiento, y con él todos los demás se sentaron. El rey se dirigió al armador:

—¿Cuántos barcos tenemos listos?

—Señor, de la antigua flota nos quedaban diez buques, entre ellos el *Ostitil*. Siete navíos de gran tamaño. Ocho galeras y tres carabelas con sus gabarras. De la nueva flota que acabamos de construir, son siete buques, nueve navíos y ocho galeras más. En total: diecisiete buques, dieciséis navíos, dieciséis galeras y nuestras tres antiguas carabelas. En construcción, nos quedan dos buques grandes, tres navíos y cinco galeras más.

—¿Para cuándo estarán listas esas embarcaciones?

—Si trabajamos día y noche, posiblemente las terminemos en una semana.

El rey puso mal gesto.

—Mucho tiempo. Además, tenemos una flota insuficiente para la empresa que nos espera.

—¿Rey? —pidió la palabra Huixazú—. Pienso que nuestra flota es insuficiente, pero fuerte. He analizado cada uno de los nuevos barcos de guerra. Son poderosos. La manera en que fueron diseñados fue muy audaz. Los barcos han sido innovados. Su creación no tiene precedente. Fue sabia la decisión que se tomó de diseñar unos nuevos y no usar los pesqueros. Créeme, hemos perdido en número de bajeles, pero hemos aumentado en su fuerza, su solidez, su velocidad, pues hemos probado al *Tuxtla II*. Parece un verdadero quetzal surcando los mares como si de aire se tratase. Además, cada embarcación puede llevar un gran número de tripulantes. Y lo mejor, que más que llevar marineros para controlar el barco, serán guerreros que ataquen y defiendan, ya que el barco se puede gobernar con muy pocos hombres. En mi opinión, podremos dar una buena acometida a esos argretes, mandarlos para siempre al fondo del mar, y al fin surcar nuestros propios mares y habitar nuestras propias tierras.

—Huixazú tiene razón —apoyó Quetzalco—. Ya los aplastamos. La segunda vez que nos vean vendrán con más cuidado y menos presunción que antes.

—Además, majestad, debemos aprovechar que tenemos a hombres con habilidades como las de Adis, Gladreo y Dénet —acotó el general—. Tu hijo y el pueblo entero los han visto en acción. Nuestros ojos son testigos. Debemos aceptar, yo sólo doy testimonio de lo que he visto, pues si vencimos antes fue porque contamos con la ayuda de estos hombres.

El rey agradeció su aportación. Luego, solicitó a los huéspedes que hablaran. Adis tomó la palabra.

—Es tiempo de que transitemos del discurso a la planeación, antes de pasar a la acción —dijo—. Y yo tengo un plan arriesgado. Pueden objetarlo o rechazarlo, pero no me importa, lo he pensado bien y voy a exponerlo. Esta noche, intentaremos terminar una de las cinco galeras que faltan. Dejaremos los demás barcos para después. Ahora, sólo necesitamos esa pequeña galera que ha sido diseñada de manera especial.

El caballero de Alba se acercó al mapa, tomó una vara y comenzó a trazar sobre él a la vez que indicaba el procedimiento:

—Todos los buques se colocarán frente a la Isla a manera de flecha, con excepción del *Tuxtla II*, del *Ostitil* y dos buques más que sean igual de fuertes, éstos serán llamados los punteros. Después, ocho navíos se colocarán a un extremo en forma de cruz, y los otro ocho al otro lado con igual formación. Un galeón a cada extremo y cuatro detrás de las grandes formaciones. Al final vendrán las tres carabelas, que más que llevar hombres llevarán víveres y repuestos.

Adis trazó la posición de todas las embarcaciones. Mixaxeo se levantó y preguntó:

—¿Qué hay de las otras diez galeras?

—Es aquí en donde creo que casi nadie va a concordar conmigo. ¿Recuerdan la bahía en donde sufrieron una gran derrota hace dos años? Bien, existen algunas cuevas que llevan al otro lado.

—¿Quieres que nos adentremos en el Paso de la Muerte? —replicó Mixaxeo—. Imposible, Adis, ningún capitán se atrevería a adentrarse en esas aguas, las cavernas son de lo más peligroso, moriríamos.

—Tiene razón, Mixaxeo —fue uno de los ancianos quien lo apoyó.

—Ningún capitán posee la experiencia y el conocimiento suficiente para adentrarse por ahí —opinó el capitán del *Zaloc*, buque comparado al *Ostitil*.

Las protestas aumentaron a medida que más generales y capitanes hablaban. Muchos de los consejeros se fueron agregando a la protesta. De pronto, un hombre pequeño y de cabellos grises se levantó. Era Texlán, el más viejo y activo de los consejeros.

—Antes de opinar, tengo que preguntar algo a este buen hombre, mi rey. Adis, imagino que la otra galera que quieres que esté lista se trata de una que servirá como guía o algo así —Adis asintió—. Entiendo, si me permites darle nombre, la llamaré *El legado de Adis*, en tu honor. No es un nombre prometedor, pero será un recuerdo perpetuo de tu gran audacia y tu espíritu de valentía… —se dirigió esta vez al rey y a la asamblea—: Y yo tendré que ser su capitán, por lo tanto, opino que las diez galeras que quedan y la nueva, que será terminada esta misma noche, se aventuren por el Paso de la Muerte. Si queremos una victoria definitiva, necesitamos ser audaces y arrojados, como el plan que sugiere el caballero de Alba, la ciudad del Unicornio.

Aquellas palabras fueron como agua helada sobre los oyentes. Varios quisieron volver a protestar, pero era Texlán quien había hablado y nadie se atrevía a contradecirlo. Además, a falta de un mejor plan, o mejor dicho, a falta de cualquier otro plan, el rey aceptó.

—¿Qué buscas con penetrar el Paso de la Muerte? —preguntó Huixazú.

—Muy sencillo. Mientras los mantenemos distraídos con nuestros barcos, las galeras, que son muy rápidas por su pequeña envergadura, llegarán por detrás del enemigo. Entonces los argretes se verán rodeados entre dos fuegos.

Era una táctica excelente, aunque en su fuero interno, la mayoría rechazaba la idea de cruzar el Paso de la Muerte. El rey estaba maravillado de ver que ese hombre conocía tácticas de guerra marítimas, y eso que sólo había participado en una sola batalla naval.

—¿De dónde sacaste la idea? —se aventuró a preguntarle uno de los capitanes, analizando la formación propuesta por Adis—. La manera en que has colocado a la embarcación es impresionante, perfecta en el ataque y perfecta en la defensa. Cualquiera que se aventure a golpearnos de lado, se verá él mismo de lado frente a otra embarcación nuestra. Además, las galeras servirán de protección, ya que son rápidas. Tendremos que disponer de nuestros mejores pilotos y capitanes.

—Si queremos llevar adelante dicho plan —advirtió Adis sin prestar oídos a las alabanzas—, será mejor que nuestro armador regrese al astillero y se encargue de convocar a sus quetzales para que terminen dicha galera. Presiento que tenemos que proceder rápido, sacar nuestra flota fuera de la Bahía de las Naves y meterla en la bahía que está entre los Alcázares. En cuanto a los barcos pesqueros, que los atraquen en la Bahía de las Naves junto con los barcos a medio hacer.

—Tus propuestas se vuelven órdenes, Adis —aseguró el rey, enviando al armador a que finalizara *El legado de Adis*.

Después, se pusieron a deliberar qué capitán iría en cada una de las embarcaciones, qué general lo acompañaría. Comenzaron por el *Tuxtla II*, tripulado por el rey Montexú, sus dos hijos y el general Huixazú, con Adis. Gladreo iría en el *Ostitil*. Dénet, en el *Zaloc*, y el último de los glaucos, Azariel, en el *Quitzel*. La tripulación de cada uno de los cuatro buques punteros estaba satisfactoriamente definida, a juicio del rey… Hasta que alguien alzó la voz.

—Gladreo, Dénet y yo debemos permanecer junto a Azariel —objetó Adis—. Sé que estamos ante amigos y no hay ningún espía. Es por eso que les compartiré un secreto: sabemos cómo eliminar al Pirata, si es que se presenta.

Ante esta afirmación, el rey se levantó de su asiento, tomó su cetro y observó con gravedad y sorpresa al caballero. El ambiente se cargó de pronto de esperanza, pero también de escepticismo. Ambos sentimientos se podían palpar.

—El Pirata es un vermórum, y sólo puede ser vencido por un ignisórum como el sapiente Sénex Luzeum, a quien el anciano Texlán conoce muy bien. Viene en camino, según nos ha anunciado; sin embargo, no aseguró que llegaría ni que pudiese vencerlo.

En cualquier caso, existe otra manera: puede liquidarlo un hombre que no haya matado a nadie.

—En medio de una batalla como la que nos espera —se lamentó Texlán—, quién no tenga las manos manchadas de sangre, es que está muerto.

—Nosotros pensamos lo mismo, sabio Texlán, y es por ello que debemos considerar varios puntos —continúo Adis—. Primero, quien intente acabar con el Pirata, debe acercarse hasta él sin presentar defensa. Segundo, el Pirata se dará cuenta de que un nutrido grupo de hombres se esfuerza por aproximársele y que hay uno que no lucha, con lo cual dará la alarma para que ese grupo sea eliminado antes de que alcance su objetivo. Tercero, ese hombre tendrá que vencerlo y después mandarlo fuera de este mundo.

—Todo está muy bien —dijo Huixazú—, pero ¿quién será el que se atreva a enfrentar a Boca de Muerte que no haya luchado antes?

—Yo —dio un paso al frente Azariel, quien ya esperaba esa pregunta.

—Por ello los cuatro, repito, debemos permanecer unidos.

—¿Has matado o herido alguna vez a un enemigo? —interrogó el rey.

—Será la primera vez que participe en una guerra —respondió Azariel—. Sin embargo, le hice una promesa a su pueblo, majestad, y estoy dispuesto a enfrentar al Pirata.

—¿Cómo es que saben tanto acerca del Pirata? Tú, ¿qué opinas Texlán? —se interesó el rey Montexú en escuchar al decano de los consejeros.

—Querido rey, esta tarde recibieron una carta del anciano Luzeum y yo, que conozco al anciano, puedo decir que cuanto afirman estos cuatro *debe* ser cierto. Además, creo yo, Luzeum podría enfrentarse incluso al mismo Kyrténebre. Y si dicho combate se presentase, pienso que sería un poco disparejo para el anciano. Pero conste que digo un poco, pues creo que el anciano Luzeum tiene todas las posibilidades para vencerlo.

»Por esto, majestad, propongo que hagamos lo que Adis te pide. Que sea Azariel quien enfrente al Pirata y, por lo tanto, que se mantenga su grupo unido, ellos sabrán cómo proteger a quien le han prometido sus propias vidas.

—Que así sea —concedió el rey—. El *Tuxtla II* será el barco más protegido y al mismo tiempo irá a la vanguardia en el ataque.

Cada uno de los generales se fue levantando conforme el rey lo llamaba y agregaba algo de su ingenio o ponía objeciones a alguna propuesta. Adis tomaba nota de todo. Y ante las circunstancias, le dio el cargo de general supremo, después del rey. Él sería quien diera las instrucciones.

Xusxún fue el último en hablar, pero Adis no le prestó atención a él, sino a un ligero movimiento en un punto alejado del salón, en uno de los rincones. La penumbra le impedía ver bien, pero alguien había escuchado sus planes. Esperó a que dieran por terminada la asamblea y, en medio del barullo, aprovechó para escabullirse a un rincón del pabellón, hasta quedar solo.

Algo se revolvió en la penumbra cuando entró. Ahora, sin murmullos, todo parecía tranquilo. El caballero se hizo el desentendido, se acercó al mapa, miró de reojo el lugar donde percibió movimiento y conminó a salir a quien estuviera ahí. No obtuvo respuesta. Adis desenvainó su espada, cogió uno de los cirios del lugar y lo arrojó contra la pared en penumbras. El hombre oculto se lanzó fuera del alcance del cirio.

—¡Quién eres, dímelo o te traspaso! —gritó Adis—. No saldrás vivo de aquí con el secreto de la asamblea.

—Adis, no tienes por qué amenazarme, soy Execo. Me di cuenta de que me viste varias veces durante tu exposición. Agradezco que no me hayas puesto en evidencia. Ahora márchate, por favor, no quiero que regresen a buscarte y me encuentren aquí.

Y diciendo esto, fue hacia el cirio y lo apagó, en el momento preciso en que Huixazú reapareció por la puerta.

—¿Qué haces, Adis? El rey te espera.

—Perdón, general, quería echarle un último vistazo a este mapa. Sería bueno que me lo llevara. Lo quiero seguir estudiando.

—Adelante, recógelo. Sólo asegúrate de no perderlo —y mirando en torno, añadió—: Voy a retirar las paredes del pabellón de la Silla Refulgente para que corra el aire. No me gustan los lugares que huelen a encerrado.

Cuando ambos desaparecieron, el que seguía dentro aguardó un poco sin moverse. Después, con mucha precaución, salió del lugar y se dirigió a buscar a un hombre llamado Xadetec.

Durante el mediodía, los generales mandaron mensajeros por toda la Isla y por la ciudadela ubicada en tierra firme. Ellos iban dando indicaciones de lo que se haría aquel día y órdenes sobre cómo actuar al momento de emitir la señal. Tras los primeros emisarios, salieron otros con grandes cartelones. En ellos iban inscritos los nombres de todos los soldados y, también, de muchos ciudadanos y pescadores. Al inicio de la lista iba el nombre del barco, después del general y del capitán, y por último los nombres de los demás quetzales. A cada lado iban señaladas las responsabilidades que tenían que tomar en su barco.

Asimismo, se comenzó el aprovisionamiento de cada una de las naves. Muchos hombres fueron enviados a los campos para traer de los graneros todo lo que pudieran. Otros fueron enrolados en algunas barcazas para transportar cualquier tipo de víveres de un puerto a otro.

En el astillero se veía al armador caminando de un lado a otro, analizando cada detalle. Lo hacía con el ojo de un hombre que sabe que sobre sus hombros pesa la vida de cientos de quetzales. Ajustaba pequeños errores, casi mínimos, que en cualquier otra embarcación pasarían desapercibidos o simplemente ignorados; pero en esta galera no lo podía hacer. La batalla entera dependía, en cierta forma, de la construcción de este barco. Si él fallaba, arruinaría el osado plan de Adis. Su cuidado fue tan grande que, en más de una ocasión, debió cambiar varias piezas que ya habían sido instaladas.

El casco lo revisó, según los que trabajaban con él, más de cien veces. Tan es así, que los mismos constructores aseguraron que ni una astilla fue omitida de su examinación.

En cuanto los hombres se enteraron de las listas, se acercaron a buscar en qué tripulación les había tocado. Hombres, mujeres y niños se apiñaron en torno a los cartelones, deseosos de conocer con quién los habían puesto. Sus rostros se alegraban cuando veían sus nombres entre sus camaradas más cercanos. También había quienes expresaban desdén, pero tenían que asumir las órdenes del rey.

—Papá, mira cuántos hombres van a ver esas hojas. ¿Por qué será?

—Están ansiosos por ver en dónde les tocó —respondió el padre.

—Y, ¿para qué sirven? —preguntó una pequeñuela.

—Como bien sabes, hija mía, estamos en continuo combate contra el enemigo. Y todos los guerreros tienen que ir a luchar.

—Tú eres un guerrero, ¿verdad papá? —preguntó el otro hijo.

—Lo soy.

—Entonces, ¿tú también tienes que irte con ellos, papito? —fue la niña la que habló, pero más que una pregunta, fue casi un ruego para que respondiera que no iba a ir. Por eso ante la afirmación de Xoet, el padre, la niña junto con sus dos hermanos se acongojaron.

Xoet arrodilló una pierna, tomó a los dos niños por el hombro, dejando a la pequeña frente a su propio rostro:

—Hijos, no se pongan tristes. Voy a luchar por ustedes. Sé que ahora no comprenden todo lo que esto significa, pero cuando crezcan, lo entenderán mejor.

La niña, que era la más grande de los tres, replicó:

—Papito, yo no quiero que te vayas para siempre.

—Voy a volver.

—Eso no es cierto —respondió enojada, entre lágrimas—. Porque lo mismo dijo el papá de mi amiga la vez pasada, y nunca regresó.

—Tienes razón —admitió a la vez que le secaba las lágrimas—. Por ello te digo que los quiero a todos ustedes y a mamá con todo el corazón. Y es ese amor que tengo por ustedes que me lleva a luchar para que algún día puedan correr libres de todo temor; para que puedan salir a pasear a cualquier zona del mar con la sonrisa en los labios; para que crezcan, se casen y tengan muchos hijos y no se pregunten qué será de ellos en el futuro. Para que cuando sus hijos tengan hijos, ustedes puedan estar satisfechos y terminar los años de sus vidas habiendo enseñado a sus nietos la hermosura del sol, el sonido de las gaviotas y, en fin, todos los secretos de nuestras queridas aguas.

—Pero si tú no estás, quien le enseñará todo eso a mis hijos —sollozó la niña.

Xoet no tuvo respuesta, y la abrazó lleno de amor, consciente de que podría no volver. Cuando la soltó, un quetzal amigo suyo, el cocinero Xadetec, que acababa de leer las listas, le susurró al oído:

—Estamos a bordo del *Tuxtla II*. Será la embarcación en donde irá el rey con su escolta y los cuatro extranjeros.

Xoet agradeció la información y se retiró a casa. Xadetec lo vio partir con cierto apremio. De todos los cocineros, sólo él no tuvo que hacer cola en los almacenes comunes para surtir su embarcación, pues siendo el cocinero del *Tuxtla II*, se dirigió con sus ayudantes a los depósitos reales y transportaron todo lo que necesitaron al nuevo buque.

El rey supervisó los preparativos para la guerra en compañía de sus hijos, Quetzalco y Xusxún, y el general Huixazú. También anduvo rondando por los almacenes comunes. Atendía a los quetzales que se le acercaban. Después, se dirigió a analizar los puertos. Aprovechó para subir al *Tuxtla II*. Ahí se encontró con varios de sus guardias que estaban aprovisionando de armas al gran buque de guerra.

Lo que le sorprendió fue encontrar a un carpintero trabajando sobre la cubierta; estaba instalando un cofre de gran tamaño. Al preguntarle si lo hacía porque se les había olvidado ponerlo cuando terminaron el barco. El carpintero le respondió que no. Entonces, Montexú indagó el porqué de ese cofre ahí. El quetzal dijo que lo hacía porque se lo habían ordenado. En cuanto quién había dado esa orden no supo responder. El rey lo pasó por alto, pues imaginó que alguno de los generales de a bordo podría haberlo mandado pedir o quizás alguno de los forasteros. Cuando terminó su visita al *Tuxtla II* fue a supervisar otros barcos.

Los cuatro forasteros habían pedido permiso para ir a descansar un poco, pues habían estado trabajando mucho. Más que ir a dormir, llegaron a las habitaciones y ahí cada uno sacó sus armas. Después, se reunieron en el cuarto de Azariel. Ahí, cada uno se sentó con su arma y las prepararon para la lucha, mientras Adis les explicaba cómo debían actuar en cuanto al plan para eliminar al Pirata.

Cada uno comenzó a preguntar aquellas partes que no habían comprendido muy bien. Cuando Azariel terminó de asegurarse con toda perfección de lo que iba a hacer, el caballero de Alba lo miró, quiso contarle que había alguien más que conocía el secreto del Pirata, aparte del consejo que estuvo oficialmente llamado en la Silla Refulgente, pero prefirió callar. Luzeum le había enseñado que nada sucedía en vano. Así que esperó a que el tiempo desvelase los hechos a su momento.

Azariel creyó que se trataba de la carta, y la sacó enseguida:

—Aún no la he eliminado —y se las mostró a Gladreo y a Dénet. En cuanto ambos la leyeron, Azariel la tomó y la arrojó al fuego.

El cielo comenzó a oscurecerse. Las nubes venían negras. A pesar de ello, los quetzales no se desanimaron y siguieron con su labor. Sabían que no había tiempo que perder. Tan es así que habían comido en sus puestos de trabajo. Los que llevaban cargas, aprovechaban los regresos para hincarle los dientes a un trozo de pan.

Los que contaban, lo hacían con una mano, mientras que en la otra sujetaban el bocadillo. Y así habían seguido hasta llegada la tarde.

Estaban por terminar el *Legado de Adis*. El armador estaba ocupado en la colocación del mástil principal cuando de pronto, un rayo acometió contra las nubes. Las rasgó. La lluvia comenzó a caer a grandes torrentes.

La Isla fue rodeada por la bruma. Y como en aquel momento casi todo el reino quetzal laboraba en la preparación de los barcos, habían quedado muy pocos vigías.

La lluvia fue acrecentando su potencia y volumen a cada instante. Los quetzales siguieron trabajando sin inmutarse en lo más mínimo.

El rey Montexú siguió caminando por el puerto junto con los que le habían estado acompañando esa mañana, a excepción de Quetzalco, quien se había retirado a descansar. Huixazú también dejó al rey para reunirse con Adis y Azariel, para enterarse de cómo tendrían que proteger al príncipe ante el ataque argrete.

Para esta junta, invitaron a hombres muy valerosos, como a Huitxiloc, al que Adis había vencido con la espada; Tlucux el Grande, vencido por Dénet; a Xoet y a muchos otros. Entre éstos hubo varios que se encontraban en turno de vigilancia. Pero ya que la tormenta trajo consigo mal tiempo, no serían tan necesarios en ese momento.

Entre todos los quetzales, sólo había uno que no trabajaba. Estaba sentado en una silla. Su cuerpo descansaba sobre sus rodillas y tenía la espada cruzada sobre los muslos. Las manos le sujetaban el rostro. Había gran silencio en torno suyo.

Un caminar llegó hasta sus oídos, pero estaba tan sumergido en sus pensamientos que no le prestó atención. La mano delicada de la reina Cualaxil, su madre, le acarició la espalda. Ella se colocó en cuclillas, frente a él y, levantándole la barbilla, lo miró fijamente a los ojos.

—¿Qué pasa? —le preguntó ella, aunque su sentido maternal ya se lo había dicho—. ¿No quieres hablar con tu madre?

El príncipe no contestó, sino que volvió a inclinar su rostro sobre sí mismo.

—Hijo, no voy a suplicarte que no vayas a la guerra, porque sé que irás —Execo levantó la cabeza y se topó con el gesto resignado de la reina—. Ya eres un hombre, sabes bien cuál es tu deber delante de tu pueblo y de tu rey, haz lo que tu corazón te indique: síguelo. Quizá te lleve lejos de mí. Y si el destino toca a tu puerta, estoy segura de que seré la mujer más dichosa, pues mi hijo habrá muerto por su propio reino, como fue su sueño. Hijo mío, me duele que te prepares para marchar. Sólo te pido que seas valiente, que hagas lo que hagas, no sea en balde. Sé digno del título que llevas, pues se te ha dado sin pedirlo, sin mayor mérito que el ser hijo de los reyes del Mar Teotzlán. Ha llegado el momento de que elijas tu camino. Si decides obedecer a tu padre, algo me dice que tendrás una larga vida… ¿Feliz? Lo dudo. Si te vas, quizá no vuelvas, pero habrás vivido bajo tus propias convicciones.

Execo suspiró, profundamente asombrado.

—Mamá, jamás he hablado de ir a la guerra —e intentó contradecirla.

—Calla —lo atajó la reina—. No trates de tomarme el pelo, sé que tienes un plan y que irás a la guerra. Sólo he venido a darte mi bendición y a entregarte algo que puede serte de utilidad.

La reina Cualaxil lo abrazó con fuerza. En cuanto sintió que las lágrimas la querían traicionar, se alejó de ahí, mientras con un dedo le indicaba un objeto sobre la mesa.

—Se pone en el muslo.

VIII

ARGRETES AL ATAQUE

Esa noche se desató una fuerte tormenta. El centinela levantó la mirada y examinó el suroeste de la Isla, hacia la entrada de la Bahía de las Naves. Arriba se encontraba el Alcázar del Sur, y abajo, la Fortaleza Meridional. Fue aquí donde divisó una inmensa columna de humo. Se restregó la vista, creyendo que el agua le hacía ver visiones, pero no era así, estaba cercada y el fuego extendía sus llamas por el lugar, cercado por numerosas naves. Los habitantes se precipitaron al escuchar la alarma.

El rey se encontraba en el Alcázar del Norte. Desde ahí, observaba el incendio, su rostro se tensó. Miró a su hijo Xusxún, y al general Mixaxeo, que corrió hacia ellos.

—¡Argretes, su majestad! —exclamó jadeante el general—, argretes… Están atacando la Fortaleza Meridional.

El rey pasó su mano izquierda sobre su cabellera a la vez que se limpiaba el rostro del agua que le enturbiaba la vista. Colocó su derecha sobre la empuñadura de su espada.

—Ha llegado la hora —sentenció—. ¿Viene el Pirata con ellos?

—Aún lo ignoramos, majestad. Apenas escuché a los centinelas dar el aviso, cuando vine en tu búsqueda.

—Manda por Huixazú y mi hijo Quetzalco —ordenó—. Y que los pregoneros anuncien que se preparen para salvar la Bahía de las Naves y el Fuerte Meridional, si es que queda algo salvable. Que vayan todos por tierra hacia allá. Creo que será lo más efectivo.

Mixaxeo cumplió las órdenes del rey sin dilación y pronto retornó a su lado. Sin embargo, los emisarios fueron detenidos casi al punto por otros que venían desde la Isla. El caos que creó esta oleada de mensajeros fue mayúsculo, unos decían que venían de parte del rey, otros traían órdenes de Huixazú y Adis. ¿A quién hacer caso?

El rey estaba por revocar la orden contraria a la suya, cuando una voz alcanzó sus oídos:

—Rey Montexú… —el aludido y todos los circundantes miraron en dirección a la voz. Era Adis, corriendo como un galgo. Detrás lo seguían Quetzalco y algunos hombres de la guardia real, incluidos generales, quienes se dispersaron entre la multitud, dando órdenes a los ahí presentes.

—¡Qué sucede contigo! —fue la respuesta del rey, algo molesto por haber sido contradicho en sus determinaciones.

—No hay tiempo para explicaciones largas, padre —asumió Quetzalco la responsabilidad por Adis—. Ahora mismo, tenemos que montar nuestros barcos, los argretes están al acecho.

—¿Qué hay de mi Fortaleza Meridional, de la Bahía de las Naves, de los barcos pesqueros que ahí se encuentran?

—Deja que los quemen… —dijo Adis.

—Imposible —interrumpió el rey.

—De lo contrario no sólo perderás tus barcos pesqueros, sino tus buques de guerra y el pueblo serán exterminados —sentenció Adis—. Tienes que entender que si los argretes llegan a esta bahía, encontrarán todos los buques en línea. Será tan fácil prenderles fuego. Bastará con que quemen uno para que de ahí, el fuego se extienda por todo el puerto. Después, olvídate. Todo será pasado a filo y fuego.

El rey lo miró a los ojos.

—¡Todos a sus naves! —rugió Montexú, el rey quetzal.

La orden fue como una verdadera chispa que prendió la hierba seca. Los quetzales abordaron sus barcos en el acto. Las mujeres, por su lado, tomaron a sus pequeñuelos y dirigieron sus pasos hacia el norte, alejándose de la guerra.

En la Isla botaron varias barcazas de seguridad. Ahí iban la reina con sus dos hijas y el resto de las mujeres del lugar. Los hombres que las navegaban, las dirigieron hacia la desembocadura del río Ayactl.

La tormenta prosiguió. El fuego en la Fortaleza Meridional se alzaba hasta tocar los cielos. Los generales en sus naves, comenzaron a pasar revista a sus tropas, mientras los capitanes hacían lo propio con su tripulación antes de zarpar rumbo al estrecho norte.

El rey abordó el *Tuxtla II*, se encontró con que ya estaba toda la tripulación ahí, desde Mixaxeo, su general de diestra, otro general, el capitán, su cocinero Xadetec. También estaban ahí Azariel, Gladreo y el hombre de las Grandes Montañas.

A su paso, descubrió al gladiador Huitxiloc, a Tlucux el Grande, a Xoet, entre otros.

Los quetzales en la Fortaleza Meridional se defendían con bizarría. Los argretes habían aprovechado el temporal para acercarse lo más posible a la Fortaleza. Además, la noche se había precipitado con la lluvia. Los vigilantes vieron venir los barcos enemigos, pero les fue imposible sonar la alarma. Un grupo de gramas había llegado a hurtadillas hasta la misma muralla del fuerte, donde se apostaron. Esperaron a que los buques aparecieran por el sur para lanzar sus primeras flechas.

El ataque fue extremadamente sorpresivo, no sólo porque los buques argretes se difuminaban bastante bien con la bruma y la oscuridad, sino porque los quetzales nunca habían visto a un grama. Los primeros quetzales que chocaron con ellos estaban paralizados de terror, no sabían si esos monstruos eran visiones. Las flechas gramas derribaron a los vigías, alcanzando los muros indefensos, que escalaron sin encontrar resistencia a su paso.

Otro grupo de gramas se acercó a una de las murallas del lado oeste. Había ahí un pequeño acceso, pero reforzado. Los gramas desembarcaron un ariete y se lanzaron varias veces contra la puerta. Los quetzales que defendían la puerta fueron atravesados con flechas.

Un tercer grupo sacó sus cuerdas de asalto y las lanzaron a lo alto de la muralla, y comenzaron a escalar. Un cuarto grupo, compuesto por varias células de gramas, se dispersó a lo largo de la fortaleza, armados con catapultas, e iniciaron el ataque aéreo desde distintos puntos.

El tiempo que medió entre la sorpresa y la reacción fue suficiente para que los argretes se acercaran lo suficiente para lanzar grandes bolas de fuego desde sus barcos.

Un grama llegó hasta la cima de una de las murallas, se descolgó del otro lado y, atacando a traición a varios quetzales que defendían la puerta, la abrió. Los quetzales que se encontraban dentro se agruparon. Unos se dirigieron a un pequeño pasadizo que corría justo arriba de la entrada. Desde ahí, comenzaron a flechar a los gramas que se internaban en la Fortaleza. Quizá si hubiera habido más quetzales, habrían detenido al menos el primer ataque grama, además de prepararse para el asedio; pero eran ya muy pocos los defensores. Para su mala fortuna, cuando los quetzales se alinearon para defender la entrada, una bola de fuego derribó una de las torretas, cayendo sobre los defensores, hundiéndolos en escombros. Ninguno se salvó.

Otro de los tiros procedentes de las catapultas en los bosques dio contra una de las puertas que descendían a los subterráneos, en donde los quetzales tenían las provisiones. El proyectil voló en mil pedazos la puerta y le prendió fuego al almacén de aceite. Las llamas comenzaron a expandirse por todo el subterráneo, haciendo de aquel un río de fuego, quemando todo lo que se encontraba a su paso. Los quetzales que habían descendido en busca de más armamento nunca lograron salir.

Casi todos los grandes penachos que distinguían a los generales, estaban ensangrentados y tirados por los suelos junto con sus dueños. Quedaban pocos defensores cuando un grupo entero de gramas penetró la Fortaleza. Un grama sacó una bandera de gran tamaño empapada en aceite. Se encaramó en una de las murallas que daban al mar, encendió su punta y comenzó a ondearla por los aires en señal de que habían tomado el fuerte, y el ataque de los argretes cesó.

Los quetzales que aún quedaban con vida lucharon en vano contra los gramas, que los habían rodeado por completo. Uno a uno fueron cayendo, sin dejar sobrevivientes. No hubo piedad en la masacre.

La bandera quetzal desapareció. Pero el asta no permaneció desnuda por mucho tiempo. Una gran bandera, a la que no se le veía color ni insignia, comenzó a ondear.

Los galeones argretes, alrededor de cinco, penetraron sin oposición en la Bahía de las Naves. Los pocos quetzales que ahí quedaban, huyeron. Sólo unos ancianos permanecieron en el sitio, ninguno menor de setenta años, todos grandes guerreros en su juventud. Echaron al agua dos botes muy pequeños, cada uno llevaba dos tripulantes. El resto de los ancianos se dispersaron por el puerto desolado.

Repentinamente, del cielo comenzaron a caer bolas de fuego que pegaban en los pesqueros ahí anclados. Era brea, pues al golpear sobre las naves, el fuego se expandía como si fuese líquido y las embarcaciones se convirtieron en grandes piras. Entretanto, los galeones penetraban la bahía. Estaba todo tan silencioso que los argretes mismos prefirieron esperar un poco a que se reuniera el último galeón, que se había retrasado un poco.

Hasta entonces, la flota de los argretes prosiguió su avance. Ya no lanzaron más proyectiles, sino que quedaron a la expectativa. Sólo se oía el golpeteo de la lluvia contra cubierta de los barcos, el puerto y el mar. Un rayo cruzó el horizonte al tiempo que una flecha ardiente, proyectada desde una construcción en el muelle, se impactaba en la vela principal de un galeón. La respuesta fue una tormenta de fuego que incendió la zona y consumió cualquier intento de contraataque quetzal y puso en permanente ofensiva a los argretes. En breve, al menos la tercera parte de los barcos pesqueros ardía.

Seguía el desenfrenado ataque de los argretes, cuando un galeón comenzó a hacer agua. Una de las pequeñas barcazas, al cobijo de la oscuridad, había logrado hacerle un boquete a estribor, área que no alcanzaba la luz de la destrucción en la costa. Los argretes se lanzaron a la barandilla y, desde ahí, arrojaron una lluvia de flechas.

La barcaza de los ancianos fue destruida, pero el daño que habían causado fue irreparable. Los argretes se vieron obligados a abandonar la nave en los botes. Unos decidieron abordar los otros galeones. Otros se aventuraron al lado de la bahía aún sin tocar, estaban sedientos de sangre y no podían aguardar para enfrentarse verdaderamente a alguien.

Los botes de los argretes tocaron tierra firme. Todos, excepto uno, que transportaba a treinta argretes. En la oscuridad brilló un objeto metálico. Un arpón con la punta al rojo vivo salió volando desde la popa de un pesquero de enormes dimensiones. Era el *Gaviota*. Los argretes aún estaban muy lejos de tierra y no había ningún barco cerca que los viniese a recoger. La tormenta había arreciado y el mar estaba muy bravo. Ninguno volvió a asomar la cabeza sobre la superficie.

El anciano Texlán, al ver que había logrado su objetivo, se adentró en las aguas con el bosque a sus espaldas. Después de varias horas alcanzó a llegar al Alcázar del Sur. Dio algunas órdenes. Tomó cuatro hombres de grandes brazos y les pidió que remaran con toda agilidad hasta el astillero. Cuando por fin llegaron al lugar, se encontró con que las otras diez galeras ya habían zarpado e incursionaban en el estrecho entre el Alcázar del Norte y la Isla. Sin embargo, contra lo planeado, el *Legado de Adis* seguía ahí.

—Estimado Texlán —el armador, regocijado, le estrechó la mano—, nunca antes había construido una nave como ésta. Te ruego que me permitas acompañarte. Seré útil si alguna galera se avería en el Paso de la Muerte. Además, al ser ésta mi obra más sublime, quiero correr la misma suerte que ella.

—Tu deber era salvarte con las mujeres, tu conocimiento en la construcción de barcos no la supera ninguno de los quetzales que surcan ahora mismo estas aguas. No obstante, tienes razón, el *Legado de Adis* tendrá el mismo destino que su armador.

La galera capitaneada por el viejo Texlán fue la última en cruzar el estrecho. La escuadra quetzal ya estaba, en su totalidad, alineada al este de la Isla. Sólo las diez galeras se encontraban muy cerca de la costa norte, esperando que el *Legado de Adis* diera señales de vida.

El rey Montexú colocó su barbilla sobre su brazo y, con la mano en visera, oteó el horizonte, que ya comenzaba a despejarse. Su inquietud iba en aumento. Estaba por reiniciar su caminata sobre cubierta, cuando se acercó otro mensajero.

—Su majestad, traigo noticias de la familia real.

—¡Por fin! —se alegró el rey.

—La comitiva encabezada por la reina Cualaxil ha llegado a la boca del río Ayactl. Sólo que el príncipe...

—¡Execo! —se anticipó Montexú, pateando la caja a sus pies.

—Exactamente, mi señor.

El rey empuñó la mano derecha y, mientras dirigía su mirada a la Isla, masculló:

—¡Quédate en la Isla, muchacho desagradecido! —gritó enfurecido, agitando el puño como si tuviera a su hijo enfrente—. Te he ofrecido la alegría y tú has buscado la tristeza; te quise alejar de la guerra y tú tomaste la espada; te he dado la vida y tú prefieres la muerte... —su voz se quebró—. Quédate en la Isla, al cabo la guerra se librará sobre las aguas, ¡en estos barcos que no verás nunca! —y para reafirmar sus palabras pisó tres veces y con fuerza la cubierta del *Tuxtla II*.

La bruma desapareció por completo. El sol fulguraba radiante. El Mar Teotzlán reflejaba con nitidez los rayos solares, a la vez que vestía un azul muy denso. Azariel y Gladreo, en lo alto del palo mayor, miraron en derredor. La flota se estaba agrupando. El *Tuxtla II* y el *Ostitil* ya habían ocupado sus posiciones pioneras;

el *Zaloc* se acercaba ya a la suya, y el *Quitzel* se encontraba aún a cierta distancia, pero ya tenía su proa en dirección a su posición.

La formación central, compuesta por los grandes buques, estaba lista. Parecían tres grandes puntas, dispuestas a penetrar cualquier obstáculo que se les interpusiera. Los navíos del oriente ya estaban en completa formación de cruz. En cambio, los del occidente aún estaban alistándose. Las galeras estaban en su sitio. Las carabelas esperarían hasta mediodía para zarpar rumbo al sur. Era necesario mantenerlas muy, pero muy alejadas de la batalla. Llevaban la consigna de que, en caso de verse atacadas, las hundieran ellos mismo antes de que cayesen en poder de los argretes.

Huixazú aún no había dado la señal de avanzar hacia el sur. Esperaba a que todos estuvieran en sus posiciones. Cuando el *Quitzel* y los navíos del oeste estuvieron listos, una gran bola de fuego se lanzó a los aires. La flota quetzal comenzó su avance.

Al tiempo que ocurría esto, el *Legado de Adis* alcanzaba a las diez galeras de su expedición, que lo esperaban en la desembocadura. Todas las embarcaciones quetzales, llevaban una enorme bandera con un sol naciente y un quetzal en pleno vuelo. La nave fue recibida con las enseñas ondeando. Cuando el *Legado de Adis* se colocó a la punta de la expedición, las carabelas con sus garrabas llenas de provisiones zarparon hacia el sur.

La Fortaleza Meridional, invadida por los gramas, quedó atrás. Los generales querían aprovechar su superioridad numérica para recuperar la plaza, pero Adis los hizo entrar en razón. La victoria dependía de la fidelidad al plan y a su objetivo.

Los vigías estaban al pendiente, cada uno portaba en su mano un catalejo. Toda la tripulación se mantenía en constante movimiento. Trataban de mantener la velocidad que llevaban. Había quetzales parados junto a las catapultas; otros, junto a los arpones. Cada uno vestía su chaleco con el carcaj lleno y la espada envainada.

Como parecía que nada sucedía, Azariel se acercó a la barandilla, muy cerca del espolón en forma de quetzal. Contempló el espectáculo. Ahí estaba Dandrea, mirándole de cerca, con un dedo le mostraba el mar que se extendía frente a él, con el otro le acariciaba el rostro. ¿Sería así el mar que se contemplaba a las orillas de las playas del Esponto Azul? ¿Cómo sería el sonido de las gaviotas? ¿Los barcos espontanos fueron iguales a los que ahora construían los quetzales? Y todas sus conversaciones con ella comenzaron a golpear su memoria y su imaginación.

Seguía metido en sus pensamientos cuando a lo lejos, divisó algo que se movía. Al parecer se estaba acercando. El *Tuxtla II* y el *Ostitil* pitaron dos veces, un sonido agudo y desgarrador como un grito de guerra. Eran los argretes que venían en formación. El sueño de Azariel acabó. Vio una embarcación pequeña, no podía distinguirla bien, y detrás, en forma de V, otras tantas, muchas y más grandes.

—¿Qué tipo de nave son ésas? —preguntó a un quetzal que se encontraba ya a su lado

—La primera línea está formada por nueve galeones, muy parecidos a nuestras galeras, pero más grandes. La segunda por veinte buques con un galeón a cada lado. La tercera son veintiún navíos, flanqueados por galeones... Será una batalla dura, ¡los argretes se han hecho de una armada nunca antes vista en Ézneton!

Ambos miraron a Adis y le agradecieron la información. Pero éste, en lugar de alejarse y dejarlos ahí, tomó a Azariel del brazo:

—Es hora de que te escondas. No puedes quedarte aquí.

Azariel se abstuvo de protestar. Agachó la cabeza y se metió en el interior del *Tuxtla II*. Había que seguir el plan con determinación. Descendió la escalerilla, mientras muchos más seguían subiendo y trasladando armamento. Antes de meterse por completo, echó una última mirada al océano. En el galeón que iba a la vanguardia de la armada de los argretes se distinguía el estandarte enemigo. No era la bandera negra con un cráneo y una cimitarra como base, sino la figura dorada de un dragón sin alas. ¿Sería posible? ¿Habría salido de su escondite para aniquilarlo de una vez por todas? ¿Cómo es que se había enterado? ¡Luzeum, sólo eso podía explicar su ausencia en estos difíciles momentos! Estuvo a punto de perder el control, pero se contuvo. No, Luzeum no le fallaría, había advertido que podía demorarse.

El galeón puntero se detuvo. Los demás, sin embargo, seguían avanzando, hasta que pasaron al primer galeón, que se perdió en medio de todos.

—Vamos, muchacho, una vez que elimines a ese bribón podrás entrar de lleno en la batalla —le dijo el rey, contemplando al igual que Azariel la maniobra de los argretes—... Seguro que ha dejado pasar a sus seguidores para ver la batalla desde fuera. El maldito quiere divertirse observando cómo se vierte la sangre. Ya después entrará a participar del festín, pero nosotros le daremos una sorpresa.

—¿Crees que allí va Boca de Muerte? Me parece que el emblema es el de Kyrténebre, el Gran Dragón.

—Dudo que ese bicho salga ahora de sus poderíos, piensa que con el Pirata basta para someter al Reino del Sol —dijo mientras golpeaba el puño cerrado de una mano contra la palma de la otra.

—Espero que tengas razón —fueron las últimas palabras de Azariel antes de quedar sumido en la oscuridad, en el vientre del barco.

Grandes pasos se oyeron por la cubierta. Los tripulantes del *Tuxtla II* aguardaron el choque inicial. El galeón que iba a la punta se perdió por completo, incluso escapó a la constante y penetrante mirada de Adis. ¿Quién iría en ese barco? ¿Por qué se hacía a un lado? No por miedo, ya que la flota argrete seguía. Además, sus embarcaciones superaban en número a las de los quetzales, quizás hasta en número de combatientes. El rey Montexú apretó con tal fuerza el puño de su espada que hasta las venas se le saltaron.

—Los números no ganan batallas —lo reconfortó Adis—, aunque ayudan bastante.

—Además —intervino Dénet palmeándole la espalda a Adis—, recuerda que tienes a un genio de tu lado.

—No te burles —replicó el aludido.
—¡Gracias a ti estamos preparados para la lucha! —exclamó Gladreo—. Si no fuera por tu insistencia, estaríamos aún en la Isla y los argretes nos hubieran tomado por sorpresa.
—No sé si estamos o no preparados —objetó uno de los generales—. Lo único evidente es que si hubiéremos utilizado los barcos pesqueros, tendríamos más barcos que ellos.

La distancia entre los quetzales y los argretes se había acortado, aunque no tanto como para iniciar el ataque. Adis conservo la serenidad frente a críticas y alabanzas. Sin dilación, se colocó al centro de la proa, tomó el altavoz del capitán y comenzó a dar instrucciones.

—Gladreo, a la punta de la proa, toma la caja de bolas de aceite contigo y ya sabes qué hacer. Los demás esperen. No lancen sus flechas hasta que se les dé la orden. Recuerden que nuestro golpe debe ser como el de un solo hombre. Todos debemos funcionar con un mismo fin. Y no se les olvide la consigna: prohibido abordar una embarcación enemiga que esté perdida. ¡Los muertos no les devolverán a sus muertos!

Lo último lo dijo con tanto énfasis que pareció penetrar el corazón de cada quetzal. Era necesario que los quetzales entendieran que la venganza ciega era inútil, aunque presentía que volvería a contemplar escenas como las que vivió con Quetzalco.

Las posiciones de ambas flotas eran las oportunas para el inicio del ataque aéreo. Tanto de los buques quetzales como de los galeones argretes salieron las primeras catapultas. El primer tiro del *Tuxtla II* derribó el mástil mayor de un galeón. El del *Ostitil* barrió unos cuantos argretes de cubierta, además de horadar parte de la popa del galeón que golpeó. El del *Quitzel* rompió la parte superior de otro galeón. El *Zaloc* focalizó su tiro en uno de los buques detrás de los galeones; la bola de fuego no sólo quemó la vela principal del galeón que navegaba enfrente, sino que destruyó el espolón del buque.

Los galeones debieron esperar, aún no alcanzaban su objetivo. Mientras tanto, los quetzales prepararon otra tanda de bolas incendiarias. Al instante, la segunda lluvia de fuego cayó sobre los argretes. Esta vez, hubo respuesta de su parte. Al *Tuxtla II* le pasaron dos muy cerca de la barandilla y algunos proyectiles de la vela mayor.

El príncipe de los moradores tomó uno de los dardos explosivos. Apuntó al timón de un galeón deseoso de embestir al *Tuxtla II*. Estiró lo más que pudo. Disparó. El golpe fue certero. Todo el timón se llenó de un líquido oscuro. Después, otro dardo de fuego dio en el mismo punto que el anterior. La madera se hizo trizas. A varios argretes se les enterraron las astillas del timón, incluso el piloto perdió la vida. Al quedar el galeón sin gobierno, comenzó a desplazarse contra un galeón contiguo. El espolón en forma de cráneo penetró el casco. Los argretes tuvieron que botar algunas balsas y se alejaron de ambas naves.

—Parece que la batalla ha comenzado en serio —dijo Dénet—. ¿Estarás bien?

Azariel asintió. Dénet le extendió la mano:

—Yo me encargaré de que ese brazo tuyo cumpla su misión con el Pirata.

Y es que su deber era evitar que, en caso de abordaje, los argretes se acercaran y Azariel se viera obligado a entrar en acción. A su lado se quedaron Xoet y Huitxiloc, el gladiador.

Adis se había unido al morador y juntos exterminaban a los capitanes y generales argretes. No era fácil descubrirlos entre tantos, ya que no llevaban distintivo como los quetzales. Lo que hacían era ver quiénes daban indicaciones y al instante convertirlos en sus blancos.

Las dos flotas alcanzaron el punto para que todos dieran inicio al uso del arco. Así que a la lluvia de fuego, se aumentó la de las flechas. Cantidades de ambos lados caían para nunca más levantarse. Adis había imaginado los barcos como si fueran pequeños fuertes movibles y así los había adaptado, sin embargo, el primer buque quetzal fue hundido. Varios galeones lo habían rodeado. Pero no cayó solo, mandó a pique dos galeones y un navío.

El *Tuxtla II* se había detenido en una encarnizada batalla. Acaba de mandar al fondo del mar a un buque argrete con un formidable golpe de espolón. Mientras que los arponeros habían hecho otro tanto a dos galeones que estaban en los costados. Los tripulantes de los tres barcos, se habían encaramado al casco quetzal. Varios murieron ahogados, pues intentaron escalarlo, pero al hallarse tan resbaloso, por más que se esforzaron no pudieron, se cansaron y se dejaron llevar al fondo. Otros, se acercaron a compañeros, les arrebataron sus dagas y comenzaron a escalarlo. Casi ninguno pudo llegar, pues aunque lograban sostenerse con ambos brazos, los pies no hallaban dónde apoyarse para impulsarse hacia arriba.

El mar ya se había teñido de sangre hacía mucho tiempo. Restos de barcos yacían por todos lados. Varios mástiles aún sacaban la punta fuera del agua, ya que el resto del barco estaba bajo el agua. Los gritos de ambos lados se elevaban al cielo. El sol comenzaba a descender. La batalla arreciaba, pero los quetzales no cedían. La posición dispuesta por Adis había servido. En cuanto un barco era atacado por sus flancos, el de atrás arremetía de lleno con su espolón en forma de quetzal.

El avance de los quetzales era constante y lo más sorprendente de todo, mantenían su disciplina. Aunque siempre había alguna que otra excepción cuando se acercaban a una nave enemiga y, a pesar de que ya se estaba hundiendo, la abordaban para exterminar a todos y a cada uno de sus tripulantes. Cuando mantenían el orden era cuando se mostraba lo mejor de los quetzales, pero cuando se volcaban contra los ya caídos, relucía lo peor de ellos.

Buena parte de la flota argrete, principalmente sus buques, habían desaparecido de la superficie. Ahora venía la tercera fila, la de los navíos. Fue entonces que Adis cambió el arco por la espada y se arrojó contra el enemigo.

Un enorme buque argrete se había dado cuenta de que la mejor manera de atacar era haciendo lo que ellos sabían hacer: el abordaje. Así que en lugar de enfilarse contra el espolón del *Tuxtla II* o tratar de llegarle por un costado, se lanzó a chocarle, casco contra casco. Así, las dos cubiertas quedarían al mismo nivel y no habría necesidad de intentar escalarlo. Además, mantendrían las cubiertas de las troneras cerradas.

Varios argretes se lanzaron hacia la escotilla. Querían incendiar el barco desde su propio vientre. El problema era que ahí estaba el hombre de las Grandes Montañas. Apenas los vio venir, tomó su hacha y la deslizó en U. El filo de Gladata arrebató la vida de todos.

—Déjame te echo una mano —le gritó Adis, al ver que lo rodeaban bastantes argretes.

—¡Sigo en pie! —respondió Dénet—. No es necesario.

Pero no acababa de hablar cuando una flecha silbó a un palmo de la cara y se clavó en la boca abierta del argrete que estaba a punto de sorprenderlo a traición. Dénet echó una mirada veloz atrás. El príncipe de la Foresta Negra lo saludó:

—Te cubro la espalda, compañero.

Tlucux el Grande y Xoet se unieron a la defensa de la escotilla. El primer ataque enemigo se vio frenado ante tales hombres. Y poco después, el brazo del rey Montexú ayudó a eliminar a todos los que habían abordado el *Tuxtla II*. El soberano de los quetzales no era sólo un viejo lobo de mar que dictaba órdenes, sino un hábil guerrero con la espada.

La respuesta de parte de los combatientes del *Tuxtla II* fue tan fuerte, que el mismísimo buque argrete había sido abordado. Uno de los quetzales saltó con una enorme antorcha, protegido por sus compañeros, hasta llegar a la escotilla mayor. Ahí derramó abundante brea y arrojó la antorcha, mientras que otro compañero vertió un bote con agua. El fuego se expandió al instante. Quetzalco y Xusxún se hicieron del timón y le dieron un fuerte giro.

—Regresen al *Tuxtla II* —ordenó Huixazú.

—Estás loco —le increpó Quetzalco—. Aún tenemos tiempo para exterminar a esos bribones.

El general mantuvo la cabeza fría ante la insolente respuesta del príncipe. Sacó un sable bastante largo y a costa de golpes a todos los flancos logró acercarse a Quetzalco. El buque se estaba separando del *Tuxtla II* y amenazaba con chocar contra otro barco enemigo. El fuego había arrasado el casco del barco y el humo se elevaba en todas direcciones. Huixazú tomó al príncipe por un brazo, mientras que con el otro se protegía del enemigo.

Ya no se veía nada. El humo reinaba en cubierta y el fuego asomaba en algunas partes. Una punta de largo espectro cruzó los aires y se enterró en el brazo del general. Él se la arrancó al instante y le brotó la sangre. Tomó una cuerda con un gancho y la lanzó con todas sus fuerzas a donde antes había estado el *Tuxtla II*. La cuerda no se tensó. Lo volvió a intentar:

—¡Cuidado! —gritó Quetzalco.

Huixazú dio media vuelta, tres argretes corrían contra él con una gran lanza en llamas. Se dio cuenta de que no le quedaba mucho tiempo. Abrazó al príncipe y se dejó caer hacia atrás. Al pasar junto a las llamas sus ropas se incendiaron, pero se apagaron al contacto con el mar. Comenzaron a nadar, aunque al general le ardía muchísimo la herida del brazo. Ni siquiera en el mar estaban libres del peligro. A los argretes que antes habían visto correr hacia ellos, se acercaban a grandes brazadas.

Durante el tiempo en que el buque se había escondido detrás de las cortinas de humo, el rey Montexú se volcó sobre la barandilla y había gritado el nombre de su hijo. Al no obtener ninguna respuesta, se aferró al mando del capitán y el *Tuxtla II* se alejó del buque en llamas. Cuando la nave quedó limpia de enemigos, Dénet explicó a Adis y Gladreo lo que había ocurrido.

—¿Quién dio la orden de abordar ese galeón? —preguntó el príncipe Gladreo alarmado.

—Qué importa —respondió Adis—. Como decía Luzeum: «El hombre es el único ser sobre la tierra que no aprende de sus errores».

En ese momento, se encontraron con el rey. Dos ríos de lágrimas corrían sobre sus mejillas. De pronto, se oyó un grito muy familiar. Era Quetzalco.

—¿Por qué no volviste enseguida, hijo? —Montexú lo reprendió una vez que lograron subirlo.

—Soy mayor en edad, padre —respondió en tono como si lo que él decía era lo más obvio y razonable—. Además, no tengo por qué obedecer las indicaciones de los generales.

El rey y todos en torno lo miraron con dureza. A Huixazú lo acababan de enviar a un camarote, no podría continuar la lucha, había perdido mucha sangre y en el agua se batió contra unos argretes, que le enterraron un puñal en uno de los muslos.

—¡Insolente! —le recriminó el rey Montexú—. Eres mi hijo, pero también un guerrero y debes… —hubiera querido explicarle a Quetzalco la gravedad de su insubordinación, pero el buque se encontraba ya frente a los navíos argretes.

Mixaxeo tomó el mando del *Tuxtla II*, mientras Adis analizaba la situación y daba indicaciones a los buques contiguos. De los grandes barcos, sólo el *Zaloc* se había atrasado. El *Ostitil* y el *Quitzel* se rezagaron un poco para formar una flecha, tomando al *Tuxtla II* como punta.

La mayoría de los quetzales estaban entusiasmados, su flota ahora era más grande y poderosa que la del enemigo. Para ese momento, habían exterminado, además, a casi todos los galeones, que eran los que más daño hacían en este tipo de lucha.

La formación quetzal estaba dispuesta, la tercera línea enemiga también. Estaban a punto de chocar, cuando atrás de la tercera línea, se oyó un alarido aterrador para los quetzales y alentador para los argretes, que ya veían todo su esfuerzo irse a pique con sus barcos.

El galeón que antes había guiado a la flota enemiga y se había hecho a un lado al momento del primer enfrentamiento, volvía a aparecer. Llevaba enarbolada la bandera con el símbolo del Gran Dragón. El espolón del barco estaba cincelado con el cráneo de un esqueleto. Sobre la popa, ondeaba otra bandera, la de los argretes. En cubierta, la tripulación cantaba la insoportable melodía de la muerte. Y en la punta de la proa, una figura solitaria, alta, musculosa, de otro mundo.

—¡El Pirata!

IX

EL PASO DE LA MUERTE

La belleza que rodeaba la costa norte del Mar Teotzlán dejó boquiabierta a la flotilla guiada por el *Legado de Adis*. Esa belleza, sin embargo, no tenía que ver tanto con el paisaje como con la esperanza de libertad que en ellas se cifraban; no obstante, muchos quetzales estaban conscientes de que no regresarían. Admiración y nostalgia, pues, eran los sentimientos que flotaban en la tripulación.

—¡Vamos, muchachos! —gritó Texlán tratando de elevarles el ánimo—. ¡Estamos a un paso de lograr lo impensable!

En algunos lugares, el mar se elevaba para mojar las playas. Había otros en los que era aprisionado por los enormes arrecifes. Si Azariel hubiera estado ahí, habría comprendido mucho mejor lo que Dandrea, su prometida, trató de explicarle hacía tiempo. En cambio, el continuo pensar en la guerra y el duro trabajar de los últimos días, le había impedido apreciar el mar. Y de haber estado ahí Luzeum, le hubiera dicho que el Paso de la Muerte era demasiado hermoso como para dejarse seducir por su belleza.

Al mediodía, entrevieron las entrañas de las cuevas. Ahí estaba el temible viaducto. Parecía una enorme boca dispuesta a devorarlos a todos juntos. Las estalactitas parecían los enormes colmillos de una bestia marina, y sus aguas rojizas por los rayos del sol, una lengua degustando a su presa.

Texlán no se dejó impresionar y se afianzó al timón. El *Legado de Adis* se deslizó con rapidez hacia la caverna, guiando la nave con brazo firme. Por fin, el espolón en forma de quetzal entró por completo y la nave se hundió en la oscuridad.

—Enciendan los faros —dijo secamente el capitán—. Quiero todas las luces prendidas.

Si Texlán no hubiera roto el silencio, quizá ninguno se hubiera movido de su puesto. Los ojos del quetzal que remataba la proa del barco se iluminaron cuando prendieron las antorchas. El resto subió con rapidez las velas de cera que aún les quedaban.

Luego, se sacaron los remos protegidos por pieles para evitar hacer mucho ruido al introducirlos a las aguas. La última galera penetró y sus tripulantes se fueron acostumbrando poco a poco a la oscuridad reinante, fuera de los dos faros sobre el espolón.

Pasó más de una hora de difícil manejo para las galeras. Aunque su tamaño no las hacía chocar contra el techo, sí debían evitar contacto con cualquier formación rocosa que sacara su punta por encima del agua. Un fallo, por pequeño que fuese, podría arruinar toda la empresa.

Habían transcurridos unas cuantas horas, cuando un hombre hizo señas a los demás quetzales para que se callaran. Las diez galeras junto con el *Legado de Adis* se sumergieron otra vez en silencio. Texlán ya había dejado el timón al segundo de a bordo y se encontraba en la proa, con toda su tripulación. Poco a poco la suave brisa que corría en aquel túnel oscuro, les trajo el sonido de unas voces que crecían conforme se acercaban. Los quetzales entendieron con un gesto rápido de Texlán. Uno de cada galera se dirigió a apagar los faros, en tanto los demás, sacaron sus armas y se colocaron en los remos.

Volvió la densa oscuridad. Aquella parte del Paso de la Muerte era larga, estrecha, aunque no muy profunda. El rumor que habían escuchado procedía de un pequeño grupo de galeones. Llevaban un farol pendido sobre un cráneo de calavera que les servía de espolón. Al parecer, quien las guiaba era un experto, pues se movían con agilidad. Texlán se dio cuenta del peligro. Había que actuar rápido.

—Remen con todas sus fuerzas —fue la orden.

El *Legado de Adis* tomó velocidad. Cada vez más y más rápido. Texlán irradiaba una fiereza inusual, no habría voluntad que detuviera su operación. Sin embargo, el movimiento del agua puso sobre aviso a los galeones enemigos. Algo andaba mal. Como no podían ver más allá de sus propias antorchas, organizaron una patrulla para investigar.

Eran alrededor de tres botes, con unos once argretes por cada uno como tripulación. El que iba hasta delante, llevaba una tea en la mano. Al oír ya muy cerca que algo se movía, elevó el fuego para investigar. Lo único que vieron fue el inmenso pico de un ave que pasó encima de ellos. El *Legado de Adis* no les dio tiempo ni de tirarse al agua. Después, el espolón penetró con tal fuerza el casco del primer galeón, que lo traspasó, partiéndolo por la mitad.

A fuerza de remar, se zafaron del barco y dejaron que se hundiera. El elemento sorpresa había funcionado, pero los argretes salieron pronto de su asombro y se lanzaron por sus armas. «La mejor defensa es el ataque» era una de las máximas de Texlán, y bajo esta premisa el *Legado de Adis* continuó lo que había empezado, vomitando la primera bola de fuego, que barrió a varios tripulantes enemigos y con tal suerte, que cayó dentro de una escotilla que escondía la brea. El galeón estalló en llamas.

Los argretes querían enfrentarse directamente contra los quetzales. Texlán y los suyos los esperaban con los arpones y con más catapultas de fuego. A diferencia de las otras naves, el Legado de Adis estaba equipado con unas catapultas especiales, como ballestas gigantes, cuyos proyectiles podían salir disparados casi en línea recta.

Pedazos de madera y armas volaban en todas direcciones. Los argretes estaban furiosos. No podían contener tal arremetida de los contrarios. A uno de los generales se le ocurrió una idea. Prepararon una pequeña balsa repleta de brea, tripulada por uno de ellos. El elegido, con una alegría locuaz, saltó a bordo de la nave y comenzó su travesía. Entretanto, seguían lanzando fuego para distraer a los combatientes, al mismo tiempo que retrocedían sus galeones. Hubiera sido una catástrofe para el *Legado de Adis*, de no haber sido por la decisión de Texlán que, en vez de detenerse un poco a esperar a las demás galeras que venían detrás, siguió su ritmo y, lanzando los remos, tomaron velocidad. La pequeña barcaza evitó el encontronazo con la galera, de otro modo, se hubiera hundido sin lograr su cometido. Así que se acercó a la segunda galera quetzal, aprovechando que las miradas de todos estaban puestas en el barco puntero.

—¡Estás loco! —le gritó el capitán que iba detrás de Texlán al argrete suicida.

Fue lo último que alcanzó a decir. La explosión se expandió con rapidez. Por debajo de la galera comenzó a subir el fuego. Lo hacía como un hambriento que devora lo primero que encuentra para comer. Uno de los generales ordenó:

—¡Tiren las balsas! ¡Abandonen el barco!

Los primeros que se mecieron sobre el turbulento río del Paso de la Muerte, avanzaron, mientras que otros intentaron abordar la galera que venía detrás.

—Cuidado… —el quetzal no finalizó su advertencia, algo lo había jalado dentro del agua y se lo había llevado consigo.

—¿Tiburones, aquí? —preguntó uno lleno de miedo, al ver desaparecer a otro compañero que estaba a su lado.

—Serán monstruos que se han unido al Pirata.

La oscuridad les impedía ver bien de qué se trataba. Era el argrete suicida, que apenas tuvo tiempo de salvarse de su explosión arrojándose a las profundidades del Paso de la Muerte… Y aún estaba al acecho.

—Mejor volvamos un poco al barco en llamas, al menos desde ahí podemos ver bien qué nos rodea y así podremos defendernos.

—¡Ah! —gritó uno lleno de terror y cayó dentro del agua y comenzó una lucha invisible para los demás. Hubo mucho movimiento en el agua. Manos batiéndose en todas direcciones, pero los que lo veían no se atrevían a hacer algo al respecto para evitar más pérdidas.

—¡Regresen! —los llamó el quetzal que había sido tirado al agua.

Su voz sonaba como la de un herido. Con pequeñas brazadas se estaba aproximando a sus compañeros. En el brazo izquierdo llevaba un puñal enterrado.

—¿Qué era eso?

—Un argrete —contestó jadeante y adolorido. Tenía varias puñaladas en diferentes partes del cuerpo, aunque ninguna de muerte.

—Llevémoslo rápido a la galera, de lo contrario morirá desangrado.

Para este momento, no tuvieron que remar mucho, pues el tercer barco en la línea ya había llegado al lugar.

—¡Arqueros, acometan las aguas! —ordenó el capitán—. Hay argretes escondidos. Esperan el momento oportuno y se lanzan contra uno como serpientes marinas o como calamares gigantes.

Mientras una lluvia de flechas se ahogaba en las aguas del Paso de la Muerte, el *Legado de Adis* se encontraba ya en batalla. Había chocado contra otro galeón argrete. El encuentro había sido tan duro, que casi había chocado con la popa del barco enemigo. No podían zafarse con facilidad. Los argretes aprovecharon y todos los galeones se pegaron entre sí, formando una explanada inmensa de cubiertas.

Al momento, abordaron el barco comandado por Texlán, quien al verlos, se plantó sobre el castillo como un inmenso arrecife que se enfrenta contra la furia del mar. Desenvainó su espada. La hoja brilló con una luz fría y tensa. Era visible a todos los circundantes.

—¡Quetzales! —tronó su voz—. Ha llegado la hora de demostrar quienes somos. Sigamos el ejemplo de los hombres de antaño. ¡Valor y coraje!

Los quetzales lo escucharon, pero estaban atónitos. No tanto por el número de enemigos que se les echaban encima, sino por la frialdad y seguridad que mostraba el viejo. Y era verdad, Texlán era un hombre viejo, muy viejo, y su espada aún lo era más. De hecho, era una del tipo que el mismo Giraldo había fundado. No pertenecía a las siete, mas no por ello escapaba a las artes de su forjador. Sus destellos variaban entre verdes, rojos o azules, aunque todos con una tonalidad fría.

—Adelante —volvió a sonar aquella voz potente.

Las catapultas iban barriendo las primeras líneas enemigas. Los arpones se llevaban a varios argretes al fondo del mar. Las flechas cumplían con su propósito.

Los argretes habían aprendido y también sacaban sus tácticas a relucir. Primero destruyeron uno de sus propios castillos, para utilizarlo a manera de escudo, y poco a poco iban acercándose a los quetzales. Otros, aprovechando el ruido y el caos, se habían encaramado por el borde del barco, de tal manera que no quedaban expuestos a los filos cortantes de los costados, ni eran vistos por los que estaban en cubierta.

Una vez que se habían reunido cerca de la popa del *Legado de Adis*, unos cinco de ellos, se arrojaron a la cubierta. Los primeros que lo hicieron, cayeron sorpresivamente. Arrancaron varias vidas quetzales.

La tripulación del *Legado* de Adis se vio rodeada. Así que se reunieron en el castillo, desde ahí Texlán dirigió la defensa. Y al llegar el momento más duro de la batalla, cuando los gritos retumbaban por toda la caverna, cuando el terror parecía ahogar a los quetzales, el viejo quetzal saltó a cubierta. Blandió su espada con agilidad, impresionando incluso a los argretes. Los que se habían acercado cubriéndose con maderos, fueron mutilados. El filo giraldo cortaba todo, y el brazo que lo movía era más que fuerte, sabio e inteligente. El viejo no concedía tregua al enemigo, pero su tripulación ya había disminuido bastante. En cambio, los argretes eran demasiados, ya que para este momento sus galeones asediaban al *Legado de Adis*.

Uno de los argretes, musculoso y poderoso, quizás el representante del Pirata entre la tripulación, se abrió espacio entre sus compañeros. En su mano centelleaba una cimitarra de gran tamaño. Su color era rojo. Texlán plantó los pies frente al recién llegado.

Lo miró a los ojos, pero parecía que no tenía. Sólo había dos cuencas negras ahí. Era un vermórum, uno de aquellos que había llegado con el Gran Dragón en el verano del 414, a principios de las Edades Negras. Un vermórum de menor rango, mas no por ello igual a los demás mortales.

De igual manera, el vermórum plantó ambos pies frente a Texlán. De sus narices manaba algo entre humo, fuego y azufre. Elevó la espada rojiza y gritó de manera aterradora. Quetzales y argretes se taparon los oídos, sólo Texlán permaneció inmutable. El viejo echó una rápida mirada a sus espaldas y observó cómo ya llegaban las demás galeras.

—Axayactl —Texlán se dirigió al quetzal que estaba a su lado—, veo que tienes un alma pura y grande. Además, eres joven aún. Te dejo como legado mi espada y el mando de esta flota.

Al quetzal se le nubló la vista y tembló.

—No, Texlán —carraspeó—. ¡Tú puedes vencerlo!

—Claro que lo venceré, pero no creo que sobreviva. Mira hacia atrás, han llegado los demás. Condúcelos en el resto de la batalla como los he conducido hasta ahora. Ánimo.

Y sin decir más, blandió su giralda verde. El vermórum, la roja cimitarra. En cuanto ambas hojas chocaron chisporrotearon miles de colores. El trillar era fuerte y constante. El viejo Texlán más que atacar se defendía, ya que el otro movía la espada con brutal fuerza. En un abrir y cerrar de ojos, el viejo ya estaba con la espalda contra el mástil y enfrente el feroz vermórum. Un movimiento rápido logró vencer por fin la defensa y la roja atestó un golpe severo en el brazo izquierdo del anciano. A pesar del dolor, el anciano aprovechó el momento y le hundió su filo en el muslo del vermórum. El herido se quejó y dio unos pasos hacia atrás. Texlán contraatacó y ahora la cimitarra comenzaba a defenderse, aunque no por mucho tiempo, porque el vermórum intentó desarmar a Texlán. El viejo le asestó un segundo golpe, en el hombro izquierdo, y esto pareció enfurecer más al vermórum, quien dejó de lado toda defensa y acometió contra el anciano.

La reacción fue tan violenta, que el vermórum logró penetrarle el vientre con la punta de su cimitarra. Era el momento que Texlán quería evitar, pero sabía que llegaría. Antes de que el mismo vermórum retirase la hoja, la hundió más en su cuerpo, y sin quitar los ojos de su objetivo, lanzó una última estocada directo al cuello de su adversario, aprovechando el peso de su cuerpo herido. El quejido del vermórum doblegó a todos los circundantes. El rostro se le desfiguró y su arma se deslizó suavemente fuera del vientre de Texlán. De pronto parecía como si se hiciera humo o se desintegrara, ninguno de los espectadores podría confirmar qué sucedió con exactitud, simplemente no quedaba rastro de él, a excepción de su cimitarra roja, tirada sobre cubierta. La empuñadura quedó frente al viejo guerrero, al alcance de su mano.

—Texlán, lo has conseguido —dijo Axayactl, quien había alcanzado a sostener al anciano quetzal antes de que se desplomara.

—Te lo dije, Axayactl —murmuró Texlán—. Ahora, manda a los demás contra el enemigo… La batalla es nuestra. ¡Hazlo ahora!

—¡Quetzales! —ordenó el nuevo comandante de la flota—, ya escucharon. Liberemos nuestro reino, hagamos que el emblema del sol y del quetzal vuelva a ondear con holgura sobre sus propias aguas. ¡Viva el Reino del Sol!

—¡Viva! —repitieron los demás, a la vez que se lanzaban contra los argretes.

La batalla reinició. Ni el viejo ni Axayactl supieron más de lo que pasó, ya que el joven condujo al anciano a uno de los camarotes. La cimitarra roja, aferrada a la mano de Texlán, dejó un surco a su paso.

Los quetzales tomaron posesión de todos los galeones. Ningún argrete sobrevivió. Aquella batalla había sido ganada. Y a pesar de haber salido victoriosos, no pudieron avanzar. El desenfreno y la venganza encadenaron a los quetzales, que seguían mutilando los cuerpos de los argretes de manera desenfrenada.

La noticia llegó a oídos de Texlán que respiraba con dificultad.

—Llévenme arriba —le indicó a Axayactl y a los demás que cuidaban de él.
—No podemos hacerlo, Texlán. Morirás.
—Axayactl —replicó con energía el viejo, aunque repleto de paciencia—, mi herida es mortal. Además, mi cuerpo ya está viejo. Lo más importante ahora es salvar la dignidad de nuestros compañeros. No pueden vivir con ese odio inhumano dentro de sí... Llévame arriba.
La orden corrió entre todos los vencedores, Texlán los convocaba. Ya fuera por el gran respeto que les infundía el comandante que los había llevado a la victoria, o por miedo a desobedecer sus órdenes, los quetzales se reagruparon cerca de la galera.
—¡Aguerridos quetzales! —clamó el anciano, sacando fuerzas quién sabe de dónde—. Hemos ganado esta batalla, pero falta ganar la guerra... Nuestro rey, el soberano Montexú, nos envió aquí para una misión. El enemigo ha pensado igual que nosotros, por lo mismo, ninguno de los dos esperábamos encontrar resistencia dentro del Paso de la Muerte. Los argretes no se hubieran detenido aquí, festejando con nuestros cuerpos caídos, o con los pocos sobrevivientes. Ellos se habrían marchado enseguida para llevar a cabo su plan de exterminio... ¿Es posible que esos desdichados sean más capaces que ustedes para cumplir con su misión? ¿Acaso su lealtad al Pirata es mayor que la suya al rey Montexú y a sus hermanos quetzales?
Se quedó un momento en silencio. Los quetzales, poco a poco, como si despertaran de un estado de trance, fueron soltando a sus presas. Texlán ardía en fiebre. Resopló con vigor, llenando de aire fresco su cabeza, y con el auxilio de Axayactl, les comunicó una especie de plan que había fraguado.
—Intentemos tomar el máximo de galeones argretes. No arríen las banderas. Ataquemos al enemigo con sus mismas tácticas. Sólo asegúrense de que en cada barco quede un grupo suficiente para maniobrar bien y para atacar desde la cubierta a otros barcos. En cuanto a los cuerpos del enemigo, dejen que alimenten a los peces... Nosotros...

—No hay tiempo que perder —finalizó Axayactl.

Los quetzales se movieron como atunes y, en breve, el último de los galeones argretes dio media vuelta y avanzó hacia el sur. Cuando llegaron a una parte en que la caverna se abría un poco, el *Legado de Adis* volvió a encabezar la comitiva naval. El segundo de a bordo de la galera la guiaba. Entrada la tarde, la salida sur del Paso de la Muerte apareció por fin.

El comandante Axayactl subió a la cubierta del *Legado de Adis*. La flota se congregó en torno suyo para recibir nuevas instrucciones. Un gran penacho adornaba su cabeza y en su mano relucía el verde majestuoso de una espada centenaria. El corazón de los quetzales se llenó de congoja, todos sabían qué significaba lo que estaban viendo.

X

EL PIRATA

La puertecita se abrió. Azariel divisó el barco que se acercaba. Un sudor frío envolvía su cuerpo. Después, no pudo ver más, los quetzales se habían acercado a la proa y le tapaban el horizonte. Fue entonces que vio que la tapa del cajón que se encontraba cerca del mástil se cerraba con lentitud.

«¿Qué será eso?», se preguntó el último de los glaucos, e iba a llamar a Adis, cuando el caballero de Albo comenzó a dar instrucciones.

Los quetzales tomaron posiciones. Una balsa se acercó al *Tuxtla II* y subieron varios hombres más. Había que suplir las pérdidas, no podían abandonar a su rey. Los recién llegados eran de gran musculatura. Habían mandado uno o dos de los mejores que quedaban en cada tripulación. Adis escudriñaba los cielos.

—¿Esperas un ataque aéreo? —le preguntó Xoet.

—¡Ojalá que no! —respondió Adis, divertido—. Esperaba ver un halcón blanco.

—Cuentan que es de buena suerte ver uno antes de ir a la guerra...

—¡Diantres! Eso lo estás inventando, ¿cierto? —Xoet agachó la cabeza, un tanto ruborizado—. Pues no estás lejos de la verdad. Un halcón blanco significaría que aquél a quien espero está por llegar.

—El poderoso anciano del que tanto hablan... Dime, ¿es cierto que les reveló cómo vencer a Boca de Muerte?

—En realidad, me pidió que si podíamos evitar luchar contra el Pirata, lo hiciéramos. Sin embargo, es inminente. Tengo miedo. Por mí, por Azariel, por mis amigos, por... Por ustedes.

El más abnegado de los marineros del rey estaba perplejo. Nunca habría sospechado que el caballero albo titubeara. Sin embargo, el miedo de Adis era razonable, la estrategia de los quetzales había sido responsabilidad suya, al igual que la idea de batir al vermórum Boca de Muerte.

—Yo tengo miedo de morir —le reveló Xoet—. No tanto porque yo muera, sino por lo que le pueda pasar a mi familia, a mis hijos.

—Los recuerdo, aquellos niños que casi vuelven loco a Gladreo con sus preguntas.

—Exacto, esos inocentes preguntones —confirmó el quetzal mientras echaba una mirada con el rabillo del ojo al galeón que se acercaba por detrás con el resto de su flota—. A pesar de todo, me queda la alegría de que si muero en la lucha y vencemos, mi muerte será tristeza para los míos, pero traerá la paz a sus hijos.

Se hizo un breve silencio entre los dos. Las palabras de Xoet habían disipado los temores de Adis.

—¡Sonríe! —se dio ánimos, vislumbrando la única esperanza que tenían, convencido de que Azariel saldría victorioso—. Hoy quedarán estos mares en paz y serenidad, y entonces celebraremos.

—Venceremos —repitió Xoet con alegría.

Eran los únicos que habían hablado con cierta calma en la espera del Pirata. Los demás estaban tensos. Cada uno en su posición, mantenía la vista y la mente en el galeón que se acercaba. Gladreo y Dénet sólo pensaban en defender a Azariel.

—Preparen las catapultas —ordenó Adis con voz sonora—. Apunten... ¡Fuego!

Las bolas en llamas salieron expulsadas desde varias embarcaciones. Todas iban dirigidas al galeón de enfrente. Y a pesar de ello, todas habían golpeado alguna otra embarcación, el mar o el mismo galeón las habían evitado con un maniobrar rápido y preciso.

—Segunda redada —gritó el caballero albo—. Apunten a los demás barcos. Dejen que el galeón se acerque solo… ¡Fuego!

Esta vez los tiros fueron más efectivos. Casi todos dieron en el blanco. Repitió la táctica varias veces, aunque para este momento, los argretes respondían.

—Dénet, acércate a la catapulta con el armador que viene con nosotros. Preparen una de esas catapultas que pusimos en las otras once galeras que enviamos por el Paso de la Muerte.

—Entendido —dijeron ambos.

Dénet comenzó a dar hachazos a la catapulta en donde le indicaba el armador, quien ya tenía consigo sus herramientas y estaba trabajando con velocidad.

—Arponeros, prepárense para destrozar al galeón —indicó Adis.

Dénet y el armador habían terminado. Arrastraron hasta la proa la nueva catapulta.

—Apunta al castillo del galeón —el proyectil pasó cerca del lugar indicado, lo único que se llevó al fondo marino fue a un argrete—. Inténtalo cuantas veces puedas, no dejes de tirar —después se dio vuelta y se acercó al capitán—. Mantén tu posición directa contra el galeón, nuestro golpe debe ser más fuerte que el suyo.

Gladreo comenzó a derribar a quienes se acercaban a las catapultas enemigas. También eliminó varias veces al que llevaba el timón del galeón de Boca de Muerte. Al entrar la tarde, el mar estaba tranquilo y los quetzales llevaban el viento a favor. El último choque estaba por darse. Ambas flotas estaban enfocadas más que al uso de catapultas, al uso del espolón.

Cada quetzal y cada argrete estaba con las hojas envainadas, pero todos armados con arcos. Los cuerpos caían continuamente al mar; sus aguas estaban enrojecidas. Varios navíos ardían en llamas y sus tripulaciones trataban de sobrevivir al caos.

El choque entre el *Tuxtla II* y el galeón del Pirata fue frontal. Ambos barcos temblaron. Gladreo había mantenido su posición por mucho tiempo, pero estando a poco del encuentro, tuvo que alejarse, un alud de flechas lo obligó a retirarse. Además, él mismo había quedado desconcertado. Había estado matando todo el tiempo al que se acercara al timón, pero a una indicación que salió de algún lugar del barco, todos los argretes abandonaron el gobierno de la nave. Después, el timón comenzó a moverse por sí solo. El príncipe de los moradores sacó una bolsa de brea y la estampó en el timón vacío; después, una punta en llamas, que apenas hizo contacto, se hizo una burbuja de fuego que se reventó como si fuera de agua. Entonces escuchó una carcajada sardónica. Todo aquello era artificio del Pirata.

El resultado de la embestida dejó a ambos barcos sin espolón. Los argretes abordaron el *Tuxtla II*, sin encontrar demasiada resistencia. El enemigo subió cantando su melodía de la muerte y como si se tratase de un murmullo o el eco de la misma canción, sonaba la malvada carcajada del Pirata, grande entre los vermórum.

Adis mandó a los recién llegados a cubierta. Ahí se parapetaron los quetzales, junto con el rey Montexú y sus hijos. Dénet ya estaba allí, sólo faltaba Gladreo, que había subido al mástil mayor y desde las alturas le cubría las espaldas a cuanto alcanzaba a ver. El ruido creció, llegando incluso a ser oído en las costas. La sangre derramada se volvió una inmensa masa que cubría las claras aguas del Mar Teotzlán.

Nunca antes se vieron tantos tiburones blancos dentro del Reino del Sol. Quizá fue por la gran cantidad de sangre que se derramó, tal vez había una corriente ahí cerca que llegaba hasta el río Ixasxú y se vertía en la bahía Quetzal, e inclusive más allá, pero los grandes peces carnívoros llegaron por centenares. Sus enormes fauces mostraban varias hileras de dientes al momento de morder cuanto encontraban a flote o bajo la superficie marina. Los combatientes intentaban traspasar al contrario y, si veían la oportunidad, los arrojaban fuera del barco, como alimento de los escualos.

No sólo era así de agresivo el ataque sobre el *Tuxtla II*, sino también en los otros. El que peor la pasaba era el *Ostitil*, que habiendo sido rodeado, fue penetrado por sendos espolones cadavéricos a los costados. Los argretes abordaron por partida doble, y habían eliminado casi por completo a la tripulación quetzal. Pero esta desgraciada circunstancia ayudó a que los dos navíos enemigos quedaran desprotegidos. Otros quetzales se encargaron de hundirlos, y con ellos se fue también a pique el *Ostitil*.

El *Quitzel* había logrado doblegar dos pequeños galeones. Al primero ni siquiera lo vio, trató de embestirlo con el espolón, pero el barco quetzal era demasiado grande para el argrete, así que su mismo atrevimiento lo hundió. El segundo fue lanzado al fondo gracias a los arponeros.

El *Zaloc* estaba ya muy averiado como para seguir luchando, así que la tripulación aprovechó un navío y un buque argrete para abordarlo. Antes de que el capitán se alejara, se aseguró de inutilizar la nave.

Un buque quetzal, al ver trabado en una lucha encarnizada a su rey, se propuso apoyar al *Tuxtla II*, con la intención de reemplazar al *Ostitil* en su misión. Ni así desistieron los enemigos que se hallaban ya en cubierta. Esta clase de argretes era un poco más fuerte que los demás. Y mucho más grande y feroz. Habían conquistado casi por completo la proa y se estaban acercando a la escotilla. Habían divisado al rey Montexú y lo querían vivo.

Uno de ellos trató de tomarlo por el hombro, para después tratar de ser él quien lo llevara ante Boca de Muerte. Pero Xusxún no se había separado de su padre y con un golpe penetró el antebrazo del atrevido. El príncipe quedó desarmado. La mirada del agredido explotó con deseos de muerte. Con el brazo sano tomó al joven y lo arrebató del grupo. Una vez que llegó a quedar cubierto por sus camaradas, tiró al muchacho al suelo y le golpeó la cabeza tan duro que el príncipe Xusxún quedó desmayado. El argrete sacó su cimitarra y, al tiempo que la levantaba para decapitarlo, una flecha certera penetró la cabeza de ese engendro. Gladreo había dado en el blanco. Dénet blandía su hacha en semicírculo para alejar a los argretes. Xoet y Adis se lanzaron en lucha cuerpo a cuerpo contra los más cercanos. El príncipe morador eliminó a varios más que quisieron acercarse al príncipe quetzal. Adis se lanzó por fin contra el más cercano a Xusxún.

—Xoet, toma al príncipe y llévalo dentro del barco —le dijo mientras blandía su hoja—. Dile a Azariel que aún no es el momento, que tenga paciencia...

El quetzal hizo como se le ordenó. El rey, trenzado en un combate cuerpo a cuerpo contra un argrete, advirtió cómo Xoet conducía a Xusxún a los camarotes. Unas cuantas lágrimas brotaron de sus ojos, y a la vez que se sentía acongojado, le infundieron renovados bríos para enfrentar la batalla. El soberano del Reino del Sol no era presa fácil.

Quetzalco quiso hacer un acto heroico y se lanzó solo contra cinco argretes. El enemigo lo tuvo en sus manos. Una cimitarra penetró en su brazo. Otro golpe le partió de dolor la espada, desequilibrándolo a tal grado que cayó de rodillas, justo cuando el filo de una espada, que en realidad estaba dirigida al cuello, se llevaba la mitad del penacho. Su cuarto agresor tomó una pica y a punto estuvo de traspasarle el vientre, cuando cayó sin vida.

Era Xoet. Al instante sacó la hoja y se defendió del que había quedado a su costado. El del otro lado aprovechó la distracción del quetzal y le hundió la cimitarra en el hombro izquierdo. Xoet atacó al que aún tenía enfrente, logrando empujarlo fuera del *Tuxtla II*. Se volteó. Vio venir el filo. Intentó esquivarlo, pero no pudo. Ahora también su hombro derecho sangraba. El enemigo se abalanzó contra él para arrojarlo de igual manera al mar. Fuera por el impulso desmedido del ataque, o porque Xoet se tiró al piso, o por ambas, el argrete pasó por arriba de él y de la barandilla, directo al fondo del mar. Xoet se puso de pie, cubrió con su cuerpo el del príncipe Quetzalco, y se pusieron a resguardo con los demás heridos.

La proa se llenó de argretes, tal como Adis había previsto. Cerca de donde estaba, había una palanca. Colocó un pie encima de ésta, y empujó con fuerza. Las trampas dispuestas estratégicamente en cubierta se abrieron a un tiempo y quienes estaban sobre éstas, cayeron al vacío, ensartándose como peces en las púas del fondo... Entonces, un grito infame paralizó momentáneamente la batalla. ¡Era él, esa risa inconfundible incluso en forma de quejido, era él!

De un enérgico brinco, el Pirata apareció en cubierta. Ante la vista de todos, se arrancó dos enormes fierros que habían traspasado sus pantorrillas, y se lanzó al instante contra un grupo que estaba en torno a la barandilla.

—¡¿Quién se ha atrevido a desafiarme?! —rugió.

A los quetzales se les hizo un nudo en la garganta. Dénet revisó el filo de su Gladata, el momento había llegado. Gladreo tomó otro carcaj, desconcertado, por alguna razón pensaba que todos los vermórum eran similares, y éste no se parecía en nada a Burkazaf.

El caballero de Alba se irguió entre los quetzales apiñados en torno a él.

—He sido yo —le respondió con sencillez, mientras se acercaba a la barandilla.

—Tú no eres de aquí, extranjero. Por eso te atreves a hablarme. Aún no me conoces, pero lo harás muy pronto.

—Creo que quien no me conoce, eres tú.

—¿Te crees astuto?

—Algunos dicen que lo soy.

—¿Hay algún otro extranjero como éste por aquí? —preguntó lanzando furias con los ojos y la lengua.

—Oye —habló Dénet—, se ve que eres ciego, pues a pesar de mi estatura no me distingues de entre los demás.

Boca de Muerte se carcajeó con maldad y la sonrisa que se le pintó en el rostro presagiaba una crueldad inimaginable.

—Insolentes y atrevidos... —y como si recordara algo, exigió—: ¿Dónde están los demás?

Un hombre y su arco cayeron desde lo alto del mástil mayor.

—Completamente ciego, ni siquiera distingue mi piel de las demás.

—Es que el sol te ha bronceado la piel —justificó Adis.

—Bravo —festejó con malicia el Pirata, al mismo tiempo que se alegró de que hubiera algunos hombres capaces de hacerle frente, ya que todos los quetzales estaban aterrorizados.

—Los quiero vivos —instruyó a sus esbirros—, ellos serán nuestros *invitados* a la *gran fiesta*.

Los argretes elevaron sus cimitarras y entonaron la melodía de la muerte. El Pirata se acercó al grupo de los quetzales y de los tres extranjeros. Identificó al rey Montexú y el príncipe Quetzalco.

—A estos dos también se les invitará.

Y sus seguidores celebraron.

—No irás lejos, Pirata —le respondió Adis, mientras que con sus manos indicaba a todos los quetzales que abandonaran la zona.

—¿Crees que tú me puedes parar? Nadie me puede matar a mí, ¡soy invencible y soy inmortal! ¡Anda, tú, arquero, mátame! —la respuesta del morador fue ponerse en guardia, junto a Adis, en tanto Dénet tomaba el otro flanco—. Veo que además de insolentes, son necios, creen que podrán detenerme —rio, y diciendo esto, cogió uno de los picos y lo lanzó contra un quetzal.

Fue tan fuerte y tan certero el golpe, que el quetzal ni siquiera se movió. La punta atravesó por completo su vientre, dejando detrás el hoyo. El hombre se desplomó, exánime. Con el segundo pico, destruyó el timón de uno de las galeras quetzales.

—Los hechos no los espantan —dijo sorprendido el Pirata, pues los tres hombres permanecieron impertérritos, sin que el miedo cubriera sus rostros. Comenzó a acercarse hacia ellos—. Lo que quiero, en verdad, es hacerles una propuesta, ya que veo que saben luchar, son aguerridos e inteligentes: dejen a estos salvajes, ellos son inferiores, ustedes no: únanse a mí. Yo les daré riquezas, palacios, poder. Serán reyes en la tierra Ézneton. Mi rey y señor paga bien a quien lo sirve. Kyrténebre es bondadoso para quien lucha bajo su emblema. En cambio, es perverso para quien se opone. ¿Alguno de ustedes se atrevería a decirle no a Kyrténebre, al magnífico Gran Dragón, al único y verdadero soberano de esta tierra?

—¡Basta de mentiras! —gritó una voz distinta.
—¿Quién ha hablado así?
—¡Cállate! —otra vez la voz debajo de la escotilla.

El Pirata estaba muy cerca de los tres extranjeros cuando Azariel se presentó. Abrió la escotilla y salió con su espada desenvainada.

El rutilo del filo fue aún más fuerte. El mismo Pirata dio un paso hacia atrás y lo examinó.

—Tú eres un vermórum —continuó el último de los glaucos, mostrándole el filo de modo amenazante—. Tú eres uno de esos que cayó del cielo junto con Kyrténebre. Tú eres uno de los que hizo caer a los hombres durante las Edades Negras.

Azariel se colocó un paso frente a Adis.

—Nosotros no queremos volver a la esclavitud de antaño. Nosotros nacimos libres y seguiremos siendo libres. Las palabras de tu boca no son más que mentira y engaño… ¡Muere! —rugió al tiempo que se lanzaba contra él.

El Pirata lo vio venir y sonrió de tal manera que Adis y los otros dos temieron por el último de los glaucos, no obstante Azariel esgrimía la espada con habilidad sorprendente. El Pirata, quizá presintiendo algo, evadió la acometida, arrojándose al suelo para levantarse un segundo después con la cimitarra en mano.

Y la trilladera de filos resonó a la deriva del Mar Teotzlán.

Parecía que cuando el Pirata luchaba, los argretes tenían la indicación de quedarse inmóviles. Los quetzales le temían tanto que tampoco se atrevían a moverse. Los extranjeros sabían que si se metían, podían empeorar las cosas, distrayendo a Azariel de su oponente. Ésta debía ser una lucha entre dos, entre el último de los glaucos y el vermórum.

El sol declinaba y en pocas horas oscurecería. Azariel era capaz de recibir los golpes del enemigo. Aunque cada vez que se defendía, sus fuerzas disminuían y los músculos de las manos comenzaban a temblarle, como si el vermórum absorbiera su energía. Con todo, sólo pensaba en cómo derribarlo.

El vermórum, por su parte, seguía igual de fresco que al inicio de la batalla. Pero lo impresionaba la manera de combatir del joven extranjero. Y con el continuo golpe de las espadas comenzó a dudar si realmente podría vencerlo. La espada chocó contra la cimitarra arriba, abajo y por los costados. Ambos buscaban herir de muerte a su oponente, pero entre ellos parecía que se alzaba una muralla invisible, impenetrable. De pronto, Azariel encontró un hueco y logró herirle en el costado. El Pirata, desde que llegara a Ézneton, sintió por primera vez el dolor. El temor brilló en sus ojos.

—¡Argretes, a mí! —gritó, pero como ninguno se moviera, agarró a uno de sus esbirros del cuello, dio un paso atrás y empujó al argrete con tal fuerza contra la espada de Azariel, que la hoja traspasó por completo al enemigo, como un costal de papas, cayendo su cuerpo sobre el mango.

El temor relampagueó en los ojos de Azariel. El Pirata lo vio y lo sabía. Adis gritó. Boca de Muerte había caído en la trampa de Adis; pero su astucia lo había sacado. Sólo Luzeum sería capaz de salvarlos.

—Querían matarme, gusanos. Ahora yo seré quien los mate, empezando por ti, y lo haré de la peor forma. Soy inmune a tus golpes. Serás el primero y el último en herirme, porque el secreto no saldrá de aquí. ¡Mataré y exterminaré a todos los presentes, no quedará un argrete vivo, el pueblo quetzal será borrado de la tierra Ézneton! ¡Y toda esa muerte será culpa tuya!

La carcajada sardónica del Pirata quebró el horizonte. El último de los glaucos apenas tuvo tiempo de librar su espada del cuerpo del argrete, cuando el vermórum ya había caído sobre él. Le dio un golpe tan fuerte con la cimitarra, que su espada voló fuera de borda. Después, empujó al príncipe de tal forma que salió disparado contra el mástil principal del navío. El último de los glaucos fue a dar junto al cofre que había ahí.

Adis se lanzó en su ayuda, pero el Pirata lo arrojó con rabia fuera de su camino. De nada sirvió la fuerza de Dénet, también él rodó. Gladreo sabía que las flechas no eran de utilidad contra el vermórum… y se quedó mirando sin saber qué hacer, impotente.

El Pirata llegó hasta donde estaba Azariel, lo levantó por el cuello y le escupió al rostro. Azariel intentaba zafarse de sus manos, pero no podía. Era tan fuerte el apretón que no podía gritar y ya se estaba asfixiando.

Una nube pasó justo por el sol, ocultándolo. El Pirata estaba a punto de morderle el hombro, cuando escuchó que un tablón se movía y golpeaba contra la cubierta.

—¡No! —gritó el rey Montexú.

Intentó ir a donde estaba el cofre, pero Gladreo y Tlucux el Grande lo detuvieron. Los rostros de los quetzales palidecieron.

—Déjenme morir a mí —ordenó el rey fuera de sí.

Boca de Muerte soltó al instante a Azariel y tomó su cimitarra para encarar al atacante inesperado. Ahora que sabía que conocían la forma de matarlo, no podía confiarse. Debía eliminar cualquier riesgo, y después, a todos los que pudieran conocerlo.

El recién llegado sacó su espada y la blandió con fuerza contra el Pirata, quien la detuvo con facilidad. A diferencia del otro, el joven no era muy diestro con la espada, sería presa fácil. Así que sus temores se alejaron momentáneamente y se propuso disfrutar este nuevo combate, aunque no dejó de lado la vigilancia, podía haber otros escondidos por ahí.

—Rey Montexú —le habló, mientras blandía su cimitarra contra la espada quetzal—. Veo que no has podido mandar contra mí algo mejor. Me has enviado a estos pobres niños. ¡Qué lástima, morirán en la plenitud de la vida!

—¡Déjalo y lucha contra mí, cobarde!

—¿Te atreves a decirme cobarde? ¿Fui yo acaso quien escondió a estos niños en los hoyos de este buque para atacar a traición? ¿Acaso yo ideé este juego? —y diciendo esto, arrojó con facilidad la espada de su oponente—. Mira cómo dice adiós.

Agarró al quetzal por el cuello.

—Despídete de ellos, niño...

Pero el joven no hizo esfuerzo por desasirse de los brazos que lo apretujaban. El Pirata quería hacer sufrir al rey, así que inmovilizó el brazo derecho del que tenía frente así clavándole una espada entre los huesos del brazo del muchacho y ensartándolo en el mástil.

—Ahora ya no podrás hacer ninguna trampa, muchachito.

Todos los barcos escucharon el grito del joven.

—¡Te dije que dejaras a mi hijo! —replicó Montexú, quien ahora estaba sujeto por varios quetzales, quienes hacían caso omiso de sus órdenes de dejarlo libre.

—¿Es tu hijo? —dijo el Pirata divertido por cómo estaba resultando todo.

—Tu misma cobardía y desenfreno e insolencia son la causa de tu propia muerte —susurró como mejor pudo Execo, el hijo menor del rey Montexú.

El vermórum se carcajeó con malicia.

—Estoy harto, di tus últimas palabras.

—¡Justicia! —gritó Execo con todas sus fuerzas, al tiempo que en su mano izquierda refulgía el brillo de una daga que se hundía en pleno pecho del Pirata.

Era el fin. Boca de Muerte sintió la estocada. Como un movimiento reflejo, apretó el puño con todas sus fuerzas, destrozándole el cuello al joven príncipe. Después, sus músculos se relajaron y el cuerpo de Execo cayó al suelo, como un muñeco de trapo.

El Pirata empezó a retroceder como intentando evadir la muerte. Chocó contra la barandilla y, exánime, se precipitó como un fardo al mar. Su cuerpo se hundió como si de un peñasco se tratara. Al caer al agua hizo un pequeño remolino, llevándose consigo todo lo que pudo. El *Tuxtla II* se tambaleó, pero la fuerza centrífuga que lo atraía al orificio abierto en el mar no fue suficiente para hundirlo. Después, las aguas cubrieron el remolino y hubo una fuerte explosión en el fondo del mar. Volvió la calma a la superficie.

Los argretes no sabían qué hacer. Habían eliminado a su gran jefe, el invencible Boca de Muerte... No quedaba sino huir, pero los quetzales comenzaron entonces una cacería que duraría hasta el día siguiente.

Entretanto, a bordo del *Tuxtla II*, el rey Montexú cayó de rodillas y comenzó a sollozar, desconsolado.

—Hijo mío, ¿por qué?

Entre Gladreo y Dénet lo ayudaron a acercarse al cuerpo de Execo. Adis ayudó a Azariel a llegar hasta él. El padre abrazó a su hijo y lo apretó contra su pecho. El llanto había cegado a Montexú. De pronto, se levantó:

—Traigan a mis otros hijos, no permitan que ellos también mueran.

Una explosión llegó hasta ellos. Provenía del galeón del Pirata. Los quetzales volvían al *Tuxtla II*.

Xoet se esmeró en cumplir las órdenes del rey. Xusxún salía ya a cubierta, también llorando, caminando con paso lento hasta el cuerpo de su hermano. A quien no pudo encontrar fue a Quetzalco. Así que, pese a tener casi inmovilizadas ambas extremidades, se lanzó con su espada al galeón argrete. Lo que vio al abordarlo fue a varios argretes solos en la popa. Cerca del castillo había un quetzal mutilando un cuerpo.

—¡Regresen! —era el grito de todos los quetzales.

Sin embargo, aquel quetzal no se movía y ya había sido rodeado, otra vez, por varios argretes. Era el príncipe Quetzalco. Xoet apretó los dientes y miró hacia la Isla.

—Adiós, querida familia, al menos ahora sé que ustedes vivirán como siempre deseé y soñé —y se lanzó a salvarlo.

Cuando el príncipe Quetzalco vio al fiel marinero, lo rechazó de un empujón.

—¡Déjame, Xoet! —replicó el príncipe—. ¡Éste es el momento de gloria que Execo me arrebató!

Varios argretes los rodearon. El quetzal cubrió a su príncipe, pero las heridas anteriores no le dejaban pelear bien. Le resultaba casi imposible levantar por completo la espada. Sus músculos sufrían el desgaste de la batalla. Divisó cómo se acercaba uno con una jabalina para ensartar en ésta al príncipe. Xoet hizo un esfuerzo y, dejando de protegerse, lanzó su filo contra el que venía. Otro argrete aprovechó el instante y lo atacó por la espalda con su cimitarra.

Adis y Huitxiloc, el gladiador, junto con Dénet y Tlucux ya habían llegado al lugar de la escena. Gladreo se posó sobre la proa y utilizó su arco. El caballero eliminó de un solo golpe al que había traspasado a Xoet. Después, tomó su cuerpo y lo llevó corriendo al *Tuxtla II*. Dénet se encargó del príncipe Quetzalco, bastó un golpe para dejarlo inconsciente y Tlucux se lo echó a la espalda como un costal de arena, mientras Huitxiloc les cubrió la retirada.

Cuando Quetzalco recuperó la conciencia, se encontró encadenado a la escotilla y con el rostro severo de su padre.

—Ha terminado, Quetzalco, la gloria también se gana con la prudencia… Ojalá algún día entiendas qué es eso.

Al escuchar estas palabras, Azariel respingó. Enseguida, el rey dio media vuelta, y retomando su posición de mando, dijo con resolución:

—Adis, termina lo que has comenzado, pero no en el *Tuxtla II*. Aborda el *Quitzel* y dirige desde ahí lo que queda de la batalla. El príncipe de la Foresta Negra te acompañará, mientras tú, Dénet, te quedarás con nosotros, si llegara a pasar algo, será de gran valor tenerte a nuestro lado. El *Tuxtla II* regresará a la Isla.

XI

LA PROMESA DEL REY

Llovió buena parte de la noche, de manera que al amanecer se vislumbró un arcoíris excepcional. Los pájaros revoloteaban en todas direcciones. Poco a poco los alrededores de la Isla, que había sido evacuada, fueron llenándose de pequeñas barcazas tripuladas por mujeres, niños y ancianos. El resultado de la batalla era conocido en términos generales, mas no los detalles. Volvían en silencio, con un pañuelo blanco entre los dedos. Sabían que podían esperar excelentes noticias para el Reino del Sol, pero en sus corazones pesaba la incertidumbre: ¿vivos o muertos?

Una a una, las naves quetzales sobrevivientes fueron regresando a la Isla, todas con las banderas a media asta en memoria del príncipe Execo y los caídos en la batalla. El plan del caballero albo se desarrolló, finalmente, como se esperaba, aunque cerca del Paso de la Muerte, la flota encabezada por Adis estuvo a punto de enfrentarse por error a la de Axayactl. Por otra parte, una escuadra quetzal, bajo el mando del general Mixaxeo, atacó por sorpresa la Fortaleza Meridional. La noticia de la muerte del Pirata facilitó el asalto, pues los gramas opusieron poca resistencia y se apresuraron a volver con su amo.

El *Tuxtla II* atracó. La reina Cualaxil y sus dos hijas esperaban ansiosas al rey Montexú, que vieron aparecer en el castillo de proa. El paso del rey era firme, aunque se le veía demacrado. Detrás de él, venían cuatro hombres cargando un cuerpo. Después, bajaron otros cuatro con otro, y así sucesivamente. El *Tuxtla II* se había convertido, en el camino de vuelta a casa, en un barco funerario.

Todos los caídos que pudieron recuperar habían ido a parar ahí, y los familiares de cada quetzal que había perecido eran los encargados de bajarlos.

La reina Cualaxil se puso justo donde terminaba la valla de hombres y ahí esperó. Dos de los que cargaban el primer cuerpo eran Quetzalco y Xusxún.

—Ellos están vivos —susurró Ziaxa al oído de la madre, tratándola de reconfortar.

—Ay, hija mía, mira que vienen cargando a alguien que está cubierto. Ése no es un herido, sino uno que ha ido al más allá.

Los otros dos que cargaban el cuerpo del príncipe Execo eran Azariel y Mixaxeo.

Después venían Adis, Dénet y Gladreo con Tlucux. Axayactl, con otros tres, venía detrás. Y así muchos otros generales iban cargando más cuerpos inermes, incluso Huixazú, que estaba aún muy adolorido por sus heridas, ayudaba a cargar el cuerpo de su hermano.

La procesión se detuvo al llegar a la reina. Ahí, el rey estiró sus brazos a su mujer, pidiéndole que se acercara. Luego, le indicó con el dedo y los ojos cubiertos en lágrimas:

—Tenías razón, mujer —admitió compungido—. Tu hijo es un héroe.

Cualaxil corrió hacia su Execo. Lo abrazó contra sí, derramó todos sus presentimientos ante la ahora realidad de su hijo muerto. Las dos hermanas se aproximaron y también lloraron. El resto de las mujeres clamaron al cielo.

Las líneas de los quetzales se quebraron en ese instante, y fueron a reunirse con sus esposas e hijos. Algunas lloraban de alegría, otras mezclada con tristeza ya que alguien más había muerto, otras, sólo de desconsuelo.

Gladreo reconoció a la familia de Xoet. Los ocho niños y las seis niñas rodeaban a la madre, quien agitaba su pañuelo buscando a su marido.

—Amigos, ahí están.

Los tres se acercaron y les mostraron el cuerpo de Xoet. La madre con todos sus pequeñuelos, rodearon al padre inerte. Ninguno de los tres sabía qué decir, así que Adis recordó aquello que Luzeum le había dicho: «Hay momentos en los que un gesto vale más que un discurso». Así que se acercó a la esposa y le colocó la mano sobre la espalda. Ella al instante volteó y se arrojó a llorar en sus brazos. El príncipe morador se arrodilló junto a los niños y los llamó consigo, y ellos se acogieron a su abrazo. Dénet, viendo que aún quedaban niños sin consuelo, alargó sus poderosos brazos e imitó a su amigo.

Aquel día cada quien se fue a su casa a velar a su muerto o a acompañar a los familiares de éstos. Azariel pasó todo su tiempo en el palacio real. Ahí les contó a la madre y a las princesas el sacrificio del príncipe Execo, el justo. Los otros hicieron lo mismo antes de abandonar la casa de Xoet y a su gran familia.

Al día siguiente, a eso del mediodía, todos los quetzales se encontraron en la Plaza del Sol. En el centro estaban todos los fallecidos. Los heridos que no podían estar parados, estaban en el pabellón. El reino entero iba vestido de color morado. Las manos de los presentes estaban repletas de flores de todos los colores, entrelazadas, formando coronas.

Ninguno de los generales, ni siquiera el mismo soberano, llevaba puesto su penacho. El rey Montexú se paró sobre un podio, preparado para ocasiones como ésta, y desde ahí alzó la voz:

—Hoy es un día grande y glorioso. Hoy es un día triste y doloroso. Muchos reyes y quetzales soñaron con este día; muchos quetzales ya no pueden soñar con este día. Padres de familia e hijos están aquí presentes, unos vivos, otros muertos. Somos testigos de la gran victoria que conquistaron los brazos de sus esposos, de sus hijos, de quetzales guerreros, de quetzales pescadores, de quetzales comerciantes, de quetzales de grandes honores, y de quetzales humildes y sencillos. Hoy nos congregamos todos aquí, para agradecer y honrar a estos hijos, hermanos, padres y familiares nuestros.

»Ellos han alcanzado la gloria que sobrepasa a toda gloria: haber muerto por los demás, por sus seres queridos, por sus conocidos y no conocidos, por su reino. Dichosos sean ellos.

»Sé que mis palabras no logran llegar a las alturas del sol para poder expresar con esa magnitud lo que quiero decir, y sé que no alcanzan a llegar hasta lo más profundo de sus corazones como para quitarles la tristeza que los invade.

»Ayer, cuando me coloqué junto al cuerpo de mi querido hijo Execo, reflexioné sobre sus últimas palabras. Nunca antes había entendido lo que él quería. Todo lo que Execo me decía, yo lo escuchaba como yo quería: cuando me hablaba de ir a las naves y luchar, lo traducía como loquera juvenil; cuando me hablaba de libertar al reino y hacerle caer la justicia al Pirata y a sus argretes, lo entendía como conquistar sólo gloria y un nombre para sí mismo. Fui necio y egoísta. Hoy comprendo qué me quiso decir toda su vida, y ya es muy tarde para enmendarlo.

»Las últimas palabras de mi querido Execo, cuando estaba en manos de Boca de Muerte, fueron "justicia". Creí que gritaría "gloria" o "venganza", pero no, exigió justicia y eso fue lo que alcanzó y recibió.

El rey Montexú levantó la voz y, con más fuerza, prosiguió:

—Es hora de que nosotros también honremos más la justicia que la venganza. La justicia hace más grande al hombre; la venganza lo reduce de lo que es. La justicia es honorable; la venganza, despreciable y deshonrosa. La justicia trae la vida para los demás; la venganza, sólo muerte. Sí. La justicia es vida. Mi hijo murió para que nosotros viviéramos en paz y libertad. Fue justo. Otros, sin embargo, buscaban la venganza, el odio y la gloria. ¿Qué conquistaron? ¿Qué obtuvieron? Muerte. Sí, muerte y sufrimiento. Ya que hubo otros, y aquí no culpo a nadie, pues todos deseábamos la venganza a toda costa, perdón, casi todos. Y fui testigo de cómo la alocada venganza se llevó muchos hombres, a otros los hirió para toda su existencia, pero sobre todo, nos deshonró a nosotros mismos. Y habló de nosotros porque yo mismo promoví el deseo de venganza y la lucha por la gloria. Fue mi hijo quien me enseñó a buscar ideales más altos, más dignos, más hermosos.

»Por esto, pido perdón por mis errores. Soy un hombre tan mortal como ustedes. No siempre he gobernado bien. Desde hoy y de frente a estos gloriosos hijos míos, porque todos ustedes son mis quetzales, mis hijos, mi familia; prometo que de ahora en adelante trataré de ser más justo y más digno rey de tan glorioso pueblo.

»Doy mis más sentido pesame por todos mis generales, mis valerosos hombres de guardia personal; a Xoet, quien perdió su vida para que otros vivieran; a Texlán, quien luchó y se enfrentó con alguien superior a un mortal. Que la paz que hoy nos han dado, dure de generación en generación.

Montexú bajó de su podio. Otros generales y capitanes hablaron. Una vez que terminaron, los cuerpos fueron transportados al final de la Plaza del Sol. Había ahí, entre los arrecifes un lugar tallado en la piedra hecho para los funerales. La camilla se colocaba dentro sostenida por cuerdas y, a base de poleas, descendían el cuerpo al fondo.

Antes de comenzar a bajarlos, la gente se acercaba y los cubría con las coronas de flores.

Los últimos tres en entrar a descansar al fondo marino, fueron Texlán, quien llevaba en su costado la cimitarra roja. Después, Xoet, rodeado de flores hechas por la misma reina y las princesas, pues habían escuchado cómo había muerto. Por último, las aguas envolvieron para siempre al joven Execo.

Aquel día, se construyeron estatuas del joven príncipe y se colocaron por todo el reino. En todas ellas iba una leyenda que decía: «Príncipe Execo, el justo». Hubo varios lugares que fueron honrados con su nombre. También se inventaron muchas canciones que llevarían a las generaciones venideras el recuerdo del príncipe que luchó por la justicia, para salvar a su pueblo.

El rey, al enterarse de la generosidad y bondad de sus quetzales hacia su hijo, quiso también dar gloria a Xoet, las letras bajo sus estatuas leían: «Xoet, el valeroso». Y como Texlán había sido el único que creyó y se arriesgó a ir por el Paso de la Muerte, el letrero de su estatua era: «Texlán, el valiente que creyó».

Un gritó llegó desde lo alto del cielo. Azariel se encontraba solo en ese instante, deambulando por los jardines reales, pensando en los últimos acontecimientos… No, era un graznido. Al escucharlo, su mirada surcó el cielo en busca del animal y le silbó. Como flecha blanca cayó hasta posarse sobre su hombro.

—¡Viátor!

El halcón blanco respondió con un ligero movimiento de cabeza. Después, le mostró la pata derecha.

En cuanto el último de los glaucos la observó un gemido escapó de su garganta:

—Ojalá hubieras estado aquí, anciano.

Tomó el pliego y lo desenrolló. En cuanto terminó de leerlo, escribió un breve mensaje. Viátor esperó con calma a que se lo volviera a poner, sus ojos no pararon de analizar al joven príncipe. Con un aleteo fuerte se fue.

El último de los glaucos prefirió esperar y no comunicar a sus amigos la noticia que acababa de recibir. Así que siguió con sus pasos cortos por los jardines.

Un rechinar de puertas se oyó en el corredor, pero Azariel siguió inmerso en sus pensamientos, hasta que una voz lo sacó de su ensimismamiento.

—Joven príncipe —le dijo Oaxana—, ¿en qué piensas?

—Participé muy poco en la batalla y, aun así, sucedieron tantos acontecimientos en tan poco tiempo, que todavía no termino de asimilarlos.

—Me imagino —le contestó la princesa del Reino del Sol—. Creo que a todos nos pasa lo mismo.

—A juzgar por lo que se ve en las mujeres —notó Azariel—, ustedes también tuvieron su guerra. No fue contra un enemigo al cual puedes abatir con una espada, sino contra la desesperación, el desconcierto y la incertidumbre.

—Temimos que ya nunca los volveríamos a ver —le aseguró, mientras lo miraba directo a los ojos.

Azariel le sonrió, pero dirigió sus ojos hacia el cielo.

—Se ve que tu corazón vaga por otros mares —comentó la princesa Oaxana.

—Por los mares del norte —suspiró él—, aunque ahora habita en el Reino Verde.

Ella dejó de sonreír y se alejó algunos pasos.

—Lo siento —dijo él.

—No tienes por qué sentirlo. Lo único que haces es ser sincero y coherente con quien ya te has comprometido. Sigue así.

Y tras un breve silencio, se alejó de ahí, dejándolo perplejo. Él no supo si ir tras ella o dejarla ir. Estaba aún titubeante cuando Viátor lo llamó desde el cielo. El último de los glaucos se sorprendió.

«¿Será que no le entregó al anciano mi respuesta?», pensó, y una vez que el halcón se paró sobre su brazo estirado, le preguntó:

—¿Qué pasa? —por respuesta, el ave le mostró el papel atado a la pata; leyó en silencio la carta—. ¿Cómo es posible? No puedo creerlo. Aún no conseguimos del todo lo que queremos.

—¿Sucede algo, amigo? —le preguntó Gladreo, quien acababa de tener otra escena parecida con Ziaxa.

—Velo por ti mismo.

—Será mejor que hablemos con Adis, quizás él tenga alguna buena excusa —opinó una vez que hubo leído la contestación de Luzeum.

En cuanto encontraron al caballero albo, quien se encontraba con Dénet, le dieron la carta. Todavía deliberaban al respecto, cuando recibieron un mensaje del rey. Les pedía que comparecieran de inmediato ante él.

De camino, Adis les hizo notar que debían seguir lo que el anciano Luzeum quería. Además, ahora era el momento de recordarle al rey su promesa, aunque habían pasado sólo dos días desde el funeral.

Fue el rey Montexú el primero en hablar:
—Los he llamado porque... ¿Sucede algo?
—Díselo tú, Azariel —propuso Adis en voz baja.
—Estimado rey Montexú, creo que tenemos que partir. Luzeum nos ha escrito que sabe todo lo que pasó en la batalla, y ya que todo ha terminado, nos urge a que nos reunamos con él cerca del río que corre hasta las Grandes Montañas.
—Se van, sí, es natural —se mostró comprensivo el rey—. Mandaré que les preparen una embarcación que los lleve hasta ahí.
Los cuatro agradecieron al monarca.
—Antes que partan —continuó—, permítanme agradecerles por la gran ayuda y el apoyo que han dado a mi pueblo. Adis, vencimos gracias a tu inteligencia e ingenio. Azariel, nieto del ilustrísimo rey Alancés, sé que diste lo mejor de ti. No te culpo por no haber derrotado tú mismo al Pirata. Al contrario, fuiste valiente por habértele enfrentado con fuerza y firmeza. Ni siquiera yo me hubiera atrevido a realizar tal hazaña.
»Príncipe Gladreo, qué habría sido de mis quetzales sin tu puntería, fuiste parte esencial en el ataque y en la defensa. Y tú, gran hombre de las Grandes Montañas, Dénet, gracias por la fortaleza de tus brazos y por tu valor.
Cada uno inclinó la cabeza al ser nombrado por el rey. Pero una vez que terminó de agradecerles, puso un rostro serio.
—Antes de partir, prometí darles lo que me pidieran con la condición de que no fuesen a fallarme en nada.
—Así es —contestó Azariel, mientras que Adis afirmó con la cabeza.
—No cabe duda de que alguien enseñó a mi hijo Execo a usar la espada; que alguien le contó el secreto que sólo ustedes, mis

generales y yo sabíamos; que alguien le dio sus servicios para que se escondiera en el *Tuxtla II*. ¿Ustedes saben algo?

Los cuatro se miraron, Adis le hizo señas al último de los glaucos para que dijera la verdad.

—Fuimos nosotros quienes le enseñamos a usar la espada. Lo acepto. Aunque la advertencia vino antes de partir, asumo las consecuencias.

—Bien, ¿cómo se enteró mi hijo de la manera de matar al Pirata?

—Eso no lo sé, rey Montexú. Te lo aseguro.

—Él mismo se las ingenió —confesó Adis—. Execo se encontraba presente en la reunión que tuvimos a puerta cerrada.

—¿Cómo lo sabes?

—Noté que en la oscuridad, junto a una de las paredes, había una persona que escuchaba todo lo que acordábamos en la junta. Me di cuenta de ello, pero preferí no revelarlo. Al final, con el pretexto de ojear el mapa de nuevo, regresé y lo descubrí. Me hizo prometerle que no lo delataría.

Para el rey era muy doloroso enterarse de los pasos que su hijo había tomado hasta llegar a su muerte. Sí, había sido un héroe y gracias a él, y sólo a él, ahora estaban libres del Pirata. Pero quería saber la verdad con todos sus detalles, cómo es que su hijo llegó hasta Boca de Muerte.

—En cuanto a la última pregunta, confieso que no tengo conocimiento —afirmó Adis.

—¿Alguno de ustedes sabe algo?

Los otros tres negaron con la cabeza.

El rey empuñó los brazos y gritó con fuerza. Había un eslabón perdido. Sólo uno. Y lo quería encontrar. Había varios generales cerca del rey y otros quetzales. De pronto, un quetzal entró y por medio de señales preguntó la razón del enojo del rey, a lo que otro le indicó el porqué. El recién llegado entendió.

—Majestad...

—¡Xadetec, mi cocinero real, no es el momento!

—Majestad, conozco la respuesta a su inquietud. Por órdenes mías se construyó el cofre sobre la cubierta. Execo me lo había pedido. También me rogó que fuese yo, en quien él confiaba, que le llevara la comida en caso de que la travesía fuese larga. Fui yo quien lo ayudó a esconderse la noche en que zarpamos.

—Era muy inteligente mi hijo, sin duda. Lo planeó sin olvidar siquiera el detalle de la comida —dijo el rey mientras le brotaban las venas de la sien, y su tono se fue suavizando, ahora que conocía la verdad.

Comenzó a pasear de un lado para otro, sin dirigir la mirada a ninguno de los ahí presentes. Se detuvo, meneó la cabeza, siguió caminando.

—He decidido —dijo después de un rato—. Azariel, tendrás al menos una oportunidad para obtener mi Piedra Preciosa, si es que existe… Si fallas, tendrás que irte sin ella. Execo quería justicia. Hemos dado un primer paso, falta recorrer todo el camino. Cuando llegue el momento de enfrentar a Kyrténebre, cuenta con mi ayuda.

Y con la misma daga con la que Execo había ajusticiado al Pirata, sin pensarlo, se hizo un corte en la mano izquierda, en honor a su hijo, que era zurdo, sellando así su promesa con sangre.

—Lo prometo —reiteró con solemnidad.

—Gracias, majestad —respondió el último de los glaucos—. Nos espera una difícil batalla.

—Sólo envíame un mensaje cuando llegue el momento. Estaremos preparados mis quetzales y yo para alcanzar a ganar la última batalla. Por ahora, déjalos en paz y que disfruten lo que han conseguido.

—Entiendo, rey Montexú —inclinó la cabeza.

—Así que tienen que marchar, ¡Mixaxeo!

—Aquí estoy —dijo levantándose de su asiento.

—Adelántate al puerto de la Isla y que tengan dos balsas listas, una para su viaje y otra para ir ahora mismo al centro de las aguas que se encuentran entre los dos Alcázares.

El general quetzal se alejó con diligencia, mientras que el rey lo seguía a su paso, acompañado por los cuatro extranjeros y con sus generales.

Cuando llegaron, cada quien subió a la balsa asignada por el rey. Ambas navegaron juntas hacia el punto indicado por el monarca.

El rey movía la cabeza de un lado para otro como si estuviera buscando alguna instrucción. Señalaba al timonel que se moviera a babor o a estribor, según el caso. De repente, gritó:

—Alto, hemos llegado —se dio la vuelta hacia la otra balsa e indicó con su índice las aguas debajo de él—. Aquí abajo hay una gran caverna submarina. Tienes que meterte, y si es cierto que existe el Zircón, lo encontrarás ahí. De lo contrario, nunca existió. Es el único lugar del cual se guarda memoria como el custodio de la Piedra Preciosa del Mar Teotzlán, el Reino del Sol... Azariel, de la estirpe de Alancés, ten suerte.

El joven príncipe echó un ojo al agua, después miró a sus amigos:

—¿Creen que lo pueda lograr?

—Azariel —le contestó Adis—, sé bien que harás todo lo posible, pero no podemos saber si lo lograrás o no. No sabes qué tanto debes sumergirte. Sólo te pido que regreses a la superficie.

—Sí, camarada, haz lo que puedas —lo animó Dénet.

—¡Coraje! —fue Gladreo quien lo apoyó.

El último de los glaucos se preparó para sumergirse.

—Sólo una oportunidad —le recordó el rey.

Azariel se lanzó. Nadó lo más rápido y fuerte que pudo hacia el fondo. Al abrir los ojos sólo vio oscuridad abajo y claridad arriba, pero conforme iba descendiendo, notó que estaba igual de claro que en la superficie. Tuvo que presionarse la nariz para contrarrestar la fuerza que le apretaba los oídos. Siguió bajando. Por fin, logró divisar una gran boca negra. Se dio más prisa por llegar. En cuanto entró, sintió que ya no aguantaría mucho. Necesitaba regresar por oxígeno. Pero la advertencia del rey zumbó en sus tímpanos «sólo una oportunidad». Así que prefirió buscar el Zircón, la Piedra Preciosa del Reino del Sol.

Un rutilar azulino llegó hasta sus pupilas. Allá, en el fondo, dentro de lo que parecía una concha gigante, había algo que brillaba con un azur muy especial. Se acercó más. Sentía que se desmayaba por la falta de oxígeno. Pero ahí estaba el Zircón. Debía tomarlo. Se acercó más, un poco más...

Adis apretó con fuerza el pecho del último de los glaucos, sin cesar, hasta que devolvió una bocanada de agua y volvió en sí.
—¡Vaya susto! —exclamó el caballero de Alba.
El último de los glaucos se sentó tosiendo. Miró en derredor suyo. Después abrió sus puños cerrados, como queriendo encontrar algo. Pero el Zircón no estaba ahí.
—Fallé, Adis —dijo con resignación.
—No importa, sigues vivo, eso es lo que importa.
—No entiendes, lo vi frente a mí. Estuve a punto de tomarlo. Me faltaban dos metros o quizás un poco más, pero ahí estaba. Lo vi.
—Yo también, Azariel.
—Me imagino que no lo tomaste, ya que el rey nos advirtió que era sólo una oportunidad.
—Cuando tardabas, el rey me dijo que te fuera a buscar y que si encontraba el Zircón, lo trajera conmigo.
—¿Lo hiciste?
—Me quedaba muy lejos, no podía sacarte de ahí y tomarlo. Me hubiera desmayado también.
—Me pregunto qué dirá Luzeum de esto.
Por respuesta recibió un dedo de Gladreo que le indicaba la balsa del rey.
—Nos dice adiós —comentó Azariel entristecido.
—No sólo eso, mira detrás.
Lo que veían era al rey hondeando el brazo en alto y detrás, todos sus generales preparándose para zambullirse en el lugar en donde Azariel había visto el Zircón. Cuando llegaron a la boca del

río, vieron a un anciano vestido de luz, recargado en una piedra. Estaba sonriendo.

—¡Luzeum! —le gritó Azariel, contento de verlo otra vez.

En cuanto se acercaron a la ribera del río, el príncipe albo se lanzó al agua y corrió hacia el anciano. Él lo esperó con los brazos abiertos, que acogieron al joven cálidamente.

—¿Qué pasó, muchacho?

—¿Recuerdas que al salir del Reino Verde para venir al del Sol me dijiste que en el futuro podría haber fracasos? —le preguntó con el rostro bañado en lágrimas.

—Lo que te dije, Azariel, fue: «Hoy saliste triunfante, mañana quizá no».

—También me dijiste que tuviera ánimo cuando todo saliese mal. Pero ya no puedo tenerlo. El viaje fue un fracaso desde el inicio

—Cuéntame qué pasó.

Azariel le relató el encuentro con los lobos, el naufragio, cómo cayó prisionero y cómo estuvo a punto de morir. Le habló sobre Execo y el entrenamiento oculto que le dieron. Le describió la preparación para la batalla naval. Le repitió la promesa del rey. Le dijo qué pasó en el *Tuxtla II* y cómo reaccionó frente al Pirata, y que por su culpa, Execo murió. Por último, le comentó lo del Zircón, cómo lo vio tan cerca y cómo no logró tomarlo ya que se desmayó…

—Gracias a Adis, aún sigo vivo —terminó de explicar.

—¿Qué te dijo el rey cuando volviste a respirar?

—Ya estábamos lejos de ahí.

—El rey lo examinó —intervino Adis—, me dijo que Azariel se pondría bien y me pidió que siguiéramos nuestro camino.

—¿Eso es todo?

—Gladreo nos hizo echar un vistazo atrás —habló Dénet—, ya que el rey se estaba despidiendo…

—Y los generales quetzales estaban por zambullirse al agua en busca del Zircón —completó Gladreo.

—Además, el rey le prometió a Azariel que en el último trance contara con su ayuda —recordó Adis—. Hizo el juramento de sangre.

El anciano sonrió y le enjugó las lágrimas al joven príncipe.

—Azariel, eso significa que no lo lograste en apariencia, pero en el fondo, tienes lo que buscabas como futuro rey de Alba y como el último de los glaucos. Montexú será fiel a su palabra, créeme. Además, no recordaste todo lo que te dije al marcharte de la Foresta Negra. Se te olvidó lo que dije sobre el fracaso. El fracaso es sólo el umbral del éxito. El fracaso no te resta fuerzas, al contrario, te da más para seguir luchando. Te animé a nunca olvidar que también hay otras formas de conquistar lo que queremos, y tú conquistaste la libertad del Mar Teotzlán, y el corazón del rey lo sabe. Por ello te dio su palabra.

—Un favor más —le rogó Azariel—. Si tú hubieras estado ahí, ¿habrías podido volver a Execo a la vida?

—No —contestó Luzeum—, sólo el autor de sus heridas puede hacerlo. Con todo, un antiguo verso de una leyenda dice:

El ungido los llamará
todos ellos del más allá
vendrán en son de obedecer
y descanso eterno obtener.

»Aunque no estoy muy seguro sobre lo que quiere decir con el "más allá".

Terminó la explicación y les indicó que lo siguieran. Así lo hicieron hasta que el anciano se detuvo cerca de un fuego que había hecho sobre la arena.

—Imagino que llevaban tiempo sin probar conejo asado. Creo que ya está listo.

Los cuatro agradecieron la comida y comenzaron a comer ávidamente. El anciano observó la funda del acero de Adis.

—¿Dónde obtuviste esa espada?

—El rey Montexú me la ofreció como regalo.
Se quitó el arma y se lo mostró al anciano Luzeum. La examinó.
—¿Luchaste con ella?
—¿Con ese fierro viejo? No, para la batalla prefiero la mía.
Luzeum miró a Adis fijamente a los ojos. Y comenzó a reír, primero por lo bajo, luego una risita larga, murmuró algo para sí, y otra vez unas sonoras carcajadas. El caballero albo torció la boca. Cuando el acceso de risa finalizó, Luzeum explicó.

—Este «fierro viejo» es una espada, mas no cualquier espada: es una de las siete giraldas. Pertenecía al cuidador del Zircón —y con un movimiento que no admitía réplica, se la echó a la cintura—. La guardaré hasta que cobre su fuerza con la recuperación de la Giralda. De lo contrario, al primer golpe que hagas con ella, la espada quedará hecha trizas.

Los cuatro estaban azorados. Sólo Dénet, que desconocía parte de la historia, no comprendía de qué hablaba el anciano de luz.

—Hablando de espadas —dijo Azariel—, había un vermórum más entre los argretes. Texlán se enfrentó a él y logró derrotarlo con una espada de luz verde, que también había hecho Giraldo. El vermórum llevaba una cimitarra roja.

—¡Oh, sí! Algunos vermórum usan espadas que trajeron de donde vinieron. Algunas armas lograron caer en manos de los hombres, quienes las examinaron y las destruyeron intentando conocer la procedencia de su magia. Giraldo lo logró y pudo hacer algunas espadas antes de la forja de la Espada de la Alianza. Yo mismo le regalé ese filo a Texlán cuando era niño. La espada era mía, y parece que al habérsela dado, vivió más tiempo que los demás y su sabiduría se hizo más profunda. Es cierto que para vencer a un vermórum de forma sencilla, se necesita de un ignisórum. Sin embargo, yo mismo estoy sorprendido de que Texlán haya podido eliminarlo. Quizá su muerte se conseguiría al decapitarlo.

—Ahora que lo mencionas —argumentó Adis—, pudo haber sido que algunos poderes tuyos se hayan quedado en la espada.

Luzeum levantó los hombros sin darle mucha importancia.

—El destino muchas veces nos sorprende, incluso a mí, ¿verdad, Dénet?

El hombre de las Grandes Montañas se puso serio y mantuvo en alto su mirada. Los demás se sorprendieron al saber que ellos ya se conocían.

—Dénet —lo consoló el anciano vestido de luz—, sé muy bien que tus acciones fueron malinterpretadas y que tu destierro del reino de las Grandes Montañas no fue justo ni sensato.

—Agradezco, anciano, que me comprendas.

—Yo agradezco al destino que te haya unido a estos tres jóvenes. Ya que un hombre que perteneció a la guardia real de las Grandes Montañas es un buen elemento y, aún más, un excelente compañero a quien se le puede confiar hasta la vida propia.

Azariel, Adis y Gladreo se maravillaron al escuchar el pasado del leñador, pues la noche de los lobos, sólo dijo que era un leñador venido de las Grandes Montañas y que se dirigía a las Tierras Tibias ubicadas al sur del reino del Mar Teotzlán, más allá de las Cumbres Elevadas. Ahora entendían por qué y cómo es que sabía mover tan bien el hacha en el combate.

—Es hora de limpiar tu nombre, y es tiempo de emprender el camino hacia el reino de las Grandes Montañas.

Azariel se levantó y se acercó al enorme hombre.

—Dénet, necesitamos un guía, lo que he estudiado sobre ese reino es que el frío y la nieve son su hábitat natural. Nosotros desconocemos este clima. ¿Quieres unirte a esta comitiva por completo y seguirme hasta el final de mi camino en búsqueda de la gran alianza? No tengo que decirte lo que ya sabes, cualquier puerta nos puede conducir a la muerte.

El gigante pelirrojo miró detenidamente a cada uno de sus compañeros en la reciente batalla. Por su mente pasaron aquellos oscuros sucesos de su pasado y la deshonrosa forma en que fue expulsado de la guardia real. Tragó un poco de saliva y dijo:

—Azariel, aunque como un guardia deshonrado mi palabra no vale mucho, te digo que mi causa es tu causa, y respondo con mi vida.

—Amigo, no son las palabras las que deshonran al hombre, sino sus acciones —dijo el último de los glaucos, mirando hacia el horizonte, en dirección al reino cubierto de frío y nieve—... Nos espera una larga caminata.

XII

MALAS NOTICIAS EN EL REINO NEGRO

Las puertas se abrieron sin hacer ruido, a pesar de que eran enormes y pesadas. Habían sido fraguadas desde las edades negras. Relucía un relieve de arriba abajo, contando la historia de la llegada del temible Kyrténebre... La puerta izquierda mostraba el poderío que había alcanzado su reino; sin embargo, la puerta derecha tenía una figura magnífica y muy bien labrada del mismísimo Kyrténebre, aún con alas. Todo el que pasaba frente a esa puerta sentía la penetrante y poderosa mirada del Gran Dragón.

—Adelante —fue la gélida y pulsante voz que el mensajero escuchó en su interior.

Al entrar, pudo observar el magnífico trono dorado en el fondo. Se maravilló de ver que toda la silla era de oro puro y que la pared de atrás simulaba el universo mismo.

—¿Qué noticias me traes? —volvió a escuchar la voz en su interior, pero el mensajero seguía sin ver al Gran Dragón.

—Señor —dijo con el corazón helado y la boca tiritando de miedo—, hemos perdido a todos nuestros guerreros en el Mar Teotzlán.

—Ven, mensajero, no temas.

El mensajero escuchó esta vez la voz a través de sus oídos. Caminó un poco y pudo ver que el Gran Dragón estaba en una pequeña habitación contigua. Lo miró alto, fuerte, poderoso, pero sobre todo, terrible. Estaba parado junto a una mesa en donde pudo distinguir los relieves de toda la tierra Ézneton. No había río ni camino que no estuviera trazado sobre aquel mapa.

—Podremos mandar moservos, gramas y grántores para que asolen aquella aguas —intervino el poderoso Gryzna, quien también se encontraba en el lugar. El mensajero no lo había notado, ya que la presencia del Gran Dragón opacaba la de cualquier otro ser.

—No hay necesidad de eso, Gryzna —dijo Kyrténebre en un tono de voz casi suave, casi agradable, pero con tal fuerza que parecía una maldición—. Boca de Muerte se encargará de eliminar hasta el último hombre de los quetzales.

En ese momento, el mensajero sintió más que nunca el miedo a la terrible furia del Gran Dragón.

—Señor… —dijo titubeante.

Kyrténebre dejó al instante una figura de metal que tenía entre sus dedos. Se volteó y miró de frente al mensajero, que por primera vez puso sus ojos en los del poderoso Gran Dragón, y a tan pocos metros. Tragó saliva y se dio cuenta de que se había quedado mudo de terror. Sintió que el cuerpo no le respondía. Las facciones de Kyrténebre eran impenetrables.

—Habla y no me ocultes nada —dijo Kyrténebre, moviendo los labios y escupiendo fuego a través de los ojos.

—Boca de Muerte lanzó el ataque contra los del Mar Teotzlán, como le indicó. Pero los lugareños no estaban solos. Se dice que un grupo pequeño de hombres se les unió.

—¿Quiénes son?

—Uno de ellos pertenece al reino de las Grandes Montañas, era de la guardia real; su nombre es Dénet. También estaba el menor de los dos príncipes de la Foresta Negra. Había un tercer guerrero llamado Adis, procedente del reino de Alba, la ciudad del Unicornio…

El puño derecho del Gran Dragón se fue cerrando poco a poco. Su piel acorazada comenzó a tomar un color más oscuro, más negro, absorbiendo todos los colores y no dejándolos escapar. El mensajero sintió que el corazón le estallaría en el pecho.

—Termina —rugió Kyrténebre por primera vez.
—Había un cuarto hombre, de nombre Azariel, se sabe que creció en el Reino Verde, pero nadie sabe más de él. Se dice que, junto con los otros tres hombres, sabían la forma de eliminar al Pirata… Y lo lograron.

El Gran Dragón no se movió de su lugar, sus ojos vociferaron de furia, pero no pudo evitar que de su boca saliera fuego, un fuego terrible y perverso.

—Largo —le dijo en un tono que aparentaba calma.

El mensajero se dio la vuelta, pero más tardó en dar un paso que su cabeza en rodar por el suelo. El Gran Dragón no quería que se corriera la voz entre sus tropas de que su plan había fallado.

Sin inmutarse por el cuerpo que ahora ensuciaba el salón real, se volvió hacia Gryzna.

—La profecía… —dijo el vermórum.
—La profecía es una patraña.
—Cambio de planes. No podemos esperar a que ellos vuelvan a fortalecerse y a crear otra vez su alianza.

Tomó una bandera en miniatura con su estandarte y lo colocó sobre el reino de Frejrisia.

—Es aquí donde forjan su arsenal —señaló Kyrténebre—. Quitémosle sus armas y hagamos que el reino de la Foresta Negra saque a relucir sus secretos. Pronto sabremos si ese Azariel es el hijo de la princesa Adariel.

—Otórgame el mando para dirigir la batalla, ya una vez me encontré con la princesa y por ser precavido se me escapó. No lo volveré a permitir.

Gryzna miró a su rey y amo con deleite. El Gran Dragón asintió.

—Reúne a un ejército y ataca cuanto antes —resopló—… Veremos si una estúpida leyenda puede detenerme.

Bahía Arguela
Boca de Arguel
Bahía Ojo
de Agua
ESPONTO AZUL
CROUPÉN
Greirpán Siestre
Golfo de
Croupén
Fuerte de
Croupino
Pico
de Águila
Cordilleras
Aldiernas
Berosa-Rustra
GRANDES
MONTAÑAS
Río Croupino
FORESTA
NEGRA
Línea
de Acero
Cascada
Grismal
Río Ordín
Río de Fuego
Río Ironll
Río Sianjre
Río
Ayactl
Colinas enanas
Alcázar del Norte
Alcázar del Sur
Fuerte Meridional
La
Isla
El paso
de la muerte
Valle Depresión
Continua
MAR
TEOTZLÁN
Río Celo
Río Largo
RÚVANO
Río
Corto
Río Hilo de Agua
Río Ixasxú
Cumbres Elevadas
Mankeirogps
Cordillera
Nevada
Lago
Verde
Río Rubicón

AGRADECIMIENTOS

En primer lugar, quiero agradecer a todos aquellos lectores que conocí en la Feria Internacional del Libro de Guadalajara 2015. Ustedes jugaron un papel importantísimo en mi vida, ya que pusieron su confianza en mí sin haberme leído antes. Gracias por haberme apoyado y acompañado en esa semana.

En segundo lugar, también le agradezco a todos aquellos que tomaron mi libro y me dieron una oportunidad. Para mí es sorprendente la cantidad de mensajes que he recibido de ustedes y cómo les fascinó esta historia que emprendimos juntos. Su apoyo ha sido importantísimo para mí.

Quiero agradecer a Mariana Núñez por haberme apoyado en la edición de la primera parte, y a Emilio Romano, por sus increíbles diseños de portadas. A Gerardo de la Cruz, por el gran trabajo que has puesto en la edición de esta obra, es sorprendente recibir mensajes a todas horas del día y de la noche. No cabe duda que le pones todo el corazón a lo que haces.

También agradezco a quien pensó en mí desde toda la eternidad, por darme el don de la vida y tantas bendiciones que me hacen sentir realmente amado.

Al amor de mi vida, con quien he empezado un nuevo camino tan hermoso que ahora ha dado un fruto digno, desvelos, risas, nuevos sueños y un futuro lleno de grandes expectativas.

A quienes me engendraron y me han enseñado a ser quien soy, y a quienes comparten conmigo a estos dos maestros de la vida.

Toda mi gratitud, muy especialmente, a mi ángel guardián, porque ha apostado por mí y se la está jugando para que mi obra sea reconocida. Y pido a quien rige nuestro mundo que ojalá todos los hombres y mujeres con talento reciban un ángel como el mío. Gracias, Toño, por ser mi ángel guardián.

La Espada de la Alianza II: Al acecho del Gran Dragón
de Francisco Rodríguez Arana
se terminó de imprimir y encuadernar en noviembre de 2016
en Programas Educativos, S. A. de C. V.
Calz. Chabacano 65-A, Asturias CDMX-06850, México

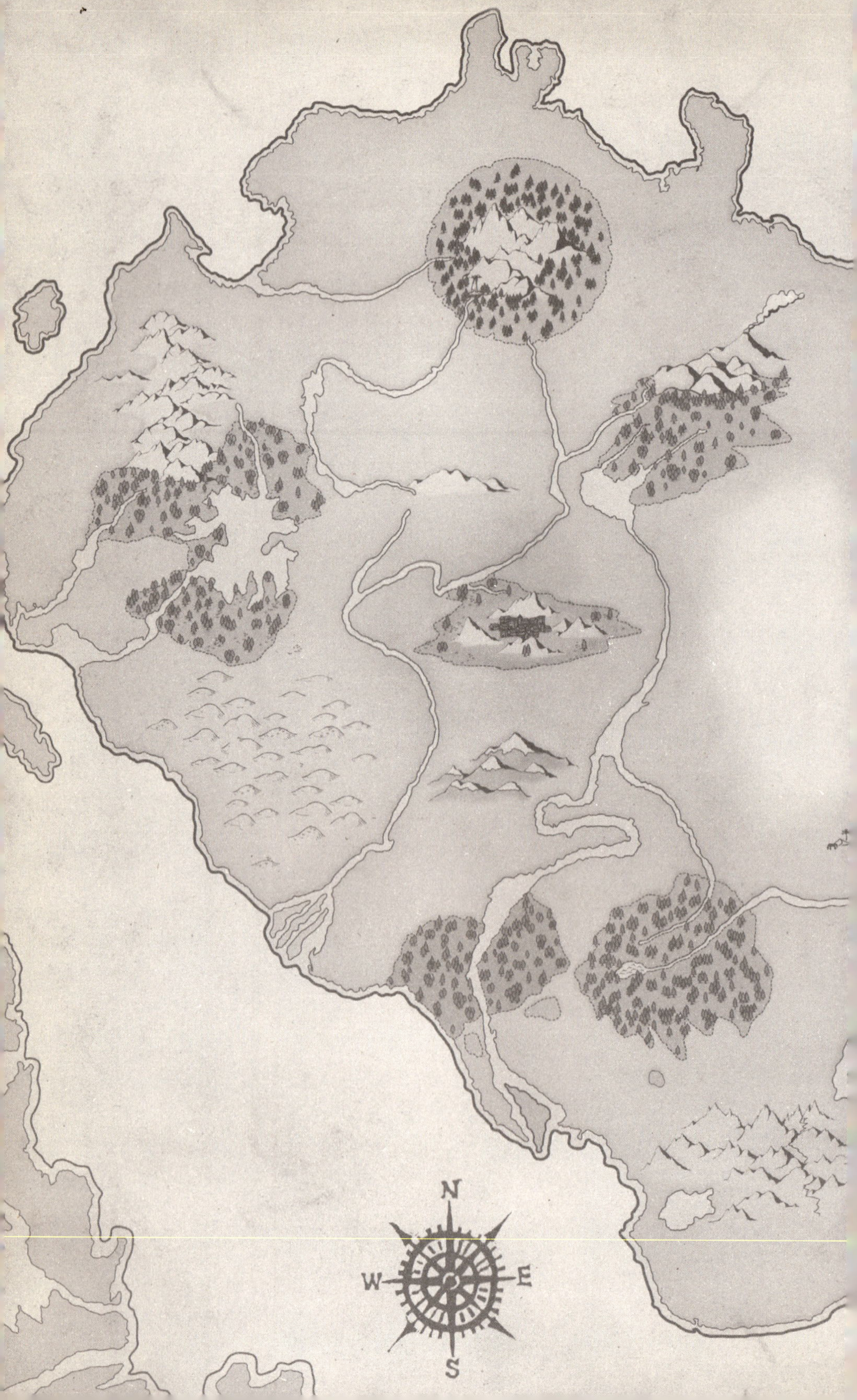
N
W
E
S